HEYNE

Das Buch

Als sich der charmante Comte d'Aubigné, der Lotties Mutter besucht, als ihr Vater entpuppt, ist das junge Mädchen zunächst verwirrt. Doch schon bald hat sie sich mit dem kultivierten und weltgewandten Mann angefreundet und begleitet ihn schließlich nach Frankreich, um dort seine Familie und auch den königlichen Hof Ludwigs XV. kennenzulernen. Schnell wird die hübsche Lottie strahlender und umworbener Mittelpunkt der Pariser Gesellschaft. Einziger Wermutstropfen ist ihre elf Jahre ältere Jugendliebe Dickon, die sie zurücklassen mußte. Als Lottie erfährt, daß Dickon in England geheiratet hat, ist sie desillusioniert. Sie lernt den Grafen Charles de Tourville kennen, mit dem sie die Ehe eingeht. Doch dann trifft sie ein Schicksalsschlag nach dem anderen. Als die Revolution ausbricht, ist Lottie als vermeintliche Aristokratin in Lebensgefahr…

Die Autorin

Philippa Carr hieß mit richtigem Namen Eleanor Buffort Hibbert und veröffentlichte ihre Romane auch unter den Pseudonymen Victoria Holt und Jean Plaidy. 1989 wurde sie mit dem Golden Treasure Award der Romance Writers of America ausgezeichnet. Die Autorin starb 1993 während einer Kreuzfahrt im Mittelmeer. Ein Großteil ihrer Werke sind im Wilhelm Heyne Verlag erschienen, unter anderem:
Die venezianische Tochter (01/10977), *Die Halbschwestern* (01/13034), *Die Dame und der Dandy* (01/13154), *Die Erbin und der Lord* (01/13294), *Wiedersehen in Cornwall* (01/9958), *Ein hauchdünnes Band* (01/10552), *Sturmnacht* (01/10595), *Sarabande* (01/10795), Victoria Holt: *Die Braut von Pendorric* (01/5729), *Das Zimmer des roten Traums* (01/10484), Jean Plaidy: *Jenseits der Berge* (01/13061), *Das Geheimnis des Königs* (01/10618).

Philippa Carr

Im Sturmwind

Roman

Aus dem Englischen
von Hilde Linnert

WILHELM HEYNE VERLAG
MÜNCHEN

HEYNE ALLGEMEINE REIHE
NR. 01/13419

Titel der Originalausgabe
ZIPPORAH'S DAUGHTER

Umwelthinweis:
Dieses Buch wurde auf
chlor-und säurefreiem Papier gedruckt

Der Titel erschien bereits in der Allgemeinen Reihe
mit der Band-Nr. 01/6803.

Taschenbuchausgabe 02/2002

Printed in Germany 2002
Umschlagillustration: Archiv für Kunst und Geschichte, Berlin
Umschlaggestaltung: Nele Schütz Design, München,
unter Verwendung des Gemäldes DAS BLINDEKUHSPIEL
von Jean-Honoré Fragonard, um 1773/76
Gesamtherstellung: Ebner Ulm

ISBN: 3-453-19881-6

http://www.heyne.de

Inhaltsübersicht

I Die Verschmähte 7
II Die Kupplerin 53
III Eine Katastrophe auf einem Pariser Platz . . 99
IV Lisettes Heimkehr 128
V Griselda 158
VI Die Wette 193
VII Ein Erzieher kommt 229
VIII Ein Besuch in Eversleigh 284
IX Lebewohl, Frankreich 309

I

Die Verschmähte

An dem Tag, an dem der Comte d'Aubigné in Eversleigh eintraf, war ich ausgeritten, und als ich die Halle betrat, war er in ein Gespräch mit meiner Mutter vertieft. Mir war sofort klar, daß es sich bei ihm um einen angesehenen Besucher handelte. Er war nicht mehr jung – ungefähr so alt wie meine Mutter, vielleicht auch um ein paar Jahre älter – und sehr elegant gekleidet, wenn auch nicht ganz nach englischer Art; sein verschnürter Rock aus dunkelgrünem Samt war etwas modischer, als es bei uns üblich war, die passepoilierte Weste etwas feiner, die gestreifte Hose weiter und die Schnallenschuhe glänzender. Er trug eine weiße Perükke, die seine blitzenden, dunklen Augen gut zur Geltung brachte. Außerdem war er einer der bestaussehenden Gentlemen, die ich bisher kennengelernt hatte.

»Da bist du ja, Lottie«, begrüßte mich meine Mutter. »Ich möchte dir den Comte d'Aubigné vorstellen, der sich einige Tage bei uns aufhalten wird.« Sie hängte sich bei mir ein und stellte mich ihm vor. »Das ist Lottie.«

Er ergriff meine Hand und küßte sie. Es war nicht zu übersehen, daß es sich um keinen gewöhnlichen Besuch handelte und daß es um etwas sehr Wichtiges ging. Ich kannte meine Mutter sehr gut und erriet deshalb, daß sie es sehr gern sehen würde, wenn wir einander sympathisch fänden. Er gefiel mir auf den ersten Blick, vor allem, weil er mir die Hand küßte, als ob ich erwachsen wäre, ein Zustand, der mir damals höchst erstrebenswert erschien, denn die Tatsache, daß ich noch nicht einmal zwölf Jahre alt war, störte mich sehr. Wäre ich älter gewesen, wäre ich längst mit Dickon Frenshaw durchgegangen, um den meine Gedanken ununterbrochen kreisten. Dickon und ich waren entfernt verwandt. Er war der Sohn der Cousine meiner Großmutter, und ich kannte ihn, seit ich auf der Welt war. Er war zwar um elf Jahre älter als ich, aber das hatte mich nicht daran gehindert, mich in ihn zu verlieben, und ich war davon überzeugt, daß er meine Gefühle erwiderte.

Jetzt klang die Stimme meiner Mutter fröhlich. Dennoch sah sie mich forschend an, um herauszufinden, was ich von unserem Gast hielt. Auch er beobachtete mich aufmerksam.

Seine ersten Worte, die er auf englisch mit einem fremdländischen Akzent sprach, lauteten: »Sie ist ja schön!«

Ich lächelte ihn an. Bescheidenheit war nicht gerade meine Stärke, und ich wußte, daß ich mein gutes Aussehen einer längst dahingegangenen Vorfahrin verdankte, von deren Schönheit die Familie heute noch sprach. Ich hatte ein Porträt von ihr gesehen – die Ähnlichkeit war unheimlich. Wir hatten das gleiche rabenschwarze Haar und die gleichen tiefliegenden Augen, die violett schimmerten, meine Nase war vielleicht um eine Spur kürzer als die ihre, mein Mund vielleicht ein wenig breiter, aber sonst war es das gleiche Gesicht. Sie hatte Carlotta geheißen, und mir kam es geradezu schicksalhaft vor, daß ich Charlotte getauft worden war, bevor diese Ähnlichkeit sichtbar wurde.

»Gehen wir in den Wintersalon«, schlug meine Mutter vor. »Ich habe Erfrischungen für unseren Gast bereitstellen lassen.«

Wir gingen hinüber und plauderten bei einem Glas Wein angeregt. Er war offensichtlich entschlossen, uns zu bezaubern, und wußte sehr genau, wie er es anstellen mußte. Er erzählte uns innerhalb kurzer Zeit sehr viel über sich selbst, als wolle er sich mir vorstellen und einen guten Eindruck auf mich machen. Das gelang ihm meisterhaft. Er war ein blendender Erzähler, und sein Leben war reich an Abwechslungen und Erlebnissen.

Die Zeit verging wie im Flug, und schließlich mußten wir uns für das Abendessen umziehen. Seit meinem letzten Beisammensein mit Dickon hatte ich mich nicht mehr so großartig unterhalten.

Während der nächsten Tage verbrachte ich viel Zeit in seiner Gesellschaft. Wir ritten oft gemeinsam aus, denn er wollte, daß ich ihm die Umgebung zeigte.

Er schilderte mir sein Leben in Frankreich, wo er als eine Art Diplomat am Hof tätig war. Er besaß ein Château auf dem Land und ein Haus in Paris, hielt sich aber oft in Versailles auf, wo der Hof hauptsächlich residierte, denn der König kam nur selten nach Paris... nur wenn es sich gar nicht vermeiden ließ.

»Er ist wegen seines Lebensstils sehr unbeliebt«, erwähnte der Comte und erzählte von König Ludwig XV., von seinen Mätressen und darüber, wie tief ihn der Tod der Madame de Pompadour getroffen hatte, die nicht nur seine Geliebte, sondern die heimliche Herrscherin des Landes gewesen war.

Diese Einblicke in das Leben und Treiben in Frankreich faszinierten mich, und es freute mich besonders, daß der Comte so offen mit mir sprach, als wäre mein Alter unwesentlich – und dabei wies meine Mutter immer wieder darauf hin, seit sie wußte, was ich für Dickon empfand.

Der Comte beschrieb die rauschenden Feste in Versailles, an denen er regelmäßig teilnahm. Er schilderte alles so anschaulich, daß ich die eleganten Herren und vornehmen Damen genauso deutlich vor mir sah wie das Landleben, in das er sich gelegentlich flüchtete.

»Ich hoffe, daß Sie mir eines Tages die Freude machen werden, mich zu besuchen«, sagte er.

»Das würde ich nur zu gern tun«, antwortete ich begeistert, was ihn sichtlich freute.

Es war ungefähr drei Tage nach seiner Ankunft. Ich

befand mich in meinem Schlafzimmer und zog mich zum Abendessen um, als jemand an die Tür klopfte.

»Herein«, rief ich, und zu meiner Überraschung kam meine Mutter ins Zimmer.

In letzter Zeit strahlte sie förmlich. Vermutlich war sie darüber froh, daß wir Besuch hatten, und ich freute mich für sie, denn wir hatten etliche Tragödien hinter uns, und sie war seit dem Tod meines Vaters sehr unglücklich gewesen. Sie hatte nachher noch einen sehr treuen Freund verloren, einen Arzt, der meinen Vater während seiner Krankheit behandelt hatte. Er war bei einem Brand in dem von ihm geleiteten Fürsorgeheim auf entsetzliche Weise ums Leben gekommen. Es war eine schreckliche Zeit gewesen, denn auch meine Gouvernante war bei dieser Katastrophe verbrannt. Und dann war natürlich die Sache mit Dickon, über die sie sich aufregte, was mir viel Kummer bereitete. Obwohl ich sie gern beruhigt hätte, war ich dazu nicht imstande, denn dann hätte ich Dickon aufgeben müssen. Deshalb war es eine Erleichterung für mich, daß der Comte ihre trübe Stimmung aufhellte, auch wenn es nur für einige Zeit war.

»Ich möchte mit dir sprechen, Lottie«, begann sie.

»Ja, Mutter.«

»Was hältst du vom Comte?«

»Sehr vornehm. Sehr elegant. Sehr unterhaltsam. Ein wirklich sehr angenehmer Mann. Warum hat er uns eigentlich besucht? War er vielleicht schon früher einmal hier? Ich habe den Eindruck, daß er die Gegend kennt.«

»Das stimmt.«

»War er ein Freund von Onkel Carl?«

»Ein Freund von mir.«

Sie benahm sich wirklich merkwürdig, suchte nach Worten – sie, die für gewöhnlich so frei und offen sprach.

»Er gefällt dir also«, fuhr sie fort.

»Natürlich, wie könnte es auch anders sein. Er kann so

interessant plaudern, erzählt so viel über den französischen Hof und über sein Château. All diese vornehmen Leute. Er muß eine bedeutende Persönlichkeit sein.«

»Er ist Diplomat und arbeitet in Hofkreisen. Lottie... hm... magst du ihn?«

»Versuchst du, mir etwas beizubringen, Mutter?«

Sie schwieg einige Sekunden, dann sagte sie schnell: »Es war vor langer Zeit... bevor du auf der Welt warst... Ich hatte Jean-Louis sehr gern.«

Ich war erstaunt; warum nannte sie meinen Vater Jean-Louis? Warum sagte sie nicht ›dein Vater‹, und warum erzählte sie mir, daß sie ihn gern gehabt hatte? Ich hatte miterlebt, wie sie ihn während seiner Krankheit gepflegt hatte und wie betrübt sie bei seinem Tod gewesen war. Ich wußte am besten, was für eine liebevolle, ergebene Frau sie ihm gewesen war. Deshalb antwortete ich ein bißchen ungeduldig: »Natürlich.«

»Und er hat dich geliebt, du warst für ihn so wichtig. Er hat oft erwähnt, wieviel Freude du in sein Leben gebracht hast, daß du der Ausgleich für alle seine Leiden warst.«

Sie blickte starr vor sich hin; ihre Augen glänzten, und sie sah aus, als würde sie jeden Augenblick zu weinen beginnen.

Ich ergriff ihre Hand und küßte sie. »Erzähl mir doch, was du auf dem Herzen hast, Mutter.«

»Vor dreizehn Jahren kam ich nach langer Zeit nach Eversleigh zurück. Mein... ich nenne ihn Onkel, aber die Verwandtschaft war komplizierter. Onkel Carl war sehr alt und wußte, daß er nicht mehr lang zu leben hatte. Er wollte, daß Eversleigh in der Familie blieb, und anscheinend war ich seine nächste Verwandte.«

»Ja, das weiß ich.«

»Dein Vater konnte mich nicht begleiten. Er hatte gerade einen schweren Unfall erlitten... also reiste ich allein. Der Comte wohnte damals in Enderby, und wir lernten einander kennen. Ich weiß nicht, wie ich es dir erklären soll, Lottie. Wir lernten einander kennen... und... ich wurde seine Geliebte.«

Ich sah sie verblüfft an. Meine Mutter... mit einem Liebhaber in Eversleigh, während mein Vater krank in Clavering Hall lag. Ich war wie vor den Kopf gestoßen, weil wir so wenig über unsere engsten Mitmenschen wissen. Sie war mir immer als sittenstrenge Frau erschienen, die unbeirrbar an den überlieferten Konventionen festhielt... und sie hatte einen Geliebten gehabt!

Sie hatte meine Hände ergriffen. »Bitte, versuche mich zu verstehen.«

Trotz meiner Jugend konnte ich mich viel besser in sie einfühlen, als sie glaubte. Ich liebte Dickon, und ich wußte, wie leicht man sich von seinen Gefühlen hinreißen läßt.

»Aus unserer Verbindung entsprang ein Kind... du.«

Jetzt hatte das Geständnis eine Wendung ins Fantastische genommen. Ich war nicht die Tochter des Mannes, den ich immer für meinen Vater gehalten hatte, sondern die des einmaligen Comte. Es war kaum zu glauben.

»Ich weiß, was du von mir denkst, Lottie«, redete meine Mutter hastig weiter. »Du verachtest mich. Du bist zu jung, um das alles zu verstehen. Die... Versuchung war stärker als ich. Und nachher war dein Vater... ich meine Jean-Louis... so glücklich. Ich konnte es ihm nicht sagen, ihm meine Schuld gestehen. Es wäre ein tödlicher Schlag für ihn gewesen. Er hatte soviel gelitten, war so froh, als du zur Welt kamst, und du weißt, wie er zu dir gestanden hat. Außerdem warst du so gut zu ihm... so liebevoll, so sanft, so rücksichtsvoll. Er hatte sich immer Kinder gewünscht, anscheinend konnte er aber keine bekommen. Ich war sehr wohl dazu imstande, wie ich ja bewiesen habe, und jetzt weißt du alles, Lottie. Der Comte ist dein Vater.«

»Weiß er es?«

»Ja, das ist auch der Grund für seinen Besuch... um dich kennenzulernen. Warum sprichst du nicht?«

»Ich weiß im Augenblick nicht, was ich sagen soll.«

»Bist du entsetzt?«

»Das weiß ich nicht.«

»Ich habe es dir zu plötzlich beigebracht. Er wollte, daß du es erfährst. Er hat dich in so kurzer Zeit so lieb gewonnen. Warum schweigst du, Lottie?«

Ich sah sie nur stumm an; sie schloß mich in die Arme und drückte mich an sich.

»Du verachtest mich doch nicht...«

Ich küßte sie. »O nein, Mutter, ich weiß nur nicht, was ich dazu sagen, was ich davon halten soll. Ich möchte allein sein und über alles in Ruhe nachdenken.«

»Vorerst möchte ich nur eines wissen. Hat sich an deiner Liebe zu mir etwas geändert?«

Ich schüttelte den Kopf. »Natürlich nicht. Warum denn auch?«

Ich küßte sie zärtlich; im Augenblick war sie eine Fremde, nicht meine Mutter, die ich mein Leben lang gekannt hatte.

Meine Gefühle waren so durcheinander geraten, daß ich nicht klar denken konnte. Es war eine bestürzende Enthüllung gewesen. Wahrscheinlich erlebt jeder Mensch einmal einen Schock, aber wenn man entdeckt, daß der Mann, den man bisher für seinen Vater gehalten hat, es gar nicht ist, und wenn jemand anderer an seine Stelle tritt, dann ist das zumindest äußerst verwirrend.

Der Comte war eine so blendende Erscheinung, daß ich stolz darauf war, seine Tochter zu sein. Dieses Gefühl wich aber sofort der Beschämung, wenn ich an den armen Jean-Louis dachte, der so freundlich, sanft und selbstlos gewesen war. Er hing so innig an mir; seine Augen leuchteten immer auf, wenn ich sein Zimmer betrat, und wenn ich mich zu ihm setzte, lag in ihnen herzerwärmende Zärtlichkeit. Als er starb, war ich verzweifelt gewesen – genau wie meine Mutter. Sie hatte auch ihn geliebt. Ich war damals zu jung, um die komplizierten

Gefühle der Menschen zu verstehen, aber dennoch hatte mich die Enthüllung meiner Mutter tief erschüttert.

Merkwürdigerweise brachte ich das zufällige Auftauchen des Comte nicht mit meiner Beziehung zu Dickon in Verbindung. Aber selbst wenn ich es getan hätte, hätte ich mich auch damit abgefunden, daß er nach all den Jahren nicht zufällig nach England gekommen war.

Als ich zum Abendessen hinunterging, war ich gefaßt. Meine Mutter beobachtete mich ängstlich, und bei Tisch herrschte eine gespannte Atmosphäre. Der Comte tat sein Bestes, um sie zu zerstreuen, indem er von amüsanten Ereignissen am Hof von Frankreich erzählte.

Als wir uns vom Tisch erhoben, drückte mir meine Mutter die Hand und sah mich flehend an. Ich lächelte ihr zu, küßte ihr die Hand und nickte. Sie verstand mich: Ich hatte meinen neuen Vater akzeptiert.

Wir tranken im Nebenzimmer noch einen Schluck Wein, und meine Mutter sagte: »Ich habe es ihr erzählt, Gerard.«

Er kam auf mich zu und schloß mich in die Arme; dann hielt er mich von sich weg.

»Ich bin stolz auf dich, meine Tochter«, meinte er. »Das ist einer der glücklichsten Augenblicke meines Lebens.«

Und damit beseitigte er jede Befangenheit zwischen uns.

Ich verbrachte viel Zeit in seiner Gesellschaft. Heute weiß ich, daß meine Mutter es so einrichtete. Sie ließ uns viel allein und legte sichtlich Wert darauf, daß wir einander gut kennenlernten. Er sprach immerzu davon, daß ich ihn in Frankreich besuchen müsse, daß er erst zufrieden sein würde, wenn ich sein Château gesehen hätte, und ich erwiderte, daß ich mich erst zufriedengeben würde, wenn ich sein Château zu Gesicht bekommen hätte.

Er faszinierte mich – mir gefiel alles an ihm: sein lässiges Benehmen, seine Galanterie, sogar sein dandyhaftes Äußeres, wie wir es in England genannt hätten. Er bezauberte mich. Am glücklichsten war ich aber darüber, daß er mich als Erwachsene behandelte, und deshalb dauerte es nicht lange, bis ich ihm von Dickon erzählte.

Ich liebte Dickon. Ich wollte Dickon heiraten. Dickon war der am besten aussehende Mann, den ich kannte.

»Du mußt ihm früher einmal ähnlich gewesen sein«, meinte ich.

»Ach«, lachte er, »da siehst du, was die Jahre aus einem Menschen machen. Ich sehe nicht mehr so gut aus wie Dickon. Der einzige Trost ist, daß Dickon eines Tages dieser Tatsache ebenfalls ins Auge sehen wird.«

»Was für ein Unsinn. Du bist auf deine Art faszinierend. Dickon ist nur jünger... obwohl er viel älter ist als ich. Um etwa elf Jahre älter.«

Mein Vater legte den Kopf schief. »Der arme alte Mann.«

Mit ihm konnte ich über Dickon sprechen, ganz anders als mit meiner Mutter.

»Sie haßt ihn nämlich«, erklärte ich dem Comte. »Es hat etwas mit Torheiten zu tun, die er als Junge begangen hat. Er war sehr mutwillig, wie Jungen eben sind. Ich nehme an, daß du auch nicht anders warst.«

»Und ob«, stimmte er zu.

»Es ist wirklich unvernünftig, wenn man Menschen gegenüber Vorurteile hat.«

»Erzähl mir von Dickon.«

Ich versuchte, Dickon zu beschreiben, was nicht leicht war. »Er hat sehr schönes blondes Haar, das in Locken um seinen Kopf liegt. Seine Augen sind blau... nicht dunkelblau wie meine, sondern heller. Sein Gesicht wirkt, als hätte es ein großer Bildhauer geschaffen.«

»Apollo hat sich unter uns Irdische gemischt.«

»Er ist sehr charmant.«

»Den Eindruck habe ich allerdings.«

»Aber auf sehr ungewöhnliche Art. Er nimmt nie etwas ernst... außer unserer Beziehung. Er ist sehr schlagfertig und kann manchmal grausam sein... allerdings niemals mir gegenüber. Dadurch liebe ich ihn noch mehr. Ohne diesen Fehler wäre er zu vollkommen.«

»Ein bißchen Unvollkommenheit macht den Charme erst unwiderstehlich. Das verstehe ich.«

»Was ich dir jetzt sage, darfst du meiner Mutter auf keinen Fall verraten, versprichst du es mir?«

»Ich verspreche es.«

»Ich glaube, daß sie ein bißchen eifersüchtig auf ihn ist.«

»Wirklich?«

»Ja, daran ist ihre Mutter, meine liebe Großmutter Clarissa, schuld. Lange bevor sie den Vater meiner Mutter heiratete, hatte sie eine Romanze – sehr kurz, aber sehr tiefreichend – mit einem Jungen. Es war sehr –«

»Unschuldig?«

»Ja. Er wurde wegen der Rebellion im Jahr 1715 verbannt. Dann heiratete sie meinen Großvater, und meine Mutter kam zur Welt. Der junge Mann kehrte Jahre später zurück, als mein Großvater bereits gestorben war, doch statt meine Großmutter zu heiraten, heiratete er ihre Cousine Sabrina und fiel dann in der Schlacht von Culloden. Sabrina brachte sein Kind zur Welt und das war Dickon. Meine Großmutter und Sabrina erzogen ihn gemeinsam, und beide hingen sehr an ihm. Daran hat sich bis heute nichts geändert. Meine Mutter hat immer das Gefühl gehabt, daß ihre Mutter Dickon mehr liebte als sie selbst. Es ist ein bißchen kompliziert, aber kannst du mich trotzdem verstehen?«

»O ja.«

»Deshalb haßt sie Dickon.«

»Hat sie keinen triftigeren Grund?«

»Ach, Gründe finden sich immer. Man muß nur jemanden nicht mögen, dann fallen einem alle möglichen Gründe ein, um die eigene Haltung zu rechtfertigen.«

»Du bist ja beinahe eine Philosophin.«

»Du lachst mich aus.«

»Ganz im Gegenteil, ich bewundere dich uneingeschränkt. Ich lächle nur deshalb, weil ich so glücklich über dein Vertrauen zu mir bin.«

»Vielleicht könntest du Mutter beeinflussen.«

»Erzähl mir mehr.«

»Dickon und ich lieben einander.«

»Er ist um viele Jahre älter als du.«

»Nur um elf. Und wir werden alle einmal erwachsen.«

»Das läßt sich nicht leugnen.«

»Wenn ich vierzig bin, wird er einundfünfzig sein. Dann sind wir beide alt... es spielt also keine Rolle.«

»Es stimmt, die Kluft wird im Lauf der Jahre kleiner, aber wir müssen leider auch an die Gegenwart denken. Sein Heiratsantrag war vielleicht ein wenig voreilig.«

»Das finde ich nicht. Königinnen werden schon verlobt, wenn sie noch in der Wiege liegen.«

»Auch das stimmt, aber diese Verlobungen führen oft zu nichts. Im Leben muß man abwarten können. Was willst du tun? Dickon jetzt heiraten... in deinem Alter?«

»Natürlich werden alle finden, daß ich nicht alt genug bin. Aber ich könnte warten, bis ich vierzehn bin.«

»Auch dann bist du noch sehr jung, und was machen zwei Jahre schon aus?«

Ich seufzte. »Wir müssen so lange warten, aber wenn ich vierzehn bin, wird mich nichts mehr aufhalten.«

»Vielleicht wird dich dann niemand mehr aufhalten wollen.«

»O doch, meine Mutter. Ich sage dir ja, sie haßt Dikkon. Sie behauptet, daß er es auf Eversleigh abgesehen hat, nicht auf mich. Eversleigh gehört meiner Mutter, sie hat es geerbt, und ich bin ihr einziges Kind, deshalb wird es nach ihrem Tod vermutlich einmal an mich fallen. Ihrer Meinung nach will Dickon mich nur deshalb heiraten.«

»Und was glaubst du?«

»Ich weiß, daß er Eversleigh besitzen will. Im Augenblick verwaltet er Clavering, aber es ist nicht annähernd so groß wie unser Besitz. Wenn wir erst einmal verheiratet sind, will er nach Eversleigh übersiedeln. Das ist doch vollkommen natürlich, nicht wahr? Er ist ehrgeizig, und das gefällt mir an ihm.«

»Und deine Mutter glaubt, daß er dich nur wegen Eversleigh heiraten will?«

»Sie behauptet es jedenfalls.«

»Und es gibt keine Möglichkeit, die Wahrheit herauszubekommen?«

»Ich will sie nicht herausbekommen. Warum sollte er Eversleigh nicht haben wollen? Ich weiß, daß es mit ein Grund ist, warum er mich heiraten will. Es kann gar nicht anders sein. Wenn man jemanden mag, weil er ein Haus besitzt, ist das auch nicht anders, als wenn man jemanden mag, weil er schöne Haare oder ausdrucksvolle Augen hat.«

»Ich finde, daß es da noch einen Unterschied gibt. Augen und Haare gehören zu einem Menschen, ein Haus nicht.«

»Trotzdem, denk nicht darüber nach. Ich werde Dikkon heiraten.«

»Ich stelle fest, daß du eine sehr willensstarke junge Dame bist.«

»Wenn du nur meine Mutter überreden könntest. Du bist doch jetzt ein Familienmitglied, nicht wahr? Als mein Vater hast du bei der Angelegenheit auch ein Wort mitzureden, obwohl ich dich gleich warnen muß: Nichts, was jemand gegen Dickon sagt, kann mich beeinflussen.«

»Das kann ich mir gut vorstellen, und als erst kürzlich anerkanntes Familienmitglied, dessen Anspruch auf die Achtung seiner Tochter noch auf sehr wackligen Beinen steht, würde ich nie den Versuch unternehmen, dich zu überreden. Ich kann dir nur meinen Rat anbieten, und bekanntlich nehmen wir gute Ratschläge nur dann an, wenn sie mit unseren eigenen Ansichten übereinstimmen. Deshalb werde ich dir nur das gleiche sagen, was ich jedem rate, der ein Problem hat: warte ab.«

»Wie lang?«

»Bis du alt genug bist, um zu heiraten.«

»Und wenn er wirklich Eversleigh will?«

»Du weißt ja, daß er es will.«

»Aber wenn ihm mehr daran liegt als an mir?«

»Die einzige Möglichkeit, das herauszufinden, wäre, daß deine Mutter Eversleigh jemand anderem vermacht und ihr abwartet, ob er dich trotzdem heiratet.«

»Sie müßte es jemandem aus der Familie hinterlassen.«

»Es wird sich bestimmt irgendein entfernter Verwandter finden.«

»Dickon gehört zur Familie. Mein Onkel Carl wollte ihm den Besitz nicht hinterlassen, weil sein Vater ein ›verdammter Jakobit‹ war, wie er ihn nannte. Onkel war ein bißchen inkonsequent, denn der Großvater meiner Mutter war auch einer. Aber vielleicht machte es ihm weniger aus, weil das eine Generation vorher war.«

»Damit sind wir wieder bei dem goldenen Grundsatz: abwarten. Schließlich kannst du derzeit kaum etwas anderes tun, Lottie, wenn du alles recht bedenkst.«

»Du findest nicht, daß ich zu jung bin, um zu wissen, was ich will... Das behauptet jedenfalls meine Mutter.«

»Du bist reif genug, um genau zu wissen, was du vom Leben erwartest. Ich will dir noch eine goldene Lebensregel mitgeben: Nimm dir alles, was du unbedingt haben willst, aber wenn dir dann die Rechnung präsentiert wird, bezahle fröhlich. Das ist die einzige Art, wie man leben kann.«

Ich sah ihn ernsthaft an. »Ich bin froh, daß du wiedergekommen bist. Ich bin froh, daß ich jetzt die Wahrheit weiß. Ich bin froh, daß du mein Vater bist.«

Ein befriedigtes Lächeln huschte über sein Gesicht. Mein neuer Vater war überhaupt nicht sentimental. Jean-Louis' Augen hätten sich mit Tränen gefüllt, wenn ich ihm etwas Ähnliches gesagt hätte.

»Jetzt ist es an der Zeit, meine Einladung auszusprechen«, meinte mein Vater. »Ich werde bald abreisen. Willst du mich begleiten, zu einem kurzen Besuch? Ich möchte dir so gern etwas von meinem Land zeigen.«

Ich war stolz, weil ich mit ihm reisen durfte, und überall genauso ehrerbietig behandelt wurde wie er. Er war reich und in seinem Land angesehen, aber er hatte eine natürliche Vornehmheit an sich, die jeden beeindruckte, mit dem er es zu tun hatte. Er verlangte die beste Bedienung so natürlich, als hätte er ein Recht darauf, und die Menschen fügten sich ihm widerspruchslos.

Eine neue Welt eröffnete sich mir, und ich begriff, wie ruhig wir auf dem Land gelebt hatten. Wir hatten zwar gelegentlich Reisen nach London unternommen, aber nur selten, und ich war nie bei Hof gewesen, obwohl sich unser Hof, den der gute, aber einfache König Georg und seine hausbackene Gemahlin Charlotte führten, sicherlich wesentlich von dem des verschwenderischen König Ludwig XV. von Frankreich unterschied. Es war ein zynischer Streich der Geschichte, daß der tugendhafte Hof – und niemand konnte unseren König und unserer Königin diese Eigenschaft absprechen – verspottet wurde, während der unmoralische – und das traf zweifellos auf den Hof Ludwig XV. zu – vielleicht nicht gerade bewundert wurde, aber als amüsant und als angenehmer Aufenthaltsort galt.

Mein neuer Vater war entschlossen, mich zu bezaubern, mich dazu zu bringen, daß ich sein Land und seinen Lebensstil bewunderte. Und ich war nur zu bereit, mich bezaubern zu lassen.

Wir reisten gemächlich nach Aubigné und unterbrachen die Fahrt, um in entzückenden Gasthäusern zu nächtigen. Der Comte bezeichnete mich stolz als seine Tochter, und ich sonnte mich in seinem Glanz.

»Wir werden Paris und vielleicht auch Versailles später besuchen«, meinte er. »Ich lasse dich erst zurückfahren, wenn du einen großen Teil meines Landes gesehen hast.«

Ich lächelte glücklich, denn ich wünschte mir nichts sehnlicher.

Er war entzückt darüber, daß ich eine gute Reiterin war,

denn es war seiner Ansicht nach eine viel bessere Art zu reisen als mit einer Kutsche. Es waren goldene Tage; ich ritt an seiner Seite, staunte immer noch darüber, daß er mein Vater war, war immer noch schuldbewußt, weil ich mich darüber freute, plauderte fröhlich und unbefangener mit ihm als mit meiner Mutter oder auch mit Jean-Louis. Das kam daher, daß der Comte ein Mann von Welt und davon überzeugt war, daß ich mit den Tatsachen des Lebens vertraut war. Er unternahm keinen Versuch, mich vor Dingen zu behüten, die ein Mensch mit meiner Intelligenz bereits wissen mußte. Dadurch fiel es mir leicht, mit ihm über Dickon zu sprechen. Er zeigte Verständnis für meine Gefühle und beleidigte mich nie durch die Feststellung, daß ich noch zu jung wäre, um wirklich tiefreichender Gefühle fähig zu sein. In seiner Gesellschaft fühlte ich mich nie als Kind.

Erst in Frankreich erwähnte er seine Familie und die Menschen, die ich kennenlernen würde. Merkwürdigerweise war mir bis dahin nie der Gedanke gekommen, daß er eine Familie besaß. Er hatte so viel von seinem Leben bei Hof erzählt, daß ich ihn mir nicht als häuslichen Menschen vorstellen konnte.

»Meine Tochter Sophie ist ungefähr um ein Jahr älter als du«, begann er. »Ich hoffe, daß ihr Freundinnen werdet.«

»Deine Tochter!« rief ich erstaunt. »Ich habe eine Schwester!«

»Halbschwester«, stellte er richtig. »Ihre Mutter ist vor fünf Jahren gestorben. Sie ist ein braves Mädchen, und ich bin davon überzeugt, daß ihr euch anfreunden werdet. Ich werde sogar darauf bestehen.«

»Eine Schwester...«, murmelte ich. »Hoffentlich mag sie mich. Du kannst sie nämlich nicht dazu zwingen, mich zu mögen.«

»Sie ist dazu erzogen worden, zu gehorchen... Ihre Erziehung war etwas strenger als die deine.«

»Sophie«, wiederholte ich. »Wie interessant. Ich freue mich auf sie.«

»Ich möchte dich auf unseren Haushalt vorbereiten, ich habe nämlich auch noch einen Sohn: Armand, Vicomte de Graffont. Graffont ist ein kleiner Besitz meiner Familie in der Dordogne. Wenn ich sterbe, wird natürlich Armand den Titel erben. Er ist um fünf Jahre älter als Sophie.«

»Ich habe also auch einen Bruder. Wie aufregend! Ob es viele Menschen gibt, die gar nicht wissen, daß sie Verwandte haben?«

»Tausende. Das Leben sorgt für die ungewöhnlichsten Überraschungen. Vermutlich trägt jeder Mensch sein kleines Geheimnis mit sich herum.«

»Halten sich deine Kinder im Château oder in Paris auf?«

»Sophie befindet sich mit ihrer Gouvernante im Château. Bei Armand weiß ich es nicht genau; er führt ein sehr eigenständiges Leben.«

»Ich bin so aufgeregt, mein Leben wird von Minute zu Minute interessanter. Zuerst ein neuer Vater... und jetzt eine Schwester und ein Bruder. Gibt es noch weitere Verwandte?«

»Nur entfernte, die dich nicht betreffen.«

Ich war so verwirrt, daß ich die Landschaft kaum wahrnahm.

Wir waren in Le Havre an Land gegangen, von dort nach Elbôeuf geritten und hatten dann eine Nacht in Evreux, der Hauptstadt von Eure, verbracht, denn in dieser Provinz lag auch das Château d'Aubigné.

Als wir Evreux erreichten, sandte der Comte zwei Reitknechte zum Château voraus, damit sie unsere Ankunft ankündigten, und drängte dann darauf, daß wir bald aufbrachen, denn er konnte es kaum noch erwarten, nach Hause zu kommen.

Und dann erblickte ich das Schloß, das auf einem sanften Hang lag, zum erstenmal; es war aus grauen Steinen errichtet und wirkte mit seinen Strebepfeilern und den mit Kragsteinen versehenen Wachttürmen geradezu einschüchternd. Ich betrachtete staunend das mächtige Gebäude mit den Schildmauern zu beiden Seiten des Pförtnerhauses.

Der Comte sah, wie beeindruckt ich war. »Ich freue mich, daß dir mein Château gefällt. Natürlich sieht es nicht mehr so aus wie früher. Einmal war es ausschließlich eine Festung. Seine jetzige Gestalt hat es im sechzehnten Jahrhundert erhalten, als sich die französische Architektur auf ihrem Höhepunkt befand.«

Die Dämmerung brach herein, und im Zwielicht sah das Château geheimnisvoll, beinahe bedrohlich aus. Als ich in den Hof ritt, überlief mich ein Schauder, wie eine Warnung vor einer lauernden Gefahr.

»Morgen früh werde ich dich selbst durch das Schloß führen«, meinte der Comte. »Du wirst feststellen, daß ich dabei ziemlich prahlerisch und überheblich sein werde.«

»Das wäre jeder in deiner Lage.«

»Nun, es ist jetzt auch deine Familie, Lottie.«

Ich stand in der Halle. Der Comte hatte mir die Hand auf die Schulter gelegt und beobachtete mich aufmerksam, um zu sehen, welchen Eindruck sein Haus auf mich machte. Natürlich war ich überwältigt. Es war so großartig, mahnte so sehr an die Vergangenheit. Ich hatte das Gefühl, daß ich in ein anderes Zeitalter geraten war; es erfüllte mich mit Stolz, daß ich zu den Menschen gehörte, die jahrhundertelang hier gelebt hatten. Dennoch hielt die leichte Beunruhigung an, die ich mir nicht erklären konnte.

An den alten Wänden hingen Wandteppiche, auf denen Schlachtenszenen dargestellt waren, und wo es keine Teppiche gab, hingen glänzende Waffen; einige Rüstungen standen in den dunklen Ecken wie Wächter, und es wäre mir nicht schwergefallen, mir einzureden, daß sie sich bewegten, und daß in der Halle jemand anwesend war, der mich genauso abschätzte wie ich das Haus. Auf dem langen Eichentisch standen zwei Kandelaber, und die Kerzen warfen ihren flackernden Lichtschein auf die gewölbte Decke.

Ein Mann kam in die Halle geeilt; in seiner blaugrünen Livree mit den Messingknöpfen sah er bedeutend aus. Er begrüßte den Comte unterwürfig.

»Alles steht bereit, Monsieur le Comte.«

»Gut. Weiß der Vicomte, daß ich hier bin?«

»Monsieur le Vicomte befand sich auf der Jagd, als Ihre Boten eintrafen. Er ist noch nicht zurückgekehrt.«

Der Comte nickte. »Mademoiselle Sophie...«

»Ich werde jemanden zu ihrem Apartment schicken, Monsieur le Comte.«

»Tun Sie das unverzüglich.«

Der Mann verschwand, und der Comte wandte sich mir zu.

»Es ist am besten, wenn du Sophie sofort kennenlernst. Sie kann dafür sorgen, daß alles seine Ordnung hat.«

»Was werden sie sagen, wenn sie es erfahren?«

Er sah mich fragend an, und ich fuhr fort: »Wenn sie erfahren, wer ich bin... wie ich mit dir verwandt bin.«

Er lächelte mild. »Mein liebes Kind, niemand hat das Recht, meine Handlungen zu kritisieren.«

In diesem Augenblick sah ich Sophie.

Sie kam die schöne Treppe am Ende der Halle herunter, und ich musterte sie sehr genau. Wir waren einander überhaupt nicht ähnlich. Sie war klein, hatte dunkelbraunes Haar und olivfarbene Haut. Sie war bestimmt nicht sehr hübsch – freundliche Menschen bezeichnen Leute wie sie als einfach, und die weniger freundlichen als reizlos. Sie war zu dick und zu plump, um anziehend zu wirken, und ihr blaues Kleid mit dem eng geschnürten Mieder und dem weiten Reifrock, der wie eine Glocke um sie stand, trug nicht zur Verbesserung ihres Aussehens bei.

»Sophie, mein Liebling«, begrüßte sie der Comte, »ich möchte dir Lottie vorstellen...«

Sie trat zögernd näher. Wahrscheinlich hatte sie großen Respekt vor ihrem Vater.

»Ich möchte dir etwas erklären, was Lottie betrifft...

Sie wird einige Zeit bei uns bleiben, und du sollst dafür sorgen, daß sie sich hier wohlfühlt. Und das Wichtigste: Sie ist deine Schwester.«

Sophies Mund klappte auf. Sie war erstaunt, was mich nicht überraschte.

»Wir haben einander erst kürzlich entdeckt. Was sagst du dazu, Sophie?«

Die arme Sophie! Sie stotterte und sah aus, als würde sie jeden Augenblick in Tränen ausbrechen.

Ich kam ihr zu Hilfe. »Ich freue mich sehr, eine Schwester zu haben. Ich wollte immer schon Geschwister haben – für mich ist es wie ein Wunder.«

»Ich bin davon überzeugt, daß du genauso empfindest, Sophie«, sagte der Comte. »Ihr werdet einander in den nächsten Tagen sicherlich näherkommen. Aber jetzt ist Lottie müde. Sie möchte sich umkleiden und waschen, nehme ich an. Sophie, du weißt ja, wo sich ihr Zimmer befindet. Bring sie hin und sorge dafür, daß sie alles bekommt, was sie benötigt.«

»Ja, Papa.«

»Ist ein Zimmer für sie hergerichtet worden?«

»Ja, Papa, die Reitknechte haben berichtet, daß du eine junge Dame mitbringst.«

»Dann ist ja alles in Ordnung, Lottie, geh mit Sophie mit. Sie wird dir den Weg zeigen.«

Ich bedauerte sie. »Ich werde lernen müssen, mich allein im Château zurechtzufinden. Es ist sehr groß, nicht wahr?«

»Allerdings«, stimmte sie zu.

»Führ sie jetzt hinauf«, wiederholte der Comte, »und wenn sie fertig ist, bring sie wieder herunter, denn dann werden wir essen. Reisen macht hungrig.«

»Ja, Papa.«

Er legte mir die Hand auf den Arm. »Du und Sophie, ihr müßt Freundinnen werden.« Ich sah zu Sophie hinüber und nahm an, daß sie das als Befehl empfand. Solche Befehle akzeptierte ich nicht. Ich wollte meine

Schwester näher kennenlernen. Ich wollte ihre Freundin werden, aber nur, wenn es sich von selbst ergab.

»Bitte komm mit mir«, forderte mich Sophie auf.

»Danke«, antwortete ich und war froh, daß Jean-Louis mich Französisch gelehrt hatte. Seine Mutter war Französin gewesen, und obwohl er sehr jung gewesen war, als sie ihn verließ, hatte er seine Französischkenntnisse gepflegt, indem er weiterhin französische Bücher las; dann hatte er mich die Sprache in Wort und Schrift gelehrt. Meine Mutter hatte darauf bestanden. Ich begriff jetzt erst, daß sie es getan hatte, weil mein leiblicher Vater Franzose war. Und deshalb konnte ich mich jetzt mit Sophie unterhalten.

Ich folgte ihr die Treppe hinauf in mein Zimmer. Es war sehr groß und enthielt ein Himmelbett mit moosgrünen, golddurchwirkten Vorhängen; sie paßten zu den Fenstervorhängen und zu den Aubusson-Wandteppichen, durch die der Raum wirklich luxuriös wirkte.

»Ich hoffe, daß du dich wohlfühlen wirst«, meinte Sophie höflich. »Hier ist die Ruelle, in der du Toilette machen kannst.«

Es handelte sich um einen mit einem Vorhang abgeschlossenen Alkoven, in dem sich alles befand, was ich brauchte.

»Die Sattelpferde mit deinem Gepäck sind schon abgeladen. Dort drüben steht es.«

Vermutlich versuchte sie, sich so natürlich wie möglich zu benehmen, um ihre Verblüffung über unsere Verwandtschaft zu verbergen.

Ich konnte nicht anders, ich mußte sie fragen. »Was hast du gedacht, als dein Vater dir mitteilte, wer ich bin?«

Sie blickte zu Boden und suchte nach Worten, und sie tat mir plötzlich leid, denn sie schien Angst vor dem Leben zu haben und auch vor ihrem Vater, mit dem ich mich so rasch so gut verstanden hatte. Ich wollte ihr helfen. »Es muß ein Schock für dich gewesen sein.«

»Daß es dich gibt? Eigentlich nicht. Solche Dinge passieren. Daß er dich ins Schloß gebracht und einfach vorgestellt hat«, sie zuckte die Schultern, »ja, das hat mich ein wenig überrascht, weil...«

»Weil ich nur zu einem kurzen Besuch hier bin?«

»Das meinte ich. Wenn du für immer bei uns geblieben wärst...«

Sie hatte die störende Gewohnheit, ihre Sätze nicht zu beenden, aber vielleicht war das auf den Schock zurückzuführen. Sie hatte recht. Da ich nur zu einem kurzen Besuch da war, hätte mich der Comte zuerst als Gast vorstellen und erst später und nicht so unvermittelt erklären können, wie wir miteinander verwandt waren.

»Das alles ist so herrlich aufregend«, schwärmte ich. »Plötzlich zu entdecken, daß ich eine Schwester habe!«

Sie sah mich beinahe verschämt an. »Ja, damit hast du recht.«

In diesem Augenblick ging die Tür auf, und ein Gesicht schaute herein.

»Ach, du bist es, Lisette«, sagte Sophie. »Das hätte ich mir denken können.«

Ein Mädchen trat ins Zimmer. Sie konnte nicht viel älter sein als ich – höchstens ein bis zwei Jahre. Sie war sehr hübsch, hatte blondes, gelocktes Haar und funkelnde blaue Augen.

»Sie ist also gekommen.« Lisette musterte mich.

»Du bist ja schön«, stellte sie dann fest.

»Danke. Es freut mich, daß ich das Kompliment erwidern kann.«

»Du sprichst hübsch. Nicht wahr, Sophie? Kein ganz einwandfreies Französisch, aber nicht schlecht. Bist du zum erstenmal in Frankreich?«

»Ja. Wer bist du?«

»Lisette. Ich lebe hier. Ich bin die Nichte von Madame la Gouvernante, der Haushälterin. Tante Berthe ist eine sehr wichtige Dame, nicht wahr, Sophie?«

Sophie nickte.

»Ich lebe seit meinem sechsten Lebensjahr hier«, fuhr

Lisette fort. »Jetzt bin ich vierzehn. Der Comte hat mich sehr gern. Ich werde gemeinsam mit Sophie unterrichtet, und obwohl ich nur die Nichte der Gouvernante bin, bin ich ein angesehenes Mitglied des Haushalts.«

»Ich freue mich, dich kennenzulernen.«

»Du bist zu jung, um eine Freundin des Comte zu sein. Aber angeblich gibt der König den Ton an, und wir alle wissen, wie es in Versailles zugeht.«

»Sei still, Lisette.« Sophie war rot geworden. »Papa hat mir gerade etwas erklärt. Lottie ist seine Tochter und somit meine Schwester.«

Lisette starrte mich an; in ihre Wangen stieg Farbe, und ihre Augen leuchteten wie Saphire.

»O nein, das glaube ich nicht.«

»Das ist deine Sache. Er hat es mir jedenfalls erzählt, und deshalb ist sie da.«

»Und deine Mutter?« Lisette sah mich fragend an.

»Meine Mutter lebt in England. Ich bin nur zu Besuch hier.«

Lisette betrachtete mich, als sähe sie mich in neuem Licht.

»Besucht der Comte sie oft?«

»Sie haben einander jahrelang nicht gesehen. Ich habe erst vor kurzer Zeit, als er bei uns zu Gast war, erfahren, daß er mein Vater ist.«

»Das ist alles so komisch«, bemerkte Lisette. »Ich meine nicht die Tatsache, daß du ein Bastard bist. Von denen gibt es weiß Gott genug auf der Welt. Aber da hat er dich all die Jahre nicht gesehen, und dann bringt er dich plötzlich her und macht kein Geheimnis daraus.«

»Mein Vater hält es eben nicht für nötig, Geheimnisse zu haben«, meinte Sophie.

»Das stimmt«, bestätigte Lisette. »Er tut, was er will, und die anderen müssen sich damit abfinden.«

»Lottie möchte sich waschen und umziehen. Wir sollten sie jetzt allein lassen.«

Damit ergriff sie Lisettes Arm und führte sie aus dem Zimmer. Lisette war durch die Neuigkeit so verblüfft, daß sie ihr widerspruchslos folgte.

»Danke, Sophie«, sagte ich.

In meinem Gepäck fand ich ein Kleid – es entsprach kaum dem großartigen Rahmen des Châteaus, aber es war tiefblau, paßte zu meiner Augenfarbe, und ich wußte, daß es mir stand. Nach einiger Zeit erschien Sophie, um mich hinunterzuführen. Sie hatte sich ebenfalls umgezogen, aber dieses Kleid stand ihr auch nicht besser als dasjenige, in dem ich sie kennengelernt hatte.

»Ich weiß nicht, was du von Lisette hältst«, sagte sie. »Sie hatte nicht das Recht, so hereinzuplatzen.«

»Ich finde sie recht interessant und sehr hübsch.«

»Ja.« Sophie schien zu bedauern, daß sie in dieser Beziehung nicht mithalten konnte. »Aber sie gibt an. Sie ist schließlich nur die Nichte der Haushälterin.«

»Offensichtlich ist die Haushälterin eine sehr wichtige Person im Château.«

»O ja. Sie kümmert sich um den ganzen Haushalt... die Küche, die Dienstmädchen, einfach um alles. Sie und Jacques, unser Majordomus, wahren ihre Rechte eifersüchtig. Mein Vater war sehr gut zu Lisette und erlaubte ihr, hier unterrichtet zu werden. Das gehört wahrscheinlich zu dem Abkommen, das er mit Tante Berthe geschlossen hat. Ich nenne sie immer Tante Berthe, weil Lisette es auch tut. In Wirklichkeit heißt sie Madame Clavel. Ich glaube nicht, daß sie wirklich eine ›Madame‹ ist, aber sie bezeichnet sich so, weil sie dann mehr Ansehen genießt, als wenn sie nur eine Demoiselle wäre. Sie ist sehr streng und genau, und niemand könnte sich vorstellen, daß sie verheiratet ist. Sogar Lisette hat Respekt vor ihr.«

»Lisette legt sich überhaupt keine Zurückhaltung auf.«

»Das stimmt. Sie drängt sich immerzu in den Vordergrund. Sie würde gern mit uns bei Tisch essen, aber Armand würde das nie gestatten. Er hat sehr genaue Vorstellungen von der Stellung der Dienerschaft, und Lisette gehört ja eigentlich dazu. Sie muß viel für Tante Berthe erledigen. Aber es hat ihr ähnlich gesehen, so hereinzuplatzen. Sie war verblüfft, als sie erfuhr...«

»Ja, das habe ich bemerkt. Doch die meisten Menschen würden so darauf reagieren.«

Sie war nachdenklich. »Mein Vater tut nur, was ihm gefällt; er ist offensichtlich stolz auf dich und will, daß alle erfahren, daß er dein Vater ist. Du siehst sehr gut aus.«

»Danke.«

»Dafür mußt du dich nicht bedanken. Ich achte immer auf das Äußere der anderen. Wahrscheinlich, weil ich selbst so häßlich bin.«

»Das bist du doch gar nicht«, log ich.

Sie lächelte nur.

Die erste Mahlzeit im Château verlief sehr zeremoniell. Ich weiß nicht mehr, was wir gegessen haben, ich war zu aufgeregt, um es zu bemerken. Die Kerzen auf dem Tisch verliehen dem Raum ein geheimnisvolles Aussehen – auch hier hingen überall Wandteppiche –, und ich hatte das unheimliche Gefühl, daß mich Gespenster beobachteten. Alles war so elegant: das Besteck, die Silberbecher, die Diener in ihrer blaugrünen Livree, die geräuschlos hin und her huschten, Teller wegnahmen und mit einer Schnelligkeit, die an Zauberei grenzte, neue vor uns hinstellten. Welcher Gegensatz zu Eversleigh, wo die Diener mit den Suppenschüsseln und den Platten mit Rindfleisch, Hammelbraten und Pasteten herein- und hinausstampften.

Aber ich mußte meine Aufmerksamkeit der Gesellschaft widmen. Ich wurde meinem Halbbruder Armand, einem sehr weltklugen, etwa achtzehn Jahre alten jungen Mann vorgestellt, dem es offensichtlich Spaß machte zu entdecken, wer ich war.

Er sah sehr gut aus und hatte viel Ähnlichkeit mit dem Comte, obwohl sein Kinn noch nicht so kräftig entwickelt war. Doch das würde später kommen, denn ich war davon überzeugt, daß Armand genauso auf seiner Freiheit bestehen würde wie sein Vater. Jedenfalls gewann ich diesen Eindruck von ihm. Er war verwöhnt, das stand ebenfalls fest; seine stutzerhafte Art war ausgeprägter als bei seinem Vater. Sein Gesichtsausdruck war hochmütig und sein Benehmen darauf angelegt, jedermann deutlich zu machen, daß er ein Aristokrat war. Seine Augen musterten mich beifällig, was mich freute; das gute Aussehen, das ich von meiner Vorfahrin Carlotta geerbt hatte, öffnete mir alle Türen.

Der Comte saß an einem Ende des Tisches, und Sophie an dem anderen. Die Entfernung zwischen ihnen schien ihr recht zu sein. Ich saß rechts vom Comte und gegenüber von Armand, aber der Tisch war so groß, daß wir weit voneinander getrennt waren.

Armand stellte mir viele Fragen über Eversleigh, und ich erklärte, daß meine Mutter es erst kürzlich geerbt hatte und daß ich den größten Teil meines Lebens in Clavering, in einem anderen Teil des Landes, verbracht hatte.

Sophie sprach kein Wort, so daß die übrigen beinahe vergaßen, daß sie auch am Tisch saß, aber ich wurde ständig ins Gespräch einbezogen, bis sie sich über Angelegenheiten des Hofes verbreiteten, und ich nur noch interessiert zuhörte.

Armand war vor wenigen Tagen aus Paris zurückgekehrt und behauptete, daß sich die Haltung der Pariser dem König gegenüber geändert hatte.

»Solche Veränderungen werden immer zuerst in der Hauptstadt deutlich«, bestätigte der Comte, »obwohl Paris den König bereits seit langem haßt. Die Zeit, als man ihn ›Den Vielgeliebten‹ nannte, ist längst vorbei.«

»Er ist jetzt ›Der Vielgehaßte‹«, fügte Armand hinzu. »Er sucht die Hauptstadt nur dann auf, wenn es unbedingt erforderlich ist.«

»Er hätte nie die Straße von Versailles nach Compiègne bauen dürfen. Er hätte nie die Achtung der Pariser verlieren dürfen. Die Situation ist zweifellos gefährlich. Er müßte seinen Lebensstil sofort ändern, dann wäre es vielleicht...«

»Das wird er niemals tun«, widersprach Armand. »Außerdem haben wir nicht das Recht, ihm deshalb Vorwürfe zu machen.« Er sah boshaft zu mir herüber, und ich begriff, was er meinte. Er warf meinem Vater vor, daß er ein genauso unmoralisches Leben führte wie der König, und ich hatte das Bedürfnis, den Comte gegen seinen zynischen Sohn zu verteidigen. »Aber ich glaube, daß der Hirschpark jetzt kaum mehr benützt wird«, fuhr Armand fort.

»Er wird eben alt. Dennoch wird die politische Lage immer gefährlicher.«

»Ludwig ist König, und daran kann niemand rütteln.«

»Hoffentlich versucht es niemand.«

»Das Volk wird immer unzufrieden sein, das ist nichts Ungewöhnliches.«

»In England hat es Unruhen gegeben«, warf ich ein. »Angeblich wegen der hohen Lebensmittelpreise. Die Regierung hat Soldaten eingesetzt, und mehrere Menschen wurden getötet.«

»Das ist das einzig Richtige«, bestätigte Armand. »Gleich das Militär einschalten.«

»Wir sollten die Wirtschaft fördern«, meinte der Comte. »Dann hätten wir nicht so viele Arme. Wenn das Volk sich einmal erhebt, stellt es eine ansehnliche Macht dar.«

»Nicht solange wir über die Armee verfügen, um es in Schach zu halten«, widersprach Armand.

»Dennoch ist es möglich, daß das Volk sich eines Tages gewaltsam sein Recht verschafft«, warnte der Comte.

»Das werden sie nie wagen«, behauptete Armand leichthin. »Und wir langweilen unsere neue Schwester Lottie mit diesem öden Gerede.« Er betonte meinen Namen auf der letzten Silbe, was bezaubernd klang.

Ich lächelte ihm zu. »Nein, ich langweile mich nicht im

geringsten. Mich interessiert alles, was ihr erzählt, und ich möchte immer wissen, was vor sich geht.«

»Wir werden morgen gemeinsam ausreiten«, versprach Armand. »Ich werde dir die Umgebung zeigen, kleine Schwester. Und ich nehme an, daß du Lottie Paris zeigen wirst, Papa?«

»Sehr bald. Ich muß ohnehin in die Stadt.«

Die Mahlzeit nahm kein Ende, doch endlich erhoben wir uns und tranken in einem kleinen Salon noch ein Glas Wein. Ich war so müde, daß mir die Augen zufielen. Der Comte merkte es und befahl Sophie, mich in mein Zimmer zu bringen.

Die Tage waren voll neuer Eindrücke und vergingen wie im Flug. Das Château begeisterte mich, es war architektonisch ungemein reizvoll, um so mehr, als es Bauteile aus mehreren Jahrhunderten aufwies. Am besten erkannte man das aus einiger Entfernung, und während der ersten Tage genoß ich diesen Anblick bei jedem Ausritt: Die steilen Dächer, die alten Zinnen, die Schildmauern, die Brüstung mit den Kragsteinen, in die über zweihundert Pechnasen eingelassen waren, der zylindrische Bergfried oberhalb der Zugbrücke – ein Bild der Macht und der Unbezwingbarkeit.

Es berührte mich tief, daß dies das Heim meiner Vorfahren war, und dann bereute ich diese Gedanken wieder, weil ich mit meiner Mutter und Jean-Louis im geliebten, gemütlichen Clavering so glücklich gewesen war.

Doch ich konnte nicht anders, ich war stolz darauf, zur Familie d'Aubigné zu gehören.

Zuerst befürchtete ich, daß ich mich nie im Château zurechtfinden würde. Ich verirrte mich ständig und entdeckte dabei immer neue Räumlichkeiten. Es gab den ältesten Teil mit kurzen Wendeltreppen und den Verliesen, in dem die Luft kalt war und modrig roch. Es war mir unheimlich, denn hier waren die Feinde der Familie gefangengehalten worden. Der Comte selbst zeigte mir die Verliese... kleine dunkle Zellen mit großen Eisenringen an den Wänden, an die die Gefangenen gekettet worden waren. Als ich erschauerte legte er mir den Arm um die Schultern. »Vielleicht hätte ich dich nicht hierher bringen sollen. Aber man kann das Leben nur begreifen, wenn man alle seine Facetten kennenlernt.«

Dann führte er mich in die Gemächer, die seine Vorfahren dem König zur Verfügung gestellt hatten, wenn er auf Reisen war, und die mir mit ihrer eleganten Einrichtung eine ganz andere Seite des Châteaus zeigten.

Von den Zinnen aus überblickte man die liebliche Gegend bis zu der Stadt mit den Fachwerkhäusern und den engen Straßen. So viele Eindrücke stürmten in so kurzer Zeit auf mich ein, und ich dachte oft: Wenn ich Dickon wiedersehe, muß ich ihm von all dem berichten. Es wird ihn bestimmt interessieren, und er wäre sicherlich begeistert, wenn er einen solchen Besitz bewirtschaften könnte.

Doch am interessantesten waren die Menschen um mich. Ich war viel mit dem Comte beisammen, der von meiner Gesellschaft nicht genug bekommen konnte, was bemerkenswert war, weil er Sophie so gleichgültig behandelte. Offensichtlich hatte ich großen Eindruck auf ihn gemacht, oder aber er liebte meine Mutter wirklich, und ich erinnerte ihn an die Zeit, die er mit ihr verbracht hatte. Sie war wahrscheinlich ganz anders als die Menschen, mit denen er sonst verkehrte. Ich hatte ein Porträt seiner Frau gesehen, die genauso schüchtern aussah wie Sophie. Sie war sehr jung gewesen, als das Bild gemalt worden war.

Manchmal besuchte mich Sophie in meinem Zimmer, und Lisette leistete uns auch Gesellschaft. Ich hatte allerdings den Eindruck, daß Sophie dem Mädchen seine Aufdringlichkeit verbieten wollte, aber Angst vor ihm hatte, wie vor so vielem anderem.

Ich freute mich über Lisettes Anwesenheit, denn sie plauderte über alles mögliche, und obwohl ich Sophie allmählich lieb gewann, war sie keine sehr unterhaltsame Gesprächspartnerin.

Ich hatte auch schon die berüchtigte Tante Berthe erblickt, eine hochgewachsene Frau mit strengem Gesicht und schmalen Lippen, die aussahen, als würde es ihnen sehr schwer fallen zu lächeln. Ich hatte erfahren, daß sie sehr fromm war und die Dienstmädchen in strenger Zucht hielt, was Lisette zufolge gar nicht so leicht war, weil die Männer immer hinter den Mädchen her waren.

»Du weißt ja, wie die Männer sind«, lachte Lisette. »Sie schwanken zwischen dem Verlangen nach den Mädchen und der Angst vor Tante Berthe. Wenn sie einen von ihnen dabei erwischt, würde sie darauf bestehen, daß beide das Château verlassen müssen.«

»Der Comte würde sie sicherlich nicht so streng bestrafen.«

»Du meinst, weil er selbst kein reines Gewissen hat?« Lisette sprudelte ohne zu überlegen alles heraus, was ihr durch den Kopf ging. Sie führte bestimmt einen nicht ganz einwandfreien Lebenswandel. Wahrscheinlich verließ sie sich darauf, daß ihre Tante hinter ihr stand und nie zulassen würde, daß ihre Nichte aus dem Haus gewiesen wurde.

Lisette sprach gern über Liebhaber; meiner Meinung nach, um Sophie zu necken. Es machte ihr Spaß zu zeigen, wie weit sie der armen Sophie an Witz und gutem Aussehen überlegen war.

»Eines Tages wird sich ein Ehemann für mich finden«, erklärte sie einmal, »genau wie für dich, Sophie. Der einzige Unterschied wird darin bestehen, daß du einen Edelmann bekommen wirst und ich einen ehrenwerten Angehörigen der Bourgeoisie, der vor Tante Berthes strengen Augen Gnade findet.«

Sophie sah verschüchtert aus, wie immer, wenn die Rede auf ihre Heirat kam.

»Eine Ehe kann etwas sehr Angenehmes sein«, meinte ich, um sie zu trösten.

»Ich weiß, daß sie schrecklich sein wird«, antwortete sie.

Ich erzählte ihnen von Dickon, und sie lauschten begierig, besonders Lisette.

»Es wird nicht mehr lange dauern«, meinte Sophie bekümmert, »bis ich bei Hof zugelassen werde. Papa ist davon überzeugt, daß mir dort nichts geschehen wird. Der König liebt junge Mädchen, wird mir aber sicherlich keine besondere Aufmerksamkeit schenken.«

»Manchmal wünsche ich mir beinahe, daß mich der Kuppler des Königs auswählt, damit ich für das Vergnügen Seiner Majestät sorge«, erklärte Lisette.

»Lisette!«

»Es wäre jedenfalls besser, als mit einem langweiligen alten Herrn verkuppelt zu werden, der ein bißchen Geld besitzt, aber nicht zuviel, denn wenn man die Nichte einer Haushälterin ist, kann man nicht allzu viel erwarten.«

»Du hättest wirklich Lust, in den Hirschpark zu übersiedeln?« fragte Sophie ungläubig.

»Angeblich ist er sehr luxuriös eingerichtet, und wenn der König von einem Mädchen genug hat, schenkt er ihm eine schöne Mitgift, so daß es heiraten kann – was die Mädchen auch tun, denn die Mitgift macht sie begehrenswert. Sie macht angeblich mehr aus, als ein durchschnittlicher Ehemann in etlichen Jahren erwerben kann. Also haben die Mädchen und ihre Männer Glück, findest du nicht auch, Lottie?«

Ich überlegte. »Hier und in England hungern viele Menschen, aber ich habe den Eindruck, daß die Zustände in Frankreich schlimmer sind. Wenn die Mädchen aus freien Stücken dem König zu Willen sind und dafür königlich belohnt werden, ist es vielleicht besser, als wenn sie ihr Leben in bitterer Armut verbringen.«

»Du sprichst wie Armand«, stellte Sophie fest. »Er verhält sich dem König gegenüber sehr loyal und möchte am liebsten genauso leben wie er. Er verachtet die Armen – vor allem, wenn sie randalieren. Er behauptet, daß sie niemals zufrieden sein werden, ganz gleich, was man ihnen auch zugesteht, deshalb soll man sich gar nicht erst die Mühe machen, ihre Lebensbedingungen zu verbessern.«

»Es ist schwer, über diese Mädchen ein Urteil zu fällen«, kehrte ich zu dem Ausgangsthema zurück. »Man müßte selbst einmal in der gleichen bitteren Armut gelebt haben wie sie. Vielleicht sind wir zu selbstgefällig ... und haben außerdem Glück gehabt.«

Lisette hörte mir aufmerksam zu, ging aber nicht näher darauf ein, was bei ihr ungewöhnlich war.

»Sie können ihre Ehemänner wenigstens selbst aussuchen«, schloß Sophie.

Ich hielt mich seit einer Woche im Château auf, als der Comte verkündete, er werde mit mir nach Paris reisen und mich, wenn möglich, auch nach Versailles mitnehmen. Ich war sehr aufgeregt, aber als Sophie erfuhr, daß sie uns begleiten würde, war sie sofort besorgt, weil sie befürchtete, daß ihr Vater bei dieser Gelegenheit einen Mann für sie aussuchen würde.

Ein paar Tage später befanden wir uns in Paris. Ich war von dieser großen, wunderbaren Stadt so fasziniert, daß ich zwei volle Tage nicht an Dickon dachte und mich dann wegen meiner Herzlosigkeit tadelte.

Wir ritten direkt zum großartigen Stadthaus des Comte – einer der Wohnsitze in der Rue Saint-Germain, die als *hôtels* bezeichnet wurden und den reichsten Edelleuten des Landes gehörten. Die Ziergiebel dieser Häuser waren mit Wappenbildern geschmückt, und sie waren alle sehr groß und imponierend. Das Haus war genauso luxuriös eingerichtet wie das Château, aber in dem Stil, der unter Ludwig XV. so weite Verbreitung gefunden hatte – eine Kombination aus klassischer Strenge und verspieltem Rokoko. Damals kannte ich mich in Sachen Architektur noch nicht so gut aus und erfaßte nur, daß die Einrichtung von überwältigender Schönheit war. Ich konnte mich an den prachtvollen, mit Gobelinstickereien bespannten Stühlen, den seltsam geformten Sofas, den geschnitzten Schränken und den Tischen mit Einlegearbeiten nicht sattsehen. Die Teppiche und Brücken waren in zarten Farben gehalten und paßten zu den Gemälden an den Wänden. Der Comte zeigte mir stolz seinen Boucher und seinen Fragonard – zwei Maler, die gerade am Anfang ihrer Laufbahn gestanden hatten, als er ihre Bilder kaufte, die jetzt Hofmaler waren. Der König war wohl lasterhaft und beschäftigte sich lieber mit erotischen Abenteuern als mit Staatsgeschäften, aber er verstand etwas von Kunst. In dieser Beziehung hatte ihn Madame de Pompadour beeinflußt.

Dann lernte ich Paris kennen – die Stadt des Charmes, des Lärms, der Fröhlichkeit, des Schlamms und der sozialen Gegensätze. Vielleicht beeindruckte mich die letzte Tatsache am stärksten, die wenigen Blicke, die ich auf Schmutz und Elend erhaschte, die man dicht neben Eleganz und Reichtum finden konnte.

Der Comte wollte mich unbedingt dazu bringen, daß ich mich in die Stadt verliebte. Später wurde mir klar, daß hinter seinen Bemühungen ein Plan steckte, und daß er und meine Mutter versuchten, mich von Dickon abzulenken. Damals schob ich alles nur auf seinen ungeheuren Nationalstolz. Und in dieser Beziehung hatte er wirklich Grund, stolz zu sein.

Bevor er mir aber die Stadt zeigte, führte er Sophie und mich zu einer eleganten Schneiderin, die uns Kleider für unsere Vorstellung am Hof von Versailles anfertigen sollte.

»Ich möchte, daß du dem König auffällst«, erklärte er mir, »denn sonst kannst du nicht am Hof zugelassen werden. Wir müssen warten und hoffen, daß er sich zeigen wird. Du mußt nur einen tieferen Hofknicks machen als je zuvor in deinem Leben und ihm deutlich antworten, wenn er das Wort an dich richtet. Es handelt sich um ein paar Augenblicke, und wenn er mit dir spricht, werde ich erwähnen, daß du dich nur kurz in Frankreich aufhältst, falls er jemanden beauftragt, Pläne für dich zu machen. Es werden noch mehr Menschen anwesend sein, die alle hoffen, daß es ihnen gelingt, seine Aufmerksamkeit zu erregen, und das Ganze wird sich im Vorraum abspielen, den er auf dem Weg zu einer seiner Verpflichtungen durchquert.«

»Und dazu müssen wir neue Kleider haben?«

»Ich muß doch mit euch Ehre einlegen.«

»Das alles kommt mir sehr kompliziert vor.«

»So ist es nun einmal in Frankreich.«

Wir begaben uns also zur Schneiderin – einer sehr gepflegten Dame, die so stark gepudert war und so viele Schönheitspflästerchen aufgelegt hatte, daß man von ihrem Gesicht kaum noch etwas wahrnehmen konnte. Sie wirkte, als trüge sie eine Maske. Sie ließ Stoffballen bringen, die sie mit ihren langen weißen Fingern streichelte; sie holte ihre Schneiderinnen herbei, und sie machten sich an mir zu schaffen, lösten mein Haar und taten, als wäre ich eine Ware, während die durchdringenden Augen der Madame keinen Augenblick von mir wichen. »Sie ist noch ein Kind«, meinte sie, »aber wir werden etwas aus ihr machen.«

Dann wandte sie sich an mich. »Wenn du älter sein wirst... wenn du eine Frau sein wirst... dann wird es ein Vergnügen sein, dich anzuziehen.«

Die Wahl fiel auf leuchtend pfauenblaue Seide. »Sehr einfach«, beschloß sie. »Wir zeigen das Kind... aber auch die Frau, die es einmal sein wird.«

Mir widmete sie viel Zeit, Sophie weit weniger. Auch sie bekam ein blaues Kleid, eine helle Nuance von Türkis.

Als wir sie verließen, lachte ich. »Sie nimmt ihren Beruf sehr ernst.«

»Sie ist eine der berühmtesten Schneiderinnen von Paris«, wies mich Sophie zurecht. »Sie hat für Madame de Pompadour gearbeitet.«

Ich war beeindruckt, aber Paris interessierte mich mehr als der Besuch in Versailles.

Der Comte und ich waren oft allein unterwegs, denn er schloß die arme Sophie immer wieder von unseren Streifzügen aus. Wir fuhren nicht immer mit seiner Kutsche, sondern benützten spaßeshalber auch die kleinen Wagen, die wegen ihrer Form *pots des chambre* (Nachttöpfe) hießen, und obwohl wir in ihnen dem Wetter ausgesetzt waren, störte es uns nicht im geringsten. In ihnen durchstreiften wir Paris.

Der Comte wollte mir zeigen, wie Paris lebte. Am frühen Morgen kamen die Landleute durch die Schranken in die Stadt und brachten ihre landwirtschaftlichen Produkte, um sie auf dem Markt zu verkaufen. Paris erwachte zeitig, und obwohl um sieben Uhr morgens noch keine Kutschen unterwegs waren, begaben sich die Menschen schon zu ihren Geschäften. Am besten gefiel es mir, wenn die Kellner aus den Limonadeläden die Apartmenthäuser aufsuchten und den Leuten, die dort wohnten, Kaffee und Brötchen für ihr *petit déjeuner* brachten. Jedes Gewerbe hatte offensichtlich seine eigene Zeit, zu der es in Aktion trat. Um zehn Uhr begaben sich die Rechtsanwälte in Perücke und Robe ins Châtelet und unterhielten sich lautstark mit ihren Klienten, die neben ihren Kutschen herliefen. Gegen Mittag tauchten die Börsenmakler auf. Aber um zwei Uhr war alles ruhig, denn da war Essenszeit, und die Stadt erwachte erst wieder um fünf zum Leben. Dann war sie auch am lautesten, denn die Straßen waren mit Kutschen und Fußgängern verstopft.

»Am gefährlichsten ist es bei Einbruch der Dunkelheit«, warnte mich der Comte. »Um diese Zeit darf keine Dame allein unterwegs sein. Es gibt überall Diebe und schlimmeres Gesindel. Die Nachtwächter machen noch nicht ihre Runden, und niemand ist sicher. Später, wenn die Straßen voller Menschen sind, ist es nicht mehr so arg.«

Um neun begannen die Vorstellungen in den Theatern, und danach wurde es auf den Straßen etwas ruhiger, bis gegen Mitternacht die Kutschen durch die Straßen rumpelten und die Leute von den Soupers und den Kartenpartien nach Hause brachten.

Ich liebte jedes Detail. Ich stand zeitig auf, um die Bauern zu sehen, die Obst, Blumen und alle möglichen Nahrungsmittel in *Les Halles* brachten. Ich sah zu, wie die Bäcker von Gonesse Brot lieferten. Ich kaufte Kaffee bei den Kaffeefrauen, die mit Zinnkannen auf dem Rücken an den Straßenecken standen; die Tasse kostete zwei Sous, und der Kaffee wurde in irdenen Gefäßen ausgeschenkt, aber er schmeckte mir wie Nektar. Ich liebte auch die Straßensänger, manche waren auf geistliche Lieder spezialisiert, manche auf Frivolitäten.

Der Comte genoß diese Tage ebenfalls. Er war sehr einfach gekleidet, wenn er mit mir fortging, und hielt mich immer am Arm fest. Ich war gerührt, weil er mich vor den Kot verspritzenden Kutschen schützte, denn der Pariser Schlamm war berüchtigt, er enthielt Schwefel, der Löcher in die Kleider brannte, wenn man ihn nicht sofort entfernte. Er zeigte mir Notre Dame, das Wahrzeichen dieser großen Stadt. Die Kathedrale war herrlich, aber noch mehr beeindruckte mich ihr Alter. Er zeigte mir die prächtigen Fensterrosen im nördlichen Querschiff und über der Orgel, stieg mit mir die dreihundertsiebenundneunzig Stufen der Wendeltreppe in den Turm hinauf, damit ich Paris aus der Vogelschau sehen konnte, setzte sich dann mit mir in das Dämmerlicht des Kirchenschiffs und erzählte mir von den Ereignissen, die sich rund um Notre Dame abgespielt hatten. Nachher betrachteten wir noch die Wasserspeier an den Mauern der Kathedrale, und sie machten tiefen Eindruck auf mich, weil sie so seltsam, so teuflisch, so listig aussahen.

»Warum hat man sie angebracht?« fragte ich. »Sie stören die Schönheit der Kirche.«

Dennoch konnte ich nicht aufhören, die scheußlichen Fratzen zu betrachten; sie waren finster und böse, aber vor allem blickten sie lüstern und schienen sich an dem Unglück der Menschen zu weiden.

»Worüber freuen sie sich?« fragte ich.

»Meiner Meinung nach über die Narrheit des menschlichen Wesens«, antwortete der Comte.

Er war fest entschlossen, mir wirklich ganz Paris zu zeigen. Wir kamen auch an zahlreichen Gefängnissen vorbei. An zwei erinnere ich mich – die Conciergerie am Quai de l'Horloge, deren Rundtürme man von den Brükken aus erblickte, und die Bastille an der Porte St. Antoine mit ihren finsteren Basteien und Türmen.

»Hier sind nicht nur Verbrecher eingekerkert«, erklärte der Comte. »Einige der Insassen sind Opfer ihrer Feinde... Männer, die die falsche Politik gemacht haben, oder die durch Intrigen am Hof in Ungnade fielen.«

Dann erzählte er mir von den berüchtigten *lettres de cachet*, den Haftbefehlen, die die Könige von Frankreich erließen. Sie mußten vom König persönlich unterschrieben und von einem Minister gegengezeichnet sein. »Es gibt keinen Einspruch dagegen. Jeder kann eines Tages einen *lettre de cachet* bekommen, und er wird nie den Grund dafür erfahren, denn wenn er erst einmal in der Bastille sitzt, hat er nicht viel Hoffnung, sie je wieder zu verlassen.«

»Aber das ist so unfair, so ungerecht«, protestierte ich.

»So ist das Leben oft. Man muß immer vorsichtig sein und darauf achten, daß man keinen falschen Schritt macht, der zu einer Katastrophe führen könnte.«

»Aber man kann doch seiner Sache nie ganz sicher sein.«

»Natürlich nicht. Man muß eben Vorsicht walten lassen; im Lauf der Zeit lernt man es. Nur die Jugend ist vorschnell.«

Damit ich nicht zu deprimiert war, besuchten wir am gleichen Abend ein Theater, und ich bewunderte die eleganten Toiletten und die komplizierten Frisuren der Besucherinnen.

Sophie begleitete uns. Ihr gefiel die Vorstellung, und nachdem wir ins *hôtel* zurückgekehrt waren, blieb ich noch in ihrem Zimmer, und wir plauderten über das Stück und den unterhaltsamen Abend. Allmählich lernte ich Sophie besser kennen und begriff, daß sie einsam gewesen war und sich wirklich darüber freute, nun eine Schwester zu haben.

Wir würden immer Freundinnen bleiben, beschloß ich. Doch dann fiel mir ein, daß ich bald nach England zurückkehren mußte, und fragte mich, wann wir einander wiedersehen würden. Wenn sie heiratet, werde ich sie besuchen, nahm ich mir vor, und dann wird sie einen Gegenbesuch bei mir machen.

Dann kam das große Ereignis: Versailles. Merkwürdigerweise beeindruckte es mich nach Paris nicht so sehr. Vielleicht war ich von soviel Glanz und Luxus übersättigt. Natürlich fand ich es wunderbar und die Gärten von Le Nôtre einmalig; die Terrassen und Statuen, die Bronzegruppen und Wasserbecken, in denen die Springbrunnen plätscherten, stammten aus einem Märchenreich. Die Orangerie war von Mansard errichtet worden, belehrte mich der Comte, und galt als das schönste Gebäude in Versailles, was ich gern glaubte. Es war unmöglich, von der großen zentralen Terrasse und dem Rasen, der *tapis vert* hieß (grüner Teppich), nicht beeindruckt zu sein. Am deutlichsten erinnere ich mich jedoch an den überfüllten Vorraum, der wegen seines ovalen Fensters *œil de bœuf* hieß, und in dem der Comte, Sophie und ich auf den König warteten.

Alle Anwesenden waren überaus elegant gekleidet, und der Comte hatte einen guten Platz an der Tür ausgewählt; rechts von ihm stand Sophie, links ich.

Im Zimmer herrschte unterdrückte Spannung; die Menschen waren so sehr darauf erpicht, daß der König sie bemerkte. Dann trat plötzlich Stille ein: Der König von Frankreich hatte den Raum betreten. Er war von mehreren Männern begleitet, aber ich hatte nur Augen für ihn. Er wirkte überaus vornehm und zurückhaltend.

Das Gesicht war schön, zwar von den Ausschweifungen gezeichnet, aber immer noch attraktiv. Er bewegte sich graziös und war überaus prächtig gekleidet; an seinem Rock glitzerten Diamanten.

Jetzt näherte er sich uns, und es war dem Comte gelungen, seine Aufmerksamkeit zu erregen. Ich wurde nach vorn geschoben und knickste so tief ich konnte. Sophie tat das gleiche, und der Comte verbeugte sich tief.

»Ah, Aubigné«, sagte der König; seine Stimme klang leise und angenehm.

»Erlauben Sie mir, Ihnen meine Töchter vorzustellen, Sire«, sagte der Comte.

Die müden Augen betrachteten mich. Dann erhellte ein bezauberndes Lächeln das Gesicht des Königs, und er sah mich offen an.

»Sie haben eine sehr hübsche Tochter, Comte.«

»Sie ist aus England zu Besuch gekommen, Sire, und wird bald wieder zu ihrer Mutter zurückkehren.«

»Ich hoffe, daß wir sie vor ihrer Abreise noch bei Hof sehen.«

Der König war weitergegangen. Jemand anderer verbeugte sich untertänig.

Der Comte war glücklich. Als wir in der Kutsche nach Paris zurückfuhren, stellte er fest: »Es war ein großer Erfolg. Er hat tatsächlich von dir gesprochen. Deshalb habe ich ihm gesagt, daß du nur zu Besuch hier bist. Du hast ihm gefallen, schmeichelt dir das nicht?«

»Ich habe gehört, daß er eine Vorliebe für junge Mädchen hat.«

Der Comte lachte. »Nicht für alle.« Sophie drückte sich in ihre Ecke. Sie tat mir leid, weil der König kaum einen Blick auf sie geworfen hatte.

Als wir das *hôtel* erreichten, bat mich der Comte, in den *petit salon* zu kommen, weil er mit mir sprechen müsse. Ich zog ein einfacheres Kleid an und begab mich dann in das Zimmer, in dem er schon auf mich wartete.

»Der Erfolg hat dich berauscht, nicht wahr?« begrüßte er mich.

»Es war nur ein sehr kurzer Erfolg.«

»Was hast du erwartet? Eine Einladung zum Souper? Die war zum Glück angesichts meiner Stellung nicht möglich.«

»Ich habe nichts erwartet. Ich war nur überrascht, weil er mich überhaupt angesehen hat.«

»Du bist schön, Lottie, du fällst überall auf. Jetzt, nachdem der König dich bemerkt hat, bist du an den Hof zugelassen. Es ist immer gut, wenn man diese Möglichkeit besitzt.«

»Aber ich werde bald heimreisen, denn ich bin ja nur zu einem kurzen Besuch hierhergekommen.«

»Hat dir dein Aufenthalt hier gefallen?«

»Er war wunderbar aufregend und schöner als alles, was ich bisher erlebt habe.«

»Ich habe nicht die Absicht, dich wieder herzugeben, nachdem ich dich eben erst gefunden habe.«

»Das hoffe ich auch.«

»Wir verstehen einander gut, Lottie, und wir haben uns sofort als Vater und Tochter gefühlt, nicht wahr?«

»Ja, das finde ich auch.«

»Dann kann ich dir ja sagen, daß ich deiner Mutter geschrieben, und sie um ihre Hand gebeten habe. Sie hat sich bereit erklärt, mich zu heiraten.«

»Aber...«, stammelte ich. »Sie ist ja in Eversleigh zu Hause.«

»Wenn eine Frau heiratet, verläßt sie ihr Heim und übersiedelt in das Haus ihres Mannes.«

»Heißt das, daß sie hier leben wird?«

Er nickte. »Und es ist zugleich auch dein Zuhause.«

Das war äußerst verwirrend. Zuerst ein neuer Vater, dann die Erlebnisse der letzten Wochen, und jetzt würde meine Mutter den Comte heiraten.

»Aber... ihr... hm... habt einander... jahrelang nicht gesehen, bevor du wieder nach England gekommen bist.«

»Wir haben einander vor langer Zeit geliebt.«

»Und dann... ist nichts mehr geschehen.«

»Nichts mehr geschehen! Du bist zur Welt gekommen. Außerdem sind wir jetzt beide frei, was damals nicht der Fall war.«

»Für mich kommt das alles zu plötzlich.«

»Manchmal überrumpeln einen die Ereignisse. Du scheinst dich jedoch nicht besonders zu freuen. Fragst du dich, was aus dir werden soll? Lottie, deine Mutter und ich bestehen darauf, daß du bei uns lebst. Das Château ist jetzt dein Zuhause.«

»Nein. Mein Zuhause ist in England. Dort lebt Dickon.«

»Du bist noch so jung, und du weißt, daß vorläufig von einer Heirat keine Rede sein kann.«

»Aber ich weiß, daß ich Dickon liebe, und daß er mich liebt.«

»Du mußt jedenfalls noch ein bißchen erwachsener werden, und warum sollte das nicht hier geschehen?«

Mir fiel keine Antwort mehr ein. Ich wollte allein sein, um diese neue Wendung in meinem Leben zu überdenken.

»Deine Mutter trifft drüben alle Vorbereitungen für ihre Übersiedlung nach Frankreich«, sagte der Comte.

»Sie kann Eversleigh doch nicht verlassen.«

»Sie wird eben gewisse Vorkehrungen treffen, das heißt, sie hat schon vor einiger Zeit damit begonnen. Wir sind uns vor zwei Wochen einig geworden – nachdem wir einander endlich wiedergefunden haben, wollen wir nicht Gefahr laufen, einander wieder zu verlieren. Ich kann dir wahrscheinlich nie begreiflich machen, Lottie, welche Freude es war, dich und deine Mutter zu finden. Ich habe während all dieser Jahre oft an sie gedacht, und ihr ist es genauso ergangen. Eine Liebe wie die unsere gibt es nur ganz selten.«

Ich nickte, und er lächelte mir zärtlich zu, weil ihm klar wurde, daß ich dabei an Dickon dachte.

»Jetzt haben wir die Möglichkeit, die verlorene Zeit nachzuholen, und wir werden uns durch nichts daran hindern lassen. Sobald deine Mutter hier eintrifft, werden wir heiraten. Ich wollte der erste sein, der es dir mitteilt. Wenn deine Mutter hier ist, wird sie dir erklären, welche Arrangements sie zu Hause getroffen hat. In der Zwischenzeit müssen wir uns mit den Hochzeitsvorbereitungen befassen.«

Er schloß mich in die Arme, zog mich an sich und küßte mich. Ich klammerte mich an ihn. Ich hatte ihn sehr gern und war stolz darauf, daß er mein Vater war. Aber wenn ich an meine Zukunft dachte, sah ich nur undurchdringlichen Nebel vor mir.

Die Mitglieder des Haushalts reagierten auf die Mitteilung, daß mein Vater wieder heiraten würde, mit einiger Bestürzung, obwohl niemand mir gegenüber eine Bemerkung fallen ließ. Armand zuckte zynisch amüsiert die Schultern, weil die Braut meine Mutter und das Ganze der Abschluß einer lange zurückliegenden Liebesaffäre war. »Damit bekommen wir mit einem Schlag eine Schwester und eine Stiefmutter«, meinte er, und ich war davon überzeugt, daß er sich mit seinen Freunden darüber lustig machte.

Sophie freute sich eigentlich. »Er wird mit seiner eigenen Hochzeit so beschäftigt sein«, vertraute sie mir an, »daß er nicht mehr daran denken wird, einen Ehemann für mich zu suchen.«

»Du machst dir zu viele Sorgen«, fand ich. »Wenn du den Mann nicht heiraten willst, den er für dich aussucht, dann sag es. Bleib fest. Sie können dich nicht schreiend zum Altar schleppen.«

Sie lachte mit mir – wir begannen, gut miteinander auszukommen.

Lisette geriet bei dem Gedanken an die Hochzeit ganz aus dem Häuschen.

»Er muß verliebt sein«, stellte sie fest, »denn es geht nicht darum, daß er einen Erben für den Besitz braucht.«

»Das ist bestimmt nicht der einzige Grund für eine Heirat«, widersprach ich.

»In Frankreich ist es meist der Hauptgrund, sonst würden die Männer nie heiraten. Sie halten sich viel lieber einen Haufen Mätressen.«

»Du bist wirklich eine Zynikerin. Glaubst du denn nicht an die Liebe?«

»Die Liebe ist sehr schön, wenn die Umstände so sind, daß sie blühen und gedeihen kann. Auf diesem Standpunkt stehen die meisten Menschen. Ich habe gelernt, die Tatsachen so zu nehmen, wie sie sind, und deshalb bin ich davon überzeugt, daß dein Vater verliebt ist.«

»Und das wundert dich?«

»Wahrscheinlich kann das jedem einmal passieren – sogar einem Mann wie dem Comte.«

Ich freute mich sehr, als meine Mutter endlich eintraf. Sie sah um Jahre verjüngt aus. Ich war von Zärtlichkeit für sie erfüllt, weil ich begriff, daß sie kein leichtes Leben gehabt hatte. Sie hatte zwar den Comte geliebt und ihren Mann betrogen, aber sie hatte diesen Fehltritt jahrelang bereut und unter ihrer sogenannten Sünde gelitten. Jetzt blühte sie auf; ihre Augen leuchteten, und ihre Wangen waren rosig angehaucht. Sie sah aus wie ein junges, verliebtes Mädchen.

Auch der Comte hatte sich verändert. Ich staunte darüber, daß zwei ältere Menschen – denn für mich waren sie älter – sich wie ein junges Liebespaar benahmen.

Sie schloß mich in die Arme, der Comte schloß mich in die Arme; jeder schloß jeden in die Arme. Dann kamen die Gefolgsleute in die Halle, um meine Mutter zu begrüßen. Sie verbeugten sich vor ihr, dann standen sie herum und unterhielten sich, und der Comte überblickte die Versammlung und lächelte wie ein wohlwollender Gott.

Armand und Sophie begrüßten meine Mutter jeder auf seine Art. Armand lächelte herablassend, als wären sie zwei übermütige Kinder, und Sophie war nervös, weil sie davon überzeugt war, daß meine Mutter etwas an ihr auszusetzen haben würde. Dabei hatte ich ihr versichert, daß meine Mutter der umgänglichste Mensch der Welt war.

Sie sollten in der darauffolgenden Woche in der Schloßkapelle getraut werden. Ich konnte es nicht erwarten zu erfahren, was es in Eversleigh Neues gab, aber erst viel später am Abend hatte ich Gelegenheit, mit meiner Mutter allein zu sprechen.

Wir hatten im Speisezimmer gegessen, und sie war vom Château genauso beeindruckt und bezaubert wie ich. Als wir uns vom Tisch erhoben, bat sie mich, sie in ihr Zimmer zu begleiten.

»Wir waren seit meiner Ankunft noch keinen Augenblick allein«, stellte sie fest.

In ihrem Zimmer wandte sie sich mir zu und sah mich an; der glückliche Ausdruck war aus ihrem Gesicht gewichen, und ich begann zu ahnen, daß nicht alles so war, wie es sein sollte.

»Ich möchte so viel wissen«, begann ich. »Wie steht es um Eversleigh? Was wird aus dem Besitz werden?«

»Das wollte ich dir eben erklären. Er befindet sich in guten Händen.«

Sie zögerte.

»Ist etwas nicht in Ordnung?«

»O nein, ganz im Gegenteil. Ich habe Eversleigh Dikkon überschrieben.«

Ich war begeistert. »Das hat er ja immer gewollt, und es ist bestimmt die beste Lösung.«

»Ja«, wiederholte sie, »das hat er gewollt, und es ist die beste Lösung.«

»Er wird also Eversleigh und Clavering besitzen. Vermutlich wird er die meiste Zeit in Eversleigh verbringen. Er liebt das Gut, und schließlich gehört er zur Familie. Wenn Onkel Carl nicht so exzentrisch gewesen wäre, hätte ohnehin Dickon alles geerbt.«

»Jetzt hat er es, und ich habe einen Brief für dich, Lottie.«

»Einen Brief?«

Sie brauchte lange, bis sie ihn hervorgekramt hatte, und dann hielt sie ihn, als wäre er eine gefährliche Waffe.

»Er ist von Dickon«, rief ich.

»Ja, er erklärt dir in ihm alles.«

Ich schlang ihr die Arme um den Hals und küßte sie. Ich wollte den Brief lesen, aber erst, wenn ich allein war; andererseits gehörte es sich nicht, daß ich davonlief.

»Ist das nicht herrlich! Jeder bekommt das, was er will. Du bist ja auch glücklich, Mutter, nicht wahr? Du liebst ihn doch wirklich?«

»Ich habe Gerard immer geliebt.«

»Es ist so romantisch wie in einem Märchen.«

»Wir haben vor, nach all den Jahren endlich glücklich zu sein. Du bist jetzt hier zu Hause, Lottie, das weißt du ja.«

»Es läßt sich wohl nicht anders einrichten. Aber ich werde meine Verwandten in England besuchen. Meine Großmutter wird vermutlich mit Dickons Mutter in Eversleigh wohnen.«

»Sie werden sich nicht von ihm trennen können, und Eversleigh ist ein weitläufiges Haus. Sie werden einander nicht im Wege sein.«

Ich lächelte glücklich. Ich würde nach Eversleigh fahren, und er würde dort auf mich warten. Ich umklammerte seinen Brief und mußte mich dazu zwingen, ihn nicht sogleich aufzureißen.

Wahrscheinlich erkannte meine Mutter meine Ungeduld, denn sie sagte: »Das war es eigentlich, was ich mit dir besprechen wollte.«

»Ich bin sehr froh, daß du da bist, Mutter«, antwortete ich. »Ich liebe das Château und freue mich für dich, daß du hier leben wirst. Jetzt lasse ich dich aber schlafengehen; wir können morgen früh weiterplaudern. Gute Nacht.«

»Gute Nacht, mein Kind. Vergiß nicht, daß ich immer nur dein Bestes will.«

»Das weiß ich. Gute Nacht, schlaf gut.«

Damit war ich fort.

Sobald ich in meinem Zimmer angelangt war, riß ich den Umschlag auf.

Meine geliebte kleine Lottie,
wenn du das liest, gehört Eversleigh mir. Es war wie ein Wunder. Der Prinz taucht aus heiterem Himmel auf, entführt deine Mutter auf sein romantisches Schloß, und sie überläßt mir Eversleigh. Das ist doch wirklich aufregend.

Ich denke oft an dich und an unsere kleine Romanze. Sie hat dir Spaß gemacht, nicht wahr? Wir haben versucht zu vergessen, daß du nur ein Kind bist, und ich muß zugeben, daß es uns gelegentlich gelungen ist. Aber gegen Tatsachen ist man machtlos. Du wirst jetzt in Frankreich leben und neue, interessante Leute kennenlernen, denn soviel ich weiß, führt Monsieur le Comte ein sehr abwechslungsreiches Leben. Ich freue mich wirklich für dich, daß es dir so gut gehen wird.

Ich werde bald mit meiner Mutter und deiner Großmutter nach Eversleigh übersiedeln. Es ist ein Familienhaus, in dem Generationen des Eversleigh-Clans gelebt haben... also werden sie auch nicht ausziehen, wenn ich heirate. Das wird vermutlich sehr bald der Fall sein. Ich bin wirklich um vieles älter als du, Lottie, und es ist an der Zeit, daß ich einen Hausstand gründe – vor allem jetzt, da ich Eversleigh und damit neue Verantwortungen übernommen habe.

Mein Segen begleitet dich, liebe Lottie. Hoffentlich vergißt du die schöne Zeit, die wir miteinander verbracht haben, nie.

Dickon

Ich las den Brief noch einmal. Was sollte das bedeuten? Drei Tatsachen prägten sich mir ein: Eversleigh gehörte ihm, ich war ein Kind, und er würde bald heiraten.

Alles war aus. Dickon liebte mich nicht mehr, begehrte mich nicht mehr. Er schrieb, als wäre alles zwischen uns nur eine Tändelei gewesen.

Mir wurde vieles klar. Er hatte wirklich nur Eversleigh besitzen wollen, und jetzt hatte ich keinen Platz mehr in seinen Zukunftsplänen.

In meinem ganzen Leben hatte ich mich noch nie so elend gefühlt. Ich warf mich aufs Bett und blickte zum Betthimmel hinauf.

Es war vorbei. Dickon mußte mich nicht mehr heiraten, um zu bekommen, was er sich wünschte.

Er hatte mich sitzengelassen.

II

Die Kupplerin

In der Hauptstadt und sogar im ganzen Land herrschte wegen der königlichen Hochzeit große Aufregung. Die Leute hatten ihre Unzufriedenheit vergessen und freuten sich auf die Fêtes und Unterhaltungen, die aus diesem Anlaß geplant waren. Das Wetter war schön, der Mai stand in voller Blüte.

Es war drei Jahre her, daß meine Mutter meinen Vater geheiratet hatte, und ich war überrascht, wie glücklich sie immer noch waren. Wahrscheinlich war ich eine kleine Zynikerin geworden. Durch Dickons Treulosigkeit war ich über Nacht erwachsen geworden. Ich dachte immer noch an ihn; für mich war er nach wie vor der vollkommene Liebhaber und würde es immer bleiben. Ich sprach mit Lisette und Sophie über ihn und verlor mich in romantischen Träumereien, deren Hauptthema darin bestand, daß alles ein schrecklicher Irrtum gewesen war. Er hatte diesen Brief gar nicht geschrieben; er hatte nicht geheiratet; er sehnte sich die ganze Zeit nach mir, denn er hatte einen gefälschten Brief von mir erhalten.

Der Traum war lächerlich, denn meine Großmutter und Sabrina berichteten in ihren Briefen immer wieder, wie glücklich Dickon mit seiner lieben Frau Isabel war, die ihm ein Vermögen und neue Interessen in die Ehe mitgebracht hatte.

Meine Mutter war immer verlegen und bedrückt, wenn sie mir die Briefe zu lesen gab, aber ich hatte gelernt, meine Gefühle nicht zu zeigen. Ich verschlang die

Briefe gierig und redete mir dann ein, daß kein Wort davon wahr war.

»Dickons Schwiegervater ist ein sehr einflußreicher Mann«, schrieb Sabrina. »Er ist Bankier und hoher Beamter bei Hof, obwohl wir nicht genau wissen, welche Funktion er dort ausübt. Er mischt bei allen möglichen Angelegenheiten mit, und das bedeutet, daß Dickon es ebenfalls tut. Er nützt jede Gelegenheit, die sich ihm bietet...«

Einmal besuchten uns meine Großmutter und Sabrina. Sie wollten sich davon überzeugen, daß meine Mutter und ich glücklich waren.

Dickon begleitete sie nicht. »Wahrscheinlich kann er nicht so rasch aufhören mitzumischen«, meinte ich boshaft.

Sie erklärten mir lachend, daß Dickon wirklich sehr beschäftigt war. Er hielt sich oft in London auf und mußte außerdem Eversleigh leiten. Er sammelte tüchtige Leute um sich... die richtigen Leute.

»Er spricht oft von dir, Lottie«, erzählte meine Großmutter. »Er war doch immer so lieb zu dir, nicht wahr? Nicht viele junge Männer hätten einem kleinen Mädchen soviel Aufmerksamkeit geschenkt.«

Meine Mutter unterbrach sie ziemlich scharf: »Er hat damals Eversleigh sehr viel Aufmerksamkeit geschenkt, und dazu gehörte eben auch Lottie.«

Meine Großmutter überhörte diese Bemerkung. »Es war reizend von ihm, sich für ein kleines Mädchen zu interessieren, und er hat sich bemüht, Lottie glücklich zu machen.«

Ja, dachte ich. Er hat mich auf eine Art geküßt, die ich heute noch nicht vergessen kann. Er hat von unserer Heirat gesprochen, und wie glücklich wir miteinander sein würden. Er hat mich dazu gebracht, mich in ihn zu verlieben. Er hat mich getäuscht, und als er Eversleigh bekam, ließ er mich einfach sitzen.

Ich wußte jetzt, daß meine Mutter dahinter gesteckt hatte. Sie hatte meinen Vater gebeten, zu uns zu kommen, sie hatte Eversleigh Dickon überlassen, weil sie davon überzeugt war, daß er dann aufhören würde, mir nachzustellen.

Und wie recht hatte sie damit gehabt! Wahrscheinlich hätte ich ihr dankbar sein müssen, aber ich war es nicht. Mir war es gleichgültig, weshalb Dickon mich gewollt hatte. Vielleicht zwang ich mich, ihn nicht zu vergessen; vielleicht gefiel mir die Vorstellung einer unerfüllten Liebe, weil sie meinem Leben eine interessante romantische Aura verlieh. Dennoch war es Tatsache, daß ich oft an Dickon dachte, und mit der Erinnerung kam auch die Sehnsucht nach ihm.

»Es gibt nur einen Wermutstropfen im Freudenbecher«, meinte Sabrina. »Sie können keine Kinder bekommen.«

»Die arme Isabel sehnt sich so sehr nach einem Kind«, fügte meine Großmutter hinzu. »Sie hat schon zwei Fehlgeburten gehabt. Dickon ist darüber enttäuscht.«

»Das ist eines der wenigen Dinge, die er nicht beeinflussen kann«, bemerkte ich.

Meine Großmutter und Sabrina erkannten gegen Dikkon gerichtete Ironie nie als solche. »Leider stimmt das«, pflichtete mir Sabrina traurig bei.

Und so sah die Lage zum Zeitpunkt der königlichen Hochzeit aus: ein kleines österreichisches Mädchen in meinem Alter, das nach Frankreich kam, um den Dauphin zu heiraten, der nicht viel älter war als sie. Der Comte würde am Hof weilen, und wir alle würden einem Teil der Festlichkeiten beiwohnen. Es würde Bälle und Ballettaufführungen geben, und wir würden einen Blick auf die berühmte Madame Dubarry erhaschen, die bei Hof für solche Empörung sorgte. Sie war vulgär und atemberaubend schön, und der König hing an ihr. Es hatte zahlreiche Versuche gegeben, sie vom Hof zu vertreiben, aber der König war ihr verfallen.

Irgendwo lief immer eine Intrige; das Leben war vielfältig und ungewiß – um so mehr, weil wir gelegentlich von Unruhen im Land hörten. In einer Kleinstadt war es zu Tumulten gekommen, die Heuschober eines Bauern waren in Brand gesteckt, ein Bäckerladen war geplündert worden. Kleine Aufstände an entlegenen Orten, die wir kaum beachteten. Schon gar nicht während der goldenen Tage vor der Hochzeit.

Ich fühlte mich jetzt im Château zu Hause, aber ich konnte mich nicht wirklich eingewöhnen. Es würde nie auf die gleiche Art mein Zuhause sein wie Clavering und Eversleigh. Dort hatte ich im Haus meiner Vorfahren gelebt – obwohl das auch für das Château zutraf; doch es blieb mir immer irgendwie fremd.

Meine Mutter hatte sich mühelos eingelebt und sich ohne Schwierigkeiten in die Rolle der Madame la Comtesse gefunden. Obwohl sie immer ein sehr ruhiges Leben geführt hatte, machte sie in der Gesellschaft gute Figur, und sie hatte sich einen Hauch von Unschuld bewahrt, der ihr sehr gut stand. Sie hatte etwas Jungfräuliches an sich, und doch wußten alle, daß sie das Kind des Comte – mich – zur Welt gebracht hatte, während sie die Frau eines anderen Mannes gewesen war. Und der Comte war ein liebevoller, treuer Ehemann geworden, was niemand für möglich gehalten hätte. Das war das Wunder der wahren Liebe. So wäre es auch bei Dickon und mir gewesen, redete ich mir ein, wenn man uns erlaubt hätte, einander zu heiraten.

Sophie und ich wurden auf französische Art erzogen, das heißt, das Hauptgewicht lag auf Lebensart und weniger auf Gelehrsamkeit. Die Literatur war wichtig, ebenso Kunstverständnis in jeder Form; außerdem mußten wir uns gewählt ausdrücken und uns witzig und charmant unterhalten können; wir mußten höfische Künste wie Tanzen und Singen lernen und ein Musikinstrument beherrschen; und wir hatten für jedes dieser Fächer einen eigenen Lehrer. Ich fand das alles sehr interessant – viel interessanter als den Unterricht durch meine englischen Gouvernanten. Lisette nahm an den Stunden teil.

Sie hatte eine sehr gute Auffassungsgabe und lernte eifrig, als wolle sie um jeden Preis glänzen, was ihr auch gelang. Sophie kam nicht ganz mit. Ich versuchte oft, ihr zu erklären, daß sie nicht langsamer von Begriff war als ich, sondern daß sie es sich nur einredete.

Sie schüttelte immer nur den Kopf dazu, und Lisette behauptete, daß sie erst darüber hinwegkommen würde, wenn sie verheiratet war und einen Mann und Kinder hatte, die sie anbeteten. »Aber das wird nie geschehen«, fügte sie hinzu, »denn selbst wenn der Fall wirklich eintritt, wird sie es nicht glauben.«

Lisette und ich waren sehr übermütig; wenn etwas verboten war, packte uns immer die Versuchung, es dennoch zu tun. Als wir einmal in Paris waren, schlüpften wir nach Einbruch der Dunkelheit aus dem Haus und spazierten durch die Straßen, was sehr gewagt war. Zwei Edelleute sprachen uns an, und wir bekamen Angst, als sie uns an den Armen festhielten und nicht fortlassen wollten.

Lisette schrie, so daß ein paar Passanten aufmerksam wurden. Zum Glück blieben sie stehen, und Lisette rief, daß wir gegen unseren Willen festgehalten würden. Die beiden Männer ließen uns los, und wir rannten aus Leibeskräften, bis wir uns im *hôtel* in Sicherheit befanden. Wir versuchten es kein zweitesmal, aber es war ein herrliches Abenteuer gewesen.

Sophie war ganz anders geartet, schüchtern und gehorsam; wir hatten immer große Schwierigkeiten, wenn wir sie zu etwas Verbotenem überreden wollten.

Dadurch freundete ich mich mehr mit Lisette an, während Sophie ein bißchen die Außenseiterin blieb.

»Es sieht aus, als wären wir beide die Schwestern«, bemerkte Lisette.

Es gab einen einzigen Menschen, vor dem Lisette Angst hatte, und das war Tante Berthe. Aber vor dieser beeindrukkenden Dame hatte der gesamte Haushalt Respekt.

Sophie wurde die Angst nicht los, daß ihr Vater einen Mann für sie finden würde; sie war davon überzeugt, daß ihr künftiger Ehemann sie nicht mögen würde, weil man von ihm erwartete, daß er sie heiratete.

»Es gibt einen Trost, wenn man die Nichte der Haushälterin ist«, meinte Lisette. »Vermutlich werde ich mir meinen Mann selbst auswählen können.«

»Ich wäre nicht überrascht, wenn Tante Berthe ihn dir aussucht«, widersprach ich.

»Meine liebe Lottie, niemand, nicht einmal Tante Berthe, könnte mich dazu bringen, jemanden zu heiraten, den ich nicht will.«

»Auch ich würde es nicht tun«, bestätigte ich.

Sophie hörte und mit großen Augen ungläubig zu.

»Was würdet ihr denn tun?« wollte sie wissen.

»Davonlaufen«, prahlte ich.

Lisette meinte achselzuckend: »Wohin denn?«

Aber ich war davon überzeugt, daß meine Mutter nicht zulassen würde, daß man mich zu einer Heirat zwang, deshalb fühlte ich mich sicher.

Dann erwähnte meine Mutter eines Tages, etwa sechs Wochen vor der königlichen Hochzeit, daß sie und der Comte Freunde bei Angoulême besuchen und Sophie mitnehmen würden.

Sophie geriet außer sich, denn das konnte nur eines bedeuten – eine Verlobung. Der Comte reiste nämlich an und für sich nicht gern in Sophies Begleitung.

Als wir erfuhren, daß ihr Ziel das Château de Tourville war und daß es in der Familie einen unverheirateten, zwanzig Jahre alten Sohn gab, waren wir davon überzeugt, daß Sophies Befürchtungen gerechtfertigt waren.

Ich verabschiedete mich von meinen Eltern und der verzweifelten Sophie und lief dann zu Lisette. Wir stiegen auf einen Turm hinauf und sahen der Kavalkade nach, bis sie außer Sicht war.

»Die arme Sophie«, meinte Lisette. »Charles de Tourville ist ein Lebemann.«

»Woher willst du das wissen?«

»Als Tochter der Haushälterin hört man vieles. Die Dienerschaft weiß alles über ihre Familie, und es gibt Verbindungen zwischen den einzelnen Häusern. Allerdings mißtrauen sie mir in den Dienerzimmern ein wenig. Ich verfüge über eine gewisse Bildung und stehe mit den Töchtern des Hauses auf vertrautem Fuß. Das will aber nichts besagen. Sophie ist so sanft, und du bist schließlich ein kleiner Bastard, auch wenn deine Eltern sich mit einiger Verspätung zu einem ehrbaren Lebenswandel entschlossen haben.«

Lisettes Geplauder belustigte mich immer. Manchmal tat sie, als verachte sie den Adel, aber sie gab sich im Unterricht sehr viel Mühe, weil sie für eine Adelige gehalten werden wollte. Ich träumte davon, daß Dickon eines Tages mit reumütigen Erklärungen und heißen Liebesschwüren zu mir zurückkehren würde, sie träumte davon, daß sie einen Herzog heiraten, bei Hof zugelassen werden, vielleicht die Aufmerksamkeit des Königs erregen und genausoviel Einfluß gewinnen würde wie Madame Dubarry. Wir lagen oft auf dem Rasen neben dem Wassergraben und schmiedeten Zukunftspläne, die Sophie verblüfften, weil sie so fantastisch waren und einander in einer Beziehung glichen: Lisette und ich waren immer die Heldinnen von romantischen Abenteuern.

Während Sophies Abwesenheit, die vierzehn Tage dauerte, von denen allerdings ein großer Teil auf die Reise entfiel, dachten wir oft an sie und fragten uns, ob sie bei ihrer Rückkehr mit Charles de Tourville verlobt sein würde. Wir überlegten uns, wie wir sie trösten und ihr begreiflich machen konnten, daß eine Heirat nichts Entsetzliches an sich hatte.

Als sie dann zurückkam, waren wir verdutzt. Sie war ein anderer Mensch, beinahe hübsch geworden. Sogar ihr glattes Haar schimmerte, und auf ihrem Gesicht lag ein verklärter Ausdruck.

Lisette und ich sahen einander an; wir mußten herausfinden, was an dieser Veränderung schuld war.

Wir hätten es uns denken können. Sophie war verliebt. Sie sprach sogar darüber.

»In dem Augenblick, in dem ich Charles erblickte... wußte ich... und ihm ging es genauso. Ich konnte es nicht glauben. Wie ist es möglich...«

»Was ist möglich?« fragte Lisette.

»Daß er verliebt ist... in mich...«

Lisette und ich freuten uns für sie. Wir mochten sie sehr und versuchten oft, ihr zu helfen. Sie sprach nur noch von Charles de Tourville... wie gut er aussah, wie charmant, wie klug er war. Sie waren zusammen ausgeritten – natürlich nicht allein, sondern in Begleitung, aber Charles hatte es immer so eingerichtet, daß er neben Sophie ritt. Ihr Vater und Charles' Vater waren Freunde geworden, und meine Mutter und Charles' Mutter hatten viele gemeinsame Interessen entdeckt.

Der Besuch war ein großer Erfolg gewesen und hatte für Sophie sehr viel verändert.

Sie hatte zu sich selbst gefunden, hatte erkannt, daß sie es vor allem sich selbst zuzuschreiben hatte, wenn sie nicht anziehend wirkte. Sie war immer noch zurückhaltend – sie konnte sich schließlich nicht über Nacht vollkommen verändern –, aber Charles hatte einen sehr guten Einfluß auf sie, und ich schloß ihn deshalb ins Herz, noch ehe ich ihn kennenlernte.

Als wir allein waren, fragte mich Lisette: »Glaubst du, daß er sich wirklich in sie verliebt hat, oder strebt er nur eine Verbindung mit den Aubignés an, die für die Tourvilles sehr wünschenswert wäre?«

Ich sah die kluge Lisette mit einiger Besorgnis an; sie

hatte ihre Ohren überall und kannte allen Klatsch, der unter der Dienerschaft umging. Auch mir war dieser Gedanke gekommen, aber ich wollte ihn nicht wahrhaben. Ich wünschte Sophie so sehr, daß sie glücklich wurde.

Schließlich sprach ich mit meiner Mutter darüber, und sie meinte: »Alles hat sich so abgespielt, wie wir es erhofft hatten. Charles ist wirklich charmant, und die Tourvilles legen natürlich großen Wert auf diese Verbindung. Es hat uns alle überrascht, daß Sophie solchen Anklang gefunden hat. Charles hat sie verzaubert.«

»Der Zauber der Liebe«, stellte ich pathetisch fest.

»Ja«, bestätigte meine Mutter. Sie dachte ganz offensichtlich an die Zeit, als mein Vater in ihr Leben getreten war und ihr gezeigt hatte, daß sie über Eigenschaften verfügte, die ihr gar nicht bewußt gewesen waren. Das gleiche hatte Charles bei Sophie bewirkt.

Sophie würde also heiraten. Da die königliche Hochzeit im Mai stattfinden sollte und der gesamte Hof sowie alle Bekannten meiner Eltern davon in Anspruch genommen waren, wurde Sophies Hochzeit auf einen späteren Zeitpunkt verschoben. Die Vorbereitungen nahmen ohnehin viel Zeit in Anspruch, denn der Ehekontrakt mußte abgefaßt werden, und dazu waren zahlreiche Verhandlungen zwischen den beiden Familien erforderlich.

Sophie war jetzt das wichtigste Mitglied unseres Haushalts. Sie bekam eine eigene Zofe – Jeanne Fougère, die nur wenige Jahre älter war als sie, als Küchenmädchen begonnen hatte und begeistert war, weil sie jetzt zur Zofe aufgestiegen war. Sie nahm ihre Pflichten sehr genau, und weil Sophie sich so darüber freute, daß sie nun eine eigene Kammerjungfer hatte, und Jeanne so glücklich über die neue Stellung war, gewannen sie rasch Vertrauen zueinander.

Ich beobachtete mit Vergnügen Sophies Fortschritte, aber Lisette wurde unruhig. Sie war mit uns zusammen erzogen worden und hatte dennoch keine Möglichkeit, die gesellschaftliche Barriere zu überschreiten. Sie aß nicht mit uns, sondern nahm ihre Mahlzeiten mit Tante Berthe und Jacques, dem Majordomus, in einem eigenen kleinen Eßzimmer ein, in dem es womöglich noch förmlicher zuging als bei uns. Lisette machte sich heimlich über das Tischzeremoniell lustig; aber da Tante Berthe und Jacques ausgesprochene Feinschmecker waren, standen ihre Mahlzeiten denen im großen Familienspeisezimmer nicht im geringsten nach.

Es war typisch für Lisette, daß sie ausgerechnet jetzt einen Einfall hatte, der sehr unterhaltsam zu werden versprach und mit dem wir Sophie beweisen konnten, daß auch wir ein aufregendes Leben führten.

Eines der Dienstmädchen hatte ihr von Madame Rougemont, der großen Hellseherin, erzählt, die in die Zukunft blicken konnte.

Das Dienstmädchen hatte Madame Rougemont persönlich aufgesucht, und es war ein aufregendes Abenteuer gewesen. Madame Rougemont hatte aus ihren Handlinien gelesen und in eine Kristallkugel geblickt.

»Ich sehe einen großen dunklen Herrn«, hatte sie dem Mädchen gesagt. »Du wirst ihn bald kennenlernen, und er wird sich in dich verlieben.«

»Und denk dir«, erzählte Lisette, »kaum hatte sie Madame Rougemonts Salon verlassen, stand dieser Herr vor ihr, sprach sie an, und sie wird ihn wiedersehen. Ist das nicht seltsam?«

Je länger Lisette darüber nachdachte, desto entschlossener war sie, gemeinsam mit mir zu Madame Rougemont zu gehen. Ich erinnerte sie daran, daß unser erster derartiger Ausflug nicht gerade erfolgreich verlaufen war; mir saß der Schreck heute noch in den Gliedern. Lisette tat meine Bedenken ab. »Wir trugen damals nicht die richtigen Kleider; wir müssen uns diesmal andere verschaffen.«

Vermutlich hätten uns die übrigen Dienstmädchen

passende Kleidung geborgt, aber Lisette hatte erfahren, daß auf der Place de Grève getragene Kleidung verkauft wurde und fand, daß es unserem Abenteuer erst die richtige Würze verlieh, wenn wir sie selbst kauften.

Wir mußten zeitig am Morgen heimlich aus dem Haus schlüpfen, was nicht leicht war, weil wir unserer Gouvernante und unseren Lehrern aus dem Weg gehen mußten. Wir trugen dabei unsere Morgenröcke, weil sie die einfachsten Kleidungsstücke waren, die wir besaßen.

Was für ein Spaß war es, durch Paris zu schlendern. Es wirkte ganz anders, als wenn man nur durchritt; man sah mehr und wurde in das lebhafte Treiben mit einbezogen.

Auf den Straßen waren viele Menschen unterwegs, und niemand beachtete uns; nur gelegentlich warf uns ein Mann einen abschätzenden Blick zu.

Lisette, die mehr Freiheit genoß als ich, kannte sich in Paris gut aus. Sie durfte gelegentlich in Begleitung eines Bediensteten Besorgungen für Tante Berthe machen und zeigte mir im Vorübergehen die verschiedenen Geschäfte.

»Das ist der Gemischtwarenhändler und Apotheker. Hier kann man alles mögliche kaufen... Brandy, Farbe, Zucker, Limonade und auch Konfitüren mit Arsenik und *aqua fortis*. Wenn du jemanden vergiften willst, mußt du nur hierher gehen.«

»Mischen die Menschen tatsächlich Gift unter...«

»Und ob. Hast du nie von der Marquise de Brinvilliers gehört, die vor hundert Jahren die Menschen vergiftet hat, die ihr im Weg gestanden haben? Sie probierte ihre Gifte an den Patienten in den Krankenhäusern aus, brachte ihnen Süßigkeiten und kam am nächsten Tag wieder, um zu sehen, ob sie die gewünschte Wirkung gehabt hatten.«

»Das ist ja teuflisch!«

Lisette zeigte mir die engen, gewundenen Straßen, die wir nicht betreten durften und die sogar sie mied. Dabei bemerkte sie eine alte *marcheuse*, ein verschüchtertes, kleines

Geschöpf, das an uns vorbeischlurfte; ihr Gesicht war von den Spuren einer entsetzlichen Krankheit gezeichnet.

»Einmal war sie eine schöne Frau«, erzählte Lisette. »Aber das Leben in der Sünde hat sie krank gemacht, und jetzt kann sie nur Botengänge für die elendsten Prostituierten machen. Das soll uns allen eine Lehre sein«, fügte sie fromm hinzu. »Uns Frauen können wirklich schreckliche Dinge zustoßen.«

Zum Glück hielt Lisettes düstere Stimmung nie lange an; kurz darauf strahlte sie wieder.

»Hier ist die Place de Grève. Heute finden hier keine Hinrichtungen statt, weil Montag ist... statt dessen gibt es hier getragene Kleider.«

Vor uns befand sich eine lärmende Menschenmenge – hauptsächlich Frauen –, die in allen möglichen Kleidern herumstolzierten. Einige trugen federgeschmückte Hüte, andere hatten die gekauften Kleider über ihre eigenen gestreift. Sie schrien, lachten und schnatterten durcheinander, und die Verkäufer bei den Ständen riefen: »Sie sehen wunderbar aus! Das Kleid steht Ihnen großartig.«

»Komm«, drängte Lisette, und wir stürzten uns ins Gewühl. Lisette fand ein braunes Kleid, das zwar ziemlich dunkel war, aber ihr blondes Haar gut zur Geltung brachte. Ich wählte ein einfaches, dunkelrotes Kleid in der Art, wie es die Frauen von Geschäftsleuten trugen.

Das Einkaufen hatte Spaß gemacht, und niemand beachtete uns, als wir durch die Straßen zurück ins *hôtel* liefen. Wir gingen auf mein Zimmer, probierten die Kleider an und lachten uns dabei schief.

Wir konnten das eigentliche Abenteuer kaum noch erwarten. Lisette kannte den Weg genau, denn das Dienstmädchen war am vorhergehenden Tag mit ihr an dem Haus vorbeigegangen.

Unterwegs kamen wir bei der Bastille vorbei, und mich überlief ein Schauder, wenn ich daran dachte, wieviele Unschuldige dort eingekerkert waren.

Ich versuchte, mit Lisette darüber zu sprechen. Sie mußte doch über die *lettres de cachet* Bescheid wissen, aber sie interessierte sich nur für ihr künftiges Schicksal.

Das Haus lag in einer engen Gasse. Wir stiegen ein paar Stufen hinauf, standen vor einer schweren, offenen Tür und betraten den Vorraum. Dort saß eine Concierge in einer Art Käfig mit Glasfenster, durch die sie jeden sah, der hereinkam.

»Die Treppe hinauf«, wies sie uns an.

Wir gehorchten. Eigentlich hatte ich etwas ganz anderes erwartet. Ein roter Teppich lag auf der Treppe, und das Haus war geschmacklos, aber luxuriös eingerichtet.

Ein Mädchen in einem tiefausgeschnittenen blauen Kleid trat aus einem Zimmer im ersten Stock. Es musterte uns lächelnd von oben bis unten.

»Ihr wollt euch die Zukunft wahrsagen lassen?«

»Ja«, bestätigte Lisette.

»Folgt mir.«

Sie führte uns in einen kleinen Raum und forderte uns auf, Platz zu nehmen. Lisette kicherte, denn inzwischen war sie ebenfalls ein bißchen aufgeregt. Ich hatte das deutliche Gefühl, daß es nicht sehr klug von uns gewesen war, hierher zu kommen, und mußte immerzu an unser erstes Abenteuer denken.

Lisettes Augen hingegen glänzten; sie genoß dieses Erlebnis sichtlich.

»Warum müssen wir warten?« flüsterte ich.

»Vielleicht ist gerade ein Klient bei der Madame Rougemont.«

Dann erschien das Mädchen wieder.

»Madame Rougemont wird euch jetzt empfangen.«

Wir folgten unserer Führerin in einen Raum mit einem großen Fenster, das auf die Straße ging.

Madame Rougemonts Gesicht war stark geschminkt und mit Schönheitspflästerchen übersät, so daß man sich kaum ein Bild davon machen konnte, wie sie wirklich aussah. Sie trug ein rotes Samtkleid, ihre Frisur war überaus kompliziert, und ich war davon überzeugt, daß sie nicht nur aus ihrem eigenen Haar bestand. Ihre dikken Hände waren mit Ringen überladen; sie sah reich und vulgär aus und flößte mir Angst ein. Wenn ich allein gewesen wäre, hätte ich vermutlich auf der Stelle kehrtgemacht und wäre davongelaufen.

»Ihr möchtet also einen Blick in die Zukunft werfen, meine Lieben?« fragte sie mit honigsüßem Lächeln.

Wieder war es Lisette, die mit »Ja« antwortete.

»Natürlich, warum wärt ihr sonst hier? Setzt euch.«

Sie musterte uns. »Zwei hübsche junge Damen, denen ich gern eine glückliche Zukunft weissagen werde. Habt ihr genügend Geld dabei?«

Lisette zog das Geld aus der Tasche.

Madame Rougemont nahm es entgegen und legte es in eine Schublade. Dann betrachtete sie uns wieder aufmerksam.

»Setzt euch mir gegenüber an diesen Tisch, meine Lieben. Während ich der einen ihre Zukunft verkünde, kann die andere zuhören... außer, es ergeben sich Geheimnisse. Die würde ich nur jeder allein sagen; aber zuerst wollen wir einmal sehen, ob das überhaupt notwendig ist. Ihr seid sehr jung, nicht wahr? Verratet mir euer Alter, meine Kleinen, es hilft mir ein bißchen.«

Lisette sagte, daß sie siebzehn war. Ich übertrieb ein wenig und behauptete, daß ich sechzehn wäre.

»Und ihr lebt in Paris?«

»Zeitweise«, antwortete ich.

»Aha. Ihr arbeitet bei einer der reichen Familien, nicht wahr?«

»Ja«, bestätigte ich schnell.

»Das habe ich mir gedacht. Reicht mir eure Hände.«

Sie ergriff meine zuerst. »Eine hübsche kleine Hand, so weiß und rein. Wie schaffst du es nur, daß sie so weiß ist... Wie die Hände einer Dame. So sehen sie tatsächlich aus.«

Ihre Finger umfaßten meine Hand fest, und der Ausdruck in ihren Augen erschreckte mich. Wir hätten nicht hierherkommen dürfen. Ich sah zu Lisette hinüber, die jedoch völlig unbeeindruckt war.

Jetzt hatte Madame Rougemont Lisettes Hand ergriffen und hielt uns beide fest.

»Noch eine hübsche kleine Hand«, meinte sie. »Oh, ich sehe hier große Ereignisse. Reiche Ehemänner für beide... weite Reisen, viel Abwechslung... ihr werdet sehr glücklich sein.«

»Trifft das auf uns beide zu?« fragte ich ungläubig.

»Es gibt natürlich kleine Unterschiede, aber ihr seid zwei vom Glück begünstigte junge Damen. Ihr werdet eurem Schicksal begegnen... eine von euch sogar heute noch.«

»Welche?« wollte Lisette wissen.

Madame legte die Hand an die Stirn und schloß die Augen.

»Befragen wir die Kristallkugel«, meinte sie. »Zuerst die Blonde.«

Sie zog die Kugel zu sich und schloß wieder die Augen. Dann begann sie, wie im Traum zu sprechen. »Ich sehe ihn. Er ist groß, dunkel und sieht gut aus. Er ist nahe... sehr nahe... Er wird dich innig lieben, du wirst in vornehmen Kutschen fahren, aber hüte dich davor zu zögern. Wenn du nicht zugreifst, entschwindet dein Glück.« Dann wandte sie sich an mich. »Und nun du, meine Kleine. Auch dein Schicksal wird sich bald entscheiden, und es liegt in deinen Händen. Wenn sich dir die Chance bietet, mußt du bereit sein, sie zu ergreifen. Auch du könntest durch Zögern alles verlieren. Es kommt vielleicht plötzlich, aber wenn du nicht nach dem greifst, was dir die Götter anbieten, wirst du es dein Leben lang bereuen. Dein Schicksal ist mit dem Leben des blonden Mädchens eng verflochten und deshalb kann ich nicht offener sprechen. Verzweifelt nicht. Wenn euer Schicksal sich nicht heute erfüllt, dann morgen.«

Ich stand auf, denn ich war allmählich sehr beunruhigt. Der Raum bedrückte mich so sehr, daß ich mir wie in einem Gefängnis vorkam.

»Wir müssen nun gehen«, mahnte ich. »Danke, Madame Rougemont.«

Lisette stand ebenfalls auf; wahrscheinlich spürte sie meine Unruhe.

»Ihr nehmt sicherlich gern eine kleine Erfrischung zu euch«, meinte Madame Rougemont. »Ich bewirte meine Kunden immer in einem kleinen Salon auf der anderen Seite des Korridors. Kommt mit.«

»Nein, wir müssen gehen«, widersprach ich.

Aber sie hielt uns an den Armen fest.

»Ich serviere meinen Gästen Wein, und viele Damen und Herren kommen zu mir, wenn sie durstig sind.«

Das Mädchen, das uns empfangen hatte, tauchte wieder auf; es öffnete eine Tür, und wir wurden mehr oder weniger in einen Raum geschoben, in dem kleine Tische und rote Plüschstühle standen.

In einem der Stühle saß ein hochgewachsener, gut aussehender Mann mit dunklem Haar.

»Oh, Monsieur St. Georges«, begrüßte ihn Madame. »Ich freue mich, Sie zu sehen. Ich wollte gerade mit diesen beiden jungen Damen ein Glas Wein trinken. Bitte leisten Sie uns doch Gesellschaft.«

Ein Kellner tauchte auf, sie nickte ihm zu, und er verließ den Raum.

Monsieur St. Georges verbeugte sich und küßte zuerst Lisette und dann mir die Hand, wobei er uns versicherte, wie sehr er sich freue, uns kennenzulernen.

Wir setzten uns an den Tisch; meine Angst war beinahe vergangen. Lisette genoß das Abenteuer sichtlich.

»Diese jungen Damen arbeiten in einem der vornehmen Häuser«, erwähnte Madame Rougemont. »Das stimmt doch, nicht wahr, meine Lieben?«

»In welchem denn?« fragte der junge Mann.

Lisette und ich wechselten einen Blick, und ich wurde rot. Wir gerieten in Schwierigkeiten, wenn jemand erfuhr, daß wir bei der Wahrsagerin gewesen waren. Tante Berthe warnte Lisette ständig vor den Gefahren von Paris.

Die Stille dauerte ein paar Sekunden. Wir suchten beide den Namen einer reichen Familie, die wir nennen konnten.

Lisette war schneller als ich. »In dem *hôtel* d'Argenson.«

»Und das befindet sich in...«, Monsieur St. Georges stockte.

Wieder eine Pause, dann ergänzte Lisette: »In Courcelles.«

»Da haben Sie ja einen weiten Weg hinter sich.«

»Wir gehen gern spazieren«, warf ich ein.

»Ich verstehe.«

Er trank einen Schluck Wein und machte Madame Rougemont ein Zeichen, die sich sofort erhob. »Ich muß mich leider um meinen nächsten Kunden kümmern«, entschuldigte sie sich. Dann beugte sie sich zu Lisette und flüsterte ihr etwas ins Ohr. Lisette verriet es mir später; sie hatte gesagt: »Das ist dein gut aussehender dunkler Mann.«

Als sie das Zimmer verlassen hatte, fuhr er uns an: »Wer seid ihr, und was habt ihr in einem solchen Haus zu suchen?«

»Was wollen Sie denn damit sagen?« rief ich. »Ein solches Haus...«

»Habt ihr denn keine Ahnung, wo ihr euch befindet? Mon Dieu, wie kann man in Paris so ahnungslos sein. Sagt mir jetzt die Wahrheit: Wo wohnt ihr? Ihr seid keine Dienstmädchen. Woher habt ihr diese Kleider?«

»Von der Place de Grève«, antwortete ich.

Er lächelte. »Und ihr wohnt...«

»In der Rue Saint Germain.«

»In welchem Haus?«

»Das geht Sie nichts an«, meinte Lisette schnippisch.

»Oh, doch, meine kleine Dame, denn ich werde euch dorthin zurückbringen.«

Ich war zutiefst erleichtert und dankbar und antwortete, bevor Lisette zu Wort kam: »Im Hôtel d'Aubigné.«

Er schwieg einen Augenblick und schien sich das Lachen zu verbeißen.

»Ihr seid wirklich äußerst abenteuerlustig«, meinte er dann. »Kommt jetzt, ihr fahrt nach Hause.«

Er führte uns zur Tür, und als wir sie erreichten, trat uns Madame Rougemont entgegen.

»Nun, Monsieur St. Georges, sind Sie zufrieden?«

»Ich bringe diese Damen nach Hause«, zischte er leise.

»Sie gehören einer der großen Adelsfamilien an. Wo haben Sie nur Ihre Augen, Sie leichtfertige Person?«

Er war deutlich böse auf sie, doch als er sich uns zuwendete, lächelte er wieder.

»Ich werde euch in einen *pot de chambre* setzen, der euch ins *hôtel* zurückbringen wird. Geht sofort ins Haus und seid nie wieder unvernünftig.«

»Wieso ist es unvernünftig, wenn man etwas über seine Zukunft wissen will?« begehrte Lisette auf.

»Weil nur Betrüger wahrsagen. Außerdem ist diese Frau in Wirklichkeit etwas ganz anderes als eine Wahrsagerin. Ihr seid zu jung, um es zu verstehen, aber tut so etwas nie wieder. Sonst verdient ihr das, was euch dann widerfährt. Jetzt fahrt nach Hause und stellt keinen solchen Unsinn mehr an.«

Wir traten auf die Straße hinaus, er rief eine Droschke herbei, bezahlte den Kutscher und sagte ihm, wohin er uns bringen solle. Als wir abfuhren, verbeugte er sich.

Wir kamen in gedrückter Stimmung ins *hôtel* zurück. Dort gingen wir sofort auf mein Zimmer und zogen uns um. Erst jetzt dachte ich voll Widerwillen darüber nach, wer mein Kleid wohl vor mir getragen hatte.

»Ein seltsames Abenteuer«, stellte ich fest. »Was hat er eigentlich gemeint?«

Lisette sprach nicht, wußte aber offensichtlich genau, worum es in Wahrheit ging.

Madame Rougemont war eine sogenannte Kupplerin. Das Wahrsagen war nur Tarnung. Der dunkelhaarige, gut aussehende Herr wartete, während sie den Mädchen Wein vorsetzte, damit sie willfährig wurden.

»Das denkst du dir nur aus.«

»Nein, es liegt auf der Hand. Das Dienstmädchen hat den jungen Mann kennengelernt, weil er auf sie gewartet hat.«

»Willst du damit sagen, daß Monsieur St. Georges auf uns gewartet hat?«

»Er ist ein Adeliger. Deshalb durfte er zwischen zwei Mädchen wählen.«

»Aber er hat es nicht getan.«

»Weil er erkannt hat, wer wir tatsächlich sind. Stell dir den Zorn des Comte vor, wenn dir etwas zugestoßen wäre.«

Ich starrte sie entsetzt an.

Lisette dachte eine Weile nach. »Ich möchte wissen, wen von uns beiden er gewählt hätte.«

Im *hôtel* sollte aus Anlaß von Sophies Verlobung ein großer Ball stattfinden, und die Vorbereitungen dafür begannen schon Tage vorher. Sophie war vor Aufregung außer sich, und ich fand es herrlich, weil sie so glücklich war. Das neue Ballkleid, das für sie angefertigt wurde, stand ihr ausgezeichnet, und ich sollte auch eines bekommen.

»Es wird ein einmaliges Fest«, meinte sie, »du wirst endlich Charles kennenlernen und selbst beurteilen können, was für ein wunderbarer Mensch er ist.«

»Ich freue mich schon darauf. Er muß eine Art Zauberkünstler sein.«

»Er ist ein ganz besonderer Mensch«, rief sie verzückt.

Wir suchten gemeinsam immer wieder die Schneiderin auf, deren Salon als der beste in ganz Paris galt. Sophies Kleid war hell türkisblau, der Rock bestand aus vielen Lagen Chiffon, und das Mieder war tief ausgeschnitten und lag so eng am Körper an, daß sie beinahe schlank wirkte. Wenn man ihr strahlendes Gesicht sah, vergaß man ihre etwas pummelige Figur; sie hatte sich überhaupt zu ihrem Vorteil verändert und sah beinahe hübsch aus. Ich bekam ein ähnliches Kleid in Rosa, das ausgezeichnet zu meinem dunklen Haar paßte.

»Als nächste werden Sie sich verloben«, meinte die Schneiderin, während sie mir das Kleid anprobierte.

Lisette war während dieser Zeit sehr ruhig, als nähme sie es uns übel, daß sie nicht ganz zu uns gehörte. Ich fühlte mit ihr, denn es war nicht richtig, daß sie mit uns lernen, ausreiten, sich ständig in unserer Gesellschaft aufhalten durfte und dann bei gesellschaftlichen Anlässen wieder in ihre Schranken zurückgewiesen wurde.

Sie ging oft allein aus, und wenn mich der bevorstehende Ball nicht so in Anspruch genommen hätte, wäre mir aufgefallen, daß mit ihr etwas ganz und gar nicht stimmte. Sie war verschlossen und lächelte manchmal versonnen vor sich hin wie über einen gelungenen Scherz, den nur sie verstand.

Während dieser Zeit half ich oft meiner Mutter, die sich eifrig mit den Vorbereitungen befaßte.

»Dein Vater ist mit dieser Verbindung sehr zufrieden«, erzählte sie mir. »Ihm fällt ein Stein vom Herzen, wenn Sophie endlich einen eigenen Hausstand gründet.«

»Die Tourvilles sind wahrscheinlich eine sehr angesehene Familie.«

»Nicht ganz so wie die Aubignés.« Der Stolz in der Stimme meiner Mutter war nicht zu überhören, und ich mußte an all die Jahre denken, in denen sie als Jean-Louis' Frau ein so grundlegend anderes Leben geführt hatte.

»Sie sind entzückt, weil sie in unsere Familie einheiraten können«, fuhr meine Mutter fort. »Und, wie gesagt, dein Vater ist sehr zufrieden.«

»Und Sophie ist glücklich.«

»Das ist das Schönste daran und macht auch mich glücklich. Sophie ist ein schwieriger Fall; sie ist so ganz anders als du, Lottie.«

»Ich werde mich nicht so leicht verheiraten lassen.«

Sie lachte. »Glaubst du nicht, daß Sophie sehr zufrieden damit ist, daß man sie verheiratet?«

»Sie ist verliebt.«

»Das wirst du eines Tages auch sein.«

Sie sprach ernst, denn sie wußte, daß ich an Dickon dachte, und sie wollte nicht, daß die Harmonie ihres neuen Familienlebens gestört wurde.

»Ich werde nie wieder lieben.«

Sie versuchte zu lachen, als hätte ich einen Scherz gemacht; dann schloß sie mich in die Arme und drückte mich an sich.

»Das liegt doch schon so lange zurück, mein Kind. Es wäre falsch gewesen, dieser Affäre tatenlos zuzusehen. Du bist noch immer sehr jung...«

»Der Ball hätte für uns beide... für Sophie und mich... zur Feier unserer beider Verlobungen stattfinden können.«

»Du lebst in einem unmöglichen Traum. Du wärst mit Dickon nie glücklich geworden. Er ist um Jahre älter als du, und weil du noch ein Kind warst, ist es ihm leichtgefallen, dich zu täuschen. Er wollte Eversleigh besitzen, und sobald er es hatte, dachte er nicht mehr an dich.«

»Das hätte ich besser beurteilen können als du.«

»Ein Kind von noch nicht einmal zwölf Jahren? Es war absurd. Du hättest sein Gesicht sehen sollen, als ich ihm Eversleigh anbot. Er ist ein ziemlicher Zyniker, Lottie.«

»Ich habe gewußt, daß es ihm um Eversleigh ging.«

»Er wollte nur Eversleigh.«

»Das stimmt nicht. Er wollte auch mich.«

»Er hätte dich in Kauf genommen. Ich weiß, daß diese Erkenntnis schmerzt, aber es ist besser, wenn du den Tatsachen ins Auge siehst. Es bricht einem das Herz, wenn man erkennt, daß der Mensch, der einem ewige Liebe geschworen hat, lügt. Aber du warst damals noch ein Kind, und das alles liegt lange zurück. Du trauerst nicht wirklich um ihn, denn du bist oft unbeschwert fröhlich. Du versuchst nur, die ganze Geschichte am Leben zu erhalten... wenn du gerade daran denkst. Aber sie ist vorbei, Lottie, das weißt du genausogut wie ich.«

»Nein. Mein Gefühl für Dickon wird nie vergehen.«

Dann brach der große Tag endlich an. Lisette kam in mein Zimmer, um mich in vollem Feststaat zu bewundern.

»Du siehst fabelhaft aus, Lottie«, meinte sie. »Du wirst die Braut in den Schatten stellen.«

»O nein, Sophie sieht wirklich sehr hübsch aus. Die Liebe hat an ihr Wunder gewirkt.«

Lisette blickte mich nachdenklich an, aber ich war auf Charles de Tourville so neugierig, daß ich nicht darauf achtete.

Am oberen Ende der Treppe stand der Comte in einem prächtigen Brokatrock, an dem ein paar Diamanten blitzten. Seine Lockenperücke betonte seine feingeschnittenen Züge und die lebhaften, dunklen Augen. Meine Mutter stand in einem blaßlila Kleid neben ihm und sah unnachahmlich damenhaft aus. Und neben ihr strahlte die überglückliche Sophie in ihrem helltürkisfarbenen Kleid.

Ich war Madame de Grenoir anvertraut worden, einer entfernten Verwandten des Comte, die immer dann auftauchte, wenn eine Anstandsdame gebraucht wurde. Ich sollte ruhig neben ihr sitzen, wie es meinen Jahren entsprach, und wenn ein Herr mich zum Tanz aufforderte, konnte ich annehmen, wenn er akzeptabel war. Wenn das nicht der Fall war, würde Madame de Grenoir – die auf eine reiche Erfahrung in solchen Situationen zurückblickte – ihm erklären, daß ich diesen Tanz leider schon vergeben hatte.

Wieder stellte meine Jugend ein Hindernis dar. Aber ich war inzwischen wenigstens dem König vorgestellt worden, und er hatte sogar mit mir gesprochen. Allerdings lag das lange zurück, und der Comte hatte dafür gesorgt, daß ich dem König nicht wieder unter die Augen kam.

An diesem Abend würden viele Adelige anwesend

sein, weil sie sich wegen der königlichen Hochzeit in Paris aufhielten. Der Zeitpunkt für den Ball war ausgezeichnet gewählt.

Ich sah zu, wie die Gäste eintrafen. Ein paar Männer erblickten mich und zögerten einen Augenblick, aber vermutlich war keiner von ihnen akzeptabel, denn Madame de Grenoir sah sie so abweisend an, daß sie weitergingen. Ich war wieder einmal enttäuscht, weil meine Jugend mich daran hinderte, mich zu amüsieren, und schwor mir, daß dieser Zustand bald ein Ende haben würde. In einem Jahr mußte man mich als Erwachsene behandeln.

Madame de Grenoir erzählte mir von anderen Bällen, die sie besucht, und von anderen Mädchen, die sie betreut hatte.

Ich sprach es zwar nicht aus, fand jedoch, daß es äußerst langweilig war, immer nur die Anstandsdame zu spielen.

Dann geschah es in dem Augenblick, in dem ich am wenigsten darauf gefaßt war.

Sophie kam mit einem Mann auf mich zu. Er war groß und dunkelhaarig, und ich erkannte ihn sofort. Ich erhob mich unsicher, und Madame de Grenoir stellte sich neben mich und legte mir die Hand auf den Arm.

»Lottie«, sagte Sophie, »ich möchte dir Charles de Tourville vorstellen. Das ist Lottie, Charles, von der ich dir soviel erzählt habe.«

Mir stieg das Blut ins Gesicht, denn der Mann, der meine Hand ergriff, war niemand anderer als Monsieur St. Georges, der Lisette und mich aus dieser unmöglichen Situation gerettet hatte.

Seine Lippen berührten meine Finger, und in seinen Augen blitzte ein übermütiger Funke auf.

»Ich habe mich so sehr danach gesehnt, Sie kennenzulernen. Sophie hat mir wirklich viel von Ihnen erzählt.«

Sophie lachte. »Sieh nicht so entsetzt drein, Lottie. Ich habe ihm nicht alles erzählt, sondern nur deine guten Seiten geschildert.«

»Und je mehr ich von Ihnen gehört habe«, fügte er hinzu, »desto mehr hatte ich den Wunsch, Sie kennenzulernen.«

Sophie beobachtete mich aufmerksam, aber zum erstenmal in meinem Leben fand ich keine Worte.

»Mein Vater wird sofort den Ball mit mir eröffnen«, meinte Sophie. »Ich nehme an, daß inzwischen alle Gäste eingetroffen sind.«

»Ich ... ich freue mich, Sie kennenzulernen«, stammelte ich schließlich.

»Wir werden einander ja von nun an oft sehen«, antwortete er, »wenn ich endlich zu Ihrer Familie gehöre.«

»Du mußt mit der Comtesse tanzen, Charles«, erklärte Sophie.

»Mit Vergnügen. Und danach hoffe ich, daß Mademoiselle Lottie mir die Ehre erweisen wird.«

»Natürlich stimmst du zu, Lottie, nicht wahr?«

Ich brachte nur ein leises »Danke« heraus.

Sophie legte Charles besitzergreifend die Hand auf den Arm, und er führte sie zu ihrem Vater.

Ich war so verblüfft, daß ich ihnen wortlos nachsah.

»Es ist schön, wenn man einmal eine Liebesheirat erlebt«, fand Madame de Grenoir gerade. »Die beiden sind wirklich ein glückliches Paar, zum Unterschied von anderen Verlobten, die ich erlebt habe. Diese Verbindung ist im Himmel geschlossen worden.«

Sofort nachdem der Ball begonnen hatte, wurde ich aufs Parkett entführt. Es fehlte mir nicht an Tänzern; Madame de Grenoir ließ mich aber dabei nicht aus den Augen. Meine Partner versuchten mit mir zu flirten, aber ich hörte ihnen kaum zu. Ich konnte es nicht erwarten, mit Charles de Tourville zu tanzen.

Als es endlich soweit war, lächelte er ausgesprochen spitzbübisch.

»Ich habe auf diesen Augenblick gewartet«, sagte er, sobald wir uns außer Hörweite von Madame de Grenoir befanden.

»Wirklich? Warum denn?«

»Sie werden doch nicht behaupten wollen, daß wir einander noch nie gesehen haben?«

»Natürlich nicht.«

»Sie waren ein schlimmes kleines Mädchen, und ich habe Sie dabei ertappt. Erleben Sie oft solche Abenteuer?«

»Das war das einzige Mal.«

»Ich hoffe nur, daß es Ihnen eine Lehre war.«

»Wir waren wahrscheinlich ein wenig unvorsichtig.«

»Nicht ein wenig, sondern sehr. Aber wenn Sie jetzt wissen, daß kleine Mädchen solche Extratouren meiden sollen, hat es doch etwas Gutes gehabt. Zum Beispiel habe ich Sie dabei kennengelernt.«

»Waren Sie nicht überrascht?«

»Natürlich nicht. Sobald Sie gestanden hatten, wo Sie wirklich wohnen, wußte ich auch, wer Sie sind. Vergessen Sie nicht, daß eine Verbindung zwischen unseren Familien bevorsteht. Wir müssen also übereinander Bescheid wissen. Natürlich nicht bis ins letzte Detail, aber es gibt Tatsachen, die sich nicht verheimlichen lassen, zum Beispiel eine schöne Tochter. Ich wußte, daß die englische Romanze des Comte entzückende Folgen gezeitigt hatte und daß diese Folgen ihn so bezauberten, daß er sie bei sich behielt und ihre Mutter heiratete.«

»Ich möchte mich nicht über meine Familienangelegenheiten unterhalten.«

»Unsere gemeinsamen Familienangelegenheiten. Ich gehöre ja bald dazu.«

»Erzählen Sie mir lieber von dieser Frau, der Wahrsagerin, Madame Rougemont.«

»Sie ist eine der bekanntesten Freudenhausbesitzerinnen der Stadt. Oh, entschuldigen Sie, Sie sind ein unschuldiges junges Mädchen. Wissen Sie, was ein Freudenhaus ist?«

»Natürlich weiß ich es. Ich bin kein Kind mehr.«

»Dann muß ich es Ihnen ja nicht erklären. Sie führt in einem anderen Stadtviertel ein sehr elegantes Haus, hat aber auch ein kleines Etablissement in der Gegend, die Sie aufgesucht haben. Es wundert mich, daß eine junge Dame Ihrer gesellschaftlichen Position ein solches Haus in einer solch verrufenen Straße betritt.«

»Es war ein Abenteuer.«

»Ist das Leben im Hôtel d'Aubigné denn so langweilig?«

»Nicht gerade langweilig, aber wir werden ziemlich streng gehalten.«

»Offensichtlich nicht streng genug.«

»Wir haben uns hinausgeschlichen.«

»Sie hatten Glück, weil ich anwesend war.«

»Darüber habe ich übrigens nachgedacht. Weswegen waren Sie dort?«

»Aus demselben Grund wie jeder Mann. Ich habe ein hübsches Mädchen gesucht.«

»Nein! Sie haben...«

»Ja, ich habe genau das getan, was Sie annehmen.«

»Aber Sie wollen doch Sophie heiraten!«

»Ja, und?«

»Ja, und... da suchen Sie eine andere Frau?«

»Diese andere Frau hätte nichts mit meiner Heirat zu tun gehabt.«

Sophie tat mir entsetzlich leid. Wieder einer dieser blasierten jungen Männer, für die eine Heirat eine reine Formsache war. Dickon fiel mir ein. Wie konnten die Männer sich nur so abscheulich benehmen!

»Sie sind gerade im Begriff, mich zu verachten.«

»Allerdings. Wie lange dauert dieser Tanz noch?«

»Hoffentlich noch eine Zeitlang. Sie sind eine sehr attraktive junge Dame, Mademoiselle Lottie.«

»Es wäre mir lieber, wenn Sie nicht so mit mir sprechen.«

»Ich habe nur die Wahrheit gesagt. Wenn Sie erst einmal erwachsen sind, werden Sie unwiderstehlich sein.«

»Ich kann nur hoffen, daß Sophie mit Ihnen nicht unglücklich sein wird, aber ich fürchte sehr für ihre Zukunft.«

»Ich versichere Ihnen, daß sie die glücklichste junge Frau in ganz Paris sein wird.«

»Während Sie Madame Rougemont aufsuchen? Und wenn Sie Ihnen auf die Schliche kommt?«

»Das wird nie geschehen. Dafür werde ich schon sorgen. Gerade weil ich meine niedrigeren Triebe außer Haus befriedige, kann ich meiner Braut gegenüber der ritterliche Liebhaber sein.«

»Sie sind der größte Zyniker, den ich je kennengelernt habe.«

»Sagen wir lieber der größte Realist. Warum erzähle ich Ihnen eigentlich die Wahrheit über mich, obwohl sie nicht gerade schmeichelhaft ist? Vielleicht, weil Sie mich ertappt haben, genau wie ich Sie. Es hat keinen Sinn, dann noch den Heiligen zu spielen. Dennoch möchte ich, daß Sie mich so sehen, wie ich wirklich bin, Lottie. Ich mag Sie nämlich.«

»Seit wann denn?«

»Seit ich durch ein Guckloch schaute und ein wunderschönes Mädchen vor einer Kristallkugel erblickte. Ein großer, dunkler, gutaussehender Mann, versprach Madame Rougemont. Sie hat recht behalten, nicht wahr?«

»Wollen Sie vielleicht mit mir flirten?«

»Sie fordern einen dazu heraus.«

»Jemand sollte Sophie vor Ihnen warnen.«

»Wollen Sie dieser Jemand sein? Sie wird Ihnen nicht glauben. Überhaupt, Sie können gar nicht wagen, zu sprechen. Wenn ich nämlich erzähle, wo ich Sie zum erstenmal getroffen habe, kommen Sie in ganz schöne Schwierigkeiten.«

»Genau wie Sie. Sophie würde sicherlich wissen wollen, wieso Sie dort anwesend waren.«

»Wie Sie sehen, haben wir uns beide in unser Lügennetz verstrickt. Aber ich befürchte, daß diese elenden Fiedler zum Finale ansetzen. Ich werde heute abend noch einmal mit Ihnen tanzen, und dann werden wir über angenehmere Themen plaudern. Jetzt müssen wir uns leider verabschieden.«

Er verbeugte sich vor mir, reichte mir den Arm und führte mich zu Madame de Grenoir zurück.

Ich war verwirrt und seltsam erregt. Er erinnerte mich in vielen Beziehungen an Dickon.

Madame de Grenoir plauderte über die Tourvilles. »Eine adelige Familie... natürlich nicht so reich wie die Aubignés, aber immer noch sehr wohlhabend. Sie besitzen in der Nähe von Angoulême ein Château und ein *hôtel* in Paris, wie die meisten Adelsfamilien. Sophie und Charles sind ein geradezu ideales Paar, und er ist ein ganz bezaubernder junger Mann, nicht wahr?«

Mir fiel es schwer, stillzusitzen und ihr zuzuhören, und ich war froh, als ich wieder zum Tanz aufgefordert wurde. Ich sah mich die ganze Zeit nach Charles um und entdeckte ihn auch einige Male.

Endlich war es so weit, daß er wieder mit mir tanzte.

»Das ist für mich der schönste Augenblick des Abends«, behauptete er. »Sie sehen nicht mehr so zornig aus wie vorher. Haben Sie es sich überlegt?«

»Ich habe immer noch die gleiche Meinung von Ihnen.«

»Und ich halte Sie immer noch für ganz reizend. Ich finde, daß Sünderinnen viel attraktiver sind als Heilige.«

»Ich hoffe nur, daß Sie Sophie nicht verletzen werden. Sie kennt Sie ja überhaupt nicht.«

»Ich verspreche Ihnen, daß sie mich nie von meiner schlechten Seite kennenlernen wird.«

»Sie hatten vermutlich schon sehr viele Abenteuer mit Frauen?«

»Richtig.«

»Ich will sie deshalb nicht als Liebesaffären bezeichnen, weil sie nur flüchtige kleine Abenteuer sind.«

»Vermutlich stimmt auch das, aber das Angenehme an

ihnen ist, daß man während der Affäre nicht diesen Eindruck hat.«

»Ihre Einstellung dazu ist sehr französisch und sehr modern.«

»Ach nein, sie ist keineswegs modern, sondern Jahrhunderte alt. Wir genießen das Leben, weil wir wissen, wie wir es anfangen müssen. Wir nehmen, was sich uns bietet, und lernen, nichts zu bedauern. Wir denken real, wir akzeptieren die Gelegenheiten des Lebens, und das führt dazu, daß wir den Gipfel der Zivilisation erklommen haben. Deshalb sind wir so wunderbare, so amüsante, so bezaubernde Liebhaber. Dazu braucht man Erfahrung. Merkwürdigerweise war die beste Mätresse, die ich bis jetzt hatte, diejenige, die mir mein Vater zuführte, als ich sechzehn war. Das ist nämlich ein alter französischer Brauch. Der Junge wächst heran, er wird Dummheiten machen, deshalb sucht man eine reizende Frau, die älter ist als er und die ihn in die Liebe einführt. Das gehört zu der vernünftigen Einstellung zum Leben, die meine Landsleute zur Vollkommenheit entwickelt haben.«

»Es macht mir wirklich keinen Spaß, Ihrer Prahlerei mit Ihren Liebschaften zuzuhören.«

»Dann sprechen wir eben von etwas anderem. Ich bin darüber entzückt, Lottie, daß Sie meine kleine Schwester werden. Das gibt mir das Recht, mit Ihnen per Du zu sein, und dadurch können wir einander näherkommen.«

»Das halte ich nicht für wahrscheinlich.«

»Das ist aber ganz und gar nicht nett von dir.«

»Leute, die selbst nicht nett sind, können es auch nicht von anderen erwarten.«

»Machst du dir Sophies wegen Sorgen?«

»Ja, sehr.«

»Du bist inkonsequent. Ist Sophie vielleicht weniger glücklich, seit sie mich kennt?«

»Du weißt genau, was du ihr bedeutest. Deshalb . . .«

»Meine liebe Lottie, du begreifst den Sinn des Lebens

immer noch nicht. Sophie ist glücklich. Ich mache sie glücklich. Darauf kann ich doch stolz sein, und Sophie und ihre Familie sollten mir dankbar dafür sein. Ich versichere dir, daß ich diesen Zustand erhalten will. Sophie und ich werden friedlich miteinander leben, Kinder haben, und wenn wir alt und grau sind, werden die Menschen uns als das ideale Ehepaar bezeichnen.«

»Und nebenbei wirst du deine heimlichen Amouren fortsetzen?«

»Das ist der Schlüssel zu allen erfolgreichen Ehen – wie jeder Franzose weiß.«

»Weiß es auch jede Französin?«

»Wenn sie klug ist.«

»Ich stelle mir unter Glück etwas anderes vor und bin froh, daß ich keine Französin bin.«

»Du wirkst sehr britisch, Lottie.«

»Natürlich, ich bin ja Engländerin und noch dazu in England aufgewachsen. Ich liebe vieles an Frankreich, aber diese Lasterhaftigkeit hasse ich.«

»Du siehst nicht aus wie eine Puritanerin, deshalb bist du auch so faszinierend. Du bist ein warmherziger, leidenschaftlicher Mensch. Einen Frauenkenner wie mich kannst du nicht täuschen. Und dennoch gibst du dich so sittenstreng.«

Plötzlich drückte er mich an sich. Es war ein herrliches Gefühl, aber gleichzeitig wollte ich mich von ihm losreißen und mich zu Madame de Grenoir flüchten. Er mußte meine Gedanken erraten haben, denn er lächelte listig.

»Wir werden noch oft zusammenkommen, Lottie«, versprach er. »Ich werde es dazu bringen, daß du mich magst, daß du mich sogar sehr magst.«

»Niemals. Mir tut nur die arme Sophie leid. Geht dieser Tanz denn nie zu Ende?«

»Für mich leider viel zu früh. Aber keine Angst, wir werden noch gute Freunde werden.«

»Du siehst ein bißchen erschöpft aus, Liebes«, bemerkte Madame de Grenoir. »Bist du müde?«

»Ja. Ich würde mich gern zurückziehen.«

»Das würde sich jetzt nicht gehören; du mußt mindestens bis nach Mitternacht warten. Vielleicht dann...«

Ich tanzte weiter, ohne daß es mir richtig bewußt wurde, mit wem. Ich war aufgewühlt, er erinnerte mich so sehr an Dickon. Dickon hatte genauso gesprochen wie Charles; hatte nie auf seine Vorzüge hingewiesen, sondern seine Schwächen hervorgehoben. Durch Charles war die Erinnerung wieder lebendig geworden.

Ich war froh, als der Ball vorbei war, und ich mein Zimmer aufsuchen konnte. Ich zog das Ballkleid aus und begann, mein Haar zu bürsten, als Sophie hereinkam. Sie strahlte und wirkte überhaupt nicht abgespannt.

Ihr Rock bauschte sich um sie, als sie sich auf mein Bett setzte, und sie sah so jung, unberührt und verletzlich aus.

»Der Ball war großartig, nicht wahr? Was hältst du von Charles? Ist er nicht wunderbar? Er kann so herrlich plaudern. Ich hätte nie gedacht, daß es Menschen wie ihn gibt.«

»Er sieht sehr gut aus.«

»Du dürftest ihm auch gefallen haben.«

»Wie kommst du auf diese Idee?«

»Es war die Art, wie er dich ansah, während er mit dir tanzte.«

»Ach, du hast uns gesehen? Hast du nicht auch getanzt?«

»Die meiste Zeit. Aber als er dich zum zweitenmal aufforderte, saß ich gerade bei deiner Mutter und ein paar anderen Damen. Ich habe dich die ganze Zeit über beobachtet.« Ich spürte, wie mein Gesicht heiß wurde.

»Worüber habt ihr gesprochen?«

»Das habe ich vergessen. Sicherlich über nichts Wichtiges.«

»Er hat dich dabei nicht aus den Augen gelassen.«

»Das tut man ja meist, wenn man sich mit jemandem unterhält.«

»Aber nicht so intensiv. Weißt du...«

»Ach, hören wir doch damit auf. Wenn er etwas Wichtiges gesagt hätte, würde ich mich daran erinnern. Und du solltest schlafen gehen, Sophie. Bist du gar nicht müde?«

»Überhaupt nicht. Ich könnte die ganze Nacht weitertanzen.«

»Trotzdem mußt du jetzt ins Bett. Gute Nacht, schlaf gut.«

Ich schob sie beinahe aus dem Zimmer, und sie ging schlafen, um von ihrem unvergleichlichen Charles zu träumen, den sie überhaupt nicht kannte.

Als sie fort war, nahm ich einen Umhang, denn ich hatte das Bedürfnis, mit Lisette zu sprechen. Ob ich ihr erzählen sollte, was geschehen war? Sie verfügte über viel Lebenserfahrung, würde den Vorfall vermutlich nicht allzu ernst nehmen und meinen, daß alles in Ordnung war, solange Sophie nichts davon erfuhr.

Ich ging zu ihrem Zimmer und klopfte leise an. Niemand antwortete.

Ich öffnete vorsichtig die Tür, schlich hinein und trat ans Bett. Dort flüsterte ich: »Schläfst du, Lisette? Wach auf, ich muß mit dir sprechen.«

Inzwischen hatten sich meine Augen an die Dunkelheit gewöhnt, und ich sah, daß Lisettes Bett leer war.

In den folgenden Tagen traf ich oft mit Charles de Tourville zusammen, denn er benützte jede Gelegenheit, um an meiner Seite aufzutauchen. Ich bemühte mich, kalt und abweisend auszusehen, denn ich mißbilligte sein Verhalten aus tiefster Seele; dennoch hielt ich heimlich nach ihm Ausschau und war enttäuscht, wenn er nicht kam. Ich verstand mich selbst nicht mehr, aber es machte mir Vergnügen, mich mit ihm zu unterhalten. Ich beschimpfte ihn bei jeder passenden Gelegenheit, versuchte ihm klarzumachen, wie sehr ich seine Lebensauffassung mißbilligte, mußte mir aber eingestehen, daß ich die Gespräche mit ihm genoß, und das merkte er natürlich. Ich war verwirrt und noch viel zu unerfahren, um zu begreifen, was in mir vorging. Im Gegensatz zu Sophie hatte ich keine Angst vor dem Leben, sondern wartete begierig darauf. Ich wollte es genießen, ohne an die möglichen Folgen zu denken. Allmählich erkannte ich, daß ich keineswegs frigid war und mich nach weiblicher Erfüllung sehnte. Dickon hatte mich erweckt, als ich zu jung war, um zu begreifen, daß meine Erregung körperlicher Art war, und ich hatte meine Gefühle für ihn zu hingebungsvoller Liebe sublimiert. Nun war Charles de Tourville in mein Leben getreten und erinnerte mich so sehr an Dickon, daß ich diese Leidenschaft auf ihn übertrug.

Ich war jung und unerfahren, und er war zwar nicht alt an Jahren, hatte aber viele Erfahrungen gesammelt. Er erfaßte genau, was ich empfand, und amüsierte sich darüber. Da er Madame Rougemonts Etablissement aufgesucht hatte, war er zweifellos auf der Suche nach einem neuen Liebesabenteuer, und ein junges Mädchen wie ich entsprach genau seinen Vorstellungen. Es war kein solcher Zufall gewesen, daß er mit Lisette und mir in dem Etablissement zusammengetroffen war – er hatte es vermutlich regelmäßig besucht und sich nach jemandem umgesehen, mit dem er sich für einige Zeit vergnügen konnte.

Natürlich kamen die Familien oft zusammen, was bedeutete, daß er sich beinahe ständig bei uns aufhielt. Die Hochzeit sollte in drei Wochen stattfinden, wenn sich die Aufregung über die Heirat des Dauphins mit Marie Antoinette gelegt hatte.

Dann gaben die Tourvilles einen Ball, und ich tanzte wieder mit Charles. Diesmal war mir bewußt, daß Sophie uns beobachtete. Sie behauptete nach wie vor, daß Charles mich mochte; ich erklärte ihr, daß er eine eher schlechte Meinung von mir habe, und sie versicherte mir, daß ich mich irre.

»Dann ist er eben so sehr in dich verliebt, daß er sogar deine Familie mit einbezieht«, meinte ich.

Als ich wieder mit Lisette zusammenkam, erzählte ich ihr, wer Charles de Tourville war und welchen Schrekken ich auf dem Ball erlebt hatte.

»Nein, wirklich?« rief sie lachend. Aber sie interessierte sich nicht für meine Einstellung zu Charles.

»Ich hoffe nur, daß er nichts über uns ausplaudert«, schloß ich.

»Das kann er gar nicht, denn dann müßte er erklären, aus welchem Grund er sich dort aufgehalten hatte.«

»Übrigens, Lisette, als ich dir nach dem Ball davon erzählen wollte, warst du nicht in deinem Bett.«

Sie sah mich gleichgültig an. »Du bist wahrscheinlich gerade dann gekommen, als ich gemeinsam mit der übrigen Dienerschaft von einer Dachstube aus zusah, wie die Gäste heimfuhren. Von dort aus hat man einen sehr guten Überblick.«

Ich gab mich mit dieser Erklärung zufrieden und wurde erst viel später wieder daran erinnert.

Es war der Tag, an dem der Dauphin heiratete, und meine Eltern waren nach Versailles zu dem Empfang gefahren, der nach der Trauung im Spiegelsaal gegeben wurde. Ich war bedrückt, ohne zu wissen warum, mußte aber immerzu an Charles de Tourville und seine bevorstehende Hochzeit mit Sophie denken. Mir wäre viel wohler gewesen, wenn er nicht in mein Leben getreten wäre. Einerseits mißfiel mir seine Gewissenlosigkeit zutiefst; andererseits langweilte ich mich, wenn er sich nicht in meiner Nähe befand; und wenn er dann unerwarteterweise erschien, hob sich meine Stimmung sprunghaft.

Am Abend sollte ein Feuerwerk stattfinden, und Charles und Armand sollten Sophie und mich hinbegleiten. Im Lauf des Nachmittags zogen jedoch Wolken auf, der Regen strömte herab, und es blitzte und donnerte heftig.

Sophie hatte wie immer Angst, wenn es donnerte, und Charles beruhigte sie pflichtgemäß unter meinen zynischen Blicken, die ihn offensichtlich amüsierten.

»Wir fahren nicht nach Versailles«, verkündete Armand.

»Heute nacht wird kein Feuerwerk mehr stattfinden.«

»Das Volk wird unzufrieden sein«, bemerkte Charles. »Eine große Menschenmenge ist nach Versailles unterwegs, um das Schauspiel zu genießen.«

»Sie können den König doch nicht für das Gewitter verantwortlich machen«, lachte Armand. »Obwohl etliche ihm zweifellos die Schuld zuschieben werden.«

»Das Feuerwerk wird sicherlich bei einer anderen Gelegenheit nachgeholt werden«, tröstete uns Charles. »Vielleicht hier in Paris, was ich vernünftig fände. Es würde uns die Fahrt nach Versailles ersparen.«

»Was für ein Ende für einen Hochzeitstag«, murmelte ich.

»Die Leute werden es für ein schlechtes Omen halten«, fügte Charles hinzu.

»Die arme kleine Braut«, meinte ich und sah Charles vielsagend an. »Ich hoffe, daß sie glücklich wird.«

Charles erwiderte meinen Blick. »Man hat den Eindruck, daß sie sehr gut mit Schwierigkeiten fertigwerden kann. Vielleicht braucht sie einen echten Mann, nicht unseren kleinen Dauphin, der bis jetzt noch keinen Beweis seiner Männlichkeit geliefert hat.«

»Wirst du still sein«, spottete Armand. »Was du da sagst, grenzt an Hochverrat.«

An diesem Abend spielten wir zu viert Karten und hörten zu, wie der Regen an die Fenster des *hôtels* trommelte. Auf den Straßen war es ruhig; der Abend verlief ganz anders, als wir uns vorgestellt hatten und stand in scharfem Gegensatz zu der Aufregung um die königliche Hochzeit.

Am nächsten Tag kehrten meine Eltern ins *hôtel* zurück. Meine Mutter erzählte Sophie und mir begeistert von der Hochzeit und dem Empfang. Die Trauung hatte in der Palastkapelle stattgefunden, und es war eine große Ehre für meine Eltern gewesen, daß sie ihr beiwohnen durften. Mein Vater war mit der königlichen Familie entfernt verwandt.

»Der arme kleine Dauphin«, meinte meine Mutter. »Er sah trotz seiner goldbestickten Kleidung traurig, unglücklich und unsicher aus. Die Braut dagegen war einfach bezaubernd. Sie ist ein attraktives Mädchen, hübsch und zart, und wirkte in ihrem weißen Brokatkleid mit dem Reifrock sehr graziös. Wir gingen durch den Spiegelsaal und die Prunkräume in die Kapelle, wo die Schweizergarde Aufstellung genommen hatte. Die beiden Kinder sahen so jung aus, daß ich weinen mußte, als sie vor Monseigneur de la Roche-Aymon knieten. Der Dauphin ließ beinahe den Ring und die Goldstücke fallen, die er der Braut überreichen mußte.«

»Was wird mit dem Feuerwerk?« fragte ich.

»Das wird in ungefähr einer Woche in Paris abgehalten. Die Leute waren sehr enttäuscht, und man kann es ihnen nicht vorenthalten. Übrigens hat die kleine Dauphine einen Tintenklecks auf den Heiratskontrakt gemacht, als sie ihn unterschrieb. Der König hat darüber gelächelt.«

»Auch das wird das Volk für ein schlechtes Omen halten«, behauptete Armand. »Das Gewitter, der Klecks... sie werden alle möglichen Schlüsse daraus ziehen. Und hat es an dem Tag, an dem Marie-Antoinette geboren wurde, nicht irgendwo ein Erdbeben gegeben?«

»Ja, in Lissabon«, bestätigte mein Vater. »Was hat aber Lissabon mit Frankreich zu tun? Die Leute werden sie sicherlich lieben, denn sie ist sehr hübsch.«

»Das ist für die Franzosen wichtig«, warf ich ein, und alle lachten.

Dann beschrieb meine Mutter den Empfang, den der König gegeben hatte.

»Er ist sehr alt«, seufzte sie. »Es ist gut, daß wir einen Dauphin haben, der ihm auf den Thron folgen kann.«

»Schade, daß er noch so jung und unmännlich ist«, schränkte mein Vater ein.

»Jungen wachsen heran«, stellte meine Mutter fest.

»Manche brauchen aber sehr lange dazu.«

»Es war jedenfalls wunderschön«, fuhr meine Mutter fort. »Obwohl es draußen dunkel war, war die Galerie taghell erleuchtet. Ich weiß nicht, wie viele Kronleuchter es sind, aber jeder trug dreißig Kerzen. Ich habe sie gezählt. Der Tisch war mit grünem Samt bedeckt, der mit Gold bestickt und mit schönen Fransen versehen war. Schade, daß ihr nicht dabei wart. Übrigens war das Volk so enttäuscht darüber, daß das Feuerwerk abgesagt wurde, daß es in den Palast eindrang und sich in der Galerie unter die Gäste mischte.« Sie wandte sich meinem Vater zu. »Ich hatte beinahe ein wenig Angst.«

»Bei einem solchen Anlaß besteht kein Grund zur Angst«, erwiderte mein Vater. »Das Volk freut sich über die Heirat. Es mag den Dauphin nämlich und wartet darauf, daß der König stirbt und sein Enkel die Nachfolge antritt. Sie wollen die Dubarry hinauswerfen, und es wird bestimmt dazu kommen, sobald der König tot ist.«

»Die Dauphine hatte einen kleinen Schnitzer begangen, der den ganzen Hof zum Lachen brachte«, erzählte Armand. »Als sie die Dubarry in der Nähe des Königs sah, erkundigte sie sich nach der Aufgabe der schönen Dame. ›Sie unterhält den König‹, lautete die Antwort. ›Dann wird sie in mir eine Rivalin haben‹, meinte das kleine Mädchen, das bestrebt war, ihrem neuen Papa zu gefallen.«

Alle lachten.

»Nach dieser Bemerkung trat betretenes Schweigen ein«, ergänzte der Comte. »Aber Ludwig kann mit solchen Situationen gut fertig werden. Er streichelte der kleinen Dauphine die Hand, sagte, er freue sich darüber, daß sie nun seine kleine Enkelin geworden ist, und die arme Marie-Antoinette hat keine Ahnung von dem gesellschaftlichen Fauxpas, den sie begangen hatte.«

»Sie wird nicht mehr lange so ahnungslos bleiben«, spottete Armand.

Meine Mutter lächelte Sophie zu. »Hochzeiten liegen zur Zeit in der Luft. Ich wünsche allen Bräuten und Bräutigamen von Herzen Glück.«

Inzwischen war das Datum für das Feuerwerk bekanntgegeben worden. Es sollte auf der Place Louis XV. stattfinden, und entlang der Champs-Élysées stellten Arbeiter schon eifrig Lampen auf. Auf der Place Louis XV. wurde in der Nähe des Standbildes des Königs ein korinthischer Tempel errichtet.

In diesen Maitagen boten die Straßen einen faszinierenden Anblick. Die verschiedenen Händler benützten die günstige Gelegenheit, um Geschäfte zu machen. Die alten Märkte wimmelten von Leuten, und überall, wo es möglich war, waren neue Märkte entstanden. Medaillons mit Bildern des königlichen Paares wurden angeboten, dazu die Fahnen von Frankreich und Österreich; an jeder Straßenecke standen Kaffee-Frauen und Limonadenverkäufer. Sie machten gute Geschäfte, denn nicht nur die Pariser, sondern auch die Leute, die vom Land in die Stadt gekommen waren, hatten Durst.

Charles schlug uns vor, zu viert die Champs-Élysées entlangzuschlendern, um zu sehen, wie weit die Arbeit an den Dekorationen fortgeschritten war. Anschließend konnten wir uns den korinthischen Tempel auf der Place Louis XV. anschauen, der das Tagesgespräch von Paris bildete.

Also machten wir uns auf den Weg.

Wir waren sehr guter Laune. Armand war auf seine zynische Art recht unterhaltend, obwohl er behauptete, er hasse das Volk – er nannte es ›die Ungewaschenen‹. Ihr Geruch störte ihn, denn er war sehr empfindlich.

Charles warnte ihn. »Zeig ihnen nicht, daß du sie verachtest. Selbst bei einer solchen Gelegenheit könnten sie es dir übelnehmen.«

Sophie strahlte, aber meine Gefühle waren eher gemischt. Ich genoß Charles' Gesellschaft und hielt mir immer wieder vor Augen, daß sie nach der Hochzeit auf seine Besitzungen im Süden übersiedeln würden, so daß wir einander nicht mehr oft sehen würden. Das war die beste Lösung, fand ich.

Während wir so dahinschlenderten, hörten wir eine Musikkapelle spielen. Von einem Gebäude flatterten die Fahnen von Frankreich und Österreich, ein Symbol dafür, daß die beiden Länder durch diese Hochzeit zu Verbündeten geworden waren.

Wenn am Abend alle Lampen auf der Champs-Élysées brannten, würde es sehr hübsch aussehen. Auf der Place Louis XV. wurden Abbildungen von Delphinen aufgestellt, außerdem gab es dort ein großes Medaillon mit dem Dauphin und seiner jungen Frau. Ich stand unterhalb der bronzenen Reiterstatue des Königs, der von vier Figuren umgeben war, die Weisheit, Gerechtigkeit, Stärke und Frieden symbolisierten.

Charles trat neben mich. »Du befindest dich in guter Gesellschaft, Schwester Lottie. Bist du weise, gerecht, stark und friedliebend?«

»Ich habe noch nicht lange genug gelebt, um das herauszufinden.«

»Eine sehr kluge Antwort. Es ist nicht immer leicht, weise und zugleich gerecht zu sein, und wenn man Stärke beweisen muß, kann man dann als friedliebend gelten?«

»Man muß sich eben bemühen.«

»Vielleicht genügt es, wenn man es versucht, denn man kann nicht immer Erfolg haben. Du siehst mich so streng an, Lottie, und dabei magst du mich doch.«

Sophie kam auf uns zu, und ich bemerkte den mißtrauischen Ausdruck in ihren Augen.

»Wir haben über die Statuen gesprochen«, erklärte ich, »und Charles meinte, es wäre sehr schwer, über die vier Eigenschaften zu verfügen, die sie darstellen.«

Charles ergriff ihren Arm. »Wir wollen uns die Figuren näher ansehen, Sophie, und du wirst mir sagen, was du von der Art der Darstellung hältst. Ich glaube, sie sind von Pigalle, aber ich bin meiner Sache nicht sicher.«

Er zog sie von mir fort und lächelte ihr so liebevoll zu, daß sie vollkommen beruhigt war. Schließlich gingen wir gemächlich nach Hause und kamen dabei an einem Stand mit Schmuckgegenständen vorbei. Darunter befanden sich zarte Blumen aus Seide in herrlichen Farben, und Sophie stieß einen Ausruf der Bewunderung aus.

»Diese hier paßt genau zu meinem lavendelfarbenen Kleid«, erklärte sie.

Charles griff nach der Blume und hielt sie an ihr Kleid. »Entzückend.« Er küßte sie leicht auf die Wange. Die beiden Verkäuferinnen zollten Beifall, und Charles musterte sie rasch, aber eingehend – denn sie waren beide jung und hübsch.

»Meine Dame muß diese Blume bekommen, finden Sie nicht?« fragte er.

Die beiden Verkäuferinnen lachten und stellten fest, daß Charles ein aufmerksamer Kavalier war.

Charles bezahlte und überreichte die Blume Sophie. Sie nahm sie so glücklich entgegen, daß mir das Herz eng wurde. Ich hoffte nur, daß sie nie erfahren würde, wie es um seinen Charakter wirklich bestellt war.

Inzwischen hatte er nach einer zweiten Blume, einer roten Päonie, gegriffen und hielt sie an mein Haar.

»Was meinen Sie?« fragte er die Verkäuferinnen.

»Eine schöne Blume für eine schöne junge Dame«, antwortete die ältere.

»Ich bin ganz Ihrer Meinung. Du doch auch, Sophie, nicht wahr?«

Sophie stammelte. »J...a.« Aber in ihren Augen lag wieder der verschreckte Ausdruck, und ich wollte schon die Blume ablehnen. Doch dadurch hätte der belanglose Zwischenfall zuviel Gewicht bekommen, also nahm ich die Blume und bedankte mich bei Charles.

Dann gingen wir nach Hause, aber auf Sophies Freude war ein Schatten gefallen.

Wenn ich ihr nur beibringen konnte, daß sie ihre Eifersucht nie zeigen durfte, denn damit würde sie Charles reizen. Sie mußte die Dinge so nehmen, wie sie kamen, keine Fragen stellen, nichts ergründen wollen, die Augen schließen, wenn es nicht anders ging. Nur dann hatte sie Aussicht glücklich zu werden.

Ich versuchte jedenfalls, ihr zu zeigen, daß mir meine Blume bei weitem nicht so am Herzen lag wie ihr die ihre. Die Gelegenheit ergab sich, als Lisette in mein Zimmer kam – obwohl sie sich in letzter Zeit seltener blicken ließ.

Sophie war ebenfalls anwesend und hatte die Blume angesteckt; Lisette bemerkte sie sofort.

»Sie ist entzückend«, rief Lisette. »Künstliche Blumen sind gerade in Mode.«

»Charles hat sie mir gekauft, an einem Stand auf der Straße«, erklärte Sophie.

»Du hast wirklich Glück mit deinem Zukünftigen.«

Sophie lächelte. »Mir hat diese Blume auf den ersten Blick gefallen.«

Lisette betrachtete sie genauer. »Sie ist sehr naturgetreu gemacht.«

»Er hat auch Lottie eine geschenkt.«

»Wo ist sie denn?«

»Ich habe sie irgendwo hingelegt... wo denn nur? Ach ja, ich glaube dort drüben?«

Ich wollte Sophie zeigen, daß ich mir nichts aus Charles' Geschenk machte.

Endlich ›fand‹ ich die Blume.

»Eine schöne, satte Farbe«, stellte Lisette anerkennend fest.

»Sie paßt aber zu keinem meiner Kleider.«

»Das stimmt doch nicht. Rot ist die Farbe, die dir zu Gesicht steht, du siehst dann dunkler und leidenschaftlicher aus.«

»Das ist blanker Unsinn.«

Ich nahm ihr die Blume weg und warf sie in eine Schublade.

Sophie beobachtete erleichtert die Szene. Die arme Sophie, die ihre Gefühle immer so deutlich zeigte, war leicht zu täuschen. Der geborene Versteller, den sie heiraten wollte, würde leichtes Spiel mit ihr haben.

Etwa zwei Tage nach dem Zwischenfall mit den Blumen kam Charles ins *hôtel*. Sophie war mit meiner Mutter bei der Schneiderin, um letzte Anweisungen wegen ihrer Aussteuer zu geben, deshalb mußte ich ihn empfangen.

Er ergriff meine Hände und küßte sie.

»Ich bin so froh, daß ich einmal mit dir allein sprechen kann, Lottie.«

»War es Zufall oder Absicht?«

»Ein bißchen von beidem. Sophie ist wohl mit deiner Mutter bei der Schneiderin.«

»Du bist außergewöhnlich gut informiert.«

»Das gehört zu meinen Lebensgrundsätzen. Aber jetzt möchte ich dich mitnehmen und dir etwas zeigen, was dich wirklich interessieren wird.«

»Wohin willst du gehen?«

»Wir unternehmen nur einen Spaziergang durch die Straßen.«

»Einen Spaziergang? Aber warum...?«

»Du wirst schon sehen. Hol rasch deinen Mantel, wir haben nicht viel Zeit.«

»Hättest du es auch Sophie gezeigt?«

»Bestimmt nicht. Es würde sie kaum interessieren.«

»Warum dann...?«

»Beherrsche deine Neugierde und beeile dich, damit wir nicht zu spät kommen. Ich verspreche dir, daß wir in einer Stunde wieder zu Hause sind.«

Es war ihm gelungen, mich neugierig zu machen.

»Also gut. Aber wir gehen nur durch die Straßen spazieren.«

»Das ist alles... bei meiner Ehre.«

Was sollte daran schon unrecht sein? Ich durfte nicht allein ausgehen, aber ich stand ja unter dem Schutz eines Mannes, der bald zu unserer Familie gehören und sich deshalb sicherlich anständig aufführen würde. Er hatte zu großen Respekt vor meinem Vater, und es war nicht zu übersehen, daß die Tourvilles viel Wert auf diese Heirat legten. Also nahm ich meinen Mantel und verließ mit ihm das Haus.

Ich hatte keine Ahnung, was er mir zeigen wollte, und als ich Trommelschläge hörte und die Menschenmenge sah, die sich angesammelt hatte, war ich überrascht. Die Leute lachten, klatschten Beifall oder spotteten.

»Handelt es sich um eine Prozession?«

»Warte nur, du wirst gleich eine alte Freundin wiedersehen.«

Er faßte mich am Arm, weil sich die Menschen um uns drängten, und als das Gewühl zu arg wurde, legte er mir schützend den Arm um die Schultern. Ich konnte nicht protestieren, weil die Geste wirklich notwendig war, aber seine Nähe wirkte auf mich überaus erregend.

Dann erblickte ich, was er mir zeigen wollte. Zuerst kam der Trommler und neben ihm ein Sergeant mit einer Pike. Ihnen folgte ein Pferdeknecht, der einen Esel führte, und auf dem Esel saß Madame Rougemont, mit dem Gesicht zum Hinterteil des Tieres und mit einer Strohkrone auf dem Kopf. Um den Hals trug sie ein Schild, auf dem mit leuchtend roten Buchstaben das Wort KUPPLERIN stand.

Sie ließ keinerlei Gefühle erkennen, ihr Gesicht war dick mit Schminke bedeckt. Ihre Frisur war leicht zerrauft, aber immer noch kunstvoll. Ich verstand nur die Hälfte der Zurufe, die die Leute an sie richteten, aber es handelte sich hauptsächlich um unflätige Kommentare zu ihrem Beruf.

Ich ließ Madame Rougemont nicht aus den Augen: Sie

sah unbeteiligt vor sich hin und trug eine Würde zur Schau, die ich wider Willen bewunderte. Ich erwartete, daß jemand sie vom Esel herunterreißen würde, aber die Menge war friedlich, und niemand rührte sie an. Dann begann jemand, ein Lied zu singen, und die Umstehenden stimmten ein.

»Ich verstehe die Worte nicht«, beschwerte ich mich bei Charles.

»Um so besser«, grinste er.

Dann faßte er mich am Arm. »Jetzt können wir wieder gehen.«

»Du hast mir nur dieses Schauspiel zeigen wollen, nicht wahr?«

»Außerdem bin ich gern in deiner Gesellschaft und weiß, daß es dir mit mir genauso geht. Das war ein zusätzliches Vergnügen.«

»Aber kein großes Vergnügen für Madame Rougemont.«

»Es ist ihr schon einmal so ergangen.«

»Und sie hat trotzdem ihren Beruf nicht aufgegeben?«

»Mein Gott, natürlich nicht. Wenn eine so gute Geschäftsfrau einen so lukrativen Beruf aufgeben soll, müßte schon etwas viel Schwerwiegenderes geschehen.«

»Es ist aber eine Schande, wenn man so durch die Straßen geführt wird und jeder weiß...«

»Spar dir dein Mitgefühl. Morgen geht sie wieder ihrem Gewerbe nach.«

»Wird man nicht etwas dagegen unternehmen, nachdem man sie jetzt bloßgestellt hat?«

»Das halte ich für unwahrscheinlich.«

»Aber sie verstößt doch gegen das Gesetz.«

»Sie hat Freunde in hohen Positionen, Lottie, führt ein elegantes Etablissement in der Nähe des Cours de Reine, und viele einflußreiche Männer zählen zu ihren Kunden. Die wären bestimmt nicht damit einverstanden, wenn ihr Unternehmen aufgelöst wird.«

»Ich verstehe. Wenn sie eine arme Kupplerin wäre, würde man sie also wie eine Verbrecherin behandeln?«

»Vermutlich.«

»Das ist sehr ungerecht.«

»Aber vernünftig. Außerdem ist sie eine beeindrukkende, friedfertige Frau. Unser König hatte bis vor kurzem seinen eigenen Kuppler. Le Bel, sein Kammerdiener, suchte unermüdlich nach Mädchen, die Ludwigs überreizte Sinne noch anregen können. Das geheime Zimmer im Nordflügel des Palastes war ausschließlich für seine Liebesspiele vorgesehen. Es hieß *le trébuchet*, die Vogelfalle, und dort wurden die jungen Mädchen bereitgehalten, damit der König sie besuchen konnte, wann immer es ihm beliebte. Später wurde dann der Hirschpark gegründet, denn man hielt es für schicklicher, wenn der König seine Gespielinnen außerhalb des Palastes unterbrachte. Ganz Frankreich wußte davon, denn solche Dinge lassen sich nicht geheimhalten. Wer sollte also über Madame Rougemonts Gewerbe empört sein?«

»Wenn die Mädchen freiwillig dazu bereit sind, ist es vielleicht in Ordnung; aber wenn sie dazu gezwungen werden...«

»Zwang? Der ist eines Königs unwürdig. Du kannst sicher sein, daß all die kleinen Mädchen im *trébuchet* und im Hirschpark vollkommen freiwillig dorthin kamen. Eine nicht allzu lange Dienstzeit... und dann die Belohnung. Diese Aussichten waren unwiderstehlich.«

»Und wie steht es mit den Mädchen, die sich von der Wahrsagerin anlocken ließen?«

»Vielleicht mußten einige von ihnen überredet werden. Aber Mädchen, die Wahrsagerinnen aufsuchen, sind grundsätzlich auf Abenteuer aus, meinst du nicht?«

»Eigentlich sollte ich dir dankbar sein, weil du uns damals nach Hause geschickt hast.«

»Natürlich. Es ist jedenfalls nett von dir, daß du dich

daran erinnerst. Vielleicht ergibt sich für dich einmal eine Gelegenheit, mir deine Dankbarkeit zu beweisen.«

»Wir wollen uns lieber auf verbale Dankbarkeitsbezeugungen beschränken.«

»Für den Augenblick.«

Während wir nach Hause gingen, meinte er: »Das Hochzeitsfieber liegt noch in der Luft. Es wird erst nach dem Feuerwerk abklingen.«

»Können wir es vom *hôtel* aus sehen?«

»Nicht sehr gut, wir müssen dazu ausgehen. Ganz Paris wird heute nacht auf den Straßen sein. Wir werden uns zu viert hinbegeben. Du, Armand, Sophie und ich. Damit bist du doch einverstanden, nicht wahr?«

Ich war einverstanden.

Als wir ins *hôtel* zurückkehrten, waren Sophie und meine Mutter schon anwesend.

»Wir sind ein wenig spazierengegangen«, erklärte Charles. »Es ist ein so schöner Tag.«

Sophie sah mich forschend an.

»Eigentlich wollte ich *dich* zu einem Spaziergang auffordern.« Charles lächelte Sophie an.

»Ich hatte dir doch gesagt, daß ich zur Schneiderin gehe.«

»Ich habe geglaubt, daß es für den Nachmittag vorgesehen war.«

Er trat zu ihr und legte ihr den Arm um die Schultern. »Wie hübsch du heute wieder aussiehst. Läßt du dir besonders schöne Kleider machen?«

Ihr Verdacht schmolz dahin, und sie lächelte ihn strahlend an.

Was für ein infamer Lügner er ist, dachte ich. Und was für ein guter Schauspieler.

III

Eine Katastrophe auf einem Pariser Platz

Es war der Tag des großen Feuerwerks, und wir warteten alle sehnsüchtig auf das Hereinbrechen der Dämmerung.

Armand war der Meinung, daß wir versuchen sollten, möglichst nahe zur Place Louis XV. vorzudringen, und beriet mit Charles, ob wir eine Kutsche nehmen wollten.

»Wir werden nie durch die engen Gassen kommen«, meinte Armand. »Die Menschenmassen werden die Straßen verstopfen.«

»Dann gehen wir eben zu Fuß, wenn die Damen damit einverstanden sind.«

Sophie und ich erklärten uns einverstanden.

»Zieht Mäntel an«, riet uns Charles. »Wir wollen nicht auffallen. Und hütet euch vor Taschendieben; Paris wimmelt von ihnen.«

Wir machten uns auf den Weg. Sophie war wieder die glücklich strahlende Braut, doch infolge ihrer Schüchternheit wurde sie bald ängstlich.

»Ich mag diese vielen Menschen nicht, Lottie«, flüsterte sie mir zu. »Am liebsten würde ich umkehren.«

»Du willst doch das Feuerwerk sehen.«

»Das Gedränge ist zu arg.«

»Es wird dir bestimmt gefallen«, versicherte ich ihr.

Ich dachte im Laufe der Jahre noch oft an dieses Gespräch zurück. Wenn ich ihr nur nachgegeben und die Männer dazu überredet hätte, uns nach Hause zu bringen!

Die Leute rempelten uns an. Charles ergriff meinen

Arm und zog mich an sich. Sophie bemerkte die Geste und sah ihn verzweifelt an.

»Es sind zu viele Leute auf der Straße«, flüsterte sie.

»Das war zu erwarten, meine Liebe«, antwortete Charles. »Ganz Paris will das Feuerwerk bewundern, nicht nur wir.«

Sophie antwortete nicht und wendete den Kopf ab. Ich war davon überzeugt, daß ihr Tränen in den Augen standen.

In diesem Augenblick stiegen die ersten Raketen zum Himmel empor, und die Menge brach in begeisterte Ah-Rufe aus.

Das Gedränge wurde immer ärger, und man hatte Mühe, sich auf den Beinen zu halten. Und dann geschah es plötzlich. Mit den Feuerwerkskörpern stimmte etwas nicht; sie explodierten mit lautem Krachen und fielen dann auf die Menschen auf dem Platz herab.

Einen Augenblick lang herrschte Totenstille, dann begann jemand zu schreien, und dann brach die Hölle los. Charles hob mich hoch, damit ich nicht umgerannt wurde.

»Sophie!« brüllte er.

Ich konnte Sophie nicht sehen, bemerkte aber Armand, der verwirrt und verzweifelt um sich blickte.

Dann entdeckte ich Sophie. Funken des Feuerwerks waren auf ihre Kapuze gefallen, und sie brannte lichterloh.

Armand drängte sich zu ihr durch und versuchte, die Flammen zu ersticken. Ich war einer Ohnmacht nahe. Charles rief: »Bring sie von hier fort... wir müssen von hier weg.«

Sophie fiel zu Boden. »O Gott, bitte rette sie«, bat ich, »sonst wird sie zu Tode getrampelt.«

Dann erblickte ich sie wieder. Armand hatte sie aufgehoben und sie sich über die Schultern gelegt. Sie war bewußtlos, aber ihre Kapuze brannte nicht mehr.

Auch Charles hatte mich wie einen Kohlensack über seine Schulter gelegt und rief jetzt: »Folge mir.« Um uns stießen und schoben sich schreiende Menschen, die versuchten, von dem Platz wegzukommen. Der Lärm war ohrenbetäubend.

Charles zwängte sich durch die Menge. Ich sah Armand und Sophie nicht mehr und befürchtete, daß sie gestürzt waren.

Wenn es notwendig ist, entwickeln manche Leute wahrlich übermenschliche Kräfte. Bei Charles war es in dieser Nacht der Fall. Der Hexenkessel wurde immer beängstigender, denn auf dem Platz befanden sich auch Kutschen, und die Pferde scheuten wegen des Lärms. Wagen stürzten um, und Pferde versuchten sich loszureißen.

Ich sah mich suchend nach Armand und Sophie um, sie waren jedoch in der brodelnden Masse hysterischer Menschen nirgends zu erblicken.

Ich weiß nicht, wie lange der Alptraum dauerte. Einige Häuser standen in Flammen, was die Panik vergrößerte. Zum Glück für uns befanden sie sich auf der gegenüberliegenden Seite des Platzes.

Doch Charles brachte mich in Sicherheit. Sein Gesicht war rauchgeschwärzt, seine Kleidung zerrissen, er hatte im Gewühl seine Perücke verloren – er war nicht mehr der vertraute Charles.

Dann waren wir endlich dem Gedränge entronnen... gerettet. Charles setzte mich ab. Ich hatte keine Ahnung, wo wir uns befanden.

»Lottie«, sagte er in einem Ton, den ich noch nie von ihm gehört hatte.

Ich sah ihn an und lag plötzlich in seinen Armen. Menschen hasteten an uns vorbei; zum Teil waren es Neugierige, die erfahren wollten, was sich ereignet hatte. Niemand beachtete uns.

»Gott sei Dank«, seufzte Charles. »Fühlst du dich in Ordnung?«

»O ja. Du bist mein Retter.«

Seine alte Heiterkeit flackerte wieder auf, wirkte aber doch etwas gezwungen. »Ich wollte dir nur beweisen, daß ich dir stets zu Diensten stehe.«

Ich lachte und weinte gleichzeitig.

Dann dachten wir an Sophie und Armand und blickten zum Platz zurück. Der Rauch stieg zum Himmel, und die Menschen schrien und kreischten immer noch.

»Glaubst du...«, begann ich.

»Ich weiß es nicht.«

»Als ich Armand zum letztenmal erblickte, trug er Sophie auf der Schulter.«

»Armand hat es sicherlich geschafft.«

»Ich fürchte, daß die arme Sophie schwer verletzt ist. Ihre Kapuze hat gebrannt.«

Wir schwiegen einige Sekunden lang, dann sagte Charles: »Wir können für die beiden jetzt nichts tun; es ist am besten, wenn wir so rasch wie möglich nach Hause zurückkehren.«

Wir gingen also ins *hôtel* zurück.

Meine Mutter schloß mich in die Arme.

»O Lottie, Lottie... Gott sei Dank.«

»Charles hat mich gerettet, er hat mich aus dem Gewühl getragen.«

»Gott segne ihn.«

»Sophie und Armand...«

»Sind bereits hier. Armand hat eine Kutsche angehalten, und sie sind vor zehn Minuten eingetroffen. Dein Vater hat sofort um einen Arzt geschickt, weil die arme Sophie... O mein liebes, liebes Kind.«

Ich war benommen, erschöpft, unfähig, mich auf den Beinen zu halten.

Im Salon trafen wir meinen Vater. Er schloß mich in die Arme, drückte mich an sich und nannte immer wieder meinen Namen.

Dann erschien Armand, und ich fiel ihm um den Hals.

»Wir haben es mit knapper Not geschafft«, berichtete er. »Zum Glück hat uns eine Kutsche mitgenommen.«

»Wo ist Sophie?« fragte ich.

»In ihrem Zimmer«, antwortete meine Mutter.

»Sie hat Verbrennungen erlitten«, erklärte mein Vater. »Wir werden erst Genaueres erfahren, wenn der Arzt eingetroffen ist.«

Ich setzte mich neben meine Mutter auf ein Sofa, und sie drückte mich an sich, als würde sie mich nie wieder loslassen.

Ich hatte keine Ahnung, wie lange wir so dasaßen. Das Warten war beinahe genauso unerträglich wie der Alptraum auf dem Platz.

Diese Nacht sollten wir alle – und auch das französische Volk – niemals vergessen. Niemand wußte, wie es zu der Katastrophe gekommen war, denn wenn die Menschen Ruhe bewahrt hätten, wäre kaum jemand zu Schaden gekommen. Aber infolge der Panik waren viele Leute zu Tode getrampelt und erdrückt worden; hundertzweiunddreißig Menschen waren tot, und weitere zweitausend schwer verletzt.

Das Volk, das sich noch an das Gewitter am Hochzeitstag erinnerte, fragte sich, ob Gott vielleicht diese Heirat mißbilligte.

Ich hatte inbrünstig darum gebetet, daß Sophie am Leben bleiben möge, und meine Gebete waren erhört worden. Dennoch fragte ich mich manchmal, ob Sophie darüber glücklich war, daß sie mit dem Leben davongekommen war.

Sie mußte einige Wochen lang das Bett hüten. Der Tag, auf den ihre Hochzeit festgesetzt war, verstrich. Sie hatte keine Knochenbrüche erlitten, aber eine Seite ihres Gesichtes hatte so schwere Brandwunden davongetragen, daß sie die Narben ihr ganzes Leben behalten würde.

Meine Mutter pflegte sie, und ich wollte ihr helfen, aber immer, wenn ich ins Zimmer kam, wurde Sophie unruhig.

»Sie will nicht, daß du ihr Gesicht siehst«, erklärte meine Mutter.

Also hielt ich mich fern, obwohl es mir sehr schwerfiel.

Auch als sie wieder aufstehen konnte, verließ sie ihr Zimmer nicht und duldete nur ihre Kammerzofe Jeanne Fougère um sich, die ihr treu ergeben war und die sie ins Herz geschlossen hatte.

Jeanne hielt sich Tag und Nacht in Sophies Apartment auf, und meine Eltern waren ihr dafür dankbar, denn sie verstand es besser als jede andere, Sophie zu trösten.

Jeanne war sehr geschickt und nähte eine Art Kapuze aus blauer Seide, die die verbrannte Hälfte von Sophies Gesicht bedeckte. Zum Glück hatten ihre Augen nicht gelitten, obwohl die Brandwunden sehr schwer waren, und die Haare auf einer Kopfhälfte nie mehr nachwachsen würden. Am ärgsten verunstaltet war ihr Kiefer.

»Eines Tages wird sie ihr Zimmer schon wieder verlassen«, behauptete meine Mutter. »Dein Vater findet, daß wir aufs Land zurückkehren sollten, weil Sophie sich dort besser fühlen wird. Je früher sie den Ort des Unglücks verläßt, desto besser für sie.«

»Die Hochzeit wird erst in einiger Zeit stattfinden können, nehme ich an.«

»Sophie will derzeit Charles nicht sehen«, sagte meine Mutter besorgt. »Das arme Kind. Wer weiß, was er...«

»Du meinst, daß er sie nicht mehr heiraten will?«

»Ich weiß es nicht. Die Tourvilles haben großen Wert auf diese Heirat gelegt. Es geht um viel.«

»Eigentumsübertragungen? Geld?«

»Ja, und auch dein Vater hätte eine Verbindung mit den Tourvilles begrüßt. Sophie hat Jeanne jedenfalls erklärt, daß sie nie heiraten wird.«

»Vielleicht überlegt sie es sich noch. Sie hat Charles doch sehr geliebt.«

»Du weißt, daß sie immer nervös und unsicher war und daß die Verlobung sie verwandelt hat. Jetzt will sie sich natürlich verstecken.«

»Wenn sie mich doch zu ihr ließe.«

»Ich kann sie verstehen. Du bist so hübsch, und sie war immer ein bißchen... ich will nicht gerade sagen eifersüchtig, aber ihr war bewußt, daß du attraktiver bist als sie.«

»Ach, das ist Unsinn.«

»Keineswegs, es ist nur natürlich.«

»Ist Charles bereit, sie zu heiraten?«

»Ja, sobald es möglich ist.«

»Es liegt also nur an Sophie.«

»Vielleicht überlegt sie es sich noch, wir müssen abwarten. Inzwischen kehren wir jedenfalls auf das Land zurück.«

Ein paar Tage später reisten wir ab. Sophie drückte sich in eine Ecke der Kutsche, hatte sich die Kapuze über das Gesicht gezogen und den Mantel eng um sich gewikkelt.

Ich versuchte, ein Gespräch mit ihr zu beginnen, aber sie zeigte deutlich, daß sie sich nicht mit mir unterhalten wollte. Vielleicht hätte es etwas genützt, wenn Lisette sich in der Kutsche befunden hätte, aber sie reiste natürlich nicht mit uns, sondern war mit Tante Berthe bereits vor uns ins Château gefahren.

Es war eine sehr trübselige Reise.

Die Nacht des Feuerwerks hatte alles verändert, sogar das Château wirkte anders, als wären die Geister der Toten plötzlich in ihm lebendig geworden.

Ich litt mit Sophie, und es verletzte mich tief, daß die Freundschaft, die zwischen uns bestanden hatte, vorbei war. Sie verfügte im Schloß über ihre eigenen Zimmer, denn meine Mutter und mein Vater lasen ihr jeden Wunsch von den Augen ab. Als sie deshalb die Räume im Turm für sich beanspruchte, respektierte man ihre Wahl, und sie richtete sich mit Jeanne eine Art eigener Wohnung ein. Dort war sie ungestört und konnte von den Fenstern aus beobachten, wie die Besucher eintrafen und abreisten.

Sie gab uns zu verstehen, daß sie sich allein am wohlsten fühlte und niemand sehen wollte. Sie stickte sehr viel und spielte gelegentlich mit Jeanne Karten. Jeanne war für uns alle eine wichtige Hilfe, weil sie die einzige war, die einen gewissen Einfluß auf Sophie hatte.

Lisette und ich sprachen über sie. »Es ist merkwürdig«, sagte Lisette, »daß Sophie uns nicht sehen will. Wir waren doch wirklich eng befreundet.«

»Ich habe den Eindruck, daß sie vor allem mir feindselig gegenübersteht«, erklärte ich. »Schon vor dem Unfall sah sie mich manchmal so seltsam an.«

»Wahrscheinlich hat sie bemerkt, daß Charles de Tourville dich sehr anziehend findet.«

»O nein. Er hat sich immer reizend zu ihr verhalten und würde sie heute noch auf der Stelle heiraten.«

»Natürlich. Sie ist immer noch die Tochter – die legitime Tochter – des Comte d'Aubigné.«

»Ganz gleich aus welchem Grund – er ist jedenfalls immer noch bereit, sie zu heiraten. Sie ist diejenige, die nicht will.«

»Hast du ihr Gesicht gesehen?«

»In letzter Zeit nicht mehr. Zu Beginn habe ich einen Blick darauf geworfen. Sie ist sehr entstellt.«

»Sie war nie imstande, ihre Vorzüge zur Geltung zu bringen.«

»Wenn wir ihr nur irgendwie helfen könnten.«

Dann erzählte ich Lisette von Madame Rougemonts öffentlicher Bestrafung, und sie hörte aufmerksam zu.

»Soviel ich weiß, übt sie ihr Gewerbe weiterhin aus.«

»Ja. Charles de Tourville hat mir erzählt, daß ihre Dienste den Adeligen zu wichtig sind, als daß sie zulassen würden, daß ihr Etablissement geschlossen wird.«

»Wenn sie arme Prostituierte vermittelte, wäre sie nicht so billig davongekommen.« Lisette hatte einen harten Zug um den Mund. »Das ist wirklich nicht fair.«

»Ich halte es auch für äußerst ungerecht.«

Dann kam Charles ins Château.

»Er will mit Sophie sprechen«, berichtete meine Mutter, »und sie dazu überreden, daß sie ihn doch heiratet.«

Sie empfing ihn tatsächlich. Er besuchte sie in den Turmzimmern, und Jeanne hielt sich die ganze Zeit über im gleichen Raum auf. Sophie erklärte ihm ausdrücklich, daß sie nie heiraten würde.

»Sie hat die Kapuze abgenommen«, erzählte er nachher meiner Mutter, »und mir ihr Gesicht gezeigt. Ich war entsetzt und konnte mich leider nicht ganz beherrschen. Aber ich habe ihr gesagt, daß es mir nichts ausmacht. Sie wollte nichts davon hören und hat immer nur wiederholt, daß sie den Rest ihres Lebens in dem Turm verbringen und nur Jeanne um sich haben will, weil sie sicher ist, daß Jeanne ihr treu ergeben ist. Ich habe ihr erklärt, daß das auch auf mich zutrifft, aber sie hat behauptet, daß sie da anderer Meinung sei, daß sie jeden Gedanken an eine Ehe aufgegeben habe und daß ihr Entschluß unumstößlich sei.«

»Es ist noch zu früh«, meinte meine Mutter. »Sie hat den Schock noch nicht ganz überwunden. Wenn du nicht locker läßt, Charles...«

Er blieb einige Tage bei uns und versuchte täglich, zu Sophie vorzudringen, aber sie empfing ihn nicht.

Ich kam oft mit ihm zusammen, aber immer in Gesellschaft, worüber ich froh war.

Dann reiste er ab, kam aber einen Monat später wieder zurück.

»Er legt sehr großen Wert darauf, eine Aubigné zu heiraten«, lästerte Lisette.

»Ich glaube, daß er Sophie wirklich mag.«

Lisette sah mich spöttisch an. »Man kann nicht alle Tage in eine so angesehene Familie einheiraten.«

Doch Charles war ein anderer geworden. Er war ruhig und betrachtete mich oft nachdenklich.

Im August fiel mir auf, daß Lisette sich verändert hatte. Gelegentlich wirkte ihr Gesicht älter, dann war sie manchmal ungewöhnlich blaß.

»Fühlst du dich wohl, Lisette?« fragte ich sie deshalb eines Tages.

»Warum fragst du das?«

»Du siehst ein bißchen blaß aus... und bist auch nicht so munter wie sonst.«

Sie wirkte erschrocken. »Natürlich fühle ich mich wohl«, antwortete sie scharf.

Aber irgend etwas stimmte nicht. Tante Berthe beobachtete Lisette ebenfalls genau, und ich hatte den Eindruck, daß sie sich Sorgen machte. Als sie einmal aus Lisettes Zimmer kam, sah sie streng und zornig... ja sogar verängstigt aus.

Meine Mutter war ebenfalls oft geistesabwesend. Ich fragte sie, ob Tante Berthe irgendwelche Kümmernisse habe, und sie antwortete schnell: »O nein, es ist alles in Ordnung.«

Seit dieser schrecklichen Tragödie hatten sich alle verändert. Nicht einmal Lisette war mehr die fröhliche Gefährtin von früher.

Dann kam Lisette eines Abends in mein Zimmer und erzählte mir, daß sie mit Tante Berthe Verwandte besuchen würde.

»Verwandte! Ich habe gar nicht gewußt, daß du welche hast.«

»Ich auch nicht... bis heute. Aber sie haben sich plötzlich gemeldet und wollen, daß wir sie besuchen. Die Comtesse hat es uns erlaubt.«

»Wie lange wirst du wegbleiben, Lisette?«

»Sie wohnen ziemlich weit von hier, irgendwo im Süden. Ich nehme an, daß wir erst in ein bis zwei Monaten zurückkommen werden.«

»Wer wird denn inzwischen den Haushalt führen?«

»Jemand wird Tante Berthe ersetzen müssen.«

»Es hat immer geheißen, daß niemand dazu imstande ist. Ach, Lisette, es wäre viel schöner, wenn du hier bliebst.«

»Das finde ich auch.« Einen Augenblick lang sah sie ziemlich unglücklich aus. »Es wird ohne dich so langweilig sein.«

»Kann Tante Berthe denn nicht allein fahren?«

»Sie besteht darauf, daß ich mitkomme. Sie wissen jetzt von meiner Existenz und wollen beide verloren geglaubten Verwandten kennenlernen.«

»O Gott, das wird gar nicht lustig. Zuerst Sophie und jetzt du.«

Ich schloß sie in die Arme und drückte sie an mich. Ich hatte sie noch nie so gerührt erlebt; sie war den Tränen nahe.

Doch sie beherrschte sich und löste sich aus meinen Armen. »Ich komme ja wieder.«

»So bald wie möglich.«

»Darauf kannst du dich verlassen. Hier bin ich zu Hause. So empfinde ich es jedenfalls ... obwohl ich nicht zu euch gehöre und nur die Nichte der Haushälterin bin.«

»Sei nicht dumm, Lisette. Für mich wirst du immer zur Familie gehören.«

»Ich komme wieder, Lottie, ich komme wieder.«

Noch vor Monatsende reiste Lisette mit Tante Berthe ab, und ich sah ihnen vom Fenster aus nach.

Ich fühlte mich verlassen.

Mein Leben hatte sich vollkommen verändert. Sophie und Lisette fehlten mir schrecklich – Lisette mit ihrem unterhaltsamen, lebhaften, leichtfertigen Geplauder, und Sophie mit ihrer zurückhaltenden Ruhe. Es hätte mir gutgetan, wenn ich sie hätte besuchen, mit ihr sprechen, sie unterhalten dürfen. Doch sie lehnte das strikt ab. Sie schloß sich zwar nicht völlig von mir ab, wies aber immer wieder darauf hin, daß sie ihre Ruhe haben wollte, und bei den seltenen Gelegenheiten, bei denen ich die Stufen im Turm hinaufstieg, sorgte Sophie immer dafür, daß Jeanne im Zimmer blieb, so daß wir nie ungezwungen plaudern konnten. Meine Besuche wurden immer seltener; vermutlich hatte Sophie eben das erreichen wollen.

Charles kam oft, und alle wunderten sich über seine Anhänglichkeit, denn die Reise war lang und beschwerlich. Bei den letzten beiden Besuchen hatte er Sophie gar nicht zu Gesicht bekommen. Jeanne hatte meiner Mutter erzählt, daß seine Besuche Sophie sehr aufregten, daß sie nachher tagelang nicht mehr zur Ruhe kam.

Meine Mutter unterhielt sich mit Charles darüber. »Wahrscheinlich erinnert sie sich unwillkürlich an diese fürchterliche Nacht, wenn sie dich, Armand oder Lottie sieht. Vielleicht wird es sich noch geben.«

Doch meine Mutter ahnte bereits, daß Sophie ihre Einstellung nie mehr ändern würde.

»Laß sie eine Zeitlang in Ruhe«, fügte sie hinzu.

»Ich werde sie weiterhin besuchen.« Bei diesen Worten sah Charles mich an, und ich wußte, daß er nicht wegen Sophie, sondern meinetwegen kam.

Ich mußte immerzu an ihn denken und träumte sogar von ihm. In meinen Träumen war er halb Charles, halb Dickon, und in meinem Gefühl verschmolzen die beiden zu einer Einheit.

Schade, daß Lisette nicht bei uns war. Sie besaß viel mehr Lebenserfahrung als ich und hätte mir Ratschläge erteilen können.

Meine Gefühle für Dickon wurden mir jetzt erst klar. Ich war ein unerfahrenes Kind gewesen, das die Fehler seines Idols nicht sah und sich ganz von seinen Gefühlen leiten ließ. Inzwischen wußte ich, warum er mir nachgestellt hatte, und daß mir eine Ehe mit ihm schwere Enttäuschungen gebracht hätte. Dennoch war ich davon überzeugt, daß noch eine Bindung zwischen uns bestand.

Ich hatte geglaubt, daß es keinen zweiten Menschen wie Dickon geben könnte, und dann war Charles in mein Leben getreten.

Was Charles betraf, so gab ich mich keinen Illusionen hin. Er besaß Erfahrung mit Frauen, war vielleicht sogar als amoralisch zu bezeichnen, würde einer Frau nie lange treu bleiben und geriet darin ganz seinen französischen Vorfahren nach. Er sah das Leben realistisch, was bedeutete, daß Männer polygam sind, zwar eine Frau mehr lieben können als alle anderen, aber trotzdem ihre sexuelle Befriedigung auch außerhalb der Ehe suchen.

Jetzt war ich beinahe siebzehn Jahre alt und sah die Welt mit anderen Augen. Sie unterschied sich wesentlich von der Welt meiner Mutter, Jean-Louis', meiner Großmutter und Sabrinas. Ich befand mich jetzt eben in Frankreich, dem Land der Männer. Wahrscheinlich würde ich mich nie mit dieser Einstellung abfinden.

Die Wochen gingen dahin. Lisette hatte uns im August verlassen, und jetzt war es bereits Mitte Oktober... ein schöner Monat voll lebhafter Farben; die Blätter leuchteten rotbraun und bronzefarben. Doch diese Pracht war nur von kurzer Dauer. Bald würde sie der Wind von den Bäumen reißen, und dann kam der Winter.

Früher einmal hatte ich den Winter geliebt. Wir gingen im Schnee spazieren, setzten uns nach unserer Heimkehr ans Feuer und unterhielten uns – Sophie, Lisette und ich. Wir sprachen über die Menschen, das Leben, alles mögliche. Damit war es jetzt vorbei, und die langen, kalten Tage würden eintönig werden. Aber vielleicht kam Lisette doch bald zurück.

Dann schrieb Tante Berthe, daß sie Anfang November im Château eintreffen würde.

»Gott sei Dank«, seufzte meine Mutter. »Seit Tante Berthe fort ist, geht nichts mehr glatt.«

Ich erinnere mich noch genau an den Tag. Es war der zwölfte November, ein feuchter, nebelverhangener, beinahe windstiller Tag, der für die Jahreszeit zu warm war. Ich stand am Fenster und hielt Ausschau. Ich war am Vortag spazierengegangen, hatte Weidenkätzchen und ein wenig Ginster gepflückt und den Strauß als Willkommensgruß in Lisettes Zimmer gestellt.

Es war beinahe dunkel, als in der Ferne ein Reitertrupp auftauchte. Ich legte meinen Mantel um und lief in den Hof, um sie zu begrüßen.

Einer der Reitknechte half Tante Berthe aus dem Sattel. Aber wo war Lisette?

Auch meine Mutter war herausgekommen und begrüßte Tante Berthe.

»Willkommen«, rief sie. »Ich bin so froh, daß Sie wieder da sind.«

»Wo ist Lisette?« fragte ich.

Tante Berthe sah mich ruhig an.

»Lisette kommt nicht zurück. Sie hat geheiratet.«

Ich war so verblüfft, daß ich kein Wort herausbrachte.

»Kommen Sie doch herein«, forderte meine Mutter sie schnell auf. »Sie müssen uns davon erzählen. Ich hoffe, daß Lisette glücklich ist.«

Ich folgte ihnen wie betäubt in die Halle.

Lisette war verheiratet, in ein anderes Leben entschwunden! Würde ich sie nie wiedersehen?

Ich hatte meine letzte Freundin verloren und war in meinem ganzen Leben nur selten so traurig gewesen wie in diesem Augenblick.

Armand war seit einigen Monaten mit einer jungen Dame verlobt, die sehr gut zu ihm paßte. Marie Louise de Brammont entstammte der richtigen Familie, hatte die richtige Erziehung genossen und war eine reiche Erbin. Eine Heirat war etwas sehr Angenehmes, wenn sich alles so gut zusammenfügte, wie es sein sollte, und wenn Braut und Bräutigam nicht allzuviel Abneigung gegeneinander empfanden.

Armand unterschied sich in nichts von allen anderen jungen Franzosen. Er hatte bestimmt ebenfalls etliche amouröse Abenteuer hinter sich, aber sie hatten überhaupt nichts mit seiner Ehe zu tun. Außerdem war er mit der Heirat einverstanden.

Meine Eltern wußten, daß mir Sophie und Lisette fehlten, und versuchten auf alle mögliche Art und Weise, mir über die Depression hinwegzuhelfen, in die mich der Verlust meiner jungen Gefährtinnen gestürzt hatte. Sie fuhren mit mir nach Paris, doch merkwürdigerweise verstärkten die Freuden dieser Stadt meine Melancholie, statt sie zu vertreiben. Jedesmal, wenn ich spazierenging, fielen mir die Champs-Élysées und die Arbeiter ein, die die Lampen aufgestellt hatten, und ich ertrug es nicht, auch nur in die Nähe der Place Louis XV. zu kommen.

Das Leben und Treiben in der Stadt war genauso fröhlich wie eh und je, doch ich fühlte mich von ihm ausgeschlossen. Ich hörte wohl den Hoftratsch, aber es war mir gleichgültig, ob Marie Antoinette Madame Dubarry empfing oder nicht. Wenn diese Frau aus der Gosse, der sie angeblich entstammte, den König verhext hatte, so war das seine Angelegenheit. Es war mir gleichgültig, daß es den Barriens – den Anhängern der Madame Dubarry – gelungen war, die Entlassung des Ministers Choiseul durchzusetzen. Meinen Vater betrafen diese Intrigen allerdings mehr, da er an etlichen von ihnen beteiligt war. Meine Mutter machte sich Sorgen um ihn, denn das höfische Parkett war sehr glatt. Man konnte so leicht alles verlieren – seinen Besitz und sein Leben. Es gab nach wie vor die gefürchteten *lettres de cachet*, von denen niemand sprach, weil das Unglück brachte.

Und dann kam Charles. Später fragte ich mich, ob meine

Mutter ihm verraten hatte, daß wir nach Paris reisten. Sie wußte, daß wir einander nicht gleichgültig waren; sie lebte in einer idealen Welt und sah das Leben so, wie sie es sehen wollte. Ihre Unschuld und Naivität hatten meinen Vater immer bezaubert, und er war ihr seit ihrer Trauung ganz bestimmt treu gewesen. Für sie war das eine Selbstverständlichkeit; sie begriff nicht, welche Macht sie über ihn besaß.

Ich war ganz anders geartet als sie und wußte nicht, ob ich diese Tatsache bedauern sollte, oder ob es besser war, wenn man sich keine Illusionen über seine Mitmenschen machte.

Charles suchte uns in Paris natürlich sofort auf und wich von diesem Zeitpunkt an nicht mehr von meiner Seite. Wir ritten zusammen im Bois, gingen zusammen in der Stadt spazieren und unternahmen auch größere Ausritte. Einer davon führte uns nach St. Cloud; wir stiegen ab, banden die Pferde fest und gingen durch den Wald.

»Du weißt, daß ich dich liebe, Lottie«, begann Charles.

»Auf deine Art.«

»Ich habe gedacht, daß wir jetzt Freunde sind.«

»Wir kommen oft zusammen.«

»Das meine ich nicht. Ich finde, daß wir einander verstehen.«

»Ich verstehe dich sehr gut.«

In diesem Augenblick blieb er stehen, riß mich in seine Arme und küßte mich – immer wieder. Ich versuchte ihn abzuwehren – aber es war nur ein sehr schwacher Versuch.

»Warum gestehst du dir nicht die Wahrheit ein, Lottie?« fragte er schließlich.

»Was meinst du damit?«

»Gib doch endlich zu, daß du dich auf die gleiche Art nach mir sehnst wie ich mich nach dir.«

»Ich sehne mich ganz bestimmt nicht danach, eine deiner vielen Geliebten zu sein, die dein Verlangen für einige Zeit stillen.«

»Du weißt, daß ich dich für immer an mich binden will.«

»Wirklich?«

»Ich möchte dich heiraten.«

»Du bist doch mit Sophie verlobt.«

»Nicht mehr. Sie hat sich für immer von mir getrennt. Das waren ihre eigenen Worte.«

»Und jetzt suchst du nach einem adäquaten Ersatz.«

»Du bist kein Ersatz; in dem Augenblick, in dem ich dich zum erstenmal sah, wollte ich dich besitzen.«

»Ich erinnere mich. Du hast bei Madame Rougemont ein Opfer gesucht.«

»Habe ich dich nicht gerettet? Habe ich mich nicht um dich gekümmert? Habe ich nicht alles getan, um dir gefällig zu sein? Ich war praktisch bereits mit Sophie verlobt, bevor ich dich kennenlernte. Du weißt, wie solche Ehen zustandekommen. Aber warum sollte es darunter nicht auch einmal eine Liebesheirat geben, und warum sollte dies nicht gerade die unsere sein?«

Mein Herz klopfte wie wild. Hier bot sich mir die Möglichkeit, dem düsteren Château mit seinen trüben Erinnerungen zu entkommen. Ein Tag war wie der andere, und ich war nicht fähig, meine Antriebslosigkeit und Niedergeschlagenheit abzuschütteln.

Ich bemühte mich, meine Erregung zu verbergen.

»Du vergißt Sophie.«

»Es steht jetzt endgültig fest, daß sie nie heiraten wird. Ich wäre nicht überrascht, wenn sie eines Tages in ein Kloster ginge. Aber das bedeutet nicht, daß auch ich mein Leben lang ledig bleiben muß. Ich habe mit deinem Vater gesprochen.«

Ich starrte ihn an.

»Du mußt nicht gleich erschrecken. Seine Antwort war sehr ermutigend. Deine Mutter besteht zwar darauf, daß man dich zu nichts zwingen soll, was du nicht willst. Aber ich habe von deinem Vater die Erlaubnis erhalten, dir mein Herz zu Füßen zu legen.«

Ich lachte über seine hochtrabende Ausdrucksweise,

und er stimmte ein. Er war schlagfertig und wußte genau, daß ich über seinen Lebensstil Bescheid wußte.

»Ich ersuche Sie daher, Mademoiselle Lottie, meine Frau zu werden. Wie ich sehe, zögerst du wenigstens. Ich habe nämlich ein entschiedenes Nein befürchtet, und auch wenn ich mich nicht damit abgefunden hätte, ist es sehr ermutigend, wenn man nicht sofort abgelehnt wird.«

»Dir muß doch klar sein, wie unmöglich diese Vorstellung ist.«

»Keineswegs. Ich halte sie für durchaus möglich.«

»Und was wird mit Sophie?«

»Sophie hat sich entschieden. Ich bin frei.«

»Und du glaubst, daß wir beide glücklich werden können, während sie in ihrem Turm sitzt...«

Er packte mich an den Schultern.

»Ich will dich, Lottie. Du wirst mit mir glücklich sein. Ich werde dich zu einer Erfüllung führen, von der du nie geträumt hast.«

»Darauf lege ich keinen Wert.«

»O nein, Lottie, dazu kenne ich dich zu gut. Du sehnst dich nach einer Erfahrung, von der du so oft gehört hast, und hast bestimmt mit dem Mädchen – wie hieß es noch? Mit dem du zur Rougemont gekommen bist – endlose Gespräche darüber geführt.«

»Du meinst Lisette. Sie ist jetzt verheiratet.«

»Und genießt ihr Leben, darauf könnte ich schwören. Sie ist genau der Typ dafür – du übrigens auch. Irgendwann wirst du jemanden heiraten, also warum nicht mich? Wäre es dir nicht lieber, deinen Mann selbst auszuwählen, als ihn vorgesetzt zu bekommen?«

»Natürlich werde ich ihn selbst wählen.«

»Schön. Da ich die Erlaubnis deines Vaters habe, um dich zu werben, werde ich an Ort und Stelle damit beginnen.«

»Spar dir die Mühe.«

Als Antwort hob er mich hoch und blickte lachend zu mir auf.

»Stell mich sofort auf den Boden«, befahl ich. »Jemand könnte uns sehen...«

»Dafür hat jedermann Verständnis. Ein stattlicher Kavalier und eine schöne Dame. Warum sollten sie nicht ineinander verliebt sein?«

Er ließ mich langsam hinuntergleiten, bis sich unsere Gesichter auf gleicher Höhe befanden.

»Lottie«, murmelte er, »o Lottie.«

Und plötzlich wollte ich auf ewig in seinen Armen liegen. Das Leben war wieder reizvoll.

Armand sollte zu Weihnachten heiraten. Das bedeutete, daß wir die Weihnachtsfeiertage in Brammont in der Nähe von Orléans verbringen würden, wo Marie-Louise mit ihrer Familie lebte.

Sophie erklärte, daß sie nicht mitkommen wolle. Obwohl meine Mutter versuchte, ihr diesen Gedanken auszureden, war sie dennoch erleichtert. Die festliche Zeit hätte von ihrem Glanz verloren, wenn Sophie sich in ihrem Zimmer versteckt hielt und alle über sie Bescheid wußten.

Nach der Hochzeit sollten Armand und seine Frau nach Aubigné zurückkehren und dort einen eigenen Hausstand gründen. Ich hoffte, daß ich mich mit Marie-Louise gut vertragen würde. Ich freute mich darauf, daß wieder eine junge Frau im Haus leben würde, obwohl sie ernst und sehr religiös, also das genaue Gegenteil von Lisette war. Ich fragte mich oft, wie es Lisette ging. Weil ich nichts von ihr hörte, bat ich Tante Berthe um ihre Adresse, um ihr zu schreiben. Tante Berthe meinte, das hätte keinen Sinn, weil Lisette einige Monate mit ihrem Mann auf Reisen verbringen würde.

Zu meiner Überraschung erfuhr ich, daß ihr Mann Grund und Boden besaß, also ein Bauer war.

»Hoffentlich wird sie glücklich«,, meinte ich. »Ich kann mir Lisette nicht auf einem Bauernhof vorstellen.«

»Ich versichere Ihnen, daß sie sehr zufrieden war.« Dennoch wollte mir Tante Berthe nicht die Adresse geben.

»Später vielleicht, wenn sie sich eingewöhnt hat.«

Da ich mit meinen eigenen Angelegenheiten beschäftigt war, bestand ich nicht länger darauf.

Meine Mutter sprach mit mir über Charles.

»Er liebt dich sehr, Lottie, und dein Vater wäre über die Verbindung glücklich. Er würde dir die Aussteuer geben, die er Sophie versprochen hatte. Auch die Tourvilles sind sehr für eure Heirat.«

»Und wie steht es mit Sophie?«

»Sophie hat sich entschieden, und damit können es die anderen auch tun. Die arme Sophie, es war ein so tragisches Unglück. Aber so ist das Leben; so etwas kann jedem zustoßen. Ich möchte so sehr, daß du genauso glücklich wirst wie ich, Liebling. Ich staune noch heute darüber, welch glückliche Wende mein Leben genommen hat.«

»Das kommt daher, weil du ein Mensch bist, der sich von allen anderen Menschen unterscheidet, die wir kennen. Dennoch muß ich immer an die arme Sophie denken. Ich kann doch nicht den Mann heiraten, mit dem sie verlobt war und den sie so sehr geliebt hat.«

»Sophie hätte jeden geliebt, der sie zur Kenntnis nahm. Ihr Schicksal ist natürlich tragisch, aber das darf deinem Glück nicht im Weg stehen. Wenn du Charles heiratest, würdet ihr außerdem nicht hier leben. Das Château ist Armands Heim und wird ihm einmal gehören. Du wirst mit deinem Mann in sein Haus ziehen, dir dort ein eigenes Leben aufbauen, Kinder bekommen, glücklich sein und die schreckliche Nacht und Sophie vergessen.«

»Wenn ich das nur zustande brächte.«

Sie legte mir lächelnd den Arm um die Schultern. »Du weißt, wie sehr ich dich liebe, mein Kind, wie teuer du mir bist. Ich wünsche mir mehr als alles in der Welt, daß du glücklich wirst.«

»Und du glaubst, wenn ich Charles de Tourville heirate...«

»Ich weiß es, weil ich euch genau beobachtet habe. Du

beherrschst dich, aber es fällt dir schwer. Und ich habe selten einen Mann gesehen, der so verliebt war wie er.«

Das war also der Stand der Dinge, als wir zu Armands Hochzeit nach Brammont fuhren.

Das Château Brammont war wesentlich kleiner als das der Aubignés, aber im gleichen Stil erbaut und wirkte reizvoller als die größeren Schlösser. Ich bewunderte vor allem die Arabesken-Friese, die Nischen mit Plastiken und die Spitzbogenfenster.

Die Vorbereitungen waren in vollem Gang, denn zwei Tage nach dem Weihnachtsfest sollte die Hochzeit stattfinden. Das Château wimmelte von Gästen und Verwandten, und zu meiner Überraschung waren auch die Tourvilles anwesend.

Natürlich dauerte es nicht lang, bis Charles mich aufgespürt hatte. Er war entzückt, weil wir Weihnachten unter dem gleichen Dach verbringen würden.

Wir ritten, wir tanzten, wir sangen Weihnachtslieder. Es war anders als unsere Weihnachten in England, aber ich hatte mich an diese Feiern gewöhnt. Es gab zwar weder eine Schüssel Punsch noch das Würzbier, das in Clavering nie fehlen durfte, aber es war doch das gleiche Fest.

Ich genoß diese Tage und war seit Monaten endlich wieder glücklich. Die Wortgefechte mit Charles versetzten mich in ausgelassene Stimmung, und wenn er mich küßte und an sich drückte – wobei er jede sich bietende Gelegenheit nützte –, spürte ich, wie die Erregung in mir hochstieg.

Die Trauung fand in der Schloßkapelle statt, und bei dem darauffolgenden Bankett saß Charles an meiner Seite. Offensichtlich war es ein offenes Geheimnis, daß er um mich warb.

Die katholische Ehezeremonie hatte mich daran erinnert, daß ich Protestantin war. Mein Vater hatte mir nicht vorgeschlagen, meine Religion zu wechseln, und meine Mutter hatte vor ihrer Trauung nur einige Formalitäten erfüllen müssen. Mir fiel jetzt ein, daß Charles katholisch war, und obwohl das nicht übermäßig wichtig war, würde es sicherlich ein Problem darstellen, wenn ich heiratete und Kinder bekam.

Als Charles mir wieder einmal erklärte, wie unvernünftig es von mir wäre, ihn hinzuhalten, platzte ich heraus: »Und was ist mit den Kindern?«

»Was für Kinder?« fragte er verblüfft.

»Die Kinder aus dieser Ehe.«

»Du meinst aus unserer Ehe. Du hast ›Ja‹ gesagt, Lottie. Ich werde es noch heute bekanntgeben...«

»Aber ich habe nicht...«

»Du hast gefragt, was mit den Kindern ist. Du willst doch nicht andeuten, daß wir ohne den Segen der Kirche Kinder bekommen sollten?«

»Ich habe nur laut gedacht.«

»Du hast an uns und unsere Kinder gedacht. Was hast du eigentlich gemeint?«

»Ich bin nicht katholisch.«

Er wurde einen Augenblick ernst. »Das macht doch nichts, du kannst ja konvertieren.«

»Das möchte ich nicht. Siehst du, das ist der Grund, warum ich dich nicht heiraten kann.«

»Mit Problemen dieser Art kann man leicht fertigwerden.«

»Wie denn? Würdest du deine Religion aufgeben?«

»Ich muß gestehen, daß ich nicht allzu religiös bin.«

»Das habe ich aus deiner Lebensweise ohnehin geschlossen.«

Er lachte. »Zugegeben, es ist eine Art Tradition. Aber ich habe nicht vor, das Problem der Kinder als Ehehindernis zu betrachten. Ich bin ein vernünftig denkender Mensch. Du willst nicht übertreten, hast du erklärt. Schön, dann schlage ich folgende Regelung vor: Unser erster Sohn ist der Erbe des Besitzes und müßte daher katholisch sein. Aber die Mädchen gehören alle dir. Der Sohn ist für mich da... der

Stammhalter unserer alten Familie und so weiter... und die Mädchen für dich. Das ist doch fair, nicht wahr?«

»Allerdings.«

»Worauf warten wir dann noch? Ich werde noch heute abend unsere Verlobung bekanntgeben.«

Und so geschah es. Ich hatte es ja schon seit geraumer Zeit so gewollt.

Meine Eltern freuten sich sehr, genau wie die Tourvilles, denn es war die beste Lösung. Alle Kontrakte, die für Sophie abgeschlossen worden waren, sollten auf mich umgeschrieben werden. »Ich bin entzückt«, freute sich meine Mutter. »Ich hatte mir ein bißchen Sorgen gemacht, weil die Franzosen so pedantisch sind... und deine Geburt etwas ungesetzlich war... auch dein Vater hat sich darüber den Kopf zerbrochen und sogar in Betracht gezogen, daß wir dich legitimieren sollten. Das ist jetzt nicht mehr notwendig. Ich freue mich so sehr für dich, mein Liebling. Du wirst mit ihm bestimmt sehr glücklich werden.«

»Ich bin es jetzt schon«, stellte ich erstaunt fest.

Meine Mutter begann sofort mit den verschiedenen Vorbereitungen.

»Es trifft sich gut, daß die Tourvilles gerade hier sind, so können wir gleich alles regeln. Obwohl die Hochzeit noch nicht stattfinden sollte, denn wir müßten nach dem schrecklichen Unfall eigentlich ein Jahr warten. Vielleicht im Mai, im Wonnemonat. Und noch etwas... ich kann mir nicht recht vorstellen, daß wir die Hochzeit in Paris abhalten. Im Château wäre es schwierig, weil...«

»Weil Sophie in ihrem Turm sitzt.«

Sie nickte.

»Jetzt haben uns die Tourvilles einen Vorschlag gemacht, den ich für sehr gut halte. Du könntest in ihrem Château heiraten. Ich weiß, daß es etwas ungewöhnlich ist, aber unter den gegebenen Umständen...«

Ich überließ ihnen gern die Planung. Die Vorstellung, bald

mit Charles verheiratet zu sein, meine Gefühle für ihn nicht mehr verbergen zu müssen, erregte mich.

Allerdings wußte ich nicht, ob ich ihn liebte, ich war nur sicher, daß ich in ihn verliebt war.

Ich wollte Abwechslung, Aufregung. Ich wollte nicht nach Aubigné zurückkehren, wo Sophie wie ein Gespenst in ihrem Turm hauste. Obwohl mir nicht klar war, warum ich mich schuldbewußt fühlte. Charles hatte sich zwar bei der Katastrophe um mich gekümmert, hatte mich gerettet. Aber er hätte sich nie zu Sophie durchschlagen können.

Dennoch plagte mich dieses Schuldbewußtsein immerzu, wenn ich mich in Aubigné aufhielt und wußte, daß Sophie in ihrem Turm zurückgezogen lebte.

Wir kehrten nach Aubigné zurück, und ich dachte den ganzen Winter über an meine Hochzeit.

Lisette fehlte mir mehr denn je. Als verheiratete Frau würde ich mehr Freiheit genießen, und ich nahm mir vor, dann Lisette in ihrem Bauernhaus zu besuchen, ganz gleich, wo es sich befand.

Ich versuchte wieder, von Tante Berthe ihre Adresse zu erfahren, biß aber bei ihr auf Granit. Sie war immer noch mit ihrem Mann auf Reisen, erklärte mir Tante Berthe, und die beiden würden erst im Frühjahr in ihr neues Haus einziehen. Schließlich schrieb ich einen Brief, in dem ich Lisette erklärte, daß ich Charles de Tourville heiraten würde und sie und ihren Mann zur Hochzeit einlud. Ich übergab den Brief Tante Berthe, die mir versprach, ihn abzuschicken, sobald sie Lisettes Adresse wußte.

Im Wirbel der Ereignisse dachte ich dann kaum noch an Lisette.

Wir fuhren nach Paris, um meine Aussteuer zusammenzustellen, und meine gesamte Aufmerksamkeit galt meinen neuen Kleidern. Mein Brautkleid war aus weißem Brokat und mit Perlen besetzt; von einem Krönchen, das hoch oben auf meinem Kopf saß, würde ein weiter weißer Schleier herunterfließen. Die modischen Frisuren waren jetzt alle hoch aufgetürmt; die Friseure am Hof hatten sie erfunden, weil sie gut zu Marie Antoinettes hoher Stirn paßten.

Die Kleider sollten nach Aubigné geliefert werden, damit ich mich davon überzeugen konnte, daß alles wie bestellt angefertigt worden war, und dann sollten sie nach Tourville befördert werden. Nach der Hochzeit würde Aubigné nicht mehr mein Zuhause sein, da ich von nun an in Tourville leben würde. Früher einmal hätte mich das vielleicht traurig gestimmt, aber jetzt war es nicht mehr der Fall. Ich wollte den Erinnerungen meiner Kindheit und dem Schuldgefühl Sophie gegenüber entkommen.

Ich probierte meine Kleider immer wieder an und schwelgte in ihnen. Samt und Seide, entzückende einfache Tageskleider und ein elegantes, perlgraues Reitkleid. Die Erregung verschönte mich, so wie einst die Liebe Sophie verschönt hatte.

Die Hochzeit sollte im Mai, genau ein Jahr nach Sophies Tragödie, stattfinden. Es würde eine stille Hochzeit werden, um die Gesellschaft nicht daran zu erinnern, daß Charles zuerst mit Sophie verlobt gewesen war.

Ich sehnte mich nach dem Tag, an dem ich nach Tourville reisen würde, und dennoch genoß ich die Zeit der Vorbereitung. Seither habe ich oft feststellen müssen, daß die Erwartung manchmal schöner ist als die Erfüllung.

Dann kam der Abend vor unserer Abreise. Morgen würde eines der Mädchen mein Hochzeitskleid einpakken, und es würde mir mit meiner übrigen Garderobe nachgeschickt werden. Jetzt hing es im Schrank, und ich betrachtete es immer wieder.

Ich ging zeitig zu Bett, weil wir uns bei Tagesanbruch auf die lange Reise begeben wollten, und schlief bald ein. Etwas weckte mich.

Der Vollmond schien, und sein Licht erhellte mein Zimmer.

Dann überlief mich ein Schauer. Mir sträubten sich beinahe die Haare, denn in meinem Zimmer befand sich jemand. Es war wie eine Erscheinung. Ich starrte die Gestalt an, ohne einen Finger rühren zu können. Ein Mädchen – ich selbst –, denn es trug mein Hochzeitskleid. Der Schleier hing über ihren Rücken herab.

Dann drehte sich die Gestalt um, und ich sah ihr Gesicht.

Ich rang entsetzt nach Luft. Das Mondlicht zeigte die fürchterliche Entstellung deutlich, die blauen Narben, die verrunzelte Haut, den verbrannten Fleck, wo das Haar sein sollte.

Ich richtete mich auf und flüsterte heiser: »Sophie!«

Sie stand am Fußende meines Bettes, sah mich an, und ich erkannte den kalten Haß in ihren Augen.

»Das hätte mein Hochzeitskleid sein sollen«, sagte sie.

»O Sophie, es wäre es auch gewesen, wenn du nur gewollt hättest. Du hast dich geweigert...«

Sie lachte bitter. »Du hast ihn von Anfang an für dich haben wollen. Du hast geglaubt, daß ich es nicht merken würde. Du hast ihn mir abspenstig gemacht. Du... was bist du eigentlich? Ein Bastard. In der Sünde gezeugt. Ich werde dir nie verzeihen.«

»Ich bin nicht daran schuld, Sophie.«

»Nicht daran schuld! Du bist schön, das weißt du genau, und ich habe nie besonders gut ausgesehen, nicht wahr? Die Männer laufen dir nach... auch Charles, selbst als er noch mit mir verlobt war. Du warst von allem Anfang an entschlossen, ihn für dich zu gewinnen. Ich weiß, daß du seine Mätresse warst, bevor...«

»Das stimmt nicht, Sophie. Ich habe mich noch keinem Mann hingegeben.«

»Du lügst. Ich habe Beweise.«

»Was für Beweise?«

»Ich habe deine Blume in seinem Apartment gefunden. Sie lag in seinem Schlafzimmer auf dem Boden.«

»Wovon redest du, Sophie? Ich habe sein Schlafzimmer nie betreten.«

»Es war der Tag, an dem...« Sie wandte sich ab. Dann fuhr sie fort: »Er hat dir doch die rote Blume gekauft und mir die lavendelfarbige, nicht wahr? Die rote Blume der Leidenschaft. Ich versuchte, nicht an diese Bedeutung zu glauben. Ich suchte seine Mutter in ihrem *hôtel* auf, um ein Detail der Hochzeit zu besprechen. Sie sagte: ›Er ist in seinem Zimmer... ich werde mit dir zusammen hinaufgehen.‹ Ich begleitete sie also, und dort lag deine Blume auf dem Fußboden, wo du sie fallengelassen hattest.«

»Ich erinnere mich an die Blume, obwohl ich sie nie angesteckt habe. Ich habe überhaupt nicht mehr an sie gedacht. Sie muß sich noch irgendwo unter meinen Sachen befinden.«

Sie rang die Hände. »Bitte lüge mich doch nicht an. Du kannst den Beweis nicht aus der Welt schaffen.«

»Das redest du dir nur ein, Sophie.«

»Du wolltest auch, daß mir das zustößt.« Sie wandte mir die verunstaltete Gesichtshälfte zu. »Ein hübscher Anblick, nicht wahr? In dieser Nacht war er bei dir, und ihr habt mich beide im Stich gelassen. Er war nur bestrebt, dich zu retten. Ihr wolltet beide, daß ich sterbe.«

»Das ist nicht wahr. Du weißt, daß es nicht wahr ist. Er wollte dich auch nachher noch heiraten. Er hat dich immer wieder darum gebeten.«

»Er wollte mich nie heiraten. Von dem Augenblick an, als er dich kennenlernte, wollte er dich haben. Du hältst mich wohl für dumm und blind, und das bin ich wahrscheinlich... aber nicht so blind, daß ich nicht sehe, was sich vor meiner Nase abspielt. Ich werde dir nie verzeihen... nie... und ich hoffe, daß du nie vergißt, daß du mein Leben zerstört hast.«

»O Sophie, Sophie...«

Ich wollte aufstehen, aber sie hob die Hand.

»Komm mir nicht in die Nähe.«

Ich vergrub mein Gesicht in den Händen, weil ich es nicht mehr ertrug, sie anzusehen. Es hatte keinen Sinn, mit ihr darüber zu sprechen, denn sie war entschlossen, mir die Schuld zuzuschieben.

Als ich die Augen öffnete, hatte sie den Schleier abgenommen und hängte ihn vorsichtig auf. Dann zog sie das Kleid aus, hängte es ebenfalls in den Schrank und schlüpfte in ihren Morgenrock.

»Sophie«, sagte ich leise.

Doch sie glitt geräuschlos wie ein Gespenst zur Tür. Dort blieb sie noch einmal stehen. »Denk an mich«, sagte sie und sah mir in die Augen. »Wenn er bei dir ist, dann denk an mich. Ich werde an dich denken und niemals vergessen, was du mir angetan hast.«

Die Tür fiel hinter ihr ins Schloß. Ich starrte den Schleier an und dachte: Ich werde nie imstande sein zu vergessen. Sie wird mich mein Leben lang verfolgen.

Wenn ich das Kleid und den Schleier trug, würde ich sie vor mir sehen, wie sie am Fußende meines Bettes stand.

Es war so ungerecht von ihr. Sie hätte ihn heiraten können. Doch sie war davon überzeugt, daß er sie eigentlich gar nicht wollte; ihr Herz hatte genauso schwere Wunden davongetragen wie ihr Gesicht.

Sie hatte die Blume erwähnt. Ich erinnerte mich deutlich an den Tag, an dem Charles sie mir gekauft hatte. Ich hatte sie vergessen und nie getragen; sie mußte sich irgendwo unter meinen Sachen befinden. Wessen Päonie hatte Sophie gesehen? Hatte jemand Charles besucht? Die Blumen waren nichts Besonderes, sondern es gab sie damals in ganz Paris zu kaufen, und Charles hatte sehr wohl Damenbesuch in seinen Räumen empfangen können.

Das konnte ich Sophie aber nicht erklären. Sie hatte nie begriffen, zu welcher Art von Männern Charles gehörte. Die arme Sophie!

Sie würde mich nicht vergessen, hatte sie gesagt. Das gleiche konnte ich von ihr behaupten. Der Anblick der rührenden Gestalt im weißen Brautkleid und dem Schleier würde mich mein Leben lang verfolgen.

IV

Lisettes Heimkehr

Es war im Frühjahr 1775, vier Jahre, nachdem ich Charles geheiratet hatte. Ich war nicht mehr das junge Mädchen, das nach Tourville gereist war, um einem Mann das Jawort zu geben. Dank Charles' Führung war ich rasch erwachsen geworden; er hatte mich gelehrt, das Leben so zu nehmen, wie es ist, und dafür war ich ihm dankbar.

Unsere Ehe hatte sich zufriedenstellend entwickelt. Wir fühlten uns körperlich voneinander angezogen, und ich hatte die Erfahrung gemacht, daß unsere Beziehung nicht nur ihm, sondern auch mir große Befriedigung verschaffte.

Während der ersten Monate unserer Ehe hatten wir uns beide vollkommen der Leidenschaft hingegeben, die wir im Partner wecken konnten. Er hatte in mir ›die richtige Bettgefährtin‹ gefunden, wie er zynisch feststellte, und das bedeutete, daß ich eine Frau war, die sich ihres Verlangens nicht schämte und die seine wilde Begierde erwiderte, so daß wir gemeinsam die Freuden der geschlechtlichen Vereinigung genossen.

Zuerst hatte ich noch viel an Sophie gedacht und Trost in der Überzeugung gefunden, daß sie nie fähig gewesen wäre, Charles' Ansprüchen zu genügen.

Er war ein Meister in der Liebe – oder besser der Wollust –, und ein Kenner der weiblichen Mentalität. Er wußte auf den ersten Blick, ob eine Frau – wie er sich auszudrücken pflegte – fähig war zu lieben.

»Als ich dich zum erstenmal erblickte – du beugtest

dich gerade über die Kristallkugel –, wußte ich, daß du diese Fähigkeit besitzt«, erzählte er mir.

Liebte ich ihn? Was ist eigentlich Liebe? Das fragte ich mich oft. Liebte ich ihn so, wie meine Eltern einander liebten? Nein. Die beiden hatten zu einem Idealzustand gefunden, den man erst erreicht, wenn man alt und weise ist und nicht mehr den Stachel des Verlangens fühlt. In ihrem Fall handelte es sich um eine vollkommen ausgeglichene Beziehung. Nein, das traf auf Charles und mich bestimmt nicht zu.

Während dieser ersten Monate, in denen wir einander alles bedeuteten, klopfte mein Herz wie wild, wenn er mich aufsuchte, und ich war immer unruhig, wenn er nicht bei mir weilte. An den Abenden, die wir mit seiner Familie im Salon des Château Tourville verbrachten, sehnte ich mich nach dem Augenblick, in dem wir endlich allein sein würden.

Ich fragte mich nicht, ob diese übertriebene Leidenschaft anhalten würde. Vermutlich hatten meine Eltern damals, als ich gezeugt wurde, das gleiche empfunden. Dann waren sie jahrelang getrennt gewesen und hatten erst wieder zueinander gefunden, als ihre Jugend vorbei war, sie viele Erfahrungen gesammelt hatten und das heiße Verlangen nicht mehr stärker war als ihre Vernunft. Dadurch hatten sie diese ideale Beziehung erreichen können.

Charles war sicher der vollkommene Liebhaber, und sein Verlangen nach mir war zweifellos nicht gespielt. Dennoch wußte ich, daß dieser Zustand nicht ewig dauern würde, jedenfalls nicht in dieser Form. Würde das Gefühl, das dann übrig blieb, stark genug sein, damit unsere Ehe sich zu der gleichen Vollkommenheit entwickelte wie die meiner Eltern?

Die Familie Tourville war eher alltäglich. Charles' Vater war krank, seine Mutter war eine sanfte Frau, die nur ihrer Familie lebte. Außerdem gab es noch Charles' Schwester Amélie, deren Heirat eben in die Wege geleitet wurde.

Es handelte sich um eine wohlhabende Familie, obwohl sie keineswegs so reich war wie die meines Vaters, und daher hatte sie großen Wert auf die Verbindung mit den Aubignés gelegt. Sophie wäre ihnen als Schwiegertochter lieber gewesen; doch diese Heirat war ihnen so wichtig, daß sie sogar die uneheliche Tochter in Kauf nahmen. Außerdem hatte ich die gleiche Mitgift erhalten, wie sie für Sophie vorgesehen gewesen war.

Das Leben in Tourville wäre für mich sehr langweilig verlaufen, wenn ich Charles nicht gehabt hätte.

Ich lebte also der Leidenschaft, bis ich schwanger wurde, was ungefähr acht Monate nach unserer Heirat eintrat.

Die Familie Tourville war überglücklich und schickte einen reitenden Boten mit der freudigen Nachricht nach Aubigné, wo ebenfalls große Freude darüber herrschte.

Während der ersten drei Monate war mir entsetzlich schlecht und dann rundete sich mein Bauch, so daß Charles nachts Zurückhaltung üben mußte. Er legte sich natürlich eine Mätresse zu, denn er war nicht der Mensch, der bereit war, auf ein Vergnügen zu verzichten, außerdem war er davon überzeugt, daß es für einen werdenden Vater die einzig richtige, den Umständen Rechnung tragende Verhaltensweise war.

Merkwürdigerweise hatte mich die Schwangerschaft ebenfalls verändert. Ich war so sehr von dem keimenden Leben in mir in Anspruch genommen, daß alles andere daneben unwichtig wurde.

Charles war mir ein liebevoller Ehemann, der sich über den Familienzuwachs freute und mir nicht übelnahm, daß ich nicht mehr das Bett mit ihm teilte.

Meine Mutter kam von Aubigné herüber, um mir bei der Geburt beizustehen. Zur Freude der gesamten Familie brachte ich einen kräftigen Sohn zur Welt.

Wir tauften ihn Charles, woraus bald Charlot wurde, und von dem Augenblick an, in dem ich seinen ersten, kräftigen Schrei hörte, war er für mich der Mittelpunkt der Welt.

Die nächsten Monate zählten zu den glücklichsten meines Lebens. Während der ersten Zeit saß ich im Bett, hielt das Kind in den Armen, und die Besucher beglückwünschten mich und bewunderten meinen Sohn.

Charles trug seinen Sprößling im Zimmer herum, küßte mich zärtlich und sagte: »Du kluge, kluge Lottie.«

Auch mein Vater besuchte seinen Enkel. Er hob ihn in die Höhe und betrachtete ihn so stolz, daß ich unwillkürlich lachen mußte.

»Wie ich sehe, gefällt er dir«, meinte ich.

Er legte das Kind in die Wiege zurück und setzte sich an mein Bett.

»Es war wirklich ein glücklicher Tag, an dem ich dich kennenlernte, und jetzt hast du mir mein erstes Enkelkind geschenkt.« Er küßte mir die Hand. »Deine Mutter ist stolz auf dich ... genau wie ich.«

»Du übertreibst. Ich habe nichts Besonderes geleistet, auf der ganzen Welt bekommen die Frauen Kinder.«

»Manche schaffen es dennoch nicht«, seufzte er.

Er dachte an Armand und Marie Louise, denn er war darüber enttäuscht, daß ihre Ehe bis jetzt kinderlos geblieben war.

Nach der Geburt meines Sohnes änderte sich die Beziehung zwischen mir und meinem Mann. Er war nicht mehr der begeisterte Lehrer, ich nicht mehr die lernbegierige Schülerin. Ich war reifer geworden.

Wir liebten einander, aber der Geschlechtsverkehr war zur Gewohnheit geworden und bescherte mir nicht mehr die unbeschreibliche Wonne, die ich früher erlebt hatte. So geht es eben in der Ehe. Ich hatte jedoch meinen Sohn, der mir auf andere Art Befriedigung schenkte.

Es war Frühling geworden, und ich war im Begriff, meine Eltern in Aubigné zu besuchen. Das geschah nur selten, denn ich erfand meist eine Ausrede und einen Grund dafür, warum meine Eltern statt dessen nach

Tourville kommen sollten. Sie ließen sich auch nie lang bitten, denn sie wollten die Entwicklung des Enkels verfolgen. Meinem Vater wäre es lieber gewesen, wenn wir im Château d'Aubigné gelebt hätten, doch das kam natürlich nicht in Frage. Charles' Zuhause war nun einmal Tourville, und ich war seine Frau.

Deshalb behauptete ich immer wieder, daß es schwierig sei, mit einem Kleinkind auf Reisen zu gehen, und daher kamen meine Eltern zu uns.

Charlot war jetzt zwei Jahre alt – ich konnte ihn also gut in der Obhut einer ausgezeichneten Nurse zurücklassen und nach Aubigné fahren, weil meine Mutter sich den Knöchel verstaucht hatte und nicht in der Lage war, eine Reise zu unternehmen.

»Sie sehnt sich so nach dir«, hatte mein Vater geschrieben. »Bitte komm. Ich weiß, daß Charlot noch zu klein für eine Reise ist, aber wenn du uns eine Woche opfern könntest, wäre deine Mutter sehr glücklich.«

Ich durfte meinem Bestreben, Aubigné fernzubleiben, nicht nachgeben. Ich sah Sophie immer noch so vor mir, wie sie in der Nacht vor meiner Abreise im Brautkleid an meinem Bett gestanden und der Schleier ihr armes, verunstaltetes Gesicht verborgen hatte. Ich war davon überzeugt, daß sie sich im Lauf der Jahre mit ihrem Schicksal abgefunden hatte, der gesunde Menschenverstand mußte ihr doch sagen, daß ich an ihrem Unglück unschuldig war.

Es war spät am Nachmittag, als ich in Aubigné eintraf. Meine Eltern erwarteten mich ungeduldig, und ich mußte über meinen Vater lachen, der mich beinahe erdrückte, als er mich umarmte. Meine Mutter beobachtete uns glücklich und zufrieden, wie immer, wenn wir beisammen waren.

Sie überschütteten mich mit Fragen. »Wie geht es dir? Wie geht es Charlot? Ist die Reise ohne Zwischenfall verlaufen? Wie lange kannst du bleiben?«

»Wir haben dein früheres Zimmer für dich hergerichtet«, erklärte meine Mutter. »Es ist nicht mehr verwendet worden, seit du ausgezogen bist, weil ich mir nicht vorstellen kann, daß jemand anderer in ihm wohnt. Natürlich ist das dumm von mir, aber zum Glück verfügt das Schloß über sehr viele Räume.«

Wenn sie aufgeregt war, sprudelte sie alles heraus, was ihr einfiel, und ich war glücklich, bei ihr zu sein.

Doch die Erinnerungen, die mich in meinem Zimmer überfielen, trübten dieses Glück. Ich hoffte nur, daß ich nicht von einem entstellten Gesicht träumen würde.

Beim Abendessen war ich mit meinen Eltern allein.

»Armand kommt morgen zurück«, erklärte mein Vater, »er ist am Hof in Versailles. Uns stehen schwierige Zeiten bevor, und daran ist die letzte Mißernte schuld. Du weißt doch noch, wie schlecht das Wetter war. Es war nicht leicht, den Getreidepreis auf dem bisherigen Stand zu halten. Der König macht sich große Sorgen, ganz anders als sein Großvater, dieser gewissenlose alte Schurke.«

Ludwig XV. war vor einem Jahr gestorben, und der junge Ludwig XVI. sowie seine Frau Marie Antoinette hatten die Herrschaft mit schweren Bedenken angetreten. Ludwig war neunzehn, seine Frau achtzehn Jahre alt gewesen, und sie waren niedergekniet und hatten gebetet: »Leite und beschütze uns, o Herr. Wir sind zu jung, um zu herrschen.« Das Verhalten dieser jungen Menschen hatte die gesamte Nation gerührt. Daß sie begriffen, worin ihre Pflichten bestanden, und entschlossen waren, sie auch zu erfüllen, stand in scharfem Gegensatz zu den Prinzipien des alten Königs. Anscheinend brach für Frankreich eine neue Ära an, deshalb war es besonders bedauerlich, daß ihre Regierungszeit mit einem strengen Winter und einer Mißernte begann.

»Der junge Ludwig hat richtig gehandelt, als er Turgot zum Finanzminister ernannt hat«, meinte mein Vater, der offensichtlich nicht von der Politik lassen konnte. »Er ist ein guter, redlicher Mann, der nur das Beste für sein Land will. Aber es wird unmöglich sein, den Getreidepreis nicht zu erhöhen, und wenn das Brot teurer wird, was unvermeidlich ist, wird das Volk unruhig werden.«

»Ach Gott«, seufzte ich, »immer diese Schwierigkeiten. Erzählt mir lieber von Aubigné. Sophie...«

Sie schwiegen eine Weile, dann sagte meine Mutter: »Sie verläßt ihren Turm nie und lebt wie eine Einsiedlerin. Jeanne entscheidet, welche Dienstboten dort saubermachen dürfen, und benimmt sich dabei recht selbstherrlich. Aber was können wir tun? Wir müssen uns damit abfinden, denn Sophie verläßt sich voll und ganz auf sie.«

»Hoffentlich habe ich Gelegenheit, Sophie während meines Aufenthalts zu besuchen.«

»Sie weigert sich, Besucher zu empfangen. Es ist sehr traurig, daß sie ihr Leben dort oben verbringt.«

»Kann man denn nichts für sie tun?«

»Es gibt Lotionen und Salben, die angeblich Wunder wirken. Jeanne sucht alle Märkte danach ab und bringt Verschiedenes mit. Ich weiß natürlich nicht, wie wirksam diese Mixturen sind. Anscheinend nicht sehr, denn Sophie schließt sich von uns ab, und Jeanne ist die einzige, die die Verbindung zwischen ihr und uns aufrechterhält.«

»Es wäre besser, wenn sie in ein Kloster ginge«, meinte mein Vater.

»Hat sie diesen Wunsch geäußert?«

»Nein. Marie-Louise wäre eher dazu bereit.«

»Marie-Louise ist ein gutes Mädchen«, warf meine Mutter ein.

»Zu gut für diese Welt«, antwortete mein Vater scharf.

Meine Mutter zuckte die Achseln. »Sie hätte nie heiraten dürfen, denn sie kann keine Kinder bekommen. Wahrscheinlich versuchen die beiden es gar nicht mehr.«

»Man kann Armand daraus keinen Vorwurf machen«, stellte mein Vater fest. Es war nur zu deutlich, daß er für seine Schwiegertochter nicht viel übrig hatte. »Sie ist zu fromm und verbringt beinahe die ganze Zeit in der Kapelle, und die Dienerschaft muß ihr dabei Gesellschaft leisten. Das alles ist deprimierend; die heutige Nacht verbringt sie zum Beispiel im Kloster Forêt Verte. Du kennst es, es ist nur drei Meilen vom Château entfernt. Sie hat einen neuen Altar für die Klosterkirche gestiftet. Hier hat sich vieles verändert, seit du uns verlassen hast, Lottie.«

»Dein Vater sehnt sich nach der Zeit zurück, als du noch bei uns lebtest«, erklärte meine Mutter. »Damals benahm sich Sophie noch normal, und es war auch noch das andere Mädchen da, diese Lisette.«

»Ich denke oft an sie«, rief ich. »Ich habe ihr geschrieben, aber nie eine Antwort bekommen. Wie geht es Tante Berthe?«

»Unverändert.«

»Ich möchte gern mit ihr sprechen, bevor ich wieder abreise. Es wäre schön, wenn ich Lisette wiedersehen könnte.«

»Sie war sehr hübsch«, bemerkte meine Mutter.

»Das ist sie zweifellos immer noch«, erwiderte ich. »Ich werde Tante Berthe in ihrer Höhle aufsuchen. Sie bewohnt doch noch die gleichen Zimmer?«

»Natürlich. Sie ist sehr stolz darauf, und niemand darf ihre Räume ungebeten betreten.«

»Sie hat immer ein strenges Regiment geführt.«

»Aber sie ist eine ausgezeichnete Haushälterin, und wir haben nie bedauert, daß wir sie eingestellt haben«, betonte mein Vater.

»Ich wundere mich heute noch darüber, daß sie Lisette fortgelassen hat. Lisette hatte wirklich Angst vor ihr... Tante Berthe war der einzige Mensch, vor dem sie sich fürchtete.«

Das Gespräch wendete sich dann anderen Themen zu, aber ich dachte immer noch an Lisette und die schöne Zeit, die wir miteinander verbracht hatten.

Am nächsten Tag kehrte Marie-Louise aus dem Kloster zurück. Sie war keineswegs hübsch und verschmähte alle kleinen Kunstgriffe, die die meisten Frauen heutzutage verwenden, um besser auszusehen. Sie hatte ihr Haar einfach zu einem Knoten im Nacken aufgesteckt und wollte von Marie Antoinettes modischen Frisuren nichts wissen. Ihr Kleid war dunkelgrau und betont schlicht.

Als ich ihr wohlerzogen vorschlug, gelegentlich zu einem Plauderstündchen mit mir zusammenzukommen, erzählte sie mir, daß sie jeden Nachmittag für die Armen nähte, daß ich sie dabei unterstützen könne und daß sie mir den Altar beschreiben würde, den sie dem Kloster gestiftet hatte.

Diese Aussicht fand ich keineswegs aufregend, und da mich Näharbeiten nie interessiert hatten, vergaß ich die Einladung.

Ich freute mich hingegen, Armand wiederzusehen. Seine unbefriedigende Ehe hatte ihn nicht verändert, er war friedlich und nahm offensichtlich alles, was ihm widerfuhr, mit Gelassenheit hin. Bestimmt hatte er irgendwo eine kleine Mätresse – oder auch mehrere –, und er war mit seinem Leben sehr zufrieden.

Der Graf war jedoch nicht gewillt, sich mit dem Stand der Dinge abzufinden. Armands kinderlose Ehe bereitete ihm schwere Sorgen.

»Er denkt an die Familie, den Besitz und alles, was sich daraus ergibt«, erklärte mir meine Mutter.

Dann unterhielten wir uns über meinen Sohn, und meine Mutter ließ sich genau erzählen, was er alles getan und gesagt hatte, denn er plapperte jetzt schon durchaus verständlich, was unserer Meinung nach ein Wunder war.

Sobald Tante Berthe mir eine Unterredung gewährte, suchte ich sie in ihrem Zimmer auf. Wenn Lisette hiergewesen wäre, hätten wir uns über diese Audienz königlich amüsiert.

Tante Berthe, in einem einfachen, strengen, aber eleganten Kleid aus schwarzer Seide, wirkte sehr würdevoll. Sie bot mir Tee an, was zeigte, daß sie über die Gewohnheiten der feinen Gesellschaft Bescheid wußte, denn in Frankreich wurde es Mode, Tee zu trinken. Mein Vater behauptete, daß es überhaupt Mode geworden war, die englischen Sitten nachzuahmen. Die Pariser Geschäfte waren voller englischer Stoffe, und die Herren trugen lange Mäntel mit drei Schulterkragen sowie hohe Hüte. In den Auslagen der Läden hingen Schilder, auf denen ›English spoken here‹, stand. Die Limonadenverkäufer boten Punsch an, der angeblich genauso schmeckte wie der original englische. Ich erwähnte meinem Vater gegenüber, daß ich darüber erstaunt war, denn zwischen den beiden Ländern hatte nie besondere Freundschaft geherrscht.

»Es handelt sich nicht um Freundschaft«, erklärte mein Vater. »Die meisten Franzosen hassen die Engländer heute noch genauso wie nach Crécy und Agincourt. Es handelt sich einfach um eine Mode, die die Menschen von den Schwierigkeiten im eigenen Land ablenken soll.«

Tante Berthe trank jedenfalls Tee.

»Es schmeckt genauso wie in England«, behauptete sie. »Sie werden es beurteilen können, denn Sie sind ja englisch erzogen worden.«

Ich lobte den Tee, und sie erkundigte sich, wie es mir und dem Kind ginge.

Ich beantwortete ihre Frage, kam aber dann sehr rasch auf Lisette zu sprechen.

»Ich höre nur selten von ihr«, meinte Tante Berthe, »sie hat immer soviel zu tun.«

»Ich würde sie gern einmal wiedersehen.«

Schweigen.

»Ist sie glücklich?«

»Sie hat jetzt etwas Kleines.«

»Etwas Kleines? Ein Kind?«

»Ja, einen Jungen.«

»Ach, wie gern würde ich sie wiedersehen. Wie kann ich mit ihr in Verbindung treten? Ich werde sie einfach einladen, uns zu besuchen.«

»Das halte ich nicht für klug, Mademoiselle Lottie.«

»Aber wir waren doch immer gute Freundinnen.«

»Sie führt jetzt ihr eigenes Leben. Es ist nicht das Leben, an das sie gewöhnt war, aber sie beginnt, sich damit abzufinden.«

»Bitte verraten Sie mir, wo ich sie finden kann.«

»Das wird sie nicht wollen.«

»Ich bin davon überzeugt, daß sie mich genauso gern wiedersehen möchte wie ich sie.«

»Es war für sie sehr schwer, sich an das Dasein auf ihrem Bauernhof zu gewöhnen, nachdem sie hier weit über ihrem Stand gelebt hatte. Jetzt hat sie sich damit abgefunden, und Sie sollten sie in Ruhe lassen. Sie ist glücklich. Es wäre nicht gut, wenn Sie sie an das Leben erinnern, das sie einmal geführt hat.«

»Es ist seltsam, daß sie einen Bauern geheiratet hat. Sie hat immer behauptet, daß sie einmal einen Edelmann zum Mann bekommen würde.«

»Das wirkliche Leben unterscheidet sich eben wesentlich von den Träumen.«

Ich bat sie noch einmal, mir zu verraten, wo sich Lisette jetzt aufhielt, aber sie blieb unerbittlich.

»Sie haben Ihr Leben, und Lisette das ihre. Sie ist jetzt glücklich; setzen Sie sich lieber nicht mit ihr in Verbindung, sonst wird sie wieder unzufrieden.«

»Wie heißt ihr kleiner Junge?«

»Sie sollten sich nicht um diese Dinge kümmern.«

»Ich begreife nicht, warum ich den Namen nicht erfahren darf.«

Tante Berthe lehnte sich mit fest zusammengepreßten Lippen zurück. Dann trank sie ihren Tee aus und stellte die Tasse energisch auf den Tisch; ich begriff, daß ich jetzt gehen mußte.

Ich ritt oft mit meinem Vater aus. Das Verhältnis zwischen uns war von Anfang an gut gewesen, aber er behandelte mich jetzt nicht nur liebevoll, sondern zeigte auch, daß er mich ganz besonders schätzte, denn er freute sich sehr über seinen Enkel.

Mit mir konnte er offener sprechen als mit meiner Mutter, denn sie war ängstlich und machte sich jedesmal Sorgen, wenn er dem Château länger fernblieb. Er war über die Verhältnisse im Land beunruhigt, denn während der Regierungszeit des vorherigen Königs hatte sich die allgemeine Lage verschlechtert. Die Armut in Frankreich war groß; das Brot war zu teuer, und in manchen Gegenden hungerten die Menschen. Zudem hatte Ludwig XV. ein überaus ausschweifendes Leben geführt. Der Hirschpark hatte Unsummen verschlungen, und Madame Dubarry hatte Luxus in jeder Form als selbstverständlich empfunden. Obwohl der König das herannahende Unheil sicherlich bemerkt hatte, war er nicht bereit gewesen, sich einzuschränken. Er haßte den Pöbel. »Solche Zustände können nicht ewig weitergehen«, prophezeite mein Vater, »einmal wird die Rechnung dafür präsentiert. Es ist nur ungerecht, daß es gerade jetzt dazu kommt, wenn wir einen neuen König haben, der anscheinend vernünftiger ist.«

»Wovor hast du Angst?«

»Vor dem Volk.«

»Wir haben doch entsprechende Gesetze.«

»Man kann die Gesetze nicht immer durchsetzen. In Versailles hält der König lange, sorgenvolle Konferenzen mit seinen Ministern ab – vor allem mit Turgot. Sie erkennen beide die Gefahr, und Turgot hat in Limoges *ateliers de charité* eingerichtet, in denen man Brot an die Armen verteilt.«

»Vielleicht fällt die Ernte nächstes Jahr besser aus. Würde sich dann nicht alles wieder beruhigen?«

»Es könnte dazu beitragen.«

»Dann wollen wir um einen guten Winter beten.«

Als wir die Stadt erreichten, bemerkten wir sofort, daß etwas Außergewöhnliches in Gang war. Die Menschen standen in kleinen Gruppen beisammen, und die Blicke, mit denen sie uns musterten, wirkten feindselig.

»Was ist los?« fragte ich.

»Ich weiß es nicht. Halte dich dicht bei mir.«

Auf dem Marktplatz war eine Plattform errichtet worden, auf der ein Mann stand. Er war groß, hatte ein hageres, wettergebräuntes Gesicht und leuchtend blaue Augen. Seine Haare waren kurz geschnitten, seine Kleidung zerlumpt, als wäre er ein Bauer, und dennoch ging von ihm eine gewisse Würde aus.

Seine tiefe Stimme drang bis in den letzten Winkel.

»Bürger«, rief er, »seid ihr damit einverstanden, daß sie uns hungern lassen? Seid ihr bereit, Platz zu machen und eure Mützen zu ziehen, wenn der Adel vorbeireitet? Sagt ihr widerspruchslos ›Gott segne Euch, Monsieur le Comte, es ist richtig, daß Ihr an einem reich gedeckten Tisch speist, während ich mich nicht satt essen kann, Gott hat Euch und mir unsere Plätze zugewiesen. Ich bin damit zufrieden, daß ich und meine Kinder hungern, wenn Ihr nur schlemmen, Euer Geld für schöne Kleidung, Wein und Frauen ausgeben könnt. O ja, der Boden Frankreichs gehört Euch und Euresgleichen, und wir sind auf der Welt, um Euch zu dienen, um für wenige Sous im Dreck zu graben, um das elende Zeug zu essen, das Ihr Brot nennt... wenn wir es überhaupt bekommen.«

Mein Vater war blaß geworden und beherrschte sich nur mit Mühe. Ich wendete mein Pferd und hoffte, daß er mir folgen würde.

»Kameraden«, rief der Mann, »wollt ihr euch damit abfinden? Wollt ihr euch schlechter als Vieh behandeln lassen? Oder seid ihr bereit, für eure Rechte zu kämpfen? Erhebt euch und kämpft um euer Brot! Sie konfiszieren jetzt das Getreide am Fluß. Es ist für die Speicher des Königs bestimmt, denn er braucht ja viel, nicht wahr? Ihr müßt allerdings verhungern, meine Freunde.«

»Komm mit«, bat ich. »Ich reite fort.«

Er hatte keine andere Möglichkeit. Ich spornte mein Pferd und ritt durch die Menge. Mein Vater folgte dicht hinter mir, und zum Glück ließen uns die Leute durch, wenn auch nur widerwillig.

Erst am Stadtrand wendete ich mich meinem Vater zu.

»Dieser Schurke versucht, die Leute zu einem Aufstand aufzuwiegeln«, sagte er.

»Es könnte ihm sogar gelingen.«

»Er war kein Bauer, sondern ein Agitator. Es wimmelt von ihnen. Am liebsten hätte ich ihn am Kragen gepackt und ihm einen Denkzettel verpaßt.«

»Davor hatte ich Angst, und deshalb bin ich weggeritten.«

»Das war klug von dir, denn sie hätten uns vielleicht getötet. Der Vorfall bestätigt jedoch meinen Verdacht.«

»Was für einen Verdacht?«

Er warf mir einen Blick zu. »Erzähl es deiner Mutter nicht, es würde sie nur in Unruhe versetzen. Ich bin seit einiger Zeit davon überzeugt, daß subversive Elemente am Werk sind. Es gibt Menschen, die die Monarchie und mit ihr die Kirche abschaffen, mit anderen Worten eine Revolution herbeiführen wollen. Diese Menschen setzen den Hebel natürlich an der schwächsten Stelle an. Frankreich ist schwach, denn es ist jahrelang von unfähigen Herrschern regiert worden, es hat kaum Gerechtigkeit gekannt, die Monarchie hat immer nur an ihr eigenes Wohl gedacht, das Volk ist verarmt. Wie du siehst, stellt unser Land den richtigen Nährboden für die Saat der Revolution dar.«

»Und du glaubst, daß dieser Mann ...«

»Er ist nur einer von vielen. Bald – vielleicht gerade jetzt – wird es ihm gelingen, die Menschen, die ihm zuhören, aufzuhetzen. Dann werden sie die Geschäfte plündern, die Häuser ausrauben und jeden töten, der sie daran hindern will.«

»Ich bin froh, daß wir davongekommen sind.«

»Ich sehe schlimme Zeiten für Frankreich voraus, wenn es uns nicht gelingt, dieser Entwicklung Einhalt zu gebieten. Wir haben einen neuen König, Turgot ist ein guter Minister – kurz, wir haben eine Chance, vorausgesetzt, daß uns das Volk nicht daran hindert, sie zu ergreifen.«

Wir ritten nachdenklich zum Schloß zurück.

Später erfuhren wir, daß die Szene auf dem Marktplatz zu Unruhen geführt hatte. Armand erzählte uns am Nachmittag, daß der Pöbel die mit Getreide beladenen Boote angegriffen, die Säcke aufgerissen und das Getreide in den Fluß geschüttet hatte.

Mein Vater war zornig. »So handeln keine hungrigen Menschen. Ich bin immer mehr davon überzeugt, daß jemand den Versuch unternimmt, eine Revolution herbeizuführen.«

Armand wollte mit den Aufrührern kurzen Prozeß machen, aber sein Vater hielt ihn zurück. »Der König und seine Minister müssen sich mit dieser Angelegenheit befassen.«

Das war leichter gesagt als getan, denn wir hatten soeben den Beginn des Mehlkriegs (*La guerre de la farine*) miterlebt.

Es kam an mehreren Orten zugleich zu Ausschreitungen, was uns bestätigte, daß sie gelenkt waren. Auslagen wurden eingeschlagen, Nahrungsmittel gestohlen, und etliche Menschen kamen dabei ums Leben.

Meine Mutter wollte, daß ich in Aubigné blieb, bis wieder Ruhe eingetreten war, aber die Vorstellung, daß sich Charlot in Tourville in Gefahr befinden könne, löste bei mir Entsetzen aus. Ich wollte sofort abreisen, jedoch mein Vater war entschieden dagegen.

»Die Unruhen werden in Paris und Versailles ärger sein als hier auf dem Land«, meinte er. »Ich glaube nicht, daß sie von langer Dauer sein werden. Turgot und Maurepas werden mit den Agitatoren kurzen Prozeß machen.«

Ich stellte mir den jungen König und die junge Königin vor, wie sie dem Pöbel gegenüberstanden. Die aufgehetzten Menschen waren in ihrer Wut unberechenbar, auf Zerstörung aus und von Neid erfüllt – der schlimmsten der sieben Todsünden, weil sie zu allen anderen führt.

Mein Vater wollte nach Versailles reisen, und meine Mutter flehte ihn an, doch bei ihr zu bleiben. Dann erfuhren wir, daß die Leute nach Versailles marschiert waren, verschimmeltes Brot geschwenkt und verlangt hatten, daß der Brotpreis drastisch gesenkt würde. Sie hatten sogar damit gedroht, daß sie das Schloß in Brand setzen würden, und ich war froh darüber, daß mein Vater auf meine Mutter gehört hatte.

Wir konnten nichts unternehmen, was meinen Vater zutiefst deprimierte. »Den Armen muß geholfen werden«, gab er zu, »aber das ist nicht der richtige Weg. Wir sollten die Männer ausfindig machen, die anständige Arbeiter gegen König und Parlament, gegen Gesetz und Ordnung aufhetzen, und ihnen das Handwerk legen. Doch ich fürchte, daß es dafür beinahe zu spät ist. Der König möchte ganz bestimmt die Not des Volkes lindern, aber er muß jetzt ernten, was sein Großvater gesät hat. Möge Gott ihm Verstand und Stärke verleihen, damit er diesem Sturm standhält.«

Ich hatte mich nie viel um Politik gekümmert und nicht begriffen, daß die Katastrophe so nahe war.

Der König hatte den Fürsten von Beauvais in den Schloßhof geschickt, der dem wütenden Pöbel versprechen mußte, daß der Brotpreis herabgesetzt würde, und vermutlich dadurch das Schloß von Versailles gerettet und den ›kleinen‹ Krieg beendet. Hätte das Volk das Schloß in Brand gesteckt, wie es drohte, wäre dies für die Bauern im ganzen Land das Signal gewesen, sich gegen den Adel zu erheben.

Die Theorie meines Vaters wurde durch überraschende Entdeckungen bestätigt. Viele Männer in den Pöbelhaufen waren keine Bauern, und das Brot, das sie bei sich trugen, war mit Asche und anderen Substanzen behandelt worden, damit es aussah, als wäre es verschimmelt. Einer dieser angeblich hungernden Bauern wurde verwundet und in ein Krankenhaus gebracht, wo sich herausstellte, daß er ein Diener aus dem königlichen Haushalt war. Einige der Frauen in der Menge waren verkleidete Männer, kurz, es wurde immer deutlicher, daß hinter den Unruhen eine Organisation stand.

Als diese Tatsache allgemein bekannt wurde, tauchten die

Anführer im Dunkel unter, und die Aufrührer beruhigten sich, weil niemand mehr da war, der sie aufhetzte. Da sie Angst hatten, daß man sie vor Gericht stellen würde, zerstreuten sie sich, und bald herrschte wieder Ruhe im Land.

Doch es war eine trügerische Ruhe.

Dennoch wurde beschlossen, daß der König zum vorgesehenen Zeitpunkt, also am elften Juni, gekrönt werden sollte. Meine Eltern reisten nach Reims, um der Zeremonie beizuwohnen, und ich kehrte nach Tourville zurück.

Etwa einen Monat nach meiner Heimkehr erkannte ich, daß ich wieder schwanger war, und Charles und ich waren sehr glücklich darüber.

Die Schwangerschaft lenkte mich von den Ereignissen im Land ab. Charles kümmerte sich kaum um die Unruhen und nahm sie keinesfalls so ernst wie mein Vater.

»Sie hätten das Militär einsetzen und den Pöbel zerstreuen sollen«, bemerkte er. »Damit wäre der Spuk bald zu Ende gewesen.«

Ich dachte an den Mann, der auf dem Marktplatz gesprochen hatte, und glaubte nicht, daß er und seinesgleichen sich durch das Militär hätten einschüchtern lassen. Ich hätte gern mehr über die Menschen erfahren, die in Frankreich eine Revolution auslösen wollten, aber natürlich hielten sie sich im Hintergrund. Mein Vater verdächtigte hochgestellte Persönlichkeiten und nannte sogar den Namen des Fürsten Conti. Warum sollten sie ein Regime stürzen wollen, unter dem es ihnen so gut ging? Mein Vater nahm an, daß der Neid ihre Triebfeder war; in einem Land wie Frankreich, das jahrelang unter den schweren Steuern gestöhnt hatte, genügte ein Funke, um das Pulverfaß in die Luft gehen zu lassen.

Doch als die Wochen vergingen und die Lage sich wieder normalisierte, vergaß ich den Mehlkrieg.

An einem heißen Augusttag, als ich mich erschöpft in meinem Zimmer aufhielt und hoffte, daß die kommenden Monate rasch vergehen würden, klopfte jemand. Ein Dienstmädchen kam herein und meldete, daß in der Halle eine Dame stand, die mich sprechen wollte.

»Sie hat eine lange Reise hinter sich und ihr Kind bei sich. Sie behauptet, daß Sie sie empfangen werden.«

Ich ging hinunter, und als ich die Besucherin erkannte, lief ich mit einem Freudenschrei auf sie zu.

»Lisette, wie herrlich, daß du da bist. Ich habe vergeblich versucht, dich zu finden.«

»Ich habe gewußt, daß du dich freuen wirst.« Ihre blauen Augen strahlten liebevoll. Ich hatte vergessen, wie hübsch sie war. Obwohl sie ein einfaches Kleid trug und ihr blondes Haar sich gelöst hatte und über Stirn und Nacken herabhing, sah sie bezaubernd aus. Ich konnte nur eines denken: Meine Freundin Lisette ist wieder da.

»Ich wußte nicht, wohin ich mich sonst wenden sollte«, sagte sie. »Ich habe mich darauf verlassen, daß du mir helfen würdest, denn ich kann Tante Berthe nicht gegenübertreten.«

»Ich freue mich, daß du zu mir gekommen bist. Ist das dein kleiner Sohn?«

Sie legte dem Jungen die Hand auf die Schulter. »Louis-Charles, begrüße Madame, wie es sich gehört.«

Der Junge küßte mir die Hand, und ich fand ihn reizend.

»Ich habe dir soviel zu erzählen«, stellte Lisette fest.

»Ich kann es kaum erwarten. Wie war die Reise? Wie lange warst du unterwegs? Bist du hungrig?«

»Wir sind geritten – ich hatte Louis-Charles vor mir im Sattel. Einer der Stallknechte meines Nachbarn hat mich hierher begleitet. Vielleicht könnten deine Leute ihm für heute nacht ein Bett zuweisen, denn er muß morgen früh wieder zurückreiten.«

»Natürlich.«

»Könnte ich mich auch noch waschen, bevor wir miteinander plaudern?«

»Selbstverständlich, und du sollst auch zu essen bekommen. Inzwischen werden die Mädchen ein Zimmer für dich und deinen Sohn zurechtmachen.«

Ich erteilte die entsprechenden Anweisungen, und sobald Lisette sich frischgemacht, gegessen und ihr Kind zu Bett gebracht hatte, führte ich sie in eines der kleineren Zimmer, in dem wir in Ruhe miteinander sprechen konnten.

Sie hatte keine glückliche Ehe geführt. Als sie und Tante Berthe ihre Verwandten besuchten, hatten sie den Bauern Dubois kennengelernt, der sich bis über beide Ohren in Lisette verliebte. Das hatte ihr so geschmeichelt, daß sie sich bereit gefunden hatte, ihn zu heiraten.

»Es war ein Fehler, ich eigne mich nicht zur Frau eines Bauern. Er hat mich zwar angebetet – aber mit der Zeit bekommt man genug. Ich habe sogar mit dem Gedanken gespielt, davonzulaufen und zu dir zu flüchten.«

»Das hättest du ruhig tun können. Du hast mir sehr gefehlt, Lisette.«

»Aber du bist jetzt doch Madame de Tourville, verfügst über ein schönes Château und einen liebevollen Mann.«

Ich zuckte die Schultern, und sie musterte mich aufmerksam.

»Du bist doch glücklich?«

»O ja, sogar sehr.«

»Das freut mich. Eine unglückliche Ehe ist das schrecklichste, was einer Frau zustoßen kann.«

»Dein Monsieur Dubios hat dich wenigstens angebetet. Hast du ihn schließlich doch verlassen?«

»Darauf wollte ich gerade zu sprechen kommen. Er ist tot, deshalb bin ich fort.«

»Tot! Arme Lisette.«

»Ja, er war ein guter Mann, aber er langweilte mich. Ich wollte ihn los werden – allerdings nicht auf diese Art.«

»Auf was für eine Art?«

»Nun, ich hatte mich mit meinem Schicksal abgefunden und war bereit, so zu liegen, wie ich mich gebettet hatte. Ich habe versucht, eine Bäuerin zu werden, Lottie, aber es ist mir nicht gelungen. Jacques machte es jedoch nichts aus, und ich hatte ja auch meinen kleinen Jungen.«

»Er muß dir ein großer Trost gewesen sein.«

»Das stimmt. Wenn er nicht wäre, hätte ich nicht den Mut gehabt, hierher zu kommen.«

»Warum nicht, Lisette? Du weißt, daß du hier immer gern gesehen bist.«

»Wir haben viel Schönes miteinander erlebt, nicht wahr? Erinnerst du dich an die Wahrsagerin? Damals hast du deinen jetzigen Mann kennengelernt. Ich glaube, bei ihm war es Liebe auf den ersten Blick. Das Schicksal der armen Sophie ist wirklich tragisch. Aber dadurch hast du freie Bahn bekommen.«

»So sehe ich es nicht. Ich denke oft an Sophie und an ihre zerstörten Hoffnungen.«

»Sie hätte ihn ja trotzdem heiraten können.«

»Ich glaube nicht, daß sie mit ihm glücklich geworden wäre.«

»So bist wenigstens du glücklich.«

»Ja, ich habe einen süßen kleinen Jungen. Und das nächste Kind ist auch schon unterwegs, Lisette.«

»Wie wunderbar, Lottie. Freut sich dein Mann darüber?«

»Natürlich, genau wie meine Eltern.«

»Das ist wenigstens eine gute Nachricht. Aber ich muß ernsthaft mit dir sprechen, Lottie ... weil ich kein Zuhause mehr habe.«

»Kein Zuhause! Du bist hier, du bist zurückgekommen. Wie kannst du behaupten, daß du kein Zuhause hast?«

»Du bist so gut zu mir. Während der Reise habe ich mir die ganze Zeit vorgesagt, daß du mich nicht im Stich lassen wirst. Aber wir sind arm – wir haben alles verloren. Diese schrecklichen Leute sind schuld daran. Du hast hier, in dieser friedlichen Gegend, wahrscheinlich nicht so viel von dem Krieg erfahren.«

»Du meinst den Mehlkrieg, nicht wahr? O ja, ich kann

mir sehr gut vorstellen, wie furchtbar er war. Ich habe hier einen Redner gehört, der das Volk zum Aufruhr aufwiegelte. Es war entsetzlich.«

»Noch viel entsetzlicher war es, eines seiner Opfer zu sein.« Sie schlug die Hände vors Gesicht. »Ich versuche, es zu verdrängen, aber man kann seine Erinnerungen nicht auslöschen, indem man die Augen schließt. Mein Mann war Bauer und hatte in seinen Scheunen Weizen und Korn gelagert. Sie kamen... Sie plünderten die Scheunen, rissen die Säcke mit Weizen auf. Ich kann diese fürchterliche Nacht nicht vergessen. Die Dunkelheit wurde von ihren Fackeln erhellt. Sie schrien, drohten... Jacques lief hinaus und versuchte, unsere Vorräte zu retten. Einer von ihnen schlug ihn nieder. Ich stand mit Louis-Charles am Fenster und sah, wie er fiel und wie sich alle mit Stökken und Rechen und den übrigen Geräten, die sie als Waffen mitgenommen hatten, auf ihn stürzten. Seine eigenen Arbeiter, zu denen er immer gut gewesen war! Jacques war ein guter Mensch. Er langweilte mich, und ich wollte von ihm fort, aber er war ein guter Mensch. Sie brannten die Scheunen mit all den Vorräten nieder.«

»Sie sind Verbrecher. Sie haben gar nicht die Absicht, Brot an die Armen zu verteilen. Wo es ihnen möglich war, haben sie das Getreide vernichtet. Und dadurch wollen sie eine Mißernte wettmachen? Du hast Schreckliches erlebt, meine arme Lisette.«

»Ich habe mich mit Louis-Charles in das Haus eines Nachbarn geflüchtet, das etwa eine halbe Meile entfernt liegt. Ich blieb die ganze Nacht am Fenster stehen, und im Morgengrauen konnte ich immer noch den Rauch aus den Trümmern meines Hauses aufsteigen sehen. Ich habe alles verloren, Lottie, ich besitze überhaupt nichts mehr. Einige Wochen lang lebte ich bei meinem Nachbarn, aber ich konnte nicht dortbleiben. Da habe ich an dich gedacht, habe mir vorgenommen, dich aufzusuchen, dich um ein Dach über dem Kopf zu bitten. Ich kann mich hier ja als deine Zofe nützlich machen oder auch andere Arbeiten verrichten... wenn du nur mich und meinen kleinen Jungen hierbehältst.«

In meinen Augen standen Tränen, als ich sie in die Arme schloß und an mich drückte.

»Sprich nicht weiter, Lisette. Natürlich bleibst du hier. Ich habe versucht, dich zu finden, aber aus Tante Berthe war kein Wort herauszubekommen. Doch jetzt bist du hier und mußt keine Angst mehr haben. Du bist heimgekehrt.«

Sie war mir so dankbar. »Ich habe gewußt, daß du mich aufnehmen wirst, aber die anderen? Du hast in eine neue Familie eingeheiratet.«

»Sie müssen dich ebenso willkommen heißen wie ich.«

»Kannst du das von ihnen verlangen?«

»Ich könnte es, aber es wird gar nicht notwendig sein. Charles ist sehr umgänglich, er hat sich sogar ein- oder zweimal nach dir erkundigt. Meine Schwiegereltern sind sehr freundliche, ruhige Menschen und mischen sich nie in die Haushaltsführung ein. Mein Schwiegervater ist krank und verläßt seine Räume kaum noch, meine Schwägerin Amélie wird bald heiraten. Ich glaube nicht, daß sie Einwände gegen deine Anwesenheit erheben werden.«

»Und wenn sie mich dennoch nicht wollen?«

»Dann müssen sie sich damit abfinden, daß du hierbleibst. Aber mach dir keine Sorgen, es wird alles gutgehen, und ich freue mich darauf, wieder mit dir zu plaudern. Manchmal ist mir nämlich ein bißchen langweilig.«

»Was! Mit so einem Ehemann?«

»Er ist öfter auf Reisen. Du hast mir gefehlt, und ich hoffe, daß es zwischen uns genauso sein wird wie früher.«

»Abgesehen davon, daß du inzwischen verheiratet bist und ich verwitwet bin.«

»Und wir haben zwei süße kleine Jungen, die hoffentlich Freunde werden.«

Lisette und ich saßen in dem kleinen Zimmer neben der Halle, als Charles zurückkehrte. Wir plauderten miteinander, wie wir es seit ihrer Rückkehr ununterbrochen getan hatten, tauschten Erinnerungen aus und erzählten, was wir in der Zwischenzeit erlebt hatten.

Charles stand im Türrahmen. Einige Sekunden lang herrschte gespanntes Schweigen, während er Lisette anstarrte. Sie erwiderte seinen Blick beinahe herausfordernd. Die arme Lisette hat Angst davor, daß er sie fortschickt, dachte ich.

»Stell dir vor, Lisette ist gekommen«, rief ich.

»Sie kennen mich nicht.« Lisette lächelte schüchtern.

»O doch«, antwortete Charles. »Sie waren damals bei der Wahrsagerin.«

»Und daran erinnern Sie sich noch? Sie haben uns damals gerettet.«

»Inzwischen hat Lisette Schreckliches erlebt«, mischte ich mich ein. »Ihr Mann ist getötet und ihr Haus in Brand gesteckt worden. Es war der Pöbel, die Aufrührer, die ihr Getreide gestohlen haben.«

»Wie entsetzlich«, bemerkte Charles.

Er hatte sich von seiner Überraschung erholt, trat in das Zimmer, setzte sich und sah Lisette an.

»Wie sind Sie denn hierhergekommen?«

Ich antwortete an ihrer Stelle. »Zu Pferd. Sie hat eine lange Reise hinter sich und hatte nur einen Stallknecht als Begleitung, den ihre Nachbarn ihr geliehen haben.«

Charles nickte. »Der Pöbel. Diejenigen, die ihn aufgewiegelt haben, laden eine schwere Verantwortung auf sich.«

»Gott sei Dank haben sie sich jetzt wieder beruhigt«, meinte ich. »Lisette hat übrigens einen reizenden kleinen Jungen, der ganz ausgezeichnete Manieren hat. Charlot wird sich bestimmt freuen, einen Spielgefährten zu bekommen.«

Charles wiederholte: »Einen kleinen Jungen.«

»Er war von der Reise erschöpft und schläft jetzt tief und fest«, erklärte ich.

Charles unterhielt sich eine Weile mit uns, dann meinte er: »Ich werde euch jetzt allein lassen, ihr habt einander sicherlich viel zu erzählen.« Er küßte mir die Hand, verbeugte sich vor Lisette und verließ das Zimmer.

Als wir allein waren, platzte Lisette heraus: »Ich glaube nicht, daß er mich hierbehalten will.«

»Warum denn nicht?«

»Weil er sich daran erinnert, daß ich die Nichte der Haushälterin bin.«

»Das macht Charles bestimmt nichts aus.«

Einen Augenblick lang wurde sie ernst und verzog zornig den Mund. »O doch, es ist euch allen gar nicht gleichgültig.«

»Nein, Lisette, du irrst. Ich habe keinen Augenblick lang daran gedacht, genausowenig wie Sophie seinerzeit.«

Die Bitterkeit verschwand aus ihrem Gesicht, und sie lächelte. »Ich habe immer gewußt, daß ich an dir eine wahre Freundin habe.«

Wir plauderten noch eine Weile, aber sie war jetzt zurückhaltender. Charles hatte sie beunruhigt. Ich fand, daß sie nach der Reise zeitig schlafen gehen sollte, und führte sie in ihr Zimmer. Ich wollte sie glücklich machen, sie alles Schreckliche vergessen lassen. Sie sollte wieder so fröhlich und unbeschwert sein wie früher.

Ich küßte sie zärtlich, als wir uns verabschiedeten.

»Du mußt begreifen, Lisette, daß du nach Hause gekommen bist.« Dann trat ich an das Bett, in dem ihr Sohn schlief.

»Ich bin neugierig, was für ein Gesicht Charlot morgen machen wird, wenn er Louis-Charles kennenlernt.«

Dann ging ich in mein Schlafzimmer, das ich mit Charles teilte.

Er saß in einem Lehnstuhl, und als er mich sah, rief er:

»Komm zu mir, Lottie.«

Ich ging zu ihm, und er zog mich auf seine Knie.

»Deine Komplizin ist also aufgetaucht?«

»Was für eine Komplizin?«

»Die Komplizin eines schlimmen kleinen Mädchens,

das sich nicht an Verbote hält, sondern sich aus dem Haus schleicht und eine böse Kupplerin aufsucht.«

»Hast du das immer noch nicht vergessen?«

»Wie kann ich den Augenblick vergessen, in dem ich die Frau, die ich liebe, zum erstenmal gesehen habe?«

»Ich habe das Gefühl, daß du verärgert bist, Charles.«

»Worüber?«

»Darüber, daß Lisette hier ist.«

Er zuckte die Schultern. »Wirst du sie anstellen? Sie könnte eine gute Kammerzofe abgeben. Sie sollte imstande sein, dich über die neueste Mode auf dem laufenden zu halten.«

»Ich möchte nicht, daß sie hier als Dienerin fungiert.«

»Sie ist die Nichte einer Bediensteten.«

»Einer sehr hochstehenden Bediensteten. Tante Berthe wäre mit dieser Bezeichnung bestimmt nicht einverstanden.«

»Sie ist in Aubigné doch Haushälterin?«

»Ja, aber sie hat eine Vertrauensstellung. Sie ist die Königin der Dienstboten und hat ein strenges Reglement eingeführt. Die Bediensteten müssen sich beinahe bei ihr anmelden, wenn sie mit ihr sprechen wollen. Lisette war wahrscheinlich immer bewußt, daß sie eigentlich nicht zu uns gehört, obwohl sie mit uns gemeinsam unterrichtet wurde.«

»Das war ein Fehler. Eine gute Erziehung läßt Menschen auf dumme Gedanken kommen.«

Darüber mußte ich lachen; ich legte ihm die Arme um den Hals. »Was stört dich eigentlich an ihr?«

»Ich halte sie für eine Intrigantin.«

»Was meinst du damit?«

»Sie hat dich verhext.«

»Das ist doch Unsinn, Charles. Sie ist meine Freundin, die schreckliche Erlebnisse hinter sich hat. Ihr Mann wurde vor ihren Augen ermordet.«

»Reg dich nur nicht auf. Natürlich kann sie hierbleiben, bis sich etwas für sie findet.«

»Was meinst du mit ›für sie findet‹?«

»Eine Stelle, vielleicht als Kammerzofe, wenn du sie nicht in dieser Eigenschaft beschäftigen willst.«

»Warum magst du sie nicht?«

»Ich mag sie weder, noch mag ich sie nicht.«

»Du sprichst, als wolltest du sie nicht in deiner Nähe haben.«

»Wir betreiben kein Heim für verwahrloste Kinder.«

»Gibt es einen Grund, warum du sie nicht magst?«

»Wie kommst du auf diese Idee?« fragte er scharf.

»Du wirkst so feindselig.«

»Mir ist die ganze Angelegenheit mehr als gleichgültig, Lottie. Ich muß ja nicht mit ihr zusammenkommen, nicht wahr? Oder hast du vor, sie wie einen Ehrengast zu behandeln?«

»Willst du damit sagen, Charles, daß du sie nicht in deinem Haus haben willst? Denn dann...«

»Wirst du mit ihr auf und davonlaufen, ich weiß. Du wirst nach Aubigné zurückkehren und mit ihr gemeinsam auf Abenteuer ausziehen. Lottie, meine geliebte Lottie, Mutter meines Sohnes und bald meines zweiten Kindes, ich möchte, daß du glücklich bist. Ich möchte dir beweisen, daß ich dich liebe. Was immer geschehen ist, bevor ich dich kennenlernte, was immer ich heute bin... ich bin der deine, Lottie.«

»Was für eine bezaubernde Rede.« Ich küßte ihn flüchtig. »Wodurch wurde sie ausgelöst?«

»Durch dich, meine schöne, leidenschaftliche Frau, die mich voll und ganz befriedigt.«

»Heute abend bist du wirklich ein liebevoller Ehemann. Und was hat das alles mit Lisette zu tun?«

»Gar nichts. Ich wollte nur, daß du dich fragst, ob es klug ist, sie hierzubehalten.«

»Warum sollte es unklug sein? Ich möchte, daß sie hier glücklich ist, und ich bestehe darauf, daß sie hierbleibt und von allen gut behandelt wird.«

Er zog mich an sich und küßte mich auf den Hals.

»So sei es. Madame hat gesprochen.«

In dieser Nacht konnte ich nicht schlafen, genausowenig wie Charles. Er war sehr zärtlich und versicherte mir mehr als einmal, daß er mich liebte. Wahrscheinlich wollte er seine Haltung Lisette gegenüber vergessen machen, denn er hatte begriffen, wie sehr ich an ihr hing. Als ich aufwachte, war er schon fort. Es war sehr zeitig, und mein erster Gedanke galt Lisette. Dann fiel mir der Stallknecht ein, der sie begleitet hatte, und ich überlegte mir, daß er vielleicht noch einen Tag bleiben wollte, bevor er zurückritt.

Sobald ich mich angekleidet hatte, ging ich zu den Ställen hinunter. Als ich den Hof überquerte, verschwand ein Mann in der Stalltür. Ich sah zwar nur seinen Rükken, war aber davon überzeugt, daß es sich um keinen unserer Leute handelte.

»Einen Augenblick«, rief ich.

Er hatte mich offensichtlich nicht gehört. Ich nahm an, daß er Lisettes Stallknecht war und daß er aufbrechen wollte. Ich hatte die Absicht, ihn in die Küche zu schikken, wo ihm die Köchin etwas Proviant für die Reise geben würde.

Ich schaute in den Stall, entdeckte ihn aber nicht. In diesem Augenblick ging jemand durch den Hof – unser Stallknecht Leroux. Ich rief ihn zu mir.

»Guten Morgen, Leroux. Hast du dich um den Stallknecht gekümmert, der die Dame begleitet hat, die gestern angekommen ist?«

»O ja, Madame. Er hat ein Abendessen und ein Bett bekommen.«

»Ich vermute, daß er heute zurückreiten wird. Vielleicht will er sich ein bißchen Proviant mitnehmen. Oder vielleicht möchte er allenfalls noch einen Tag hierbleiben und sich ausruhen. Er hat einen langen Ritt vor sich.«

»Er hatte vor, zeitig aufzubrechen, Madame.«

»Trotzdem sollten wir ihm etwas zum Essen mitgeben. Er muß sich irgendwo im Stall befinden.«

»Ich werde ihn suchen und ihn in die Küche schicken, Madame.«

In diesem Augenblick klapperten Hufe, und ein Reiter verließ den Stall.

»He du!« rief Leroux.

Doch der Reiter schien ihn nicht zu bemerken.

»Er hat uns nicht gesehen«, stellte Leroux fest.

»Offensichtlich hat er dich auch nicht gehört – ein sehr seltsames Benehmen.«

»Jedenfalls ist er jetzt unterwegs, und wir können ihn nicht mehr zurückholen.« Damit verschwand Leroux im Stall, und ich ging zu Lisette hinauf. Sie lag noch im Bett und sah mit ihren zerzausten Locken und den schlaftrunkenen Augen sehr hübsch aus.

»Du warst wirklich sehr müde«, bemerkte ich.

»Erschöpft. Ich kann dir nicht sagen, wie gut es tut, hier zu sein, bei dir.«

»Du hast Schreckliches durchgemacht.«

»Der arme Jacques. Ich sehe immerzu vor mir, wie er zu Boden stürzt und diese fürchterlichen Menschen über ihn herfallen.«

»Du mußt es vergessen, es nützt nichts, wenn du ständig daran denkst. Übrigens, der Stallknecht, den du mitgebracht hast, ist ein merkwürdiger Mensch. Ich habe ihn angesprochen, aber er hat mir nicht geantwortet. Ist er schwerhörig?«

Sie zögerte, bevor sie antwortete. »Ja, ich glaube schon, aber er gibt es nicht zu.«

»Er ging in den Stall, aber als ich ihn dann dort suchte, war er nirgends zu sehen.«

»Bist du durch den Stall gegangen?«

»Natürlich nicht.«

»Vielleicht hat er sich um sein Pferd gekümmert, er ist um seine Tiere sehr besorgt. Jetzt ist er fort, nicht wahr?«

»Ja. Er hat sich nicht umgesehen, als er den Stall verließ. Leroux hat ihm etwas zugerufen, aber er ist weitergeritten.«

»Er hatte es eilig, nach Hause zurückzukehren. Meine Nachbarn wollten ihn so bald wie möglich wieder zur Verfügung haben.«

Plötzlich fiel mir etwas ein.

»Ich glaube, daß ich ihn schon einmal gesehen habe.«

»Wo, um Himmels willen?«

»Ich weiß es nicht, es ist nur so eine Idee.«

»Angeblich hat jeder von uns einen Doppelgänger. Ich würde gern den meinen kennenlernen, du nicht?«

Sie lachte und war wieder das fröhliche Mädchen, das ich so gern gehabt hatte.

»Ich bin so froh, daß du wieder da bist«, rief ich aus tiefstem Herzen.

Lisette veränderte mein Leben. Sie nahm der Situation jede Peinlichkeit, indem sie sich selbst zu meiner Kammerzofe ernannte.

»Eine Dame in deiner Stellung muß eine Kammerzofe haben«, fand sie, »und wer könnte sich besser für diesen Posten eignen als ich?«

Außerdem weigerte sie sich, die Mahlzeiten mit uns einzunehmen, was mir nicht ungelegen kam, weil ich geahnt hatte, daß Charles dagegen Einwände erheben würde. Er hatte kein Verständnis dafür, daß Lisette als Familienmitglied behandelt wurde, wie ich es eigentlich vorgehabt hatte. Lisette war sich ihrer untergeordneten Stellung ganz bestimmt bewußt, die Tatsache, daß sie Sophie und mir nicht ebenbürtig war, hatte sie immer gestört. Ich hätte sie gern als gleichberechtigt behandelt, aber sie wollte nichts davon wissen.

Sie und Louis-Charles nahmen die Mahlzeiten in einer kleinen Kammer neben Lisettes Zimmer ein, und sie holte die Speisen selbst aus der Küche, so daß sie niemand bedienen mußte.

Zuerst hielt ich das alles für Unsinn, aber dann wurde

mir klar, daß sie recht hatte, denn die alteingesessene Dienerschaft hätte ihr die Bevorzugung übelgenommen.

Lisette war taktvoll; sie verhielt sich den Familienmitgliedern gegenüber zurückhaltend, und nur wenn sie mit mir allein war, ging sie ungezwungen aus sich heraus.

Für Louis-Charles war dieses Leben ideal, denn er hatte keine Hemmungen wie seine Mutter, leistete Charlot im Kinderzimmer Gesellschaft, und die beiden Jungen spielten und rauften fröhlich miteinander.

Meine Schwiegereltern erhoben keine Einwände. Charles' Vater verließ seine Gemächer kaum noch, und seine Frau leistete ihm Gesellschaft; sie war immer sehr freundlich zu mir gewesen, und ich war froh darüber, daß ich im Haushalt freie Hand hatte. Lisette gewann Amélies Sympathie, indem sie eine neue Frisur für sie erfand, die ihr ausgezeichnet stand; außerdem half sie ihr bei der Zusammenstellung der Aussteuer. Da die Familie mit den Vorbereitungen für Amélies Hochzeit beschäftigt war, ging Lisettes Ankunft im allgemeinen Trubel unter, und sie fügte sich unauffällig in den Haushalt ein. »Du siehst wie ein kleines Kätzchen aus«, sagte ich einmal, als sie sich im Bett räkelte.

»Jetzt kann ich schnurren: Ich habe ein angenehmes Zuhause und bin sicher, daß ich jeden Tag ein Schüsselchen Sahne bekomme.« Sie lachte mich an.

Die unangenehme Zeit der Schwangerschaft verlief dank Lisette fröhlich und unbeschwert. Nur gelegentlich trübte der Gedanke an Sophie meine Stimmung.

In dieser Zeit wurde viel über die amerikanischen Kolonisten gesprochen, die sich wegen angeblich ungerechter Steuern gegen die englische Regierung zur Wehr gesetzt hatten. Charles war davon überzeugt, daß es zu einem Krieg zwischen den Engländern und den Kolonisten kommen würde, falls die englische Regierung unnachgiebig blieb.

Es machte ihm Freude, über die Engländer zu schimpfen, und ich wußte, daß er mich damit necken wollte. Doch ich war so von den Vorbereitungen auf mein zweites Kind in Anspruch genommen, daß ich auf seine Bemerkungen nicht weiter einging.

Im Februar kam dann meine Tochter zur Welt. Charles und ich waren überglücklich und einigten uns darauf, sie Claudine zu nennen.

V

Griselda

Ich war so glücklich über meine kleine Tochter, daß ich mich um die Ereignisse in der großen Welt kaum kümmerte. Meist hielt ich mich im Kinderzimmer auf, in dem Charlot und Louis-Charles die Kleine ehrfürchtig bestaunten. Claudine hatte eine kräftige Lunge und schien vom ersten Tag an zu wissen, was sie wollte.

»Sie ist ganz anders als Monsieur Charlot«, meinte die Nurse. »Sie hat schon jetzt einen ausgeprägten eigenen Willen.«

Sie war ein häßliches Baby gewesen, wurde aber von Tag zu Tag hübscher. Sie hatte dunkles, flaumiges, dichtes Haar und leuchtend blaue Augen.

Alle beteten sie an, und wenn sie weinte, stürzte Charlot zu ihrer Wiege und murmelte: »Sch, sch, Charlot ist ja bei dir.«

Charles sprach beinahe nur von den Meinungsverschiedenheiten zwischen England und den Kolonisten. Er stand auf seiten der letzteren und neckte mich, indem er sich über die Engländer lustig machte. Er erinnerte mich oft daran, daß ich mehr Engländerin als Französin war. Das stimmte, denn obwohl mein Vater Franzose war, blieb ich in meinen Ansichten, meiner Lebensauffassung, einfach in allem, Engländerin. Ich sprach jetzt zwar fließend Französisch, doch Charles wies immer wieder auf meine englische Abstammung hin, und wenn wir verschiedener Meinung waren, stellte er jedesmal befriedigt fest: »Das war wieder einmal typisch englisch.«

Mir war nicht klar, ob er wie jeder Franzose von Natur aus gegen die Engländer eingestellt war, oder ob er mich nur reizen wollte, aber er hörte nicht damit auf, und der Zwist lieferte ihm immer neue Munition.

Obwohl ich über die Situation nicht genau orientiert war, verteidigte ich die Engländer, und Charles strahlte, denn ich machte es ihm dadurch leicht, mich ins Unrecht zu setzen.

»Glaub mir, es könnte zu einem Krieg zwischen England und Frankreich kommen«, behauptete er einmal.

»Die Franzosen werden doch nicht so unvernünftig sein, für jemand anderen in den Krieg zu ziehen.«

»Es geht um die Freiheit, meine Liebe.«

»Es gibt in Frankreich genügend innenpolitische Schwierigkeiten. Warum machst du dir um Kolonien aus einem anderen, weit entfernten Land Sorgen, wenn deine eigenen Bauern im Begriff sind, sich zu erheben, und froh wären, wenn man sie so fair behandelte, wie du es für die Kolonisten verlangst.«

»Du sprichst wie ein Rebell.«

»Und du wie ein Narr. Als würde Frankreich wegen eines Konflikts zwischen England und einer seiner Kolonien, der sie nichts angeht, einen Krieg beginnen.«

»Viele Franzosen sind dafür, daß wir eingreifen.«

»Aber nur, weil sie die Engländer in Schwierigkeiten bringen wollen.«

»In die haben sie sich selbst gebracht, dazu haben wir nichts beigetragen.«

»Aber ihr wollt sie ausnützen.«

Und so ging es weiter.

Als Claudine ungefähr fünf Monate alt war, veröffentlichte Amerika eine Unabhängigkeitserklärung, und Charles triumphierte.

»Diese tapferen Menschen sagen einem großen Staat den Kampf an, um ihre Freiheit zu erringen. *Mon Dieu*, am liebsten würde ich mich ihnen anschließen. Es heißt, daß Frankreich eine Armee nach Übersee entsenden will.«

Erst jetzt kam ich auf die Idee, daß Charles das Leben in Tourville vielleicht ein wenig eintönig fand. Er verfügte nicht über die Fähigkeit, einen großen Besitz zu verwalten, was ich sehr gut beurteilen konnte, denn ich hatte ja lange auf unseren Besitztümern Clavering und Eversleigh gelebt. Natürlich hatten wir einen Verwalter, aber nicht einmal der beste Verwalter konnte die Interesselosigkeit des Besitzers wettmachen.

Ich lauschte gleichgültig den Gesprächen über den amerikanischen Unabhängigkeitskrieg und Frankreichs Rolle in ihm, dachte aber in Wirklichkeit vor allem an meine Kinder. Außerdem unterhielt ich mich stundenlang mit Lisette, ritt mit ihr aus und unternahm auch gelegentlich mit ihr Spaziergänge.

Im Dezember reiste Charles nach Paris und blieb einige Wochen dort. Als er zurückkehrte, war seine Begeisterung für den Krieg auf den Siedepunkt gestiegen. Er hatte drei Abgeordnete aus Amerika kennengelernt – Benjamin Franklin, Silas Deane und Arthur Lee. Sie waren das Tagesgespräch von Paris, erzählte er, und obwohl sie merkwürdig aussahen, waren sie überallhin eingeladen worden, weil die Franzosen nicht genug über ihren Kampf um die Unabhängigkeit erfahren konnten.

»Sie wirkten so ganz unglaublich bescheiden«, berichtete Charles, »trugen das Haar ungepudert und hatten die einfachste Kleidung an, die ich je gesehen habe. Aber Paris ist von ihnen hell begeistert. Die Leute verlangen, daß wir den Engländern sofort den Krieg erklären.«

Er war zu Beginn des Jahres mit dem Marquis de Lafayette zusammengetroffen und war sehr beeindruckt gewesen, als der Marquis ein Schiff kaufte, es mit Munition belud und nach einigen Widerständen mit ihm nach Amerika segelte.

Die Stimmung in Frankreich war zutiefst anti-englisch,

aber der König blieb unerbittlich: Frankreich durfte nicht in einen Krieg hineingezogen werden.

So war die Lage, als der Bote aus Aubigné eintraf.

Meine Mutter hatte einen Brief aus Eversleigh erhalten. Meine Großmutter war schwer erkrankt und sehnte sich nach uns. Sabrina hatte geschrieben, daß Clarissa unendlich glücklich sein würde, wenn wir uns zur Reise entschließen könnten, daß wir uns aber sehr beeilen müßten, wenn wir sie noch einmal sehen wollten.

Man spürte Sabrinas Verzweiflung aus jeder Zeile.

»Dickon hat den Tod seiner Frau nie überwunden«, fuhr sie fort. »Wir alle sind sehr traurig darüber. Der arme Dickon. Zum Glück hat er viel zu tun und verbringt die meiste Zeit in London, so daß er nicht dazu kommt, über seinen Verlust nachzudenken.«

Ich fragte mich, wie er jetzt aussehen mochte. Was würde er tun? Sich vermutlich nach einer neuen reichen Erbin umsehen, dachte ich zynisch. Aber all das interessierte mich nicht mehr; ich war verheiratet und Mutter von zwei Kindern, die ich innig liebte.

Meine Mutter hatte ebenfalls geschrieben. »Ich weiß, daß ich viel von dir verlange, mein Liebes, wenn ich auf dieser Reise bestehe, aber wir würden nicht lange bleiben... nur so lange, daß wir mit deiner Großmutter sprechen können. Es ist vermutlich die letzte Gelegenheit. Ich werde auf jeden Fall reisen, und wenn du mitkämst, wäre es wunderbar. Deine Großmutter sehnt sich ja vor allem nach dir.« Als ich Charles den Brief zeigte, sagte er, ich müsse unbedingt fahren.

Lisette fand, daß es für mich interessant sein würde, mein früheres Zuhause wiederzusehen. Sie wäre gern mitgefahren, aber das kam natürlich nicht in Frage.

»Bleib nicht lange fort«, flehte sie. »Ich kann mir in diesem Haus ein Leben ohne dich nicht vorstellen.«

Charles brachte natürlich zum Abschied eine seiner zynischen Bemerkungen an. »Versuch, sie dort drüben zur

Vernunft zu bringen. Wenn sie sich nicht überzeugen lassen, erwartet sie eine demütigende Niederlage. Warte nur, bis Frankreich jenseits des Atlantiks eingreift.«

»Ich begebe mich auf keine politische Mission, sondern besuche meine kranke Großmutter«, erinnerte ich ihn.

»Dann sorg dafür, daß du nicht zu lange bleibst. Ohne dich ist es hier sehr langweilig.«

Meine Gefühle waren sehr gemischt, als meine Mutter und ich in Begleitung meines Vaters an die Küste reisten, wo er uns an Bord des Schiffes brachte. Der Abschied von den Kindern, Charles und Lisette war mir schwergefallen, aber ich machte mir um meine Großmutter Sorgen und war natürlich sehr aufgeregt, wenn ich daran dachte, daß ich Eversleigh wiedersehen würde. Meiner Mutter ging es bestimmt genauso, obwohl sie sehr still war.

Die Überfahrt verlief reibungslos, und wir trafen am Nachmittag in Dover ein, so daß wir Eversleigh erst am Abend erreichten.

Das große Haus sah noch genauso aus, wie ich es in Erinnerung hatte – nicht so beeindruckend wie das Château d'Aubigné, aber auf seine Art eindrucksvoll.

Als Sabrina uns kommen hörte, stürzte sie heraus und umarmte uns leidenschaftlich. »Wie schön, daß ihr da seid«, rief sie. »Ich freue mich so sehr, daß ihr gekommen seid.«

»Wie geht es Mama?« erkundigte sich meine Mutter.

»Sie ist schwach, aber das Wiedersehen belebt sie. Es tut ihr bestimmt gut. Oh, da kommt auch Dickon.«

Dickon, der so lange meine Gedanken beherrscht hatte, stand vor mir. Er hatte sich nicht verändert und sah noch immer genauso gut aus wie früher. Seine hellen Locken steckten unter einer Perücke, was eine Schande war, aber seine Augen waren von einem leuchtenderen Blau, als ich in Erinnerung hatte.

»Zippora!« rief er und umarmte meine Mutter. Sie wollte sich ihm entziehen, aber er schien es nicht zu bemerken und drückte sie zärtlich an sich.

Dann sah er mich an und sagte leise: »Lottie... Lottie... die erwachsene Lottie.«

Ich hielt ihm die Hand hin, aber er übersah meine Geste, hob mich hoch und lachte mich an.

»Wie aufregend... Lottie ist hier.«

Sabrina betrachtete ihn mit dem Gemisch aus Bewunderung, Zärtlichkeit und Anbetung, an das ich mich so genau erinnerte. Meine Mutter preßte die Lippen zusammen, und ich dachte: Es hat sich nichts verändert.

»Ihr müßt todmüde sein«, meinte Sabrina. »Habt ihr eine gute Reise gehabt? Eure Zimmer stehen bereit... eure alten Zimmer. Ich nehme an, daß ihr euch darüber freut. Wollt ihr zuerst Clarissa besuchen?«

»Natürlich«, sagte meine Mutter. »Gehen wir sofort zu ihr.«

Sabrina führte uns die wohlbekannte Treppe hinauf.

Dickon legte mir den Arm um die Schultern. »Es ist herrlich, daß du da bist, Lottie.«

»Ich hoffe, daß meine Großmutter nicht unheilbar krank ist«, erwiderte ich kühl.

»Sie wird alt«, erklärte Sabrina, »und ist in den letzten Monaten immer schwächer geworden. Deshalb habe ich euch kommen lassen.«

»Ihr hättet schon früher kommen sollen«, meinte Dikkon.

Sabrina lächelte. »Das stimmt. Es hat uns alle schwer getroffen, daß ihr ins Ausland gezogen seid.«

»Dadurch hast du aber Eversleigh bekommen.« Ich blickte bei diesen Worten Dickon an und dachte: Jetzt ist alles anders, ich weiß zuviel über dich. Ich weiß, daß du diesen Besitz mir vorgezogen hast.

Ich mußte mir diese Tatsachen vor Augen halten, denn

Dickons unwiderstehlicher Charme war mir sofort wieder bewußt geworden, und ich war voll böser Ahnungen.

Als wir das Zimmer meiner Großmutter betraten, saß sie im Bett und sah in ihrem rosa Spitzenjäckchen sehr zerbrechlich aus.

»Zippora!« rief sie, und meine Mutter lief zu ihr. »Und Lottie! Ach, ihr Lieben, es ist wunderbar, euch wiederzusehen. Die Zeit der Trennung war so lang.«

Wir umarmten sie und setzten uns dann an das Bett.

»Erzählt mir von euch«, verlangte sie. »Erzählt mir von Charlot und Claudine. Es fällt mir schwer, in dir schon eine Mutter zu sehen, Lottie. Für mich bist du noch ein Kind.«

»Die Zeit vergeht, und ich bin kein Kind mehr, Großmutter.«

»Du bist genauso süß wie früher. Nicht wahr, Sabrina? Dickon?«

Sabrina nickte, und Dickon meinte: »Sie ist noch süßer, denn sie ist erwachsen, eine Frau, sie ist viel entzückender, als sie als Kind war.«

Sabrina und Großmutter sahen ihn lächelnd an, und ich erinnerte mich genau an diesen Gesichtsausdruck. Das Gesicht meiner Mutter wurde hart, die Jahre verschwanden, und wir befanden uns wieder in der Zeit, in der Dickon mich heiraten wollte und auf den Widerstand meiner Mutter gestoßen war.

»Du bist jetzt selbst Vater, Dickon«, bemerkte meine Mutter.

»Ach, die schlimmen Zwillinge«, meinte Sabrina nachsichtig. »Sie waren ungehalten, als sie nicht aufbleiben durften. Ihr werdet sie morgen früh kennenlernen.«

»Sie müssen jetzt etwa acht sein«, schätzte meine Mutter.

»Ihr habt noch viel Zeit zur Verfügung, um euch ausführlich miteinander zu unterhalten.« Sabrina lächelte meiner Großmutter zu. »Jetzt begleite ich euch auf eure Zimmer, damit ihr euch frischmachen und dann etwas essen könnt. Du wirst sie bald wiedersehen, Clarissa.«

Meine Großmutter nickte zufrieden lächelnd, und Sabrina begleitete uns zu unseren Zimmern.

Sobald ich den Raum betreten hatte, überfielen mich die Erinnerungen, und meiner Mutter ging es bestimmt ebenso. Sie war hier nicht immer glücklich gewesen, sondern hatte mit vielen unangenehmen Erlebnissen fertig werden müssen. Unser Aufenthalt hier würde für sie und für mich etliche Schwierigkeiten mit sich bringen, das wußten wir beide nach dem ersten kurzen Zusammensein mit Dickon. Sein Charme war so überwältigend wie eh und je, und er hatte auf mich dieselbe Wirkung. Ich würde auf der Hut sein müssen.

Ich wusch mich, zog mich um und ging dann mit meiner Mutter hinunter.

»Ist alles in Ordnung?« fragte ich sie.

Sie sah mich forschend an. »Ich muß erst mit den vielen Erinnerungen zurande kommen, die mich mit diesem Haus verbinden. Onkel Carl... und dann die Zeit, die Jean-Louis und ich hier verbracht haben.«

»Damals lebten Großmutter, Sabrina und Dickon nicht hier.«

»Nein, sie übersiedelten erst hierher, als wir wegzogen.«

»Dann ist doch sehr vieles anders geworden.«

Bestimmt. Übrigens wirkt deine Großmutter nicht so angegriffen, wie ich befürchtet habe, was natürlich eine Erleichterung für mich ist. Ich finde, daß wir nicht zu lange bleiben sollten, nicht wahr, Lottie? Ich meine... du wirst sicherlich das Bedürfnis haben, bald nach Hause zurückzukehren, und ich mußte deinem Vater versprechen, daß wir nicht zu lange fortbleiben.«

»Wir sind doch eben erst angekommen.«

Ich wußte jedoch bereits, daß es besser gewesen wäre, wenn ich gar nicht mitgekommen wäre, denn Dickon war entschlossen, unsere Beziehungen an der Stelle fortzusetzen, an der sie abgebrochen worden waren, was für seine Einstellung zum Leben bezeichnend war. Er sah sich offenbar als den Mittelpunkt der Familie, um den sich alles drehte. Die anderen mußten sich ihre Worte und Taten genau überlegen, aber das galt nicht für ihn. Wenn er durch eine hinterlistige Tat einen Vorteil erringen konnte, führte er sie bedenkenlos aus und war davon überzeugt, daß ihm infolge seines Charmes niemand böse sein konnte.

O nein, sagte ich mir, ich werde nie vergessen, daß ihm Eversleigh lieber gewesen ist als ich.

Beim Abendessen wandte er seine ganze Aufmerksamkeit mir zu.

»Reitest du in Frankreich viel, Lottie?«

»Sehr viel.«

»Fein, dann reiten wir morgen zusammen aus. Ich habe genau das richtige Pferd für dich.«

Sabrina lächelte. »Es wird dir guttun, Lottie. Und bei Dickon kannst du dich in Sicherheit fühlen.«

Beinahe hätte ich laut gelacht. Sogar allein war ich sicherer als in Dickons Begleitung.

Meine Mutter erzählte gerade, was für ein entzückendes Kind Claudine war. »Sie hat Temperament, behauptet die Nurse. Es ist schade, daß ich meine Enkel nicht öfter sehen kann. Der kleine Charlot ist bezaubernd.«

»Hast du von Lotties Sohn etwas anderes erwartet?« bemerkte Dickon.

»Ich frage mich, was wir da von deinen Söhnen zu erwarten haben«, sagte ich.

»Komisch, daß wir schon Eltern sind, nicht wahr, Lottie?«

»Warum denn? Wir sind nicht mehr so jung.«

»Das ist Unsinn«, widersprach er. »Ich fühle mich

jung, du siehst jung aus, also sind wir jung. Stimmt das vielleicht nicht, Mutter?«

»Dickon hat vollkommen recht«, bestätigte Sabrina. Das hat er deiner Meinung nach ja immer, dachte ich.

Meine Mutter erkundigte sich nach den Nachbarn. »Was ist aus Enderby geworden?«

»Es steht jetzt leer«, berichtete Sabrina. »Die Forsters sind nach dem Brand fortgezogen, was durchaus verständlich ist. Dann zog eine andere Familie ein, aber sie blieb nicht lange. Bis jetzt hat es niemand längere Zeit in Enderby ausgehalten. Bei dem Brand hat sich Dickon übrigens als wahrer Held erwiesen.«

»Meine Mutter sieht immer nur meine guten Seiten«, bemerkte Dickon.

»Das stimmt allerdings«, warf meine Mutter kühl ein.

»So sollten Mütter aber ihre Kinder sehen«, fuhr Dikkon fort. »Siehst du Lottie nicht auch durch eine rosarote Brille?«

»Das ist nicht notwendig. Lottie gefällt mir auch ohne rosa Brille sehr gut.«

»Zippora ist wirklich eine große Dame geworden«, stellte Dickon fest. »Madame la Comtesse. Du mußt in deinem Château ein großartiges Leben führen.«

»Es ist sehr angenehm«, gab meine Mutter zu.

»Du siehst jünger aus als vor deiner Übersiedlung nach Frankreich. Aber du hattest hier natürlich große Sorgen.«

Meine Mutter antwortete ihm nicht, sondern aß ruhig weiter. Sie ärgerte sich aber bestimmt über ihn, weil er absichtlich Erinnerungen wachrief, die sie vergessen wollte.

Ich war froh, als die Mahlzeit vorüber war und wir uns in unsere Zimmer zurückziehen konnten. Meine Mutter beschloß, sofort schlafen zu gehen, weil die Reise wirklich sehr anstrengend gewesen war.

Zuerst schauten wir noch zu meiner Großmutter hinein, plauderten eine Viertelstunde mit ihr, und dann begaben wir uns in unsere Zimmer.

Kurz darauf klopfte es an meine Tür. Mein Herz begann wild zu pochen, obwohl ich davon überzeugt war, daß nicht einmal er es wagen würde.

Zu meiner Erleichterung fragte Sabrinas Stimme: »Darf ich hereinkommen?«

»Ich wollte nachsehen, ob du etwas brauchst«, erklärte sie, als sie im Zimmer stand. »Ich freue mich sehr, daß du deine Mutter begleitet hast, und deine Großmutter ist selig darüber. Sie spricht von nichts anderem.«

»Ich kann es nicht erwarten, Dickons Söhne kennenzulernen«, bemerkte ich.

»Sie werden dir gefallen, sie sind kleine Galgenstricke. Dickon behauptet, daß Jonathan ihm nachgerät, daraus kannst du leicht erraten, daß Jonathan der lebhaftere ist.«

»Es muß Spaß machen, Zwillinge im Haus zu haben.«

»O ja, und es ist für Dickon ein Glück. Er trauert immer noch um Isabel.«

»Ich habe gehört, daß sie nicht sehr widerstandsfähig war.«

»Sie hatte vorher ein paar Fehlgeburten. Dann schaffte sie es, die beiden Jungen zur Welt zu bringen, aber es kostete sie das Leben.«

»Das ist wirklich traurig. Die Ehe war wohl sehr glücklich?«

»O ja. Sie paßten gut zueinander, obwohl sie charakterlich so verschieden waren. Isabel war sehr ruhig und betete Dickon an.«

»Noch ein Mensch, der ihm zu Füßen lag.«

»Deine Mutter hat sich immer darüber lustig gemacht, wie sehr wir an ihm hängen, doch du begreifst es, nicht wahr? Dickon hat etwas Besonderes an sich – du warst doch auch einmal dieser Meinung?«

Sie sah mich forschend an, und ich wurde rot.

»Kindliche Schwärmerei«, murmelte ich.

»Dickon war außer sich, als du nach Frankreich zogst.«

»Er war sehr glücklich darüber, daß er Eversleigh erhielt. Wenn meine Mutter nicht geheiratet hätte und ins Ausland übersiedelt wäre, hätte er es nicht bekommen. Es hat ihn bestimmt für den Verlust entschädigt.«

»Natürlich liebt er Eversleigh und leitet es ausgezeichnet. Der arme Jean-Louis war nicht so tüchtig wie er.«

»Besucht ihr Clavering jemals?«

»Kaum. Dickon hat einen sehr guten Verwalter gefunden und hält sich abwechselnd hier und in London auf.«

»Ach ja, ich erinnere mich, daß du einmal in einem Brief erwähnt hast, er habe seine Finger überall drin.«

»Dickon ist nicht der Typ, der auf dem Land versauert. Er ist sogar oft in London, denn er hat dort einflußreiche Freunde. Wie du vermutlich weißt, war Isabels Vater ein reicher Bankier.«

»Ich habe gehört, daß er eine reiche Erbin geheiratet hat.«

»Das stimmt. Nach dem Tod ihres Vaters erbte sie das ganze Vermögen. Dickon muß sich jetzt um die Bankgeschäfte in London kümmern, hat Freunde bei Hof – kurz, er ist sehr beschäftigt. Aber er hat es sich nicht nehmen lassen, dich persönlich in Eversleigh zu begrüßen.«

Sie musterte mich aufmerksam, denn für sie war es selbstverständlich, daß ich ebenfalls von Dickon hingerissen war. Schließlich war ich seinerzeit in bezug auf seine Person ganz ihrer Meinung gewesen.

»Du hast dich zu einer wahren Schönheit entwickelt, Lottie.«

»Danke.«

»Du siehst Carlotta sehr ähnlich. Im Haus hängt ein Bild von ihr, und du wirst selbst feststellen, daß du ihr nachgeraten bist. Jedenfalls ist es wunderbar, daß ich dich hier habe, und ich hoffe nur, daß du nicht sofort wieder zurückreisen wirst.« Sie küßte mich. »Gute Nacht und schlaf gut.«

Als sie gegangen war, setzte ich mich auf das Bett und dachte daran, daß Dickon die Bankiertochter Isabel bald nach meiner Abreise nach Frankreich geheiratet hatte. Er hat sich seine Frauen immer sorgfältig ausgesucht, dachte ich zynisch. Mir verdankte er Eversleigh, Isabel ein Vermögen sowie ein abwechslungsreiches Leben in London. Er verkehrt sogar bei Hof! Man konnte sich darauf verlassen, daß Dickon sich die Rosinen aus dem Kuchen pickte.

Ich mußte immer wieder an ihn denken, versuchte, meine Gefühle zu analysieren, und gelangte zu dem Schluß, daß ich mich nicht sicher fühlte.

Daraufhin versperrte ich die Tür.

In den nächsten Tagen verbrachte ich viel Zeit in Dickons Gesellschaft; es war unmöglich, ihm aus dem Weg zu gehen. Wo immer ich mich befand, tauchte auch er auf. Er sah mich jedesmal spöttisch an, als wollte er sagen: Versuch nicht erst, mir zu entfliehen. Du weißt, daß du es nie schaffen wirst.

Ich sagte mir hundertmal vor, daß er ein Abenteurer war, daß er nur an sich selbst dachte und vielleicht noch an seine Söhne, auf die er stolz war. Die beiden sahen einander sehr ähnlich; sie hatten zweifellos Dickons Äußeres geerbt. In ihrem Wesen waren sie jedoch grundverschieden. David war ruhig und ein guter Schüler; Jonathan war laut und ein ausgezeichneter Sportler. Sie standen einander nicht so nahe, wie es oft bei Zwillingen der Fall ist. Im Gegenteil, es gab immerzu Reibereien zwischen ihnen. Jonathan war sehr rasch mit Boxhieben zur Hand, während David es meisterhaft verstand, bissige Bemerkungen anzubringen. Ihr Erzieher versuchte mit allen Mitteln, diese latente Feindseligkeit zu unterdrükken. Mr. Raine war Anfang der Vierzig und recht streng, also meiner Meinung nach genau der richtige Mann für die Jungen. Beide hatten Respekt vor Dickon, bewunderten ihn und bemühten sich um seine Zuneigung. Dickon widmete ihnen nur wenig Zeit, denn er hatte nie Gefühle vorgetäuscht, die er nicht empfand. Er hatte zwei Söhne, was ihn freute. Sie waren die Erben, die er brauchte; er hatte einen Erzieher angestellt, der sie entsprechend unterrichten würde, bis es an der Zeit war, sie auf die Schule zu schicken. Hier endete Dickons Interesse aber auch schon.

Wir verbrachten viel Zeit bei meiner Großmutter. Schließlich waren wir ihretwegen hierhergekommen, und unser Besuch tat ihr zweifellos gut. Sie unterhielt sich mit meiner Mutter über die alten Zeiten und wie glücklich sie mit Dickon gewesen war.

Man konnte Dickon in diesem Haus nicht entgehen. Meine Großmutter und Sabrina sprachen ununterbrochen von ihm, und wenn ich allein war, stand er plötzlich neben mir. Wenn ich ausritt, galoppierte er bestimmt an meiner Seite. Mir war klar, worauf er aus war, und ich nahm an, daß er es bei jeder attraktiven jungen Frau versuchte. Er wußte genau, was er wollte, und war überzeugt, daß ihm kein weibliches Wesen widerstehen konnte.

Er hatte seinerzeit viel für mich übrig gehabt, auch wenn sein Ehrgeiz schließlich stärker gewesen war, und ich fragte mich oft, wie er zu Isabel gestanden hatte. Natürlich hielt er sich für unwiderstehlich und war davon überzeugt, daß ich früher oder später meine Skrupel über Bord werfen und ein Verhältnis mit ihm eingehen würde.

Meine Mutter wußte all dies genausogut wie ich; sicherlich dachte sie auch daran, wie sie meinen Vater seinerzeit kennengelernt hatte. Ich war fest entschlossen, nicht Dickons Geliebte zu werden. Sabrina und Großmutter glaubten natürlich, daß er nur auf charmante, entzückende Art den Gastgeber spielte.

Ich verbrachte den Großteil des Vormittags bei meiner Großmutter, ging dann am frühen Nachmittag in den Stall hinunter und bat einen der Stallknechte, mir ein Pferd zu satteln. Ich freute mich auf einen nostalgischen Nachmittag, wollte alle Orte aufsuchen, an die ich mich erinnerte, und in Ruhe an Frankreich und mein glückliches Familienleben denken. Ich liebte Charles – mit einigen Vorbehalten. Ich war den Fehlern gegenüber nicht blind und glaubte nicht, daß er mir treu war. Ich hatte die ehelichen Konventionen meines neuen Heimatlandes akzeptiert; für die Franzosen war eine Ehe dann glücklich, wenn die Frau angesichts der außerehelichen Beziehungen ihres Mannes beide Augen zudrückte. Es gab natürlich auch Frauen, die der Meinung waren, daß das, was für einen Mann recht ist, für die Frau nur billig sein kann, und ihre Überzeugung in die Praxis umsetzten. Doch ich hielt es für richtig, daß für Frauen strengere moralische Grundsätze galten, denn ein romantisches Intermezzo konnte leicht zu einem Kind führen.

Lisette und ich hatten oft über dieses Thema gesprochen. Sie hielt meine Einstellung für unrichtig, denn ihrer Ansicht nach sollten für Männer und Frauen die gleichen Regeln gelten. Wenn aus dem Verhältnis ein Kind hervorging, dann sollte der Vater angegeben werden, denn bei der Frau stand es ja fest, daß sie die Mutter war.

Lisette konnte sich über dieses Problem richtig ereifern, so daß es Spaß machte, mit ihr zu diskutieren. Ich stellte mir jetzt vor, wie sehr es sie amüsieren würde, daß Dickon mir nachstellte.

Ich malte mir unser Gespräch aus. Ja, würde ich sagen, ich finde ihn attraktiv. Das war schon immer so... attraktiver als jeden Mann, den ich kenne. Attraktiver als Charles? Ich weiß nicht, sie sind einander in mancher Beziehung ähnlich. Beide nehmen das Leben nicht allzu ernst, beide verstehen sich als männliche Eroberer, und obwohl ich viel dagegen einzuwenden habe, reizt mich diese Haltung. Ich bin entschlossen, mich nicht herumkriegen zu lassen, und gleichzeitig macht es mir Spaß, mich erobern zu lassen.

Es war schade, daß Lisette nicht mitgekommen war. Sie hätte mich gezwungen, mir über meine Gefühle für Dickon klar zu werden.

An diesem Nachmittag war ich noch nicht weit gekommen, als ich Pferdegetrappel hörte. Ich blickte zurück und war keineswegs überrascht, als ich Dickon hinter mir entdeckte.

»Du reitest allein aus?« fragte er. »Das gehört sich nicht.«

»Mir gefällt es.«

»Es wird dir noch besser gefallen, wenn du einen interessanten, charmanten Begleiter hast, der die Gegend gut kennt.«

»Das findest nur du. Außerdem darfst du nicht vergessen, daß ich Eversleigh ebenfalls kenne, ich habe schließlich früher hier gelebt.«

»Erinnere mich nicht daran, Lottie. Mein Leben ist in die falsche Richtung gedrängt worden, als du mich verließt.«

»In die falsche Richtung? Zu Eversleigh, zur Bank, zum Leben bei Hof, zu all den Angelegenheiten, bei denen du mitmischst... Wie kannst du nur dem Schicksal gegenüber so undankbar sein, das dir all diese Annehmlichkeiten beschert hat!«

»Ich bin nicht undankbar. Ich wollte dir nur erklären, daß mir genau das versagt wurde, was mein Glück vollständig gemacht hätte.«

»Du hast allen Grund, mit deinem Schicksal zufrieden zu sein. Ich würde das Tüpfelchen auf dem i vergessen und Gott für mein Glück danken.«

»Du hast mir gefehlt, Lottie.«

»Das ist eben so, wenn jemand verreist.«

»Du bist auf einige Wochen nach Frankreich gefahren und dann dort geblieben.«

»Und du hast Eversleigh bekommen. Damit hatte sich der Traum deines Lebens erfüllt. Was hättest du noch verlangen können?«

»Dich, Lottie.«

»Du hattest die Wahl; das eine oder das andere.«

»Du warst damals ein Kind, und ich wußte nicht...«

»Es kommt selten vor, daß du zugibst, etwas nicht gewußt zu haben. Sprechen wir über etwas Interessanteres.«

»Dieses Thema ist für mich überaus interessant.«

»Aber nicht für mich, und zu einem Gespräch gehören zwei. Erzähl mir von deinen Angelegenheiten in London. In Frankreich wird viel über die amerikanischen Kolonien gesprochen.«

»Gesprochen! Dabei bleibt es doch nicht. Das verdammte Frankreich hilft den Rebellen.«

»Sogar hier in England gibt es Menschen, die der Meinung sind, daß die Kolonisten im Recht sind.«

»Das ist noch immer kein Grund dafür, daß sich Ausländer einmischen.«

»Mein Mann unterstützt die Kolonisten aus Überzeugung und hält es für richtig, daß die Franzosen ihnen helfen.«

»Und du kannst mit einem solchen Verräter zusammenleben?«

»Er ist kein Verräter, er ist ein Mann, der zu seiner Überzeugung steht.«

»Liebst du ihn?«

Ich zögerte einen Augenblick, dann antwortete ich beinahe herausfordernd: »Ja.«

»Eine überzeugende Verneinung. Fahr nicht zurück, Lottie, bleib hier.«

»Du bist wohl verrückt. Ich habe drüben zwei Kinder.«

»Wir könnten sie herkommen lassen.«

»Das meinst du doch nicht im Ernst. Du hast eine überaus hohe Meinung von dir, das kommt wahrscheinlich daher, daß du Zeit deines Lebens mit zwei Frauen beisammen warst, die dich anbeteten.«

»Ich sehe mich so, wie ich wirklich bin.«

Ich lachte. »Groß, gut aussehend, dominierend, unwiderstehlich, ritterlich (im Gespräch), ehrenhaft, du verrätst nie jemanden, es sei denn, der Preis ist hoch genug...«

»Du gehst sehr hart mit mir ins Gericht.«

»Ich sehe dich, wie du bist.«

»Und wenn du ehrlich wärst, würdest du zugeben, daß dir das, was du siehst, gefällt.«

Ich trieb mein Pferd zum Galopp an, denn in diesem Augenblick hatten wir offenes Gelände erreicht.

Auf dem Rückweg kamen wir an Enderby vorbei, das jetzt düster wirkte. Ich erinnerte mich daran, wie es ausgesehen hatte, als die Forsters noch dort gewohnt hatten. Sie hatten die Sträucher weggeschnitten, die um das Haus standen; jetzt waren sie wieder nachgewachsen.

»Möchtest du es dir ansehen?« erkundigte sich Dikkon. »Wir könnten durch eines der Fenster im Erdgeschoß einsteigen, dessen Riegel zerbrochen ist. Das Haus steht seit zwei Jahren leer, befindet sich also nicht im allerbesten Zustand.«

Ich hätte es mir gern angesehen, doch eine innere Stimme warnte mich. Ich durfte es nicht tun. Meine Mutter war meinem Vater in das Haus gefolgt, und ich war vermutlich hier gezeugt worden. Meine Mutter behauptete immer, daß in ihm Geister wohnten, daß es die Menschen veränderte, die es betraten.

»Nicht jetzt«, lehnte ich daher ab. »Es ist zu spät.«

Wir wendeten unsere Pferde und ritten nach Eversleigh zurück.

Als wir uns dem Haus näherten, bog ein Stallknecht um die Ecke, und Dickon rief ihm zu, er solle unsere Pferde in den Stall führen. Dann sprang er aus dem Sattel, um mir zu helfen, nahm mich in die Arme und hob mich hoch. Eine symbolische Geste: Er war stark, ich war ihm ausgeliefert.

»Danke«, sagte ich kühl. »Laß mich hinunter.«

Doch er hielt mich einige Augenblicke fest, und ich wagte nicht, ihm in die Augen zu sehen. Dann bemerkte ich eine Bewegung an einem Fenster, und als Dickon mich auf den Boden stellte, fragte ich: »Wer wohnt dort oben?«

»Wo?«

»Das Fenster ganz oben.« Ich zeigte hin, und er folgte meiner Bewegung mit den Blicken.

»Das ist das Zimmer der alten Grissel.«

»Grissel?«

»Eine unserer Bediensteten. Griselda. Die Jungen nennen sie Grissel, und der Name paßt zu ihr.«

Ich beschäftigte mich im Geist so intensiv mit Dickon, daß ich Grissel zunächst einmal vergaß.

Ich wollte Dickons Söhne näher kennenlernen und besuchte sie an einem Vormittag in ihrem Schulzimmer.

Die Jungen saßen mit ihrem Erzieher am Tisch und tranken Milch.

»Ich störe hoffentlich nicht«, entschuldigte ich mich.

»Komm nur herein«, rief Jonathan.

Mr. Raine versicherte mir, daß sie gerade eine Pause hielten und daß der Unterricht erst in fünfzehn Minuten weitergehen würde.

»Dann darf ich mich wohl zu euch setzen. Ich möchte euch kennenlernen.«

Jonathan grinste mich an, David musterte mich interessiert.

»Ich habe in Frankreich auch einen Sohn, der etwa um drei Jahre jünger ist als ihr.«

»Drei Jahre!« rief Jonathan verächtlich.

»Auch du warst einmal um drei Jahre jünger«, erinnerte ihn David.

»Das ist lange her.«

»Genau drei Jahre«, mischte sich Mr. Raine ein. »Hört jetzt auf zu streiten, Jungs, und benehmt euch Madame Tourville gegenüber, wie es sich gehört.«

»Du bist Französin«, stellte Jonathan fest, der offenbar alles aussprach, was ihm durch den Kopf ging.

»Das weiß sie selbst, also mußt du es ihr nicht sagen«, erklärte David, der anscheinend das unwiderstehliche Bedürfnis hatte, seinen Bruder bei jeder Gelegenheit zu ärgern.

»Ich bin Französin«, antwortete ich, »weil mein Vater und mein Mann Franzosen sind. Aber ich habe lange in England gelebt, bevor ich nach Frankreich übersiedelte.«

»Das ist Jahre her.«

»Damals wart ihr noch nicht auf der Welt.«

Sie sahen mich verständnislos an.

»Sie sind noch zu jung, um zu erfassen, daß die Welt existiert hat, bevor sie auf ihr erschienen sind«, meinte Mr. Raine.

»Ich habe auch eine kleine Tochter. Sie ist sehr klein, eigentlich noch ein Baby.«

Meine Tochter interessierte sie nicht im geringsten.

»Wie heißt dein Sohn?« erkundigte sich Jonathan.

»Charles. Wir rufen ihn Charlot.«

»Das ist ein komischer Name«, bemerkte Jonathan.

»Er ist französisch, du Dummkopf. Warum habt ihr sie nicht mitgebracht?«

»Meine Tochter ist für eine solche Reise zu klein.«

»Charlot hätte aber mitkommen können.«

»Das stimmt.«

»Es wäre schön gewesen«, meinte Jonathan. »Ich hätte ihm meinen Falken gezeigt, ich dressiere ihn gerade. Jem Loger bringt es mir bei.«

»Jonathan verbringt viel Zeit im Stall bei seinen Hunden und Pferden«, erklärte Mr. Raine. »Und jetzt haben wir auch einen Falken. Er interessiert sich leider viel mehr für die Tiere als für Literatur und Mathematik.«

David grinste, und Jonathan zuckte die Schultern.

»Hat Charlot auch einen Erzieher?« fragte David.

»Noch nicht. Im Augenblick hat er nur eine Nurse.«

»Wie Grissel?« fragte David. Die Jungen sahen einander lachend an.

»Grissel?« widerholte ich. »Ich habe sie neulich gesehen.«

»Sie verläßt ihr Zimmer nur selten.«

»Sie ist eure Nurse.«

»Wir haben keine Nurse«, widersprach Jonathan verächtlich. »Wir sind dafür schon zu groß.«

»Aber Grissel...?«

»Sie ist mit der Mutter der Jungen ins Haus gekommen«, mischte sich Mr. Raine wieder ein. »Sie wohnt weiterhin hier, hält sich aber abseits. Sie ist... etwas merkwürdig.«

Die Jungen lächelten einander verständnisinnig zu. Anscheinend war die alte Grissel das einzige Thema, bei dem sie einer Meinung waren.

»Sie ist eine Schlafwandlerin«, behauptete David.

Jonathan krümmte die Finger und machte ein böses Gesicht; David lachte darüber.

Mr. Raine wechselte das Thema und zeigte mir die Arbeiten der Jungen. Zu meiner Überraschung besaß Jonathan Zeichentalent. Er hatte ein paar Bilder von seinen Hunden und Pferden angefertigt, die bewiesen, daß er über künstlerisches Gefühl verfügte. Ich bewunderte seine Werke, was ihn freute.

»Das ist das einzige Fach, in dem Jonathan etwas Talent zeigt«, meinte Mr. Raine. »Aber er ist dafür ein ausgezeichneter Sportler. David hingegen ist der Akademiker.«

Beide Jungen wirkten überaus selbstzufrieden, und ich ahnte, daß Mr. Raine kein leichtes Leben hatte.

Ich sah mir ihre Arbeiten an und lauschte aufmerksam den Erklärungen, hätte aber lieber mehr über Grissel erfahren.

Ich erkundigte mich daher bei Sabrina nach ihr.

»Grissel ist eine einfältige alte Frau«, meinte sie, »und mir wäre es lieber, wenn sie das Haus verläßt, aber wohin sollte sie gehen? Sie ist mit Isabel hierhergekommen. Sie war ihre Nurse gewesen, und du weißt, wie fanatisch diese alten Nursen an ihren Schutzbefohlenen hängen können. Als Isabel starb, muß sie ein wenig den Verstand verloren haben. Manchmal glaubt sie, daß Isabel noch am Leben ist. Es ist oft sehr peinlich, aber was sollen wir tun? Wir können sie nicht gut fortschicken, sie ist zu alt, um noch eine Stelle zu bekommen.«

»Ich weiß, wie diese Nannies sind, und habe mir oft gedacht, daß es traurig für sie sein muß, wenn ihre Kinder erwachsen werden und sie nicht mehr brauchen. Dann ziehen sie zu den nächsten Kindern... falls sie jung genug dafür sind... und alles fängt von vorne an.«

»Unglücklicherweise ist die arme Griselda nicht mehr jung genug. Hier geht es ihr übrigens nicht schlecht. Sie bewohnt zwei kleine Zimmer im Ostflügel, bekommt auch ihr Essen dorthin, und meist denken wir nicht an sie. Die einzige Schwierigkeit besteht darin, daß sie den Zwillingen gegenüber eine sehr seltsame Haltung einnimmt. Sie liebt Jonathan abgöttisch und mag David nicht. David macht es nichts aus. Beide haben ihr Streiche gespielt, bis wir das abgestellt haben. Griselda verhält sich jedoch die meiste Zeit friedlich.«

»Ich habe sie am Fenster gesehen, als ich mit Dickon in den Hof geritten bin.«

»O ja, sie beobachtet Dickon ununterbrochen. Er lacht darüber und kümmert sich nicht darum, du weißt ja, wie er ist. Deine Großmutter hat es gestört, sie findet es unheimlich. Aber so ist Griselda eben.«

Ich vergaß Griselda wieder, bis ich einige Tage später das Haus betrat und eine Gestalt über das Geländer zu mir herunterblickte. Sie verschwand blitzartig, und ich fragte mich, ob ich es mir vielleicht nur eingebildet hatte.

Dann bemerkte ich, daß sie mich vom Fenster aus beobachtete, wenn ich nach Hause kam. Erst nach einiger Zeit wurde mir klar, daß sie sich für mich interessierte.

Eine Woche war vergangen, und wir befanden uns noch immer in Eversleigh. Meine Mutter wollte heimreisen, aber jedesmal, wenn sie davon sprach, protestierten alle und überredeten sie dazu, noch eine Weile zu bleiben. Ich bedauerte es nicht. Eversleigh hatte mich verzaubert – oder vielleicht war es auch Dickon. Es war schön und gut, daß ich mir einredete, er mache auf mich überhaupt keinen Eindruck, und ich durchschaute ihn. Jeden Tag beim Aufwachen wurde mir klar, daß ich wieder mit ihm beisammen sein würde, und diese Vorstellung erregte mich.

In dieser Beziehung hatte sich nichts verändert – nur sah ich ihn jetzt mit anderen Augen. Ich war nicht mehr das ahnungslose Kind, sondern wußte, daß er ein egozentrischer Abenteurer und Freibeuter war, der soviel aus dem Leben herausholen wollte wie möglich, und für den seine eigenen Interessen immer an erster Stelle standen. Mich erschreckte dabei nur, daß mich diese Tatsache nicht störte. Ich wollte dennoch mit ihm beisammensein; wenn er nicht bei mir war, langweilte ich mich. Obwohl wir meist stritten, waren die Gespräche mit ihm unterhaltsamer als die angeregteste Konversation mit jemand anderem.

Unser Nachmittagsritt war inzwischen zu einem Ritual geworden. Die ganze Zeit über versuchte er, mich umzustimmen, mein Mißtrauen einzuschläfern und mich dann zu verführen. Bis jetzt hatte ich seinen Bemühungen widerstanden, und dabei sollte es auch bleiben, dazu war ich fest entschlossen, auch wenn es mir noch so schwerfiel.

Als wir an Enderby vorbeiritten, fragte er: »Warum willst du dir das Haus eigentlich nicht ansehen?«

»Warum sollte ich? Ich habe doch nicht die Absicht, es zu kaufen.«

»Weil es interessant ist, weil es eine Geschichte hat. In ihm spuken die Gespenster der Vergangenheit – die Geister jener Menschen, die keine Ruhe im Grab finden, weil sie soviel Böses getan haben.«

»Vermutlich ist das Haus sehr schmutzig.«

»Spinnweben. Dunkle Schatten. Seltsame Gestalten in der Finsternis. Aber ich bin ja da, um dich zu beschützen.«

»Ich brauche keinen Schutz vor Spinnweben und Schatten.«

»Und wie steht es mit Gespenstern?«

»Ich glaube nicht, daß sie mir gefährlich werden können. Was sollen sie schon von mir wollen?«

»Sie bedrohen jeden, der in ihr Reich eindringt. Aber ich merke, daß du Angst hast.«

»Keineswegs.«

Er sah mich lächelnd an. »Nicht vor dem Haus, sondern vor mir.«

»Warum sollte ich vor dir Angst haben?«

»Du hast Angst, daß du mir das schenken könntest, was ich mir wünsche und was du mir so gern geben würdest.«

»Was soll das sein? Eversleigh hast du ja schon bekommen.«

»Dich selbst. Wir sind füreinander geschaffen worden, Lottie.«

»Von wem?«

»Vom Schicksal.«

»Dann hat das Schicksal aber schlechte Arbeit geleistet. Ich versichere dir, daß ich bestimmt nicht für dich geschaffen wurde, ebensowenig wie du für mich. Vielleicht wurdest du für Eversleigh geschaffen.«

»Du sprichst immer wieder von Eversleigh und mißt ihm zuviel Bedeutung bei.«

»O nein, das hast du getan.«

»Du bist scharfzüngig wie eine Schlange. Hat dir das schon jemand gesagt?«

»Vor Schlangen sollte man sich hüten.«

»Gib es doch zu: Du hast Angst davor, Enderby gemeinsam mit mir zu betreten.«

»Ganz bestimmt nicht.«

»Dann beweise es.«

Impulsiv stieg ich ab. Er band unsere Pferde lachend an einen Pfosten, ergriff meine Hand, und wir gingen auf das Haus zu.

»Das Fenster mit dem zerbrochenen Riegel ist gleich um die Ecke. Man kann mühelos hineinsteigen. Vor einigen Wochen wollte jemand das Haus besichtigen, und ich zeigte ihm, wie er hineingelangen konnte. Ob er wohl ein Angebot dafür gemacht hat?«

Er hatte das Fenster gefunden, öffnete es, schaute hinein und half mir hindurch. Wir standen in der Halle, an deren anderem Ende sich eine offene Tür befand. Durch sie gelangten wir in eine große Küche mit Steinfußboden, die noch vollständig eingerichtet war, mit Bratspießen, Feuerböcken, Kesseln und Geschirr. Eine dicke Staubschicht lag auf allem. Mir machte es Spaß, in die Kästen zu schauen und auf Entdeckungsreisen zu gehen.

Dann kehrten wir in die Halle zurück. Oberhalb von uns befand sich die Galerie.

Dickon legte den Finger auf die Lippen. »In der Galerie spukt es am häufigsten. Sehen wir einmal nach.«

Er ergriff meine Hand, was mir nicht unangenehm war, weil mir das Haus allmählich unheimlich wurde. Ich konnte mir gut vorstellen, daß sich Gespenster in einem solchen Haus wohlfühlten.

Unsere Schritte hallten durch die Stille.

»Hier ist es kalt«, stellte Dickon fest. »Ein bißchen Angst hast du aber schon, nicht wahr, Lottie?«

»Keine Spur.«

Er legte mir den Arm um die Schultern. »Das wird dich ein wenig beruhigen.« Wir stiegen die Treppe hinauf. Ein paar Möbel standen noch herum, obwohl der Großteil fortgeschafft worden war.

»Fordern wir die Gespenster in der Galerie heraus. Machst du mit?«

»Natürlich.«

Wir betraten die Galerie und beugten uns über das Geländer. Unter uns lag die Halle.

»Stell sie dir voller tanzender Menschen vor – Menschen, die längst gestorben sind.«

»Du glaubst doch gar nicht an Gespenster, Dickon.«

»Im Freien nicht. Hier drinnen – spürst du nicht die feindselige Atmosphäre?«

Ich antwortete nicht, denn das Haus hatte tatsächlich etwas Unheimliches an sich. Ich hatte das Gefühl, daß es auf meine Antwort wartete.

»Wir wollen den Toten zeigen, daß wir lebendig sind«, meinte Dickon und zog mich in seine Arme.

»Laß das bleiben, Dickon.«

Er lachte. »Glaubst du wirklich, daß ich dich fortlasse, wenn ich dich endlich in meinen Armen halte?«

Ich versuchte, ihn abzuwehren, obwohl er viel stärker war als ich. Aber er würde nicht wagen, mir Gewalt anzutun. Ich war kein Dorfmädchen, das man vergewaltigen konnte, ohne daß sich jemand darum kümmerte. Außerdem war es nicht Dickons Art. Er war seiner Anziehungskraft viel zu sicher und wollte keinen Widerstand brechen müssen – jedenfalls nicht bei mir.

»Lottie, ich habe dich immer geliebt. Neben dir hat es keine andere Frau gegeben. Und du hast mich genausowenig vergessen wie ich dich. Endlich sind wir wieder beisammen. Gib doch deinem Gefühl nach, bitte.«

Er drückte mich an sich, und ich glitt in eine Art von Verzückung. Dickon war mein Geliebter, das Schicksal hatte es so gefügt.

Ich wehrte mich nicht mehr, und er lachte triumphierend.

»Nein«, sagte ich, »nein.« Aber das war alles, und Dikkon wußte, daß er gewonnenes Spiel hatte.

Doch in diesem Augenblick hörte ich eine Bewegung, Schritte über mir, und kehrte in die Wirklichkeit zurück.

»Jemand geht in dem Haus herum«, sagte ich.

»Nein«, widersprach Dickon.

»Horch.«

Da ertönte das Geräusch wieder, es handelte sich eindeutig um Schritte.

»Komm, wir wollen nachsehen, wer sich hier herumtreibt.«

Dickon lief die Treppe aus der Galerie hinauf, und ich folgte ihm.

Wir befanden uns in einem Korridor mit vielen Türen. Dickon öffnete eine von ihnen, und wir blickten in einen vollkommen leeren Raum. Im nächsten Zimmer standen ein paar Möbelstücke, und es dauerte einige Zeit, bis wir uns vergewissert hatten, daß sich hinter ihnen niemand versteckte. Dann hörten wir das Geräusch wieder, diesmal aber im Erdgeschoß. Es war also doch jemand im Haus gewesen, der uns ausgewichen war und in diesem Augenblick durch das offene Fenster stieg.

Wir liefen hinunter, kletterten durch das Fenster hinaus und standen zwischen den dichten Sträuchern. Ich war dem Störenfried unendlich dankbar, weil er mich vor Dickon und vor mir selbst gerettet hatte.

Wir ritten schweigend nach Hause. Dickon war enttäuscht, aber nicht verzweifelt; er verließ sich offensichtlich auf eine nächste Gelegenheit. Nie wieder, schwor ich mir.

Ich hatte in Enderby zwar Schritte gehört, fragte mich aber, ob es nicht ein Gespenst gewesen war. Das Haus hatte einmal meiner Vorfahrin Carlotta gehört.

Ich redete mir ein, daß Carlotta von den Toten zurückgekehrt war, um mich zu retten, und das war ein Hinweis darauf, in welchem Geisteszustand ich mich befand. Ich hatte mich immer für eine vernünftige Frau gehalten, denn die Franzosen sind anerkannt vernünftige Menschen, und ich war halb Französin. Aber seit ich mich in England befand, war mir, als zöge sich ein Netz um mich zusammen, dem ich vielleicht nicht mehr entkommen konnte.

Es war ein absurder Gedanke, aber er ließ sich nicht verscheuchen.

Irgendwann bekam ich das Gefühl, daß mich jemand beobachtete. Wenn ich zum Haus zurückkehrte und zu Griseldas Fenster hinaufschaute, nahm ich eine rasche Bewegung wahr. Jemand trat zurück, um nicht gesehen zu werden. Natürlich war sie eine alte, neugierige Frau und laut Sabrina ein bißchen verschroben, aber es steckte doch mehr dahinter. Manchmal hatte ich das Gefühl, daß man mich auch in den Korridoren und auf der Treppe beobachtete, und wenn ich zu der Stelle lief, an der ich eine Bewegung wahrgenommen hatte, befand sich niemand dort. Außerdem war eine alte Frau bestimmt nicht imstande, durch das Fenster in Enderby zu klettern.

Der Gesundheitszustand meiner Großmutter hatte sich inzwischen gebessert, und meine Mutter bestand darauf, daß wir bald heimfuhren. Sabrina und meine Großmutter bedauerten diesen Entschluß sehr.

»Es war so wunderbar, mit euch beisammen zu sein«, meinte Sabrina, »es hat uns alle so glücklich gemacht. Ihr seid der Grund dafür, daß Dickon hiergeblieben ist. Er hat sich schon lange nicht mehr so viele Wochen hintereinander in Eversleigh aufgehalten.«

Ich erklärte ihr, daß unsere Männer sich Sorgen machen würden, wenn wir nicht bald zurückkehrten, und meine Mutter fügte hinzu, daß sie unserer Reise nur deshalb zugestimmt hatten, weil es sich um einen kurzen Besuch handeln sollte.

Ich wollte unbedingt vor meiner Abreise Griselda kennenlernen und begab mich deshalb an einem Nachmittag zu ihren Zimmern.

Ich stieg die stille, kurze, enge Treppe hinauf und gelangte in den Korridor. Ich klopfte an die erste Tür, doch niemand antwortete, also klopfte ich an die nächste.

Noch immer rührte sich nichts, aber ich spürte, daß jemand hinter der Tür stand.

»Darf ich hineinkommen?« fragte ich.

Die Tür ging plötzlich auf, und in ihr stand eine alte Frau. Sie trug eine Haube auf den grauen Haaren, ihr Gesicht war blaß, und sie hatte große, tiefliegende Augen. Sie war sehr mager und trug ein hochgeschlossenes, eng anliegendes Kleid aus geblümtem Musselin.

»Sind Sie Griselda?« fragte ich.

»Was wollen Sie von mir?«

»Ich wollte Sie kennenlernen. Ich werde bald abreisen und wollte vorher mit Ihnen sprechen.«

»Ich weiß, wer Sie sind.«

»Ich bin Madame de Tourville. Ich habe hier gelebt.«

»Ja, bevor meine Lady hierhergekommen ist.«

»Darf ich hereinkommen und kurz mit Ihnen plaudern?«

Sie trat unwillig zurück, und ich folgte ihr. Zu meiner Überraschung erhob sich Jonathan aus einem Stuhl.

»Hallo«, grüßte er.

»Jonathan«, rief ich.

»Jonathan ist ein guter Junge«, erklärte Griselda, dann wandte sie sich an ihn. »Madame de Tourville wollte mich kennenlernen, deshalb ist sie heraufgekommen.«

»Ach so«, meinte Jonathan. »Kann ich jetzt gehen?«

»Ja. Und komm morgen wieder.«

Sie schloß ihn in die Arme und küßte ihn innig. Er warf mir einen entschuldigenden Blick zu, als schäme er sich dieser rührenden Szene.

Nachdem Jonathan fort war, sagte Griselda: »Er ist ein

guter Junge, besucht mich und kümmert sich um meine Bedürfnisse.«

»Sie halten sich von der Familie fern«, stellte ich fest.

»Ich war die Nurse und bin mit meiner Lady hierhergekommen. Hätten wir es doch nicht getan.«

»Sie meinen Lady Isabel.«

»Seine Frau. Die Mutter von Jonathan.«

»Und David«, fügte ich hinzu.

Sie schwieg und preßte die Lippen aufeinander.

»Ich habe Sie gesehen«, stellte sie vorwurfsvoll fest. »Mit ihm.«

Ich schaute zum Fenster hinüber. »Ich habe Sie auch gelegentlich gesehen.«

»Ich weiß, was vor sich geht.«

»Wirklich?«

»Ich werde ihm nie verzeihen. Er hat sie getötet.«

»Wer hat wen getötet?«

»Er, der Herr. Er hat meine kleine Blume getötet.« In Griseldas Augen traten Tränen, und ihr Mund zitterte. Sie ballte die Hände zu Fäusten und sah in diesem Augenblick wirklich geistesgestört aus.

»Ich kann mir nicht vorstellen, daß das stimmt«, entgegnete ich sanft. »Erzählen Sie mir von Isabel.«

Ihr Gesichtsausdruck veränderte sich so rasch, daß es mich erschreckte. »Sie war von Anfang an mein kleiner Liebling. Ich war schon bei anderen Kindern gewesen, aber die kleine Isabel war etwas Besonderes. Ihre Mutter starb bei ihrer Geburt, genau wie... Jedenfalls war sie mein Kleines. Und ihr Vater war ein guter Mensch. Er war nicht viel zu Hause, dazu war er zu angesehen und zu reich. Aber er liebte seine kleine Tochter. Dennoch gehörte sie in Wirklichkeit mir. Er versuchte nie, sich in die Erziehung einzumischen, sondern sagte immer: ›Du weißt am besten, was für unser kleines Mädchen gut ist, Griselda.‹ Dann starb er. Die Guten gehen dahin, und die Bösen gedeihen.«

»Sie haben Isabel sehr geliebt.«

»Es hätte nie zu dieser Heirat kommen dürfen. Wenn es nach mir gegangen wäre, hätte sie ihn nie zum Mann genommen. Das ist das einzige, was ich ihrem Vater nicht verzeihen kann. Er stand auf dem Standpunkt, daß Mädchen heiraten müssen, und daß Isabel nur in einer Ehe glücklich werden konnte. Er kannte mein kleines Mädchen nicht so gut wie ich. Sie hatte Angst, richtige Angst. Wie oft hat sie sich bei mir ausgeweint. Ich konnte nichts für sie tun, obwohl ich für sie durchs Feuer gegangen wäre. Mein armer kleiner Engel wurde also verheiratet. ›Du kommst mit mir, Griselda‹, verlangte sie, und ich antwortete: ›Zehn Pferde können mich nicht von dir fortbringen, mein Liebling.‹«

»Ich verstehe Ihre Gefühle. Sie haben sie geliebt, als wäre sie Ihr eigenes Kind gewesen.«

»Und ich habe miterlebt, wie sie hierhergekommen ist, in dieses Haus, zu ihm. Sie war ihm gleichgültig. Ihm ging es nur um das Gut, das sie in die Ehe mitbrachte.«

Ich schwieg, denn damit hatte Griselda bestimmt recht.

»Dann begann es. Sie war entsetzt. Sie sollte ein Kind bekommen. Jeder Mann will Kinder, aber sie wären anderer Ansicht, wenn sie sie selbst zur Welt bringen müßten. Sie hatte Angst, als sie merkte, daß sie schwanger war, und drei Monate später verlor sie das Kind. Beim zweiten war es noch schlimmer, denn es kam erst im sechsten Monat zu einer Fehlgeburt. Dann wurde sie wieder schwanger und verlor das Kind wieder. Daraus bestand ihr Leben. Mehr wollte er nicht von ihr – ausgenommen natürlich ihr Geld. Und als ihr Vater starb, bekam er auch das. Dann wollte er sie loswerden.«

»Sie haben behauptet, daß er sie getötet hat.«

»Ja. Er hätte sie retten können, aber dann hätte er die Jungen verloren. Das wollte er nicht, er wollte Söhne. Er bekam sie... und sie kostete es das Leben.«

»Heißt das, daß er die Wahl hatte?«

Sie nickte. »Ich war verrückt vor Kummer. Ich war bei ihr, denn sie bestand darauf. Er hat sie ermordet, so wahr Sie hier vor mir sitzen, Madame. Und jetzt stellt er Ihnen nach. Was will er Ihrer Meinung nach von Ihnen?«

»Ich bin eine verheiratete Frau, Griselda. In Frankreich warten mein Mann und meine Kinder auf mich, und ich werde bald zu ihnen zurückkehren.«

Sie schob ihr Gesicht dicht an das meine heran. »Vergessen Sie nicht, daß er es auf Sie abgesehen hat. Er hat es nicht gern, wenn seine Pläne durchkreuzt werden.«

»Ich entscheide selbst über mein Schicksal.«

»Sie sind die ganze Zeit mit ihm zusammen. Ich kenne ihn. Ich weiß, wie gut er es versteht, mit Frauen umzugehen. Sogar Isabel...«

»Sie kennen mich nicht, Griselda. Erzählen Sie mir mehr über Isabel.«

»Was soll ich noch über sie erzählen? Sie war glücklich, solange sie bei mir war. Dann kam sie hierher und wurde ermordet.«

»Hören Sie auf, von Mord zu sprechen. Ich weiß, daß sie bei der Geburt der Zwillinge gestorben ist.«

»David hat sie getötet.«

»David!«

»Er und sein Vater. Er hat meine kleine Tochter gezwungen, Kinder zu gebären, obwohl sie nicht dazu imstande war. Ihre Mutter war bei ihrer Geburt gestorben. Es lag wohl in der Familie. Man hätte sie nie zwingen dürfen, es zu versuchen. David kam zwei Stunden nach Jonathan zur Welt. Sie hätte gerettet werden können. Aber er wollte auch David, er wollte zwei Söhne – falls dem einen etwas zustieß. Er und David haben sie ermordet.«

»Sie können David doch keinen Vorwurf daraus machen, Griselda. Einem Neugeborenen! Das ist doch unsinnig.«

»Immer, wenn ich ihn sehe, sage ich mir: Du warst es. Nur einer von euch konnte am Leben bleiben. Dein Vater hatte bereits Jonathan. Das hätte ihm genügen sollen.«

»Haben Sie einen Beweis für Ihre Behauptung, Griselda?«

Sie beantwortete meine Frage nicht direkt. »Er hat nicht wieder geheiratet. Er hat jetzt die beiden Söhne, die er wollte, und Zeit für Frauen. Manchmal bringt er eine mit. Ich habe sie gesehen und frage mich immer, ob es eine Nachfolgerin für Isabel geben wird.«

»Ist es nicht an der Zeit, die Vergangenheit zu vergessen?«

»Ich soll Isabel vergessen?«

»Warum haben Sie mich beobachtet?«

»Ich beobachte alle.«

»Sie meinen …?«

»Seine Frauen.«

»Ich gehöre nicht zu ihnen.«

Sie lächelte vielsagend. Ich erinnerte mich an den Augenblick auf der Galerie von Enderby und schämte mich.

»Haben Sie Helfer?« wollte ich wissen.

»Ich kann das Haus nicht verlassen. Es ist der Rheumathismus, ich leide schon sehr lange an ihm.«

»Kommen Sie oft mit Jonathan zusammen?«

Sie nickte lächelnd.

»Und David?«

»Er kommt niemals hierher.«

»Also nur Jonathan. Worüber sprechen Sie mit ihm?«

»Über seine Mutter. Über die Vergangenheit.«

»Ist es denn vernünftig, mit einem Kind über diese Dinge zu sprechen?«

»Ich sage nur die Wahrheit. Man muß die Kinder die Wahrheit lehren, heißt es in der Heiligen Schrift.«

»Lassen Sie Jonathan … verschiedenes für Sie erledigen?«

»Er tut es gern. Er kommt immer ganz aufgeregt herein. ›Was haben wir heute vor, Grissel?‹ fragte er.«

»Er folgt also seinem Vater und belauscht ihn.«

»Wir alle wollen wissen, ob der Herr wieder heiratet. Dadurch würde sich hier vieles ändern.«

»Halten Sie es für richtig, ein Kind damit zu belasten?«

»Jonathan ist kein Kind. Er kam als Mann zur Welt, wie sein Vater. Ich weiß, was hier vor sich geht, und ich habe den Herrn durch Isabels Augen gesehen. Seien Sie vorsichtig, Madame. Niemand ist vor ihm sicher. Vergessen Sie nicht, daß er meine Isabel auf dem Gewissen hat.«

Ich hatte das Bedürfnis, dieser verrückten Alten zu entkommen. Die Luft im Zimmer erstickte mich. Ich war mit einer Wahnsinnigen beisammen, die Dickon des Mordes beschuldigte, weil seine Frau bei der Geburt der Zwillinge gestorben war, und die Jonathan beibrachte, andere zu belauschen.

Sollte ich Sabrina von diesem Gespräch erzählen? Jemand mußte davon erfahren, aber wer? Meine Großmutter war nicht gesund, und man konnte sie nicht damit belasten. Sabrina? Meine Mutter? Dickon?

Eigentlich konnte ich mit niemandem darüber sprechen. Dann dachte ich: Die alte Frau kann keinen Schaden anrichten. Für Jonathan ist es nur ein Spiel, wenn er seinen Vater belauscht und dann Griselda darüber berichtet.

Während ich noch diese Probleme wälzte, wurden eifrig Vorbereitungen für unsere Abreise getroffen, und ein paar Tage nach meinem Besuch bei Griselda waren meine Mutter und ich unterwegs zur Küste.

VI

Die Wette

Mein Vater erwartete uns in Calais. Ich war beinahe ein bißchen eifersüchtig, als ich erkannte, wie sehr er meine Mutter liebte, die dieses Gefühl voll erwiderte. Sie war davon überzeugt, daß alle Ehepaare das gleiche füreinander empfanden. Ihr blinder Glaube an dieses Band war so stark, daß sich ihre Einstellung auf meinen Vater übertrug. Sie war den Menschen gegenüber naiv und gleichzeitig der Beweis für die Macht der Unschuld. Charles und ich waren ganz anders. Wir fühlten uns leidenschaftlich zueinander hingezogen und liebten einander mit Vorbehalt. Dennoch war ich beinahe Dickons Charme erlegen und war davon überzeugt, daß Charles Affären hatte. So war eine Ehe eben. Meine Mutter wäre entsetzt gewesen!

Doch es war herzerfrischend, sie beisammen zu sehen, und ihr Glück teilte sich auch mir mit. Außerdem war ich für meinen Vater der Sproß aus der großen Leidenschaft seines Lebens.

Ich blieb noch ein paar Tage in Aubigné. Sie wollten mich noch länger bei sich behalten, doch ich sehnte mich nach Charles und meinen Kindern. Außerdem störte es mich, daß Sophie zwar im gleichen Haus lebte, aber unsichtbar blieb.

Ich hätte ihr gern erzählt, daß Lisette wieder da war, daß es beinahe so war wie früher, daß wir oft von ihr sprachen und sie gern in unserer Mitte gehabt hätten.

»Sie ändert sich nicht mehr«, meinte mein Vater, »und

wir reden ihr auch nicht mehr zu. Sie dürfte sich in ihrem Apartment bei Jeanne am glücklichsten fühlen.«

Ich fragte Jeanne, ob ich Sophie besuchen könne, doch Jeanne meinte, ich solle es lieber bleiben lassen.

Armand begrüßte mich kühl, und Marie Louise war verschlossener denn je. Ihre Frömmigkeit nahm von Tag zu Tag zu, und niemand hoffte mehr auf ein Kind.

Charles nahm mich begeistert in Empfang. Charlot und Louis-Charles fielen mir um den Hals. Claudine konnte schon einzelne Worte sprechen und ein paar Schritte gehen. Sie erkannte mich wieder und kicherte glücklich, als ich sie in die Arme nahm.

Es tat gut, zu Hause zu sein, und ich war unendlich froh darüber, daß ich einen klaren Kopf behalten und meine Tugend nicht verloren hatte. Es kam mir jetzt unglaublich vor, daß ich jemals in Versuchung geraten war, und im Lauf der Zeit trat die Erinnerung an Eversleigh mit der verrückten Griselda und Enderby mit seinen Gespenstern immer mehr in den Hintergrund. Nur Dickons Bild stand immer wieder vor meinen Augen.

Ich erzählte Lisette von Griselda, erwähnte aber meine Gefühle für Dickon mit keinem Wort. Sie hörte mir zu und stellte dann fest, daß es in Tourville ohne mich sehr langweilig gewesen war.

Charles interessierte sich noch immer brennend für den Krieg zwischen England und seinen amerikanischen Kolonien und sprach kaum von etwas anderem.

»Deine Landsleute kämpfen für eine verlorene Sache«, behauptete er. »Sie sollten einsehen, daß sie geschlagen sind.«

»Ich kann mir nicht vorstellen, daß die Kolonisten sie besiegen können. Noch dazu handelt es sich bei ihnen auch um unsere Landsleute. Es ist beinahe wie ein Bürgerkrieg.«

»Hinter den Kolonisten steht das mächtige Frankreich.«

»Das glaube ich nicht.«

»Dann laß dir etwas erzählen. Deine Engländer haben bei Saratoga eine schwere Niederlage erlitten, und bei Hof wird von nichts anderem gesprochen. Unser König Ludwig hat einen Vertrag mit den Kolonisten geschlossen. Was sagst du dazu?«

»Gegen England?«

»Der arme Ludwig will seinen Frieden haben. Wir haben ihn nur mit Mühe davon überzeugt, daß England nicht die Absicht hat, ihn anzugreifen. Ich geriet in Panik, weil ich befürchtete, daß der Krieg ausbrechen könnte, während du dich in England aufhieltest.«

»Was hätte das bedeutet?«

»Du wärst vielleicht nicht in der Lage gewesen, zurückzukehren.«

»Ich hätte in England bleiben müssen?«

»Ich hätte dich schon heimgeholt, aber es wäre wahrscheinlich schwierig geworden. Jedenfalls befinden wir uns nicht im Kriegszustand, obwohl der britische Botschafter aus Paris heimberufen wurde.«

»Was bedeutet das?«

»Daß die Engländer mit unserer Haltung nicht zufrieden sind.«

»Hoffentlich kommt es nicht wirklich zu einem Krieg.«

»Jedenfalls bist du jetzt zu Hause und in Sicherheit, Lottie.«

Der Sommer setzte früh ein. Claudine war im Februar zwei Jahre alt geworden, plauderte schon und lief eifrig herum. Sie war ein bezauberndes, temperamentvolles, eigenwilliges Kind; sie war auch zärtlich, nur schlug ihre Stimmung oft sehr schnell um. Der gesamte Haushalt war von ihr entzückt.

Anfang Juli bekamen wir Besuch. Lisette und ich hielten uns mit den Kindern im Garten auf, als ein Dienstmädchen meldete, daß mich ein Herr sprechen wollte.

Ich folgte ihr hinterher.

Er stand vor mir, lächelte mich an, mein Herz setzte einen Augenblick lang aus, und Gefühle stürmten auf mich ein, die ich lieber nicht analysieren wollte.

»Dickon«, rief ich.

»Du freust dich anscheinend wirklich darüber, mich wiederzusehen, Lottie. Ich hatte in Paris zu tun, und du hättest mir bestimmt nie verziehen, wenn ich die Gelegenheit nicht benütze, um dich aufzusuchen.«

»Du hättest deinen Besuch ankündigen sollen.«

»Dafür blieb mir keine Zeit mehr.«

»Komm doch weiter, du mußt hungrig sein.«

»Nur nach deinem Anblick.«

»Bitte, Dickon, du befindest dich im Haus meines Mannes ...«

»Ich habe schon verstanden und verspreche, daß mein Benehmen in jeder Hinsicht makellos sein wird.«

Ich schickte das Mädchen um einen Stallknecht und führte Dickon in die Halle.

»Ein wirklich schönes Haus«, bemerkte er anerkennend. »Ich wollte auch in Aubigné vorbeischauen, habe es mir aber überlegt. Deine Mutter wäre vermutlich nicht sehr begeistert über meinen Besuch gewesen. Außerdem wollte ich soviel Zeit wie möglich bei meiner wunderbaren Lottie verbringen.«

»Du hast mir versprochen –«

»Ein zartes Kompliment für meine reizende Gastgeberin wird doch noch erlaubt sein.«

Er sah sich prüfend in der Halle um, und ich wußte, daß er den Wert jedes einzelnen Gegenstandes abschätzte. So war Dickon eben.

Ich befahl einem der Dienstmädchen, Charles zu suchen, etwas zu essen zu bringen und ein Zimmer für den Gast zurechtzumachen.

»Du wirst vermutlich ein paar Tage bleiben wollen.«

»Natürlich, vorausgesetzt, du forderst mich dazu auf.«

»Als Verwandter bist du uns immer willkommen.«

»Du bist so schön, Lottie. Wenn ich nicht mit dir beisammen bin, vergesse ich es. Doch wenn ich dich wiedersehe, wird mir klar, daß ich dein Bild für immer in meinem Herzen trage.«

»Ein typischer Fall von Selbstbetrug«, stellte ich fest.

Das Mädchen brachte das Essen. Ich führte Dickon in ein kleines Zimmer und leistete ihm Gesellschaft, während er aß. Dann hörte ich Charles' Schritte in der Halle und ging zu ihm hinaus.

»Wir haben Besuch, Charles. Ich habe dir doch von Dickon erzählt. Er hatte in Paris zu tun und hat die Gelegenheit benützt, um hierherzukommen.«

Charles folgte mir in den Raum, ich stellte die beiden Männer einander vor und beobachtete sie dann.

Dickon war etwas größer als der dunkelhaarige Charles und wirkte neben ihm noch blonder. Charles gab sich ein bißchen reserviert, was verständlich war, weil er in Dickon den Unterdrücker der Kolonisten sah – doch es steckte mehr dahinter. Dickon musterte Charles überlegen lächelnd.

Sie waren offenbar entschlossen, einander nicht zu mögen.

»Willkommen in Tourville.« Charles' Ton strafte diese Worte Lügen.

»Danke«, antwortete Dickon auf französisch mit übertrieben starkem englischem Akzent. »Ich freue mich, Sie kennenzulernen. Lottie hat mir viel von Ihnen erzählt.«

»Und mir von Ihnen«, erwiderte Charles.

»Setz dich, Charles«, schlug ich vor, »damit Dickon weiteressen kann. Er hat einen langen Ritt hinter sich.«

Charles nahm Platz, und Dickon setzte die unterbrochene Mahlzeit fort. Charles erkundigte sich, wie die Stimmung in Paris gewesen war.

»Es herrscht ziemliche Aufregung«, berichtete Dickon. »Aber das ist ja öfter der Fall, nicht wahr? Anscheinend glauben die Pariser, daß der Krieg vor der Tür steht. Sobald sie entdeckten, daß ich Engländer war, musterten sie mich ausgesprochen unfreundlich. Ich frage mich noch heute, wodurch ich mich verraten habe.«

»Das ist nicht schwer zu erraten«, bemerkte Charles trocken.

»Es spielt eigentlich keine Rolle. Ich möchte nur wissen, warum ein Großteil der Franzosen unbedingt in den Krieg ziehen möchte.«

»Weil wir auf unser Gerechtigkeitsgefühl stolz sind.«

»Tatsächlich?« fragte Dickon überrascht und schnitt sich ein Stück vom Kapaun ab. »Das Essen ist köstlich, Lottie. Du hast eine ausgezeichnete Köchin.«

»Ich freue mich, daß es dir schmeckt.« Ich mußte möglichst rasch ein anderes Gesprächsthema finden, deshalb fuhr ich fort. »Wie geht es Großmutter und Sabrina?«

Die nächsten Tage verliefen nicht gerade friedlich. Dikkon hatte keinesfalls die Absicht, kampflos auf mich zu verzichten; er hatte die erste sich bietende Gelegenheit benützt, um nach Tourville zu kommen. Hatte er wirklich geschäftlich in Paris zu tun gehabt? Sabrina hatte mir stolz erzählt, daß er überall seine Hände im Spiel hatte und auch bei Hof verkehrte. Vielleicht war er in einer politischen Mission herübergekommen – einer geheimen Mission. Solche Abenteuer waren das richtige für ihn.

Lisette stellte fest, daß sie ihn überaus anziehend fand. »Er ist deinetwegen gekommen, Lottie. Du hast wirklich Glück.«

»Das finde ich nicht. Ich möchte keine Schwierigkeiten bekommen.«

»Mit Charles? Na ja, man kann natürlich nicht erwarten, daß der Ehemann sich über einen Verehrer seiner Frau freut, der sich bei ihm einquartiert.«

»Dickon und ich sind miteinander verwandt.«

»Er benimmt sich mehr wie dein Bewunderer.«

»Das redest du dir ein.«

Charles war jedenfalls mißtrauisch.

Als wir am ersten Abend nach Dickons Ankunft in unseren Betten lagen, fragte er: »Du hast ihn in England getroffen?«

»Natürlich. Wir sind nach Eversleigh gefahren, und dieses Gut gehört jetzt ihm. Dort lebt auch meine Großmutter. Du weißt doch, daß ich sie besucht habe, weil sie krank war.«

»War er die ganze Zeit über da?«

»Beinahe.«

»Was tut er hier?«

»Ich habe eigentlich von diesem Verhör genug, Charles. Ich weiß nicht mehr als du. Er hatte in Frankreich zu tun und hat mich und die Kinder besucht.«

»Bis jetzt hat er sich nicht sehr für sie interessiert.«

»Das kommt schon noch. Er hat selbst zwei Söhne, und Eltern wollen immer Vergleiche anstellen.«

»Mir gefällt er nicht.«

»Du kennst ihn doch gar nicht.«

»Er ist eingebildet.«

»Das könnte man dir mit dem gleichen Recht vorwerfen.«

»Ich traue ihm nicht über den Weg. Was macht er bloß in Frankreich?«

»Das hast du schon vor einer Minute wissen wollen. Frage ihn doch selbst.«

»Das werde ich tun.«

»Schön.« Ich legte ihm die Arme um den Hals. »Können wir ihn jetzt für eine Weile vergessen?«

Er küßte mich. In dieser Nacht zeigte er sich sehr leidenschaftlich, und ich war davon überzeugt, daß dies irgendwie mit Dickon zusammenhing.

Gefahr war im Anzug, doch das war unvermeidlich, solange Dickon sich hier aufhielt. Er hatte sein Leben lang überall, wo er auftauchte, für Unruhe gesorgt.

Ich wartete sehnlich darauf, daß er uns verließ, und

wollte doch gleichzeitig, daß er möglichst lange blieb. Jede Stunde, die er unter unserem Dach verbrachte, war gefahrvoll, und dennoch genoß ich seine Gegenwart.

Er besichtigte mit Charles und mir den Besitz und gab sehr sachverständige Kommentare ab. Wenn er etwas sah, das er für gut hielt – was allerdings selten der Fall war –, lobte er es; meist übte er jedoch versteckte Kritik, stellte Vergleiche zwischen der Bewirtschaftung von Gütern in Frankreich und England an und zog letztere vor. Er wußte viel und interessierte sich für alles; kurz, er zeigte auf jede erdenkliche Art, daß er Charles überlegen war.

Charles beherrschte sich nur mit Mühe, während Dikkon gleichmäßig freundlich blieb und die Situation genoß. Er brachte mich zur Verzweiflung.

Er suchte auch das Kinderzimmer auf und bewunderte die Kinder. Charlot und Louis-Charles waren von ihm begeistert, und er behandelte sie wie Erwachsene, wofür Kinder immer empfänglich sind. Sogar Claudine blickte ihn bewundernd an, wenn er sie hochhob, und versuchte dabei, die Knöpfe an seinem Rock abzureißen, ein Hinweis darauf, daß sie ihr gefielen.

Er bezauberte auch meine Schwiegereltern, und als Amélie und ihr Mann uns für einen Tag besuchten, erlagen auch sie seinem Charme. Er war entschlossen, alle Mitglieder des Haushalts mit Ausnahme von Charles für sich einzunehmen.

»Ich würde mich vor so einem Mann hüten«, warnte Lisette. »Er sieht viel zu gut aus, ist aber schlecht.«

»Keine Sorge«, beruhigte ich sie, »ich bin auf der Hut.«

Ich hatte ihr früher viel von ihm erzählt, und sie sagte jetzt: »Ich verstehe, warum deine Mutter dich von ihm fernhalten wollte. Ich verstehe auch, warum du dich dagegen gewehrt hast.«

»Ich habe noch nie einen Menschen wie Dickon kennengelernt.«

»Das Leben mit ihm wäre ein einziges langes Abenteuer. Ist er sehr reich?«

»Jetzt schon. Die Güter Clavering und Eversleigh gehören ihm, und seine Frau hat eine Menge Geld in die Ehe mitgebracht.«

»Und du glaubst, daß er jetzt in finanzieller Hinsicht zufrieden ist?«

»Hoffentlich«, seufzte ich.

»Er ist es nicht, darauf könnte ich wetten. Männer wie er sind nie zufrieden. Wenn er wieder heiratet, wird er bestimmt eine reiche Frau nehmen.«

»Ist dir klar, daß wir seit Dickons Ankunft beinahe nur über ihn sprechen?«

»Was könnte auch interessanter sein?« Offenbar hatte er auch Lisette erobert.

»Ich werde froh sein, wenn er wieder abreist. Hier sorgt er nur für Unruhe.«

»Und dennoch gefällt dir diese prickelnde Unruhe. Gib es zu. Du weißt, daß dir das Leben nach seiner Abreise langweilig erscheinen wird.«

»Es reizt Charles unaufhörlich. Manchmal weiß ich nicht, wie ich den Abend durchstehen soll.«

»Dickon unterhält sich dabei wahrscheinlich blendend.«

»Charles unterhält sich bestimmt weniger gut.«

Abends spielten sie miteinander Karten. Charles spielte riskant, sein Gesicht war gerötet, seine Augen leuchteten. Dickon blieb ruhig, erhöhte die Einsätze und blieb gelassen, ob er nun gewann oder verlor. Er gewann allerdings oft.

Ich ging meist zeitig zu Bett, und wenn Charles heraufkam, stellte ich mich schlafend.

Charles war jedesmal wütend, denn er schleuderte seine Kleidungsstücke wild durch den Raum. Manchmal lag er schlaflos neben mir; dann wieder weckte er mich und umarmte mich voll stürmischer Leidenschaft; mir war klar, daß er dabei an Dickon dachte. Er wußte, daß Dickon mir nahe gestanden und daß meine Mutter uns auseinandergebracht hatte, aber das nützte auch nichts.

Dickon durfte nicht mehr lange bleiben.

Es wurde immer mehr über den Krieg gesprochen.

Eines Abends saßen Charles, Dickon und ich gemeinsam mit meinen Schwiegereltern bei Tisch. Charles' und Dickons Einstellung zum Krieg war typisch für ihre Beziehung, die sich beinahe zu einem persönlichen Krieg zugespitzt hatte. Charles freute sich über die Erfolge der Kolonisten, während Dickon sie als bloße Scharmützel abtat. Vor allem aber verurteilte Dickon die französische Intervention und prangerte beredt die Dummheit der französischen Politiker an.

An diesem Abend leuchteten seine Augen vor Erregung, seine blendend weiße Krawatte hob sich von dem blauen Samt seines Rockes ab, seine kräftigen Hände mit dem goldenen Siegelring lagen ruhig auf dem Tisch.

»Es ist unbegreiflich. Überlegen Sie doch einmal. Niemand könnte behaupten, daß in Ihrem Land geordnete Verhältnisse herrschen. Turgot und Necker haben tapfer versucht, die finanzielle Lage in den Griff zu bekommen, jedoch ohne Erfolg. König Ludwig hat die Katastrophe geerbt. Sein Großvater hat ja von der Sintflut gesprochen, die nach ihm kommen kann – und sie könnte bald kommen. Ihr Haus bricht zusammen, und statt daß sie sich an den Wiederaufbau machen, kümmern sie sich überhaupt nicht darum, sondern belästigen ihre Nachbarn.«

»Die Franzosen sind immer für die gerechte Sache eingetreten«, widersprach Charles. »Die Menschen in Übersee – meist Ihre eigenen Kolonisten – werden viel zu schwer besteuert. Sie revoltieren vollkommen zu Recht, und jeder Franzose hält zu ihnen, denn er kann nicht anders handeln.«

»Das habe ich in Frankreich gut beobachten können.«

Dickon lächelte honigsüß. »Wie lange liegt der Mehlkrieg zurück, in dem eine Volksklasse gegen die Ungerechtigkeiten revoltierte, die ihr von einer anderen Klasse zugefügt wurden? Wäre es für die Franzosen nicht besser, wenn sie zuerst im eigenen Haus Ordnung schafften, bevor sie sich so edelmütig über die Schandtaten der Ausländer aufregen? Ihr Land steht am Rand einer Revolution, sehen Sie das denn nicht? Wissen Sie, daß nicht mehr viel fehlt, um die Bevölkerung Ihrer Städte zum Aufruhr zu treiben? Es kommt immerfort zu Unruhen. Wir erfahren nichts davon, weil sie sich bis jetzt in gewissen Grenzen halten. Aber es ist eine Warnung, die Sie nicht erkennen, weil Sie wie gebannt nach Übersee starren. Ich würde Ihnen vorschlagen, zuerst bei Ihnen nach dem Rechten zu sehen.«

»Offensichtlich beunruhigt Sie die Unterstützung, die die unterdrückten Kolonisten von uns erhalten, mehr, als Sie zugeben wollen«, bemerkte Charles boshaft.

»Natürlich wäre es uns lieber, wenn der Marquis de Lafayette und seinesgleichen aufhörten, Freiwillige anzuwerben, um der Welt die Freiheit zu bringen, wie er behauptet. Im Augenblick rekrutiert der Graf de Brouillard in Angouléme frische Truppen. Er hält auf dem Marktplatz Brandreden, und die Menge brüllt gehorsam ›Nieder mit den Engländern! Auf nach Amerika!«

»Ich weiß«, antwortete Charles. »Ich hätte Lust, mich ihm anzuschließen.«

»Wirklich? Warum tun Sie es dann nicht, mein Freund? Man sollte immer seinen Gefühlen folgen, denn wenn man es nicht tut, bereut man es sein Leben lang.«

Charles' Augen leuchteten. »Es geht um eine große Sache, an der mein Herz hängt.«

»Dann schließen Sie sich ihr doch an.«

»Sie drängen mich also, eine Torheit zu begehen?«

»Ich dränge Sie nicht, und Sie sehen es nicht als Torheit an. Sie empfinden es als ritterliche Tat – die Starken verteidigen die Schwachen. Wenn ich so fühlte wie Sie, würde ich bestimmt nicht zögern.«

»Warum kämpfen Sie dann nicht für Ihren König?«

»Weil ich nicht so engagiert bin wie Sie. Ich spreche ja nicht vom Recht oder Unrecht dieses unsinnigen Krieges. Ich weise nur darauf hin, daß es für Frankreich – das in schweren finanziellen Schwierigkeiten steckt und in dem die sozialen Ungerechtigkeiten so eklatant sind – Wahnsinn ist, sich in eine Auseinandersetzung einzumischen, die es wirklich nichts angeht.«

»Ich finde, daß man Unterdrückung überall bekämpfen muß.«

»Und ich finde, daß dies wohl ein edles Gefühl ist, daß man aber am besten zunächst vor seiner eigenen Tür kehrt.«

»Sie wissen anscheinend eine ganze Menge über mein Land?«

»Ein Zuschauer bemerkt oft vieles, was dem Beteiligten entgeht. Betrachten Sie mich als Zuschauer. Ich erfahre von Unruhen in den Kleinstädten im ganzen Land; ich höre die unterdrückten Klassen murren. Kaiser Josef, der Bruder Ihrer Königin, ist ein weiser Mann. Wissen Sie, was er geantwortet hat, als man ihn um seine Meinung zu der Lage in Frankreich gefragt hat? ›Ich bin von Berufs wegen Royalist.‹ Er meinte damit, daß es unklug ist, die Autorität der Könige in Frage zu stellen, denn man schafft damit Präzedenzfälle, die die Nachfolger verunsichern. Sie sind von Berufs wegen Aristokrat und sprechen von Freiheit – Sie finden, daß diejenigen, die sich gegen die Monarchie erheben, im Recht sind.«

»Ihr Standpunkt ist zynisch.«

»Mein Standpunkt ist realistisch; bis jetzt habe ich geglaubt, daß die Franzosen Realisten sind.«

Ich mischte mich ein. »Ich habe genug von diesen Gesprächen. Ihr beide denkt anscheinend nur an den Krieg.«

Dickon sah mich vorwurfsvoll an. »Die Angelegenheit ist für mein Land sehr wichtig. Wenn wir den Krieg verlieren, verlieren wir auch unseren Stützpunkt in Amerika. Aber ganz gleich, ob wir gewinnen oder verlieren, der Ausgang hat auch für Frankreich entscheidende Folgen.«

»Unsinn«, meinte Charles. »Die Engländer beginnen offenbar, sich Sorgen zu machen.«

»Sie beginnen nicht, sie haben sich von Anfang an Sorgen gemacht«, widersprach Dickon. »Sie nahmen an, daß es ein müheloser Sieg sein würde, und erkannten nicht, wie schwer es ist, auf solche Entfernung Krieg zu führen.«

»Geben Sie zu, daß Sie geschlagen sind.«

»Der Kampf ist noch nicht vorbei. Allerdings sind zahlreiche Franzosen im Begriff, den Kolonisten zu Hilfe zu eilen. Sie zum Beispiel, Lafayette, Ségur, dieser Graf in Angoulême – ich verstehe Ihre Motive. Abenteuer – ritterliche Abenteuer –, eine Reise über das Meer. Es wundert mich, daß Sie noch nicht unterwegs sind.«

»Ich wäre nicht abgeneigt.«

»Wie amüsant, wenn Sie und ich einander auf dem Schlachtfeld gegenüberständen. Das wäre etwas anderes als unsere Streitgespräche über einen Tisch hinweg.«

Ich schaltete mich entschlossen ein und erwähnte die Pläne unseres Nachbarn zur Erweiterung seines Hauses. Das Thema interessierte beide, und damit hatte ich glücklich vom Gespräch über den Krieg abgelenkt. Aber sie waren immer noch erregt, und Charles trank mehr als gewöhnlich.

Als wir uns vom Tisch erhoben, schlug Dickon eine Kartenpartie vor. Meine Schwiegereltern waren eingenickt, wie immer nach dem Abendessen, aber sie begleiteten uns in den kleinen Salon, in dem ein Kartentisch stand.

Ich saß bei den beiden Alten, während die beiden

Männer spielten. Zuerst waren sie schweigsam, und im Zimmer herrschte Stille. Ich war beunruhigt, schob das Gefühl aber auf das Gespräch bei Tisch. Dickon hatte Charles zwar nicht mehr als sonst gereizt, aber hinter seinen Bemerkungen hatte ich eine gewisse Intensität gespürt.

Charles trank weiter, Dickon dagegen blieb mäßig, und seinem gelegentlichen Lachen entnahm ich, daß er gewann. Das beunruhigte mich nicht weiter, denn ich wußte, daß Charles seine Spielschulden bezahlen konnte; aber an diesem Abend störte mich an Dickon etwas. Seine Augen leuchteten wie immer, wenn er erregt war, wie damals in Enderby, als er geglaubt hatte, daß ich ihm nicht länger widerstehen konnte.

In einigen Tagen würde er abreisen, und ich würde dann erleichtert aufatmen. Solange er bei uns weilte, war ich stets auf eine Katastrophe gefaßt, die er auslösen konnte.

Warum war er gekommen? Um mich zu besuchen. Aber wenn es ihm nicht gelungen war, mich in seinem Haus zu verführen, würde es ihm in dem meinen noch viel weniger gelingen. Vielleicht reizte ihn bloß mein Widerstand.

Nein, er mußte einen anderen Grund haben. Er wußte soviel über Frankreich. Woher hatte er von den Unruhen in den Kleinstädten erfahren? Darüber wurde bei uns kaum gesprochen. Der König und seine Minister wollten bestimmt nicht, daß die wachsende Unzufriedenheit unter den Bauern zum Tagesgespräch wurde. Der König strebte auch keinen Krieg mit England an, weil er für Frankreich im jetzigen Zeitpunkt katastrophal gewesen wäre. Doch die abenteuerlustigen Aristokraten, die anderen Menschen die Freiheit bringen wollten, taten ihr Bestes, um einen Krieg zu provozieren. Woher wußte Dickon über alle diese Einzelheiten Bescheid? Er ging am Hof ein und aus, und ich konnte mir vorstellen, was hinter dem Ganzen steckte. Er war als gewöhnlicher Reisender nach Frankreich gekommen, der seine Verwandten besuchte. Ein vollkommen harmloses Motiv. Gleichzeitig konnte er sich jedoch über die Lage, die Stimmung in Frankreich informieren.

Er war in Paris gewesen, war durch das Land gereist und hatte alles registriert, was vor sich ging.

Die Stimmen der beiden Männer am Kartentisch rissen mich aus meiner Träumerei.

»Spielen wir einmal um etwas anderes als Geld«, schlug Dickon vor. »Dadurch wird das Spiel aufregender. Um einen Gegenstand – Ihren Wappenring gegen meinen.«

»Mir ist es gleichgültig, ob ich Ihren Ring gewinne oder nicht.« Charles sprach schon undeutlich, er hatte sichtlich zuviel getrunken. Ich mußte ihn daran erinnern, daß es spät wurde, mußte das Spiel unterbrechen.

»Es muß doch etwas geben, was für Sie von Interesse ist. Ihr Haus? Häuser sind schon oft als Einsatz geboten worden. Ihr Haus gegen meines?«

»Was hätte ich von einem Haus in England?«

»Ich besitze anscheinend nichts, was Sie reizt«, meinte Dickon. »Dadurch, daß wir in verschiedenen Ländern leben, wird die Angelegenheit schwierig. Lassen Sie mich darüber nachdenken, was von Ihrem Besitz mich interessiert.«

Er hatte mir den Kopf zugewandt und sah mir in die Augen. Ich schaute rasch weg, weil ich seinen Blick nicht ertrug.

»Ein wirklich schwieriger Fall«, wiederholte Dickon nachdenklich. »Aber nein, ich habe es.«

Einen Augenblick lang herrschte in dem Zimmer gespannte Stille, und ich bildete mir ein, daß alle hören mußten, wie laut mein Herz klopfte. Er hätte nie herkommen dürfen, dachte ich. Wo er auftaucht, gibt es nichts als Schwierigkeiten. Und was hat er jetzt wieder vor?

Dickon sprach ruhig, beinahe suggestiv. »Sie würden gern nach Amerika reisen. Auch mich würde das Abenteuer locken, ich würde die Neue Welt gern kennenlernen. Einmal eine andere Gegend. Tabak, Baumwolle. Spielen wir darum: Der Verlierer zieht in den Krieg. Sie kämpfen für die Rechte der Unterdrückten, und wenn ich verliere, dann schlage ich mich auf der Seite des Unterdrückers.«

»Was für eine lächerliche Idee«, rief ich. »Eine solche Entscheidung aufgrund einer Kartenpartie zu treffen!«

»Leider verbietet Ihre Frau Ihnen diesen Einsatz, mein Freund!«

In Dickons Stimme lag Mitleid mit dem Mann, der seine Entscheidungen nicht selbst treffen durfte. Armer Charles, deutete er an, du hast keinen eigenen Willen mehr, sondern tust, was deine Frau befiehlt.

Er wußte, daß er Charles damit reizen konnte.

»Ich halte es für eine amüsante Idee«, erwiderte dieser auch prompt.

»Du bist zum erstenmal der gleichen Meinung wie Dickon«, warf ich ein. »Und noch dazu in einer so unsinnigen Angelegenheit.«

»Ich finde es aufregend«, erklärte Dickon. »Eine Karte entscheidet über die Zukunft eines Menschen.«

»Teilen Sie aus«, verlangte Charles.

»Drei Spiele«, rief Dickon. »Es handelt sich um eine so wichtige Entscheidung, daß ein Spiel nicht genügt.«

Er wollte Charles loswerden. Aber wie konnte er seiner Sache so sicher sein?

Mein Schwiegervater schlief, seine Frau döste vor sich hin. Ich konnte den Blick nicht vom Kartentisch wenden.

Charles gewann das erste Spiel. »Ich glaube nicht, daß es Ihnen in Amerika gefallen wird«, sagte er zu Dickon.

»Ich würde mich jedenfalls bemühen, dem Aufenthalt die beste Seite abzugewinnen.«

»Das nächste Spiel könnte entscheidend sein«, meinte Charles. »Wenn ich gewinne, brauchen wir kein drittes mehr.«

»Ihr meint es doch nicht wirklich ernst«, mischte ich mich ein.

»Todernst«, antwortete Dickon.

Die Sekunden schlichen dahin, und dann lachte Dikkon triumphierend. Er hatte gewonnen.

Dann begann die entscheidende Partie. Ich beobachtete sie mit pochendem Herzen. Irgendwann legte Dickon lächelnd die Karten auf den Tisch. Charles' Gesichtsausdruck war unergründlich, und keiner der beiden sprach ein Wort.

Ich konnte die Spannung nicht mehr ertragen, stand auf und trat zum Tisch.

»Nun?« fragte ich.

Dickon lächelte mich an. »Dein Mann wird in Nordamerika für die gerechte Sache kämpfen.«

Ich war so wütend, daß ich die Karten vom Tisch fegte. Dickon stand auf und sah mich wehmütig an.

»Du solltest nicht den Karten die Schuld geben.« Damit ergriff er meine Hand, küßte sie und wünschte mir eine gute Nacht.

Ich half Charles ins Bett. Der Wein und die Kartenpartie hatten ihn leicht benebelt, und er begriff nicht ganz, was er angerichtet hatte.

»Ihr wolltet eure Kartenpartie vermutlich etwas aufregender gestalten«, meinte ich.

Am nächsten Morgen war sein Kopf wieder klar. Ich hatte nicht gut geschlafen, denn obwohl ich mir einredete, daß das Ganze Unsinn war, war ich meiner Sache doch nicht sicher.

Charles saß auf dem Bett und erklärte: »Ich muß nach Amerika fahren.«

»Das ist doch lächerlich.«

»Ich habe meine Spielschulden immer bezahlt. Das ist Ehrensache.«

»Es war doch nur Spaß.«

»Nein, wir haben es ernst gemeint. Ich habe ja schon lange mit dem Gedanken gespielt, und das war eben die Entscheidung. Ich werde Brouillard noch heute aufsuchen.«

»Du meinst den Mann in Angoulême?«

»Es wird einfacher sein, wenn ich mich ihm anschließe. Außerdem befinden sich unter seinen Rekruten etliche Bekannte von mir.«

»Charles, meinst du es wirklich ernst?«

»Es ist ja nur für kurze Zeit. Wir werden den Engländern Beine machen, und der Spuk wird bald vorbei sein.«

»Es ist dir also ernst damit!«

»Selbstverständlich!«

»Mein Gott, können Männer unvernünftig sein!«

Zwei Tage später reiste Dickon ab. Charles hatte sich bereits mit dem Grafen de Brouillard und den Adeligen in Verbindung gesetzt, die zum Korps des Grafen gehörten.

Dickon verabschiedete sich sehr vergnügt mit *au revoir* von mir. Lebewohl klang ihm zu endgültig. »Ich verspreche dir, daß wir einander bald wiedersehen werden.«

»Was hättest du getan, wenn du verloren hättest?« wollte ich wissen. »Hättest du Eversleigh und dein aufregendes Leben in London aufgegeben?«

Er lächelte. »Ich bin darauf bedacht, immer nur das zu tun, was ich wirklich will. Um die Wahrheit zu gestehen – aber das ist nur für deine Ohren bestimmt –, ich stehe eigentlich auf der Seite der Kolonisten. Unsere Regierung benimmt sich genauso unvernünftig wie die französische; sie hätte nie die Steuern einführen dürfen, die den Krieg ausgelöst haben. Dennoch stehe ich zu allem, was ich über die Franzosen gesagt habe. Sie begehen einen Fehler, der schwerwiegende Folgen haben kann. Du solltest nach England zurückkehren, Lottie, dort wärst du in Sicherheit. Mir gefällt die Lage hier ganz und gar nicht. Die Unzufriedenheit ist wie ein Kessel, in dem es brodelt, aber irgendwann wird er überkochen. Dieser Unabhängigkeitskrieg heizt nur das Feuer unter dem Kessel an. Unvernünftige Aristokraten wie Lafayette und dein Mann begreifen das leider nicht.«

»Halte mir keine Predigten, Dickon. Du warst von Haus aus dazu entschlossen, ihn in das Abenteuer Amerika zu hetzen.«

»Ich gebe zu, daß ich es ungern sehe, wenn er so vertraut mit dir tut.«

Ich lachte. »Wie du weißt, ist er mein Mann. Lebe wohl, Dickon.«

»*Au revoir.*«

In den nächsten Wochen waren wir mit den Vorbereitungen für Charles' Abreise beschäftigt. Er forderte Amélie und ihren Mann auf, während seiner Abwesenheit im Château zu wohnen. Amélies Mann war froh gewesen, als er in eine so reiche Familie wie die Tourvilles einheiraten konnte, und war nur zu gern bereit, sich im Château häuslich einzurichten. Und Amélie war glücklich darüber, daß sie wieder zu Hause war.

Einige Wochen nach Dickons Besuch reiste Charles in die Neue Welt ab.

Seit Charles' Abreise waren mehrere Monate vergangen, und ich hatte noch keine Nachricht von ihm erhalten. Ich fragte mich immer wieder, warum er so bereitwillig hinübergefahren war. Es war ein Hinweis darauf, daß ihn unsere Ehe nicht voll befriedigt hatte. Zu Beginn hatte er mich heiß begehrt; auch später war er immer noch ein leidenschaftlicher Liebhaber, und in unserer letzten gemeinsamen Nacht hatte er mir immer wieder versichert, wie ungern er mich verließ. Andererseits lockte ihn das

Abenteuer, und es reizte ihn, ein ganz neues Leben zu beginnen – jedenfalls für einige Zeit.

Und was war Dickons Motiv gewesen? Er wollte uns trennen, das stand fest.

Ich hatte von Dickon nichts gehört, nur Sabrina hatte ein paarmal geschrieben und mich aufgefordert, nach Eversleigh zu kommen. »Die arme Clarissa ist jetzt sehr schwach«, schrieb sie. »Sie würde dich gern noch einmal sehen.«

Auch meine Mutter erhielt ähnliche Briefe, und wenn sie sich zu der Reise entschlossen hätte, wäre ich vermutlich mit ihr gefahren. Aber mein Vater überzeugte sie davon, daß er sie dringender brauchte als ihre englischen Verwandten. Außerdem verstärkten sich die Spannungen zwischen Frankreich und England. Je mehr Frankreich den Kolonisten beistand, desto schwieriger wurde es für die Engländer, die Rebellen zu besiegen, und um so mehr wuchs die Erbitterung zwischen unseren Nationen.

Es gab also etliche Gründe, warum ich nicht nach England reiste.

In Tourville ging das Leben ruhig weiter. Amélie und ich hatten einander immer gut verstanden; ihr Mann war sanft und freundlich und stolz darauf, daß man ihm die Leitung des Besitzes übertragen hatte. Seine eigenen Angelegenheiten hatten ihn nie sehr in Anspruch genommen, und er konnte daher Tourville mühelos dazu übernehmen. Meine Schwiegereltern freuten sich, ihre Tochter wiederzuhaben. Ich verbrachte viel Zeit mit meinen Kindern und mit Lisette, mit der ich mich besser verstand als mit allen anderen Erwachsenen in Tourville.

An einem Frühlingstag saßen Lisette und ich im Garten. Claudine lief auf der Wiese herum, und die Jungen unternahmen mit einem Reitknecht einen Ausritt.

Wir sprachen über Charles und fragten uns, wie es ihm wohl ging.

»Es ist für ihn natürlich schwierig, uns Nachrichten zukommen zu lassen«, bemerkte ich. »Ob er an vielen Schlachten teilnimmt?«

»Er wird bald genug davon haben und sich nach den Annehmlichkeiten seines Heims zurücksehnen.«

»Er hat jedenfalls verwirklicht, was er immer schon vorhatte.«

»Eigentlich hat ihn Dickon dazu gezwungen. Hast du inzwischen von Dickon Nachricht erhalten?«

»Nein, aber von Sabrina.«

»Ich möchte gern wissen, ob Dickon aus Übermut so gehandelt hat, oder ob mehr dahintersteckt.«

»Bestimmt nur aus Übermut.« In diesem Augenblick sah ich, daß ein Dienstmädchen, dem ein Mann folgte, über den Rasen zu uns hastete. Ich stand auf, erkannte den Mann aber erst auf den zweiten Blick. Es war mein Vater, der um zwanzig Jahre gealtert schien und dessen Kleidung in Unordnung war – etwas vollkommen Ungewohntes an ihm.

Etwas Entsetzliches mußte geschehen sein.

»Lottie!« Mehr brachte er nicht heraus. Seine Stimme klang verzweifelt.

Er schloß mich in die Arme, und ich rief: »Was ist geschehen? Spann mich doch nicht so auf die Folter.«

Über seine Wangen flossen Tränen.

»Meine Mutter...«, stammelte ich.

Er nickte, brachte aber kein Wort heraus. Lisette war zu uns getreten und fragte: »Kann ich etwas für dich tun?«

»Ja, geh mit Claudine ins Haus«, erwiderte ich. Dann wandte ich mich an meinen Vater. »Komm, setz dich zu mir und erzähl mir, was sich ereignet hat.«

Ich führte ihn zu dem Stuhl, auf dem Lisette gesessen hatte. »Du bist soeben eingetroffen und mußt vollkommen erschöpft sein. Warum...?«

»Deine Mutter ist tot, Lottie.«

»Nein!« murmelte ich.

Er nickte. »Sie ist von uns gegangen, und ich werde sie nie wiedersehen. Ich könnte sie umbringen – jeden einzelnen mit meinen eigenen Händen töten. Warum gerade deine Mutter? Was hatte sie denn getan? Gott schütze Frankreich vor diesem Pöbel. Ich würde sie alle aufhängen, und das wäre noch zu gut für sie.«

»Aber warum meine Mutter?« Ich versuchte, mir klarzumachen, daß sie tot war, aber ich konnte nur an den armen, gebrochenen Mann neben mir denken, dessen Leben jetzt seinen Sinn verloren hatte.

»Bitte erzähl mir doch, was geschehen ist, ich muß es wissen.«

»Wie hätte ich ahnen können, daß es dazu kommt? Sie fuhr am Morgen in die Stadt, wie es ihre Gewohnheit war. Sie wollte zur Hutmacherin, erzählte mir, wie ihr neuer Hut aussehen würde, und wollte von mir wissen, welche Farbe ich für die Federn vorschlage.«

»Ja«, sagte ich beruhigend. »Und dann ist sie zur Hutmacherin gefahren.«

»In der Kutsche. Zwei Stallknechte und ihre Zofe begleiteten sie.«

Die Türen der Kutsche waren mit unserem Wappen geschmückt.

»Ich wußte nicht, daß am Vortag einer der Agitatoren in der Stadt Brandreden gehalten und die Bevölkerung aufgewiegelt hatte. Das geschieht jetzt in ganz Frankreich, zwar nicht in großem Maßstab, und wir erfahren das meiste nicht, aber das Volk wird selbst in den kleinsten Orten aufgehetzt.«

»Ja«, drängte ich, »ja?« Es fiel ihm sichtlich schwer, weiterzusprechen.

»Während sie bei der Hutmacherin war, brach der Aufruhr los. Sie kam aus dem Laden, hörte das Geschrei und stieg mit der Zofe in die Kutsche, die der Mob sofort einkreiste.«

»O nein«, murmelte ich und dachte daran, wie mein Vater und ich einmal einem solchen Redner zugehört hatten. Ich konnte den Fanatismus in seinen Augen nie vergessen.

»Der Kutscher versuchte, mit der Kutsche die Menge zu durchbrechen. Es war die einzige Möglichkeit.«

»Und dann?«

Er schüttelte den Kopf. »Ich kann nicht daran denken. Ein paar Männer griffen den Pferden in die Zügel, um sie anzuhalten. Die Kutsche stürzte um, und die erschreckten Pferde versuchten davonzustürmen. Einer der Stallknechte wurde schwer verletzt, kam aber mit dem Leben davon. Die übrigen...«

Ich legte ihm die Arme um den Hals und versuchte ihn zu trösten, aber das war unmöglich. Er starrte lange Zeit wortlos vor sich hin.

Ich weiß nicht mehr, wie dieser Tag weiter verlief. Der Schock hatte mich genauso betäubt wie ihn.

Es war eine Woche nach dem Tod meiner Mutter, und ich konnte noch immer nicht recht glauben, daß sie nicht mehr unter uns weilte. Mein Vater versuchte, sich einzureden, daß er träumte und daß es sich um Fieberfantasien handelte. Den meisten Trost fanden wir, wenn wir uns über meine Mutter unterhielten; wir waren ständig beisammen. Er konnte nicht schlafen, und Amélie, die viel Mitgefühl zeigte und alles tat, was in ihrer Macht stand, um uns zu helfen, braute ihm Beruhigungstee, den ich ihm abends verabreichte. So fand er wenigstens für einige Stunden Ruhe.

Auch mir wurde in dieser Zeit klar, wie sehr ich meine Mutter geliebt hatte, obwohl ich lange gebraucht hatte, um ihr zu verzeihen, daß sie zwischen Dickon und mich getreten war. Erst jetzt begriff ich, was sie damals empfunden hatte, daß sie bereit gewesen war, sich für mich zu opfern. Wenn ich ihr nur hätte sagen können, daß ich sie verstand und über alles liebte. Ich konnte nur noch eines für sie tun: mich meinem Vater widmen. Sie hatten die romantischste Liebesgeschichte erlebt, von der ich je erfahren hatte. Mußte man denn für alles Gute, das einem das Leben bescherte, so bitter bezahlen?

Der Anblick des armen, gebrochenen Mannes, der einst so selbstbewußt gewesen war, schmerzte mich beinahe genauso wie der Verlust meiner Mutter.

Mein Vater bemerkte nicht, wie die Tage vergingen, sondern sprach ununterbrochen nur von ihr – wie sie einander kennengelernt, sich ineinander verliebt hatten, die Leidenschaft, die sie verband ... und dann die langen Jahre der Trennung. »Aber keiner von uns hat den anderen jemals vergessen, Lottie.« Und dann das Wiedersehen und die vollkommene Harmonie ihres späteren Lebens. »Es war ein Wunder, daß ich sie überhaupt wiedergefunden habe.«

Ich war nachdenklich. Sie hatte ihm geschrieben und ihm erzählt, daß er mich vor einem Abenteuer retten müsse. Dickon, dachte ich, immer wieder Dickon.

Dann schlug mir mein Vater einmal vor: »Komm mit mir ins Château zurück, Lottie, und nimm auch die Kinder mit. Dann könnte ich das Leben vielleicht ertragen.«

»Ich könnte auf einige Zeit mitkommen, aber ich bin hier zu Hause. Wenn Charles zurückkehrt ...«

»Ich verstehe dich ja. Es war egoistisch von mir. Aber es wäre so schön ...«

»Wir werden oft zusammenkommen. Du besuchst mich, und ich dich. Und vielleicht wird dieser Unglücksfall auch Sophie verändern. Sie weiß, daß du jetzt ihre Gesellschaft brauchst ...«

»Sophie denkt nur an ihr eigenes Unglück. Mit Armand habe ich mich nie besonders gut verstanden. Er geht seine eigenen Wege, steht mir, seiner Frau, seiner Familie, sogar dem Leben recht gleichgültig gegenüber.

Ich habe ein einziges Kind, das meinem Herzen nahe ist. Ach, Lottie, bitte, komm mit mir nach Hause.«

Ich konnte seinen Wunsch nicht erfüllen, ich mußte hier auf Charles' Rückkehr warten.

Ich versuchte, ihn mit anderen Gesprächsthemen abzulenken, fand aber kaum etwas Unverfängliches. Wenn ich von der Lage in Frankreich sprach, erinnerte es ihn unweigerlich an den Tod meiner Mutter. Über Sophie und Armand wollte er nicht reden. Nur die Kinder waren mir eine gewisse Hilfe. Er schloß Freundschaft mit Charlot und nahm Claudine oft in die Arme.

Einmal fragte sie ihn: »Bist du mein Großvater?«

Er nickte mit Tränen in den Augen.

»Du weinst ja«, stellte sie entsetzt fest. »Erwachsene weinen nicht, so etwas tun nur kleine Kinder.«

Er liebte sie offensichtlich. Auf Charlot war er stolz, aber Claudine hatte mit ihren altklugen Bemerkungen sein Herz erobert.

Natürlich wäre er am glücklichsten gewesen, wenn wir drei mit ihm ins Château zurückgekehrt wären.

Da dies nicht möglich war, blieb er in Tourville und bemerkte gar nicht, wie die Wochen vergingen.

Er erzählte mir viel aus seinem Leben. Zwischen dem ersten Zusammentreffen mit meiner Mutter und dem Wiederfinden hatte er viele Frauen gehabt. »Und dennoch bin ich ihr weder in Taten noch in Gedanken je untreu gewesen, sobald wir verheiratet waren. Du hältst das vielleicht für nichts Besonderes, aber bei einem Mann wie mir war es beinahe ein Wunder. Übrigens freue ich mich darüber, daß du mit Lisette Freundschaft geschlossen hast.«

»Ich habe sie sehr gern. Sie hatte kein leichtes Leben, denn sie wurde mit Sophie und mir gemeinsam unterrichtet, war beinahe ständig mit uns beisammen, und dann wurde ihr immer wieder deutlich gemacht, daß sie nur die Nichte der Haushälterin war.«

»Vielleicht hätte ich mich anders verhalten sollen.« Er zuckte die Schultern. »Aber damals schien es für das Mädchen die beste Lösung zu sein.«

»Es war sehr großzügig von dir, daß du Tante Berthe erlaubt hast, ihre Nichte zu sich zu nehmen.«

In seinen Augen lag ein entrückter Ausdruck. »Vielleicht sollte ich dir doch die Wahrheit erzählen. Es begann vor langer Zeit, als Lisettes Mutter einige Kleider für meine erste Frau ins *hôtel* brachte. Sie arbeitete in einem eleganten Schneidersalon, und wenn Änderungen zu machen waren, kam sie ins Haus und nähte bei uns. Sie war sehr hübsch, ein zartes schlankes Mädchen. Als ich sie das erste Mal sah, schleppte sie einen Packen Stoffe die Treppe hinauf, der für sie viel zu schwer war. Ich half ihr, und damit begann unsere Bekanntschaft. Sie hieß Colette, gefiel mir, und dann kam es so, wie es kommen mußte. Ich besuchte sie. Sie lebte in einer der kleinen Straßen in der Nähe von Notre Dame, in der die Färber zu Hause sind. Meine Kleidung bekam oft Flecken, weil rote, grüne oder blaue Bächlein durch den Rinnstein flossen. Colette bewohnte zwei Zimmer in einem Haus, das einem alten Weib gehörte. Damals empfand ich es als Abenteuer, eine solche Gegend aufzusuchen, denn ich mußte mich dazu als Handwerker verkleiden. Ich war eben noch sehr jung. Colette war ein Bauernmädchen und nach Paris gekommen, weil sie dem langweiligen Leben auf dem Hof ihres Vaters entrinnen wollte. Ihre Familie war sehr religiös, und sie stellte sich vor, daß sie in Paris mehr Zerstreuung haben würde. Sie konnte gut nähen, aber damit verdiente sie nicht genug für ihren Lebensunterhalt. Dann fand sie einen Gönner, einen wohlhabenden Geschäftsmann. Nach einiger Zeit verließ er sie, und sie fand den nächsten Protektor. Sie war keine Prostituierte, sondern ging nur feste Verhältnisse ein, um sich finanziell über Wasser zu halten.

Sie war nicht sehr kräftig, und es wäre besser für sie gewesen, wenn sie auf dem Land geblieben wäre. Für mich war sie zunächst nur ein flüchtiges Abenteuer, weil ich damals mit einer anderen Dame liiert war, aber ihre Zartheit hatte etwas unglaublich Anziehendes, deshalb kam ich doch immer wieder zu ihr zurück. Ich besuchte sie ungefähr einmal im Monat, und sie war mit diesem Arrangement sehr zufrieden.

Doch dann erlebte ich etwas Merkwürdiges in ihrer Wohnung: Ich hörte im Nebenzimmer ein Geräusch. Ich war beunruhigt. Ich befand mich in einem verrufenen Viertel, und Colette wußte, wer ich in Wirklichkeit war. Vielleicht hatte sie jemanden versteckt, der mich umbringen und berauben wollte. Diese Vorstellung war äußerst unangenehm, deshalb kleidete ich mich rasch an, gab ihr den vereinbarten Betrag und verschwand.

Doch dann dachte ich in Ruhe darüber nach. Eigentlich war es undenkbar, daß Colette jemals an einem Verbrechen beteiligt sein konnte. Ich war immer einfach gekleidet, wenn ich sie besuchte, und hatte nur den Betrag bei mir, den ich ihr zugedacht hatte, so daß sie von einem Diebstahl nicht profitieren konnte. Erpressung? Das war lächerlich. Niemand würde etwas an einer solchen Beziehung finden. Meine Frau? Sie wußte, daß ich viele Mätressen hatte und drückte beide Augen zu. Nein, die Vorstellung, daß sich jemand im Nebenzimmer versteckt hielt, um mich zu überfallen, war absurd. Also suchte ich Colette sehr bald wieder auf.

Wieder hörte ich das Geräusch und beschloß, mir diesmal Klarheit zu verschaffen. Die Tür zum Nebenzimmer war versperrt, aber der Schlüssel steckte auf unserer Seite. Ich sperrte auf und stand dem süßesten kleinen Mädchen gegenüber, das ich je gesehen hatte. Es lief entsetzt auf Colette zu und begann zu weinen. ›Ich habe mich nicht gerührt, Maman, wirklich nicht!‹ Ich sah Colette an, und sie bestätigte: ›Ja, sie ist meine Tochter, für die ich sorgen muß. Wenn mich jemand besucht, muß ich sie natürlich verstecken.‹

Ich kann dir nicht sagen, wie gerührt ich war. Erstens war Colette so zart und das Kind so hübsch, zweitens schämte ich mich meines Verdachtes.

Danach veränderte sich meine Beziehung zu Colette. Ich kaufte Kleider für die Kleine, die erst vier Jahre alt war. Colette erzählte mir, daß sie oft Arbeit nach Hause nahm, um bei ihrem Kind sein zu können. Wenn sie es allein lassen mußte, hatte sie keinen Augenblick lang Ruhe. Ich war entsetzt und gab ihr so viel Geld, daß sie jemanden bezahlen konnte, der während ihrer Abwesenheit auf die Kleine aufpaßte. Dieser Zustand hielt etwa ein Jahr an, und Colette war mir so dankbar, daß es mir peinlich wurde.

Colette hatte ihrer Familie das Kind verschwiegen, weil ihre Verwandten darüber entsetzt gewesen wären, nahm aber an, daß ihre ältere Schwester Berthe Verständnis zeigen würde. Berthe war eine sehr eigenwillige Persönlichkeit und hatte ihre Geschwister mit eiserner Faust regiert.

Colette hatte geglaubt, daß der Geschäftsmann, ihr erster Liebhaber, sie heiraten würde. Er hatte sie geliebt, doch als das Kind zur Welt kam, lehnte er jede Verantwortung ab und heiratete bald danach die Tochter eines Geschäftsfreundes. Er besuchte Colette zwar noch eine Weile, doch die Besuche wurden immer seltener und hörten schließlich ganz auf.

Die arme Colette mußte also auch noch ein Kind erhalten und hatte schon bisher kaum für ihren eigenen Unterhalt sorgen können. Colette war bewundernswert tapfer, und ich erkannte lange nicht, wie krank sie war. Sie litt an der Auszehrung, wie so viele Mädchen, die zuviel arbeiten müssen und zuwenig essen.

Dann mußte ich für einige Zeit verreisen, und bei meiner Rückkehr erfuhr ich zu meiner Bestürzung, daß sie bettlägerig war. Sie hatte endlich ihre Schwester kommen lassen, und bei dieser Gelegenheit sah ich Berthe zum erstenmal. Diese Begegnung machte mir klar, daß Colette im Sterben lag, denn sonst hätte sie Berthe nie zu sich gerufen. Berthe war zweifellos eine bewunderswerte Frau – streng, nicht sehr zärtlich, aber äußerst pflichtbewußt.

Ich sprach mit ihr, und sie erklärte mir, daß es schwierig sein würde, das Kind in der Familie unterzubringen. Sie waren alle sehr religiös, und die Kleine würde daher bei ihnen kein leichtes Leben haben. Colette hatte in ihrer Verzweiflung gemeint, daß Berthe vielleicht einen Ausweg finden würde.

Die kranke, rührende Frau, die strenge, aber vertrauenswürdige Berthe und das schöne Kind beeindruckten mich tief. Dann fiel mir die Lösung ein: Berthe sollte bei uns Haushälterin werden, dafür eignete sie sich. Sie konnte sehr gut das Mädchen mitnehmen, und ich würde mich um seine Erziehung kümmern.

Es war der einzige gangbare Weg. Colette konnte in Frieden sterben; Berthe bekam den Posten, der ihr zusagte und gleichzeitig alle Familienprobleme aus der Welt schaffte; dem Kind würde es gutgehen; und mein Gewissen war beruhigt. Vielleicht überrascht es dich, Lottie, daß ich damals so etwas wie ein Gewissen besaß.«

»Du warst immer ein guter Mensch. Auf diese Art ist Lisette also ins Château gekommen.«

Er lächelte schwach. »Ich werde nie Colettes Gesicht vergessen, als sie erfuhr, was ich vorhatte. Ihre Dankbarkeit war überwältigend und brachte mich in Verlegenheit, denn die Durchführung meines Planes bereitete mir so gut wie keine Mühe. Sie bezeichnete mich als Heiligen, der dafür gesorgt hatte, daß sie in Frieden und mit dem Bewußtsein sterben konnte, daß für ihr Kind gesorgt war.«

»Dennoch war es eine gute Tat von dir«, wiederholte ich, »denn die wenigsten Leute befassen sich mit den Problemen ihrer Mitmenschen.«

»Und was kam dabei heraus? Daß ich eine ausgezeichnete Haushälterin gewann. Also gereichte es mir sogar zum Vorteil. Colette starb bald danach.«

»Weiß die arme Lisette das alles?«

»Sie wird sich kaum mehr daran erinnern können, denn sie war erst fünf Jahre alt, als sie hierherkam. Wir erzählten ihr, daß ihre Eltern gestorben wären und Tante Berthe jetzt für sie sorgen würde. Lisette wurde von ihr nicht verwöhnt, aber sie hatte ein Dach über dem Kopf, genug zu essen und wurde streng erzogen, was ihr bestimmt zugute kam. Ich ordnete an, daß sie zusammen mit Sophie unterrichtet wurde, und alles Weitere ist dir ohnehin bekannt. Ich weiß nicht, ob ich richtig gehandelt habe. Sie hat zur Familie gehört... und auch wieder nicht.«

»Trotzdem wird Lisette mit ihrem Leben sehr gut fertig.«

»Du kennst sie gut, denn ihr beide wart vom ersten Augenblick an Freundinnen. Du vertrugst dich mit ihr sogar besser als mit Sophie.«

»Lisette war einfach die lustigere.«

»Jetzt weißt du jedenfalls Bescheid, Lottie. Ich halte es für besser, wenn du ihr diese Geschichte nicht erzählst, sondern sie in dem Glauben läßt, daß sie aus einer normalen Ehe stammt.«

»Es hätte keinen Sinn, jetzt die ganze Sache noch einmal auszugraben.«

»Und es würde vielleicht einen Schock für sie bedeuten, wenn sie erfährt, daß ihre Mutter zwar nicht gerade eine Prostituierte, aber doch ein leichtfertiges Mädchen war.«

»Du hast recht. Dennoch hat Lisette Glück gehabt. Was wäre wohl aus ihr geworden, wenn du nicht mit Tante Berthe im Schlepptau aufgetaucht wärst? Tante Berthe hätte sie vermutlich in das Bauernhaus gebracht, aus dem Colette stammte. Ich kann mir vorstellen, was für ein Leben Lisette dort erwartet hätte. Du kannst zufrieden sein, denn du hast Colette und ihrer Tochter wirklich Gutes getan.«

Außerdem hast du über dieser alten Geschichte eine Zeitlang deinen Kummer vergessen, dachte ich.

Natürlich konnte er nicht unbeschränkt lang in Tourville bleiben, und eines Tages nahm er widerstrebend Abschied. Ich versprach ihm, ihn bald mit den Kindern zu besuchen, und wiederholte, daß er jederzeit willkommen war.

Dann reiste er ab – ein armer, trauriger, gebrochener Mann.

Die Monate flogen rasch dahin. Ich besuchte Aubigné, das jetzt ein trauriges Haus war. Mein Vater war mürrisch geworden und stritt viel mit Armand, wobei die Schuld keineswegs immer bei Armand lag. Er war mit seinen eigenen Angelegenheiten beschäftigt, befaßte sich mit der Bewirtschaftung des Gutes, hielt sich oft bei Hof auf und betrachtete alle, die nicht als Aristokraten zur Welt gekommen waren, als Menschen zweiten Grades. Diese Haltung wurde nicht mehr so selbstverständlich hingenommen wie früher, und mein Vater erzählte mir, daß es Adelige gab, die ernsthaft an Maßnahmen zur Verbesserung der Lage der Armen dachten. Mein Vater gehörte zu ihnen. Allerdings gestand er mir, daß er das weniger aus Menschenliebe tat als aus der Überlegung heraus, daß es sich als nützlich erweisen mochte.

Marie Louise war noch immer kinderlos und außerdem zutiefst religiös; sie zog sich oft stundenlang zum Beten in die Kapelle zurück und nahm dort auch so oft wie möglich an der Messe teil. Sophie war zur vollkommenen Einsiedlerin geworden, und allmählich rankten sich allerlei Geschichten um ihre beiden Zimmer im Turm. Einige Diener behaupteten, daß Jeanne eine Hexe und schuld an Sophies Entstellung war, denn dadurch habe sie Macht über Sophie gewonnen. Andere waren der Meinung, daß Sophie die Hexe war und daß ihre Narben von dem Geschlechtsverkehr mit dem Satan stammten.

Mich beunruhigte, daß mein Vater keinen Versuch unternahm, solche Gerüchte im Keim zu ersticken. Tante Berthe übernahm diese Aufgabe, was ich begrüßte, denn die Diener waren gewohnt, ihr zu gehorchen. Aber obwohl diese Geschichten nie in ihrer Gegenwart erzählt wurden, wurde in den Kammern der Dienstmädchen und während der Mahlzeiten der Bediensteten weiterhin darüber geredet.

Es war also kein sehr glückliches Zuhause.

Lisette – die ich mitgenommen hatte – fühlte sich allerdings wohl, obwohl sie noch immer von Tante Berthe großen Respekt hatte. »Ich bin jetzt eine verheiratete Frau«, stellte sie herausfordernd fest, »und sogar Tante Berthe muß das zur Kenntnis nehmen.« Sie liebte das Château und behauptete, daß Tourville sich damit nicht vergleichen könne.

Mein Vater war froh, weil ich ihm Gesellschaft leistete, und erzählte mir die meiste Zeit, wie glücklich seine Ehe mit meiner Mutter gewesen war. Als hätte ich es nicht gewußt!

»Es ist ein Segen, daß wir eine solche Tochter haben«, bemerkte er, aber ich war davon überzeugt, daß sie immer nur aneinander gedacht hatten. Erst jetzt, nachdem meine Mutter gestorben war, klammerte sich mein Vater hilfesuchend an mich.

Er besuchte uns in Tourville, und ich hatte den Eindruck, daß er hier glücklicher war als in Aubigné, weil ihn nicht so viele Erinnerungen damit verbanden. Außerdem mußte ich auf die Kinder Rücksicht nehmen, denn es war nicht leicht, mit einem Kleinkind wie Claudine auf Reisen zu gehen. Deshalb sorgte ich dafür, daß er uns häufiger besuchte als wir ihn.

Ich nahm ihn gern bei mir auf, denn dann lebte er wenigstens nicht mit der verbitterten Sophie unter einem Dach. Die Tourvilles hießen ihn immer herzlich willkommen, und ich war froh, daß ich in diese Familie eingeheiratet hatte. Sie waren nicht so vornehm wie die Aubignés, aber sehr freundliche Menschen, und die Atmosphäre in Tourville war ruhig und gemütlich. Lisette bezeichnete sie allerdings als düster und langweilig und behauptete, daß man im Gegensatz dazu in Aubigné immer auf etwas Unerwartetes gefaßt sein konnte.

Amélie führte eine glückliche Ehe; ihr Mann war liebenswürdig, bescheiden, ein wenig farblos, aber überaus freundlich... genau wie Amélie. Mein Schwiegervater verstand sich mit seinem Schwiegersohn besser als mit seinem eigenen Sohn. Charles war sehr temperamentvoll und eine so ausgeprägte Persönlichkeit, daß es nicht immer leicht war, mit ihm zusammenzuleben.

Wir sprachen oft über Charles, von dem wir noch immer keine Nachrichten erhalten hatten. Er war so weit weg, und außerdem konnte ich mir nicht vorstellen, wie man aus einem im Krieg befindlichen Land Briefe abschicken sollte.

Gelegentlich empfingen wir in Tourville Besucher, die aus Amerika zurückgekehrt waren, so daß wir uns ein Bild von der Lage drüben machen konnten. Ein paar kannten sogar Charles, und wir wußten dadurch, daß er die Überfahrt gut überstanden hatte.

Die Heimgekehrten waren ernste junge Männer, die begeistert über den Kampf um die Unabhängigkeit sprachen. »Die Menschen sollten das Recht haben, ihre Regierung selbst zu wählen«, meinte einer von ihnen. Er war sehr jung und idealistisch, und aus seinem hübschen Gesicht strahlte Begeisterung.

Mein Vater hörte diese Bemerkung, und ich mußte noch Jahre danach an das Gespräch denken, das sich damals entwickelte.

»Ihr jungen Leute predigt die Freiheit für die Unterdrückten, wenn ihr aus Amerika zurückkehrt, nicht wahr?« begann mein Vater.

»Das stimmt. Jenseits des Ozeans herrscht ein neuer Geist, und dieser Krieg hat es deutlich gemacht. Die Regierenden haben nicht das Recht, ihre Untertanen zu unterdrücken. Die Unterdrückten müssen sich erheben und für ihre Freiheit kämpfen.«

»Das sind wohl die Lehren, die Sie hier verbreiten?«

»Selbstverständlich. Es sind die Lehren der Wahrheit und der Ehre.«

»Und zugleich die Lehren, die den Mob zum Aufruhr aufstacheln.«

Meinem Vater stieg das Blut ins Gesicht. Er dachte bestimmt wieder daran, wie meine Mutter vom Mob getötet wurde. Anscheinend mündete jedes Gespräch in dieses gefährliche Thema.

»Wir sagen den Leuten nur, daß sie Rechte besitzen«, widersprach der junge Mann.

»Das Recht, diejenigen zu töten, die sie regieren!« rief mein Vater erregt.

»Nein, das natürlich nicht. Sie besitzen Grundrechte, die ihnen die Regierenden zugestehen müssen, und wenn sie das nicht tun, muß das Volk darum kämpfen, genauso wie die Kolonisten.«

Ich wechselte hastig das Thema. In letzter Zeit tat ich kaum etwas anderes. Deshalb war ich lieber mit meinem Vater allein und vermied es, das Gespräch auf diese Ereignisse zu bringen.

Er fand, daß Charles sich wie ein Narr verhalten hatte. Erstens hatte der Krieg in Amerika nichts mit Frankreich zu tun; zweitens kehrten die Franzosen mit revolutionären Ideen in ihre Heimat zurück; drittens kostete es Frankreich Unsummen, wenn es die Kolonisten unterstützte.

»Er hat seine Familie vor so langer Zeit verlassen. Wie

lange ist es überhaupt her? Schon über ein Jahr. Wir hätten einen besseren Mann für dich finden sollen, Lottie.«

»Ich habe Charles gern, genau wie er mich.«

»Dich allein lassen. Für eine Sache kämpfen, die nichts mit seinem Heimatland zu tun hat.«

»Er hat es vermutlich als Herausforderung betrachtet.«

»Ich hätte es gern gesehen, wenn du eine hochstehende Persönlichkeit geheiratet hättest.«

»Du warst doch damit einverstanden, daß er Sophie heiratete.«

»Sophie war im Gegensatz zu dir nie imstande, die Aufmerksamkeit eines bedeutenden Mannes zu erregen. Ich war froh, daß ich überhaupt einen Ehemann für sie gefunden hatte. Du hingegen bist leider ein uneheliches Kind, und auch wenn diese Konventionen unsinnig sind, muß man sie doch berücksichtigen. Damals hatte ich jedenfalls den Eindruck, daß eine Heirat mit den Tourvilles das beste war, was ich für dich erreichen konnte.«

»Das war sie auch, und außerdem verdanke ich dieser Verbindung Charlot und Claudine.«

»Ja, sie sind wirklich liebe Kinder. Es wäre schön, wenn ich sie immer bei mir in Aubigné haben könnte.« Er sah mich scharf an. »Du denkst, daß Aubigné nicht der richtige Aufenthaltsort für Kinder ist. Aber sie würden es zum Guten verändern. Wir könnten alle vergessen: Sophie in ihrem Turm mit dem Drachen Jeanne, Armand, der nur an sein Vergnügen denkt, seine bigotte Frau, die ihre Zeit mit Beten verbringt, statt Kinder in die Welt zu setzen. Und auch ich, der alte Menschenfeind, wäre ein anderer Mensch, wenn ich meine Lieben um mich hätte.«

»Charles wird irgendwann heimkehren, und daher muß ich ihn hier erwarten.«

Wir trennten uns also wieder einmal, mein Vater kehrte zu seinem freudlosen Leben zurück, und ich wartete weiterhin auf Nachrichten von Charles. Gelegentlich erfuhr man Neuigkeiten vom Krieg, der noch lange nicht zu Ende war. Nach einer Reihe von Siegen und Niederlagen war die Lage für die Engländer kritisch geworden.

Dann kam eines Tages ein Besucher nach Tourville.

Ich hatte den Grafen von Saramand kennengelernt, als Charles sich entschlossen hatte, nach Amerika zu reisen. Der Graf gehörte ebenfalls zu den Freiwilligen, die die Kolonisten unterstützen wollten, und hatte uns einige Male aufgesucht.

Sobald ich ihn in der Halle erblickte, erfaßte mich Unruhe. Warum war Charles nicht bei ihm? Sie waren gemeinsam in den Krieg gezogen, sollten also auch gemeinsam zurückkehren. Der Graf sah mich ernst an.

»Willkommen, Graf«, begrüßte ich ihn. »Sie bringen mir sicherlich Nachrichten von meinem Mann.«

»Ich fürchte, es sind schlechte Nachrichten.«

»Charles...?« murmelte ich.

»Er ist in der Schlacht von Eutaw Springs gefallen. Ich war bis zu seinem Ende bei ihm. Seine letzten Worte galten Ihnen. Er bedauerte, daß er Sie verlassen hatte, und trug mir auf, Ihnen zu sagen, daß er Sie immer geliebt hat und daß Sie die einzige für ihn waren.«

»Tot«, wiederholte ich, »Charles ist tot.«

»Er gab mir diesen Ring und bat mich, ihn Ihnen zu übergeben.«

Es war der Goldring mit dem Lapislazuli-Siegel, den er immer getragen hatte.

Obwohl ich natürlich diese Möglichkeit stets in Betracht gezogen hatte, war die Nachricht von Charles' Tod ein schwerer Schlag für mich.

Charles lag in fremder Erde begraben und würde nie wiederkommen. Ich trauerte um ihn und dachte darüber nach, welche Veränderungen sein Tod mit sich bringen würde.

Charlot erinnerte sich kaum an ihn. Claudine hatte ihn

nie wirklich gekannt. Seine Eltern hatten zwar ihren einzigen Sohn verloren, aber der Schwiegersohn tröstete sie über diesen Verlust hinweg, und das bedeutete, daß Amélie und ihr Mann Tourville nicht mehr verlassen würden.

Ich mußte Charlot sagen, daß sein Vater tot war. »Charlot, dein Vater wird nie mehr zurückkommen«, erklärte ich ihm.

Charlot blickte von seiner Malerei auf. »Lebt er jetzt in Amerika?«

»Er ist in einer Schlacht gefallen.«

Er sah mich mit großen Augen an. »Haben sie ihn mit einem Gewehr erschossen?«

»Ich nehme an.«

»Dann möchte ich auch ein Gewehr haben«, beschloß Charlot und begann, eines zu zeichnen.

Mehr bedeutete Charles' Tod seinem Sohn nicht.

Nachts lag ich traurig und einsam wach. Er würde nie wieder neben mir liegen, mich nie wieder in die Arme schließen. Aber ich hatte schon so lange allein gelebt, daß ich mich daran gewöhnt hatte.

»Du hättest uns nie verlassen dürfen, Charles«, wiederholte ich immer wieder.

Als mein Vater davon erfuhr, kam er sofort zu mir. Seine ersten Worte waren: »Jetzt hält dich hier nichts mehr fest.«

Ich mußte zugeben, daß er recht hatte.

»Dein Zuhause ist Aubigné, das siehst du doch ein, Lottie?«

Ich bat mir Bedenkzeit aus.

»Bitte, Lottie, komm nach Hause.«

Ich wußte, was es für ihn bedeutete. Aber war es auch für die Kinder und für mich das Beste, was wir tun konnten? Er hatte meine Hand ergriffen. »Bitte, Lottie.«

Natürlich sagte ich zu.

VII

Ein Erzieher kommt

Wir hielten uns seit einigen Monaten in Aubigné auf, und ich hatte das deutliche Gefühl, endlich zu Hause zu sein. Die Kinder liebten das Château. Ich hatte mich ein wenig geschämt, weil Charlot und Claudine sich so fröhlich von ihren Großeltern verabschiedet hatten, die immer freundlich zu ihnen gewesen waren. Doch die Aussicht auf Abenteuer und eine neue Umgebung war unwiderstehlich, und sie zeigten unbefangen ihre Freude. Die Tourvilles verstanden sie und wünschten uns aufrichtig alles Gute für unsere Zukunft. Natürlich hatte auch Louis-Charles Reisefieber.

Als das Schloß in Sicht kam, mußte ich meine Rührung verbergen. Ich hatte es natürlich schon oft gesehen, aber wahrscheinlich wirkte es infolge der veränderten Umstände jetzt anders auf mich. Es sah wie eine mächtige, uneinnehmbare Festung aus. Ich blickte zu ›Sophies Turm‹ hinüber und fragte mich, wie mein Leben in Aubigné wohl verlaufen würde.

Lisette war darüber begeistert, daß sie heimkehrte, denn sie hatte das Leben in Tourville immer als ausgesprochen langweilig empfunden.

Mein Vater begrüßte uns voller Freude. Er ist glücklich, dachte ich, jedenfalls soweit er ohne meine Mutter überhaupt glücklich sein kann. Armand empfing uns mit seiner üblichen Lässigkeit, die man auch für Gleichgültigkeit halten konnte, erhob aber wenigstens keine Einwände gegen unsere Übersiedlung. Marie Louise waren wir vollkommen gleichgültig, und mein Vater bemerkte spöttisch: »Sie hat den Blick so unverwandt auf ihren Platz im Himmel gerichtet, daß sie gar nicht bemerkt, daß sie sich noch auf der Erde befindet.«

Sophie kam nie aus ihrem Turm heraus, und die Kinder wußten lange Zeit nichts von ihrer Existenz.

Wir richteten uns also häuslich ein, und aus den Wochen wurden Monate. Obwohl ich jetzt Witwe war und immer noch sehnsüchtig an Charles und das Leben mit ihm dachte, hatte ich in Aubigné mehr als in Tourville das Gefühl, lebendig zu sein. Mein Vater fuhr jetzt nur noch selten nach Paris, versprach aber, uns bei seiner nächsten Reise dorthin mitzunehmen. Er interessierte sich seit unserem Eintreffen überhaupt wieder mehr für die Ereignisse im Land.

Ich befand mich seit etwa zwei Monaten in Aubigné, als Dickon bei uns erschien.

Meine Großmutter war gestorben. Sie hatte sich seit Zipporas Tod immer mehr vom Leben abgewendet.

Dickon unterhielt sich mit mir ernsthafter als jemals zuvor, und da er sich ununterbrochen bemühte, mit mir allein zu sein, fanden diese Gespräche häufig statt. Bei einem Ausritt schlug er mir dann einmal vor, daß wir absteigen und uns an den Bach setzen sollten, weil er es schwierig fand, während des Reitens zu sprechen.

Von Zeit zu Zeit warf er einen Stein ins Wasser.

»Die arme Zippora! Daß ausgerechnet sie, die immer so ruhig war, ein solches Ende nehmen mußte! Ich habe sie sehr gern gehabt. Du mußt mich nicht so ungläubig ansehen. Ich weiß, daß sie mich nicht sonderlich schätzte, aber ich bin ja nicht verpflichtet, nur jemanden gern zu haben, der mich mag, nicht wahr?«

»Wenn dem so ist, müßtest du beinahe die ganze Welt gern haben.«

Er lachte. »Nein, so schlimm ist es nicht. Zippora war von Anfang an gegen mich, was verständlich war. Ich war ein unmögliches Kind und kann nur hoffen, daß keines der deinen mir nachgerät. Bei meinem Sohn Jonathan habe ich ohnehin Bedenken – wir müssen auf ihn achtgeben. Zippora hat mich auf ihre ruhige Art abgeschätzt und dann den Stab über mich gebrochen. Aber dann hat auch sie etwas Unglaubliches getan. Wahrscheinlich hat sie sich ihr Leben lang selbst darüber gewundert. Dabei hat es ihr nur Glück gebracht. Dich, die unvergleichliche Lottie, und die wunderbare, romantische Liebesgeschichte.«

Ich wußte, worauf er hinauswollte, war aber dagegen, daß er es jetzt schon aussprach. Ich war sehr verunsichert und zweifelte an seinen Absichten. Ich konnte ihm eben nicht mehr uneingeschränkt vertrauen.

»Sie waren miteinander so glücklich«, sagte ich, »paßten so gut zueinander, obwohl er so welterfahren und sie so naiv war. Aber sie war eine Idealistin, und dadurch verwandelte sie ihn in den Mann, den sie in ihm sah.«

»Und dann mußte sie so sinnlos sterben, als Opfer von Verrückten... denn in diesem Land gibt es viele Irre.«

»Die gibt es doch in jedem Land.«

»Das stimmt. Nur kann sich Frankreich jetzt seine Narren gar nicht mehr leisten. Spürst du nicht, daß etwas in der Luft liegt? Wie die Stille vor dem Sturm.«

»Ich spüre nichts.«

»Das kommt daher, daß du nicht weißt, was alles in diesem Land vor sich geht.«

»Ich lebe hier, während du nur zu Besuch bist.«

»Ich reise ein wenig in Frankreich herum und beobachte.«

»Deine Mutter hat behauptet, daß du überall deine Finger drinnen hast, Dickon. Bist du mit einem Auftrag hier?«

»Wenn das der Fall wäre, würde es sich um eine sehr geheime Angelegenheit handeln, und dann dürfte ich als ehrenhafter Mann nicht darüber sprechen.«

»Ich habe immer angenommen, daß du einen bestimmten Grund hast.«

»Der Hauptgrund ist, daß ich mit dir beisammen sein will.«

»Das glaube ich nicht.«

Er seufzte. »Wie kann ich dich dazu bringen, mir zu glauben?«

»Überhaupt nicht. Dazu ist zuviel geschehen. Du hast einmal davon gesprochen, daß du mich heiraten willst und hast dann an meiner Stelle Eversleigh gewählt. Kurz danach hast du geheiratet – eine keineswegs arme Frau.«

»Ich habe einen großen Fehler begangen. Ich hätte auf dich warten sollen.«

»Denk nur daran, was Eversleigh dir bedeutet hat.«

»Ich kann nur daran denken, was du mir bedeutest. Wir haben das Beispiel deiner Eltern vor Augen, Lottie. Denk an das idyllische Leben, das sie miteinander geführt haben.«

»Bei uns wäre es bestimmt nie so.«

»Warum?«

»Weil wir anders sind. Du wirst mir gleich erklären, daß du meinem Vater sehr ähnlich bist. Aber zu einer Ehe gehören zwei, und ich gleiche meiner Mutter nicht im geringsten.«

»Komm zu mir zurück, Lottie, heirate mich. Fangen wir dort an, wo wir vor vielen Jahren hätten anfangen sollen.«

»Das halte ich nicht für klug.«

»Warum denn nicht?«

»Wenn ich wieder heirate, würde ich etwas Wunderbares erwarten. Ich sehe immer meine Eltern vor mir, mein Vater spricht heute noch von nichts anderem als von seiner Ehe mit meiner Mutter, und ich würde mich mit nichts Geringerem zufriedengeben. Wenn ich das nicht haben kann, bleibe ich lieber frei und unabhängig.«

»Du wirst alles bekommen, was du dir wünschst.«

»Es ist zu spät, Dickon.«

»Es ist nie zu spät. Du empfindest etwas für mich.«

»Ja.«

»Du fühlst dich wohl, wenn ich bei dir bin.«

Ich zögerte. »Deine Anwesenheit ist mir bewußt.«

»Sogar sehr bewußt. Wenn du mich siehst, leuchten deine Augen auf.« Er zog mich in seine Arme und küßte mich. Ich konnte nicht verbergen, daß dieser Kuß ein Echo in mir weckte, daß ich nicht genug davon bekommen konnte; aber ich sah meine Mutter vor mir und hörte ihre Stimme, die mich vor ihm warnte. Im Tod stand sie mir näher als im Leben.

Ich schob ihn heftig von mir. »Nein, Dickon, nicht.«

»Wir sind jetzt beide füreinander frei. Warum also nicht?«

Ich konnte mir nichts vormachen – am liebsten hätte ich ja gesagt. Das Leben mit Dickon wäre ein gefährliches Abenteuer gewesen, aber es lockte mich. Aber ich hatte das Gefühl, daß meine Mutter mich aus dem Grab heraus warnen wollte, und die Vorstellung war so lebhaft, daß ich mich ihr nicht entziehen konnte.

»Du könntest ohne weiteres in den Kreisen, in denen du verkehrst, jemand Passenden finden. Zum Beispiel eine reiche Dame aus der Londoner Gesellschaft.«

»Ich verfüge inzwischen über ansehnliche irdische Güter.«

»Es würde dich jedoch nicht stören, über noch mehr zu verfügen.«

»Wer kann schon der Anziehungskraft des Reichtums widerstehen?«

»Dickon jedenfalls nicht.«

»Du wärst auch nicht gerade eine schlechte Partie. Das würde schon dein ungeheuer reicher Vater nicht zulassen. Außerdem hast du sicherlich Ansprüche den Tourvilles gegenüber.«

»Ich stelle fest, daß du trotz deiner Liebe zu mir Zeit gefunden hast, zu berechnen, wieviel ich in eine Ehe mitbringen würde.«

»Du bist mir mehr wert als Diamanten, die ich für wertvoller halte als Rubine. Ich liebe dich, Lottie, ich habe dich immer geliebt. Ich wußte in dem Augenblick, daß du die einzige für mich bist, in dem ich das schöne, eigenwillige Kind sah, das genauso leidenschaftlich war wie ich. Glaubst du, daß deine uneheliche Geburt meine Liebe zu dir geschmälert hat?«

»Nein. Das Hindernis war Eversleigh.«

»Wie grausam und scharf. Ein Mann begeht einen Fehler – wird ihm nie verziehen?«

»Verziehen schon. Aber man vergißt Fehler – falls es überhaupt einer war – nicht so leicht.«

Ich stand ihm jetzt kühler gegenüber. Wenn er vom Reichtum meines Vaters sprach, fiel mir ein, wie brennend er sich für den Besitz interessiert hatte, wie gern er auf ihm herumgeritten war.

Wenn ich wieder heiratete, sollte es nicht wegen meines Reichtums geschehen, und obwohl ich sicher war, daß Dickons Gefühle für mich aufrichtig waren, wußte ich, daß er selbstverständlich auch alle finanziellen Vorteile in Betracht zog.

Er begehrte mich, das war mir klar. Aber ich hatte bei Charles erlebt, daß dieses Gefühl nicht von Dauer ist, und wenn es nachläßt, muß eine solide Grundlage vorhanden sein, damit sich eine Liebe wie zwischen meiner Mutter und meinem Vater entwickeln kann.

Dickon bemühte sich weiterhin, mich zu überreden. »Es gibt zwei triftige Gründe dafür, daß du nach England zurückkehren solltest. Erstens brauche ich dich und du brauchst mich. Zweitens lebst du zur Zeit in einem sehr unruhigen Staat. Weil dein Haus auf dem Land steht, merkst du nicht viel davon. Kannst du aber vergessen, was deiner Mutter zugestoßen ist?«

Ich schüttelte den Kopf. »Niemals!«

»Warum konnte es soweit kommen? Frankreich befindet sich in Gärung. Ich weiß es. Es ist meine Aufgabe, darüber Bescheid zu wissen.«

»Eine geheime Mission?«

»Wenn es in Frankreich zu Unruhen kommt, werden wir auf der anderen Seite des Kanals bestimmt nicht traurig darüber sein. Sie verdienen das Los, das sie erwartet, und glaube mir, Lottie, es kommt zur Revolution. Sie liegt in der Luft. Weitsichtige Menschen erkennen es. Blick doch zurück. Ludwig XIV. hat ein starkes Frankreich hinterlassen, aber während der Regierung Ludwig XV. wurde das Vermögen des Staates vergeudet. Die extravaganten Ausschweifungen dieses Königs brachten das Volk in Wut. Es haßte die Pompadour und die Dubarry. Der Prunk... die Kutschen... die verschwenderischen Feste... die Vermögen, die die Aristokraten für Kleidung und Schmuck ausgaben... das alles blieb kein Geheimnis. Und auf der anderen Seite gibt es die Armen, die an Hunger leidenden Armen. Gegensätze zwischen arm und reich findet man auch in anderen Ländern, aber nirgends haben die übermütigen Reichen die Aufmerksamkeit so unbesonnen auf sich gelenkt. Der Staat ist beinahe bankrott. Die Franzosen besitzen zwar einen jungen, idealistischen König, dessen extravagante Frau aber Österreicherin ist – und die Franzosen hassen Ausländer. In diesem Land sind Agitatoren am Werk, deren einzige Aufgabe darin besteht, Unruhe zu stiften. Sie begannen mit dem Mehlkrieg, aber er wirkte nicht wie der Funke im Pulverfaß, und statt sich zu einer Revolution auszuweiten, wurde er nur zu einer Generalprobe. Vermutlich war dies dem Mut des Königs zuzuschreiben, als der Mob nach Versailles zog... und natürlich hatte er auch das Glück auf seiner Seite.«

»Du haßt sie, Dickon.«

»Ich verachte sie.«

»Du hast ihnen nie ihre Einstellung zu den Kolonisten verziehen. Sie wollten doch nur den Unterdrückten helfen. Auch Charles war dieser Meinung.«

»Und dieser Narr hat dich deswegen verlassen. Dadurch hat er dich und sein Leben verloren. Das war der Lohn für seine Torheit. Ich verstehe, warum er für die Kolonisten kämpfen wollte. Ich würde es keinem Franzosen gegenüber zugeben, aber sie waren im Recht, als sie sich gegen die Steuern wehrten. Aber daß die Franzosen Kompanien aufstellen und sie den Kolonisten zu Hilfe schicken, wenn das Geld im eigenen Land gebraucht wird, und daß sie nach ihrer Rückkehr republikanisches Gedankengut verbreiten, wenn ihre Monarchie und das gesamte Staatsgefüge ins Wanken geraten sind, ist der Gipfel der Torheit. Es ist mehr, es ist reiner Wahnsinn.«

»Und du glaubst, daß er Folgen haben wird?«

»Folgen? Du brauchst dir nur das Beispiel deiner Mutter vor Augen zu führen. Sie hatte nie jemandem etwas Böses getan, aber dem Mob ist es gleichgültig, an wem er sich rächt. Sie war eine Aristokratin, die in einer prächtigen Kutsche fuhr. Das genügte. Du hast nie einen Agitator reden hören, du weißt nicht, wie sehr sie die Leute beeinflussen können.«

»Ich habe einmal einen gesehen, ihm aber nicht lange zugehört. Mein Vater war bei mir und wir entfernten uns sogleich wieder.«

»Das war klug von euch. Du darfst keine Fehler begehen. Die Gefahr rückt immer näher. Fliehe, solange es möglich ist.«

»Und was wird mit meinem Vater?«

»Nimm ihn mit.«

»Glaubst du wirklich, daß er Aubigné jemals verlassen würde?«

»Nein.«

»Solange er mich braucht, werde ich ihn nicht im Stich lassen. Es wäre zu grausam von mir, jetzt abzureisen.«

»Und was wird aus mir?«

»Du bist ohne weiteres imstande, allein mit dem Leben fertigzuwerden, Dickon.«

»Ich werde nie aufgeben, ich werde dich immer wieder bedrängen. Und eines Tages wirst du begreifen, daß es keinen Sinn hat, wenn du dich weiterhin wehrst.«

»Soll das heißen, daß du wieder in geheimer Mission nach Frankreich kommen wirst?«

»In meiner eigenen romantischen Mission. Das ist die einzige Mission, die für mich von Bedeutung ist.«

Er redete auf mich ein, und ich wurde schwankend. Gelegentlich war ich sogar im Begriff, für Dickon alles aufzugeben. Aber dann hörte ich wieder die Stimme meiner Mutter und erinnerte mich daran, daß ich meinen Vater nicht verlassen konnte.

In Aubigné verging die Zeit schnell, denn wir waren sehr beschäftigt. Lisette hatte auch noch das Amt der Gouvernante übernommen. Sie hatte Louis-Charles unterrichtet, als er klein war, und jetzt lehrte sie Claudine. Ich half ihr, was mir viel Spaß bereitete.

Mein Vater fand, daß die Jungen einen Erzieher brauchten, und sah sich nach einem geeigneten, zuverlässigen Mann um.

Der Krieg in Amerika war zu Ende, und König Georg hatte die Unabhängigkeit der Kolonie anerkannt. Mein Vater stellte befriedigt fest, daß die Engländer eine vernichtende Niederlage erlitten, einen halben Kontinent verloren und ihre Staatsschuld um Millionen vergrößert hatten.

»Ein Narrenstreich«, meinte er.

Ich mußte an Dickons Vorträge über Frankreichs Beteiligung an dem Krieg denken. Er hatte mir Charles genommen, er hatte dem republikanischen Gedankengut Eingang in Frankreich verschafft, er konnte aber noch weitreichendere Folgen zeitigen. Ich versuchte zwar, diese Vorstellungen wieder zu verdrängen, aber es gelang mir nicht ganz. Ich hatte Sophie oft besucht. Ihr machte es jetzt nichts mehr aus, mit mir zusammenzukommen, weil Charles tot war und ihn daher keine von uns beiden besaß.

Sie sah sogar recht hübsch aus. Jeanne war eine geschickte Näherin und brachte an ihren Kleidern Kapuzen in zarten Farben an, die die Narben vollkommen verbargen.

Ich versuchte, ihr zu erklären, daß Charles und ich vor unserer Heirat keine Beziehungen unterhalten hatten. Ich betonte wieder, daß nicht ich die Blume in seinem Zimmer verloren hatte. Die Blume, die Charles mir geschenkt hatte, war verschwunden, was mir sehr leid tat, denn ich konnte ihr deshalb nicht beweisen, daß ich die Wahrheit sprach. Aber sie wollte nichts mehr von der Sache hören, und ich fügte mich ihrem Wunsch, weil ich Angst hatte, daß sie mich sonst nicht mehr empfangen würde.

Ich nahm die Kinder nie zu ihr mit. Vielleicht hätte sie mich um sie beneidet, denn im Falle ihrer Heirat mit Charles hätte sie selbst Kinder gehabt. Deshalb erzählte ich ihr nur, was für ein guter Sportler Charlot war und wie gern er mit Louis-Charles spielte.

Lisette besuchte sie ebenfalls, und der Durchbruch gelang, als Lisette und ich sie gemeinsam besuchten und wir zu dritt miteinander plauderten, wie in alten Zeiten.

Lisette war bei diesen Zusammenkünften ein großer Gewinn, weil sie das Gespräch geschickt in Gang hielt und in die gewünschte Richtung lenkte. Sie brachte auch Stoffe mit, und wir besprachen die neuen Kleider, die Jeanne für Sophie nähen sollte.

Ich war davon überzeugt, daß sie bald unseren Überredungskünsten nachgeben, hinunterkommen und ein normales Leben führen würde. Es gab ja keinen vernünftigen Grund, warum sie sich nicht dazu entschließen sollte. In ihren hübschen Kleidern sah sie gut aus, und die Kapuze wirkte wie ein interessanter modischer Einfall.

Jeanne freute sich immer, wenn wir Sophie besuchten, und ich hatte den Eindruck, daß wir Fortschritte erzielten.

Armand hatte sich in letzter Zeit zu seinen Gunsten verändert. Er war beinahe lebhaft, und seine Augen funkelten. Er schien plötzlich Interesse am Leben zu haben.

Ich erwähnte diese Tatsache meinem Vater gegenüber, als ich ihn einmal in seinen Räumen aufsuchte. Er lächelte. »Ja, er hat sich verändert. Das Projekt begeistert ihn.«

»Welches Projekt?«

»Vielleicht übertreibt er ein bißchen, aber es freut mich, daß er an irgend etwas Interesse findet. Er vereint seine Freunde zu einer kleinen Gruppe. Du weißt ja, daß ihn der Tod deiner Mutter tief erschüttert hat.«

Ich nickte.

»Er war immer davon überzeugt, daß den oberen Klassen bestimmte Vorrechte zustehen, und dieses Ereignis war ein Anschlag gegen seine Klasse.«

»Also das hat ihn so tief erschüttert, nicht...«

»Armands Gefühle für andere Menschen reichen nie sehr tief. Aber er kann sich aus Überzeugung für ein Anliegen einsetzen. Ist dir schon aufgefallen, daß die Menschen, die für die Rechte der Masse eintreten, oft kaum Gefühl für ein Einzelwesen aufbringen? Armand gehört zu ihnen. Das Verbrechen gegen seine Klasse hat ihn zum Handeln gezwungen. Er versammelt also seine Freunde um sich und will eine bewaffnete Gruppe zusammenstellen, die sich die Agitatoren vorknöpfen soll, die in den Städten Hetzreden halten. Einer von ihnen war auch daran schuld...«

Ich legte meine Hand auf die meines Vaters. »Sprich nicht mehr davon.«

»Du hast recht, ich muß damit aufhören, die Erinnerung ist noch zu schmerzlich für mich. Wir haben erwähnt, daß Armand sich zu seinem Vorteil verändert hat.«

»Was haben sie vor?«

»Das weiß ich nicht genau. Wenn sie dazukommen, wie ein solcher Agitator eine Brandrede hält, werden sie ihm widersprechen, und wenn die Lage kritisch werden sollte, können sie auch damit fertigwerden.«

»Im ganzen Land dürfte die Lage kritisch werden«, bemerkte ich.

»Das stimmt, meine Liebe. Gelegentlich denke ich wie unser König ›Nach mir die Sintflut‹. Aber soweit darf es nicht kommen. Im ganzen Land gibt es Männer wie Armand, und sie würden bei einer Revolte kurzen Prozeß machen. Manchmal möchte ich geradezu, daß es zu Unruhen kommt, damit wir endlich eingreifen können. Ich habe nur vor den subversiven Versuchen Angst, Gesetz und Ordnung zu untergraben.«

Wir gerieten schon wieder in den Bannkreis des gefährlichen Themas, deshalb kam ich rasch auf Charlot zu sprechen und erkundigte mich nach seinen Fortschritten im Schachspiel, das mein Vater ihm beibrachte.

»Er ist kein schlechter Spieler. Natürlich fehlt ihm noch die notwendige Konzentration, aber er könnte es zu einer gewissen Fertigkeit bringen.«

»Er hält sich gern in deiner Nähe auf.«

»Am liebsten spricht er über das Schloß. Ich habe ihm sogar die Geschichte unserer Familie vorlesen müssen.«

»Auch Claudine fühlt sich bei dir wohl.«

»Die Kleine ist ein richtiger Racker.«

Es war nicht zu übersehen, was ihm die Kinder bedeuteten. Und ich sollte sie ihm wegnehmen und zu Dickon reisen?

Ich schwor mir, daß ich Aubigné nicht verlassen würde, solange mein Vater am Leben war.

Auch Lisette hatte sich verändert. Bevor wir nach Aubigné übersiedelten, hatte sie immer etwas verdrossen gewirkt. Sie hatte nie über ihren Mann gesprochen, und ich hatte auch keine Fragen gestellt, denn sie wollte offensichtlich nicht an diese Periode ihres Lebens erinnert werden. Zwar verdankte sie ihr Louis-Charles, aber obwohl sie für ihn einen gewissen Ehrgeiz entwickelte, verhielt sie sich ihm gegenüber nicht sehr liebevoll.

Doch seit unserer Rückkehr ins Château war sie wieder die alte Lisette. Sie frisierte mich, und es machte uns großen Spaß, neue Haartrachten auszuprobieren. Am Hof wurden die Frisuren unter dem Einfluß der äußerst extravaganten Königin immer lächerlicher. Die Damen wetteiferten miteinander, errichteten Narrentürme auf ihren Köpfen und verwendeten dazu Schmuck, Federn und ausgestopfte Vögel.

Ich hatte Lisette immer gern gehabt, doch seit mir mein Vater von ihrer Kindheit erzählt hatte, stand sie mir noch viel näher. Wenn wir miteinander plauderten und lachten, fragte ich mich oft, wie ihr Leben verlaufen wäre, wenn mein Vater nicht eingegriffen hätte.

Einmal erzählte ich ihr, daß mein Vater auf der Suche nach einem guten Erzieher für die Jungen war.

»Wir können Claudine noch eine Weile selbst unterrichten«, stimmte sie zu, »aber die Jungen brauchen unbedingt einen Erzieher.«

»Mein Vater wird demnächst nach Paris fahren und sich dort umsehen. Ich bin davon überzeugt, daß er Erfolg haben wird.«

»Wird dieser Erzieher auch Louis-Charles unterrichten?«

»Selbstverständlich.«

Ich betrachtete Lisette im Spiegel. Ihr Mund war verzerrt, als wäre sie verbittert. Sie war sehr stolz und haßte es, Almosen anzunehmen. Deshalb fügte ich rasch hinzu: »Es ist gut, daß Charlot einen gleichaltrigen Gefährten hat. Ich bin so froh, daß du einen Sohn hast, Lisette.«

»Er hat mich für alles entschädigt.« Jetzt lächelte sie wieder.

»Armand hat sich in letzter Zeit verändert«, bemerkte sie kurz darauf.

»O ja, er ist mit einem Projekt beschäftigt. Der Graf hat mir davon erzählt.«

»Was für ein Projekt?«

»Du weißt ja, daß es im Land gärt.«

»Wirklich?«

»Du mußt dich auch für diese Angelegenheiten interessieren, Lisette.«

»Warum?«

»Weil sie auch dich betreffen.«

»Wieso können sie mich betreffen?«

»Denk an meine Mutter. Damals hielt sich ein Agitator in der Stadt auf. Seine Rede hat den Pöbel aufgehetzt.«

»Ich weiß. Bitte sprich nicht weiter, ich kann es nicht hören. Deine Mutter war eine so reizende, gute Frau.«

»Diese Agitatoren reisen im ganzen Land herum, und es gibt eine Menge Leute, die sich deshalb Sorgen machen. Sogar Armand.«

»Sogar Armand«, wiederholte sie.

»Ja, er und einige Freunde schließen sich zusammen.«

»Was wollen sie unternehmen?«

»Irgend etwas gegen diese Agitatoren, ich weiß aber nicht genau, was.«

»Ich verstehe. Jedenfalls hat Armand etwas gefunden, wofür er sich begeistern kann.«

»Armand wurde durch den Tod meiner Mutter wachgerüttelt.«

»So sehr, daß er den Pöbel jetzt haßt?«

»Das hat er immer getan. Aber dieses Ereignis hat ihm vor Augen geführt, wieviel Schaden das Volk anrichten kann. Wie gesagt, er und seine Freunde wollen etwas dagegen unternehmen, und ich bin auch dafür. Du doch auch, nicht wahr?«

»Daß die Menschen wissen sollen, was sich abspielt – ja.«

»Dickon spricht beinahe von nichts anderem.«

»Ich habe angenommen, daß er über andere Anliegen gesprochen hat, als er hier war.«

»Das schon, aber er hat auch viel über die allgemeine Lage in Frankreich gesprochen.«

»Was versteht er als Engländer denn schon davon?«

»Man hat ihn anscheinend beauftragt, Informationen einzuholen.«

»Erzählt er dir, was er festgestellt hat?«

»Nein, er macht ein Geheimnis daraus. Vielleicht ist er mit einer Mission betraut worden.«

»Die sich natürlich gegen Frankreich richtet.«

»Das weiß ich nicht, er spricht nie darüber.«

»Er ist ein wirklich faszinierender Mann, und ich begreife nicht, wie du ihm widerstehen kannst.«

Ich konnte Lisette gegenüber offen sein, deshalb gab ich zu, daß es mir manchmal gar nicht leicht fiel.

»Und warum heiratest du ihn nicht?« fragte sie.

»Ich habe mir geschworen, daß ich meinen Vater nie verlassen werde.«

»Es würde deinem Glück nicht im Weg stehen wollen.«

»Es wäre ein zu schwerer Schlag für ihn. Überleg doch mal, ich würde ja die Kinder mitnehmen. Das wäre zu grausam.«

»Würdest du mich auch mitnehmen?«

»Natürlich, dich und Louis-Charles.«

»Der Graf mag Louis-Charles, findest du nicht?«

»Selbstverständlich. Dein Sohn ist ein ganz entzückendes Kind.«

»Der Graf beobachtet ihn gelegentlich aufmerksam, was eigentlich recht seltsam ist, nicht wahr?«

»Nein, denn er mag lebhafte Kinder. Sie helfen ihm am ehesten über den Verlust meiner Mutter hinweg.«

»Seine eigenen schon. Aber die Art, wie er Louis-Charles ansieht...«

»Ach, Lisette, hör doch auf, dir den Kopf zu zerbrechen«, rief ich beschwichtigend.

»Worüber?«

»Über deine Stellung. Du denkst immer daran, daß du die Nichte der Haushälterin bist.«

»Das bin ich ja auch.«

»Aber es ist ohne Bedeutung.«

»Vielleicht doch. Wenn die Agitatoren Erfolg haben, ist es bestimmt besser, die Nichte der Haushälterin als die Tochter des Grafen zu sein.«

»Dieses Gespräch nimmt eine absurde Wendung. Wie sehe ich aus, wenn ich mir diese grüne Feder ins Haar stecke?«

»Sehr amüsant – und das ist viel wichtiger als diese langweiligen politischen Gespräche.« Sie nahm mir die grüne Feder weg. »Stecken wir sie so hinein, dann steht sie hinten heraus. Großartig.«

Ich betrachtete mein Bild im Spiegel und schnitt eine Grimasse während Lisette den Kopf schieflegte und mich musterte.

Etwa eine Woche später besuchte uns vollkommen unerwartet der Herzog von Soissonson, und der gesamte Haushalt geriet in Aufruhr.

Tante Berthe beschwerte sich darüber, daß ihr niemand etwas davon mitgeteilt hatte, und begann sofort, das Personal gezielt einzusetzen. Die Küche entfaltete eine geradezu fieberhafte Aktivität. Die Köchin erinnerte sich daran, daß der Herzog bei seinem letzten Besuch im Château, der immerhin zwölf Jahre zurücklag, von einer bestimmten Suppe begeistert gewesen war, deren Zubereitung ein Familiengeheimnis der Köchin war, das sie eifersüchtig hütete.

Obwohl der Herzog über ein sagenhaftes Vermögen

und über großen politischen Einfluß verfügte, war er eine eher unauffällige Erscheinung.

Er schalt meinen Vater, weil er sich so lange nicht mehr in Paris gezeigt hatte.

»Ich habe erfahren, was Ihrer Frau zugestoßen ist«, erwähnte er, »ein tragischer Vorfall. Dieser Pöbel... wenn wir nur etwas gegen ihn unternehmen könnten. Hat man die Rädelsführer ausforschen können?«

Mein Vater erklärte ihm, daß der Agitator, der eigentlich Schuldige, entkommen war. Man konnte unmöglich dem Mob die ganze Schuld zumessen. Es war zu einem Tumult gekommen, die Pferde hatten gescheut, und die Kutsche war umgestürzt.

»Wir müssen solche Vorfälle unterbinden«, meinte der Herzog. »Sie sind doch auch meiner Meinung?«

»Selbstverständlich. Wenn ich den Verantwortlichen je zu fassen bekomme...«

Am liebsten hätte ich den Herzog gebeten, das Thema zu wechseln.

Wir nahmen das Abendessen im großen Saal des Schlosses ein. Tante Berthe und das Personal hatten ihr Bestes getan, alles klappte vorzüglich, und ich war davon überzeugt, daß nicht einmal der herzogliche Haushalt über bessere Kräfte verfügte.

Zum Glück war der Herzog ein leutseliger, freundlicher, legerer Mensch, so daß sich ein angeregtes Tischgespräch entwickelte.

Es war unvermeidlich, daß die Situation in Frankreich zur Sprache kam, und ich blickte besorgt zu meinem Vater.

»Jemand muß diesen Leuten endlich das Handwerk legen«, erklärte Armand. Er sah dabei den Herzog nachdenklich an, als überlege er, ob er ihn in seine Gruppe aufnehmen solle. »Allmählich entwickeln sie sich zu einer wirklichen Gefahr.«

»Ich bin ganz Ihrer Meinung«, bestätigte der Herzog.

»Aber was sollte Ihrer Meinung nach geschehen, mein Freund?«

»Wir könnten uns zusammenschließen, jedenfalls diejenigen unter uns, denen Ruhe und Ordnung am Herzen liegen.«

»Zusammenschließen – das ist eine glänzende Idee«, stimmte der Herzog begeistert zu.

»Wir werden sicherlich nicht müßig zusehen«, fuhr Armand fort.

»Natürlich nicht. – Ich habe übrigens Ihre Enkel vom Fenster aus beobachtet, Graf. Es sind doch Ihre Enkel?«

»Einer von ihnen«, erklärte mein Vater. »Außerdem habe ich eine Enkelin, und ich hoffe, daß ich Ihnen die Kinder noch vor Ihrer Abreise vorstellen darf.«

»Das würde mich freuen. Haben Sie einen Erzieher für die Jungen?«

»Merkwürdig, daß Sie danach fragen, wir suchen nämlich im Augenblick gerade eine geeignete Persönlichkeit.«

»Léon Blanchard.«

»Wer ist das?« erkundigte sich mein Vater.

»Léon Blanchard – einer der besten Erzieher, die es gibt, wie mir mein Cousin Jean-Pierre berichtet. Er wäre ideal für Ihre Jungen, aber Jean-Pierre wird ihn bestimmt nicht ziehen lassen.«

»Wir werden schon noch einen guten Erzieher auftreiben.«

»Es ist nicht leicht«, gab der Herzog zu bedenken. »Ein schlechter Erzieher kann eine wahre Katastrophe anrichten; ein guter ist nicht mit Gold aufzuwiegen.«

»Ich bin ganz Ihrer Meinung«, stimmte ihm mein Vater zu.

Armand kam wieder auf seine vorherige Bemerkung zurück.

»Es gibt viele, die mit mir einer Meinung sind. Wir werden nicht untätig zusehen, wie der Mob in den Kleinstädten die Gewalt an sich reißt.«

»Jean-Pierre beschäftigt den Mann allerdings nur an zwei oder drei Tagen in der Woche«, erwähnte der Herzog gerade.

»Sie meinen den Erzieher?« warf ich ein.

»Ja. Sie müßten versuchen, ihn zu bekommen, auch wenn es nur für drei Tage in der Woche ist. Drei Tage mit dem richtigen Pädagogen sind besser als eine Woche mit dem falschen.«

»Da haben Sie vollkommen recht«, pflichtete ihm mein Vater bei.

»Überlassen Sie die Angelegenheit getrost mir«, fuhr der Herzog fort. »Mein Cousin meint, daß seine Söhne ohnehin schon zu erwachsen für einen Erzieher sind; sie werden demnächst an die Universität gehen. Inzwischen unterrichtet sie Blanchard noch zwei- bis dreimal wöchentlich. Ich werde mich erkundigen. Sie müssen unbedingt warten, bis Sie ihn kennengelernt haben.«

»Das werde ich gern tun«, erwiderte mein Vater. »Ich bin Ihnen für Ihr Interesse aufrichtig verbunden.«

Der Herzog von Soissonson blieb drei Tage bei uns, in denen er sich beinahe ausschließlich mit meinem Vater unterhielt. Mein Vater stellte ihm Charlot vor, und weil Lisette zutiefst gekränkt gewesen wäre, wenn wir ihren Sohn übergangen hätten, sorgte ich dafür, daß Louis-Charles präsentiert wurde.

Soissonson wußte offensichtlich nicht, welcher Junge der Enkel seines Freundes war, und war deshalb beiden gegenüber gleich freundlich. Als er abgereist war, meinte mein Vater: »Hoffentlich vergißt er nicht, sich wegen des Erziehers umzusehen. Er wirkt manchmal ein wenig geistesabwesend.«

Doch der Herzog vergaß sein Versprechen nicht, und eine Woche nach seiner Abreise stellte sich Léon Blanchard bei uns vor.

Wir waren alle von ihm beeindruckt. Er hatte eine gewisse natürliche Würde an sich, und es schien ihm gleichgültig zu sein, ob er den Posten bekam – eine sehr ungewöhnliche Einstellung. Das hieß jedoch keineswegs, daß er sich anmaßend gab, ganz im Gegenteil, sein Benehmen war einwandfrei.

Seine Kleidung hatte etwas Dandyhaftes an sich; seine weiße Perücke betonte seine leuchtend blauen Augen, die in krassem Gegensatz zu seinem dunklen Teint standen; das hagere Gesicht mit den hervortretenden Backenknochen wirkte überaus attraktiv. Seine Kleidung war aus gutem Stoff, seine festen Schuhe aus feinem Leder. Seine Stimme klang angenehm, und da er sich wie ein gebildeter Mensch benahm, wurde er auch so behandelt.

Er befand sich im Wohnzimmer meines Vaters, als dieser mich rufen ließ, um mir Blanchard vorzustellen. Ich reichte ihm die Hand, und er beugte sich darüber – als befänden wir uns am Hof von Versailles.

»Ich freue mich über Ihren Besuch, Monsieur Blanchard«, sagte ich.

»Einen Befehl des Herzogs von Soissonson befolgt man, Madame«, antwortete Blanchard lächelnd.

»Oh, es war also ein Befehl?«

»Sagen wir besser, eine dringende Bitte. Der Herzog würde es gern sehen, wenn ich Ihnen dienlich wäre.«

»Dann hoffe ich, daß wir uns einig werden.«

Wir sprachen über die Jungen und darüber, was sie bis jetzt gelernt hatten. Er schüttelte ernst den Kopf.

»Ich würde gern ihren Unterricht übernehmen, aber ich fürchte, daß sie einen Erzieher brauchen, der sich ihnen ganz widmen kann.«

»Das haben wir uns ja erhofft«, warf ich ein.

»Es tut mir leid, Madame, aber das ist leider nicht möglich. Ich habe zwei Schutzbefohlene, die ich auf die Universität vorbereiten muß. Sie sind Verwandte des Herzogs von Soissonson, und ich verbringe jede Woche drei

Tage auf dem Château de Castian. Ich kann sie gerade jetzt nicht im Stich lassen, und deshalb könnte ich nicht öfter als viermal wöchentlich in Ihr Schloß kommen.«

»Die Jungen, die Sie unterrichten, werden doch demnächst die Universität besuchen«, mischte sich mein Vater ein.

»Das ist richtig, aber bis dahin bin ich verpflichtet, mich um sie zu kümmern.«

»Ich sehe darin keine Schwierigkeit. Sie könnten jede Woche vier Tage hier verbringen und drei bei Ihren bisherigen Schülern. Wären Sie damit einverstanden?«

»Selbstverständlich, vorausgesetzt, daß ich mich zeitlich nicht festlegen muß. Ich würde Ihre Enkel an vier Tagen der Woche unterrichten, doch es wäre möglich, daß ich gelegentlich einen Tag mehr für meine derzeitigen Schüler brauche, die – Sie müssen schon verzeihen – an erster Stelle stehen.«

»Das halte ich für kein unüberwindliches Hindernis«, bemerkte ich.

Dann einigten wir uns darauf, daß Léon Blanchard an vier Wochentagen zu uns kommen würde und daß wir nichts dagegen hatten, wenn er gelegentlich einen zusätzlichen Tag für die Jungen in Castian benötigte.

Als er sich verabschiedete, hatten wir vereinbart, daß er Anfang der nächsten Woche mit dem Unterricht beginnen würde.

Nachher erwähnte mein Vater, daß er mit dieser Abmachung sehr zufrieden wäre. Wir hatten dadurch Gelegenheit, Blanchard eine Zeitlang zu beobachten, bevor wir ihn endgültig einstellten.

Léon Blanchard erwies sich sofort als Gewinn für unseren Haushalt.

Die Jungen mochten ihn, denn er verstand es, den Unterricht interessant zu gestalten. Er nahm die Mahlzeiten gemeinsam mit uns ein, was für uns selbstverständlich war, weil er sich wie ein Adeliger benahm. Die Diener akzeptierten diese Lösung widerspruchslos, was an sich ein Wunder war, weil sie es normalerweise übel vermerkten, wenn jemand, wie sie sich ausdrückten, ›vergaß, wohin er gehörte‹.

Ich nahm an, daß Lisette beleidigt sein würde, weil sie bei den Mahlzeiten nicht an unserem Tisch saß – allerdings auf ihren eigenen Wunsch hin. Sie hatte jedoch offensichtlich gegen dieses Arrangement nichts einzuwenden.

Während der Mahlzeit unterhielt sich Blanchard meist mit meinem Vater über die gespannte Lage im Land. Er war weitgereist, konnte daher aus eigener Anschauung über fremde Länder sprechen, und zwar auf sehr unterhaltsame Art und Weise. Mit wenigen Sätzen zauberte er fremde Gegenden vor unsere Augen.

»Ich bin froh, daß uns der Herzog diesen Mann geschickt hat«, bemerkte mein Vater.

Doch dann geschah etwas Unvorhergesehenes.

Blanchard suchte eines Tages die Jungen und schlenderte dabei zu Sophies Turm hinüber. Weil er annahm, daß dieser Teil des Schlosses unbewohnt war, öffnete er eine Tür und trat in den dahinterliegenden Raum. Sophie und Jeanne spielten dort miteinander Karten.

Ich konnte mir ihr Entsetzen ausmalen. Zum Glück trug Sophie ihre Kapuze, sonst wäre der Schock noch ärger gewesen.

Sie war jedenfalls fürchterlich erschrocken, denn wir alle respektierten ihr Bedürfnis, ungestört zu bleiben und ließen uns durch Jeanne bei ihr anmelden, wenn wir sie besuchen wollten.

Lisette fragte Jeanne nachher eingehend aus.

»Mademoiselle Sophie und ich saßen am Tisch«, berichtete Jeanne, »als dieser Mann eintrat. Ich stand auf und fragte ihn, was er wolle. Er erkannte sofort, daß ich zum Personal gehöre und ging direkt auf Mademoiselle Sophie zu. Sie errötete und stand auf, und er verbeugte sich tief und erklärte ihr, daß er der Erzieher sei, seine Schutzbefohlenen suche und um Vergebung für sein ungebührliches Eindringen bitte. Und dann kam die Überraschung – sie forderte ihn auf, Platz zu nehmen. Er blickte sie unbefangen an, denn mit der Kapuze sieht sie überhaupt nicht abstoßend aus, sondern wie eine Dame, dic cinc neue Mode kreiert. Sie bot ihm ein Glas Wein an und erzählte ihm, woher ihre Narben stammten. Sonst vermeidet sie immer, über dieses Unglück zu sprechen. Sie schilderte ihm ihr Entsetzen, als sie sich mitten im Gedränge befand, die Schmerzen – einfach alles.

Er hörte ihr aufmerksam zu und pflichtete ihr bei: Das Volk als Masse kann fürchterlich sein. Dann behauptete er, daß diese Kapuze ein ganz reizender modischer Einfall wäre und daß sie damit bei Hof Furore machen würde. Sie erklärte natürlich, daß sie nicht die Absicht habe, bei Hofe zu erscheinen, aber es war nicht zu übersehen, daß sie sich in seiner Gesellschaft wohl fühlte. Dann stand er auf, verabschiedete sich, bat noch einmal wegen der Störung um Verzeihung und fragte, ob er wiederkommen dürfe. Ich traute meinen Ohren nicht, als sie zustimmte.«

Ein Fremder hatte also eine scheinbar unüberwindliche Barriere bezwungen.

Sogar Lisette war von ihm bezaubert, und ich fand, daß es am besten wäre, wenn die beiden heirateten. Sie brauchte ein harmonisches Familienleben, denn mit ihrem ersten Mann war sie nicht glücklich gewesen.

Lisette und ich ritten oft gemeinsam aus; wenn wir müde waren, stiegen wir ab, banden die Pferde an einen Baum, streckten uns im weichen Gras aus und plauderten. Lisette wußte immer den neuesten Klatsch und war entzückt, wenn sie etwas Neues über einen der Nachbarn erfuhr. Am liebsten sprach sie über die königliche Familie. Wie alle Französinnen haßte sie Marie Antoinette und glaubte blind alles, was man ihr nachsagte. Eines

Tages brachte sie zwei Bücher aus der Stadt mit, die sich mit dem Intimleben der Königin befaßten: *Les Amours de Charlot et 'Toinette* beschrieb die angebliche Liebesaffäre zwischen der Königin und ihrem Schwager, dem Grafen d'Artois; *Essai Historique sur la Vie de Marie Antoinette* war noch ärger – ein unflätiges Machwerk. Der Inhalt der Bücher empörte mich, und ich verlangte, daß Lisette sie verbrannte. »Es handelt sich ausschließlich um bösartige Verleumdungen«, erklärte ich ihr.

»Ich halte es für richtig, daß man auch Königinnen kritisiert, wenn sie ein unmoralisches Leben führen. Ein armes Mädchen muß nur einen kleinen Fehltritt tun, und schon ist sein Leben verpfuscht.«

»Aber hier handelt es sich doch um Lügen, das erkennt man auf den ersten Blick. Der Autor haßt die Königin ganz offensichtlich.«

»Die Bücher sind im geheimen gedruckt worden, aber deshalb lesen die Leute sie ja doch. Man bekommt sie in fast allen Städten zu kaufen, so daß die Menschen im ganzen Land darüber unterrichtet sind, wie sich ihre Königin die Zeit vertreibt. Warum soll ich mich nicht auch darüber informieren?«

»Weil kein vernünftiger Mensch diese Sudelei für Wahrheit halten kann.«

Lisette sah mich verschmitzt an. »Ich werde dir eben nichts mehr zeigen.«

»Ich hoffe, daß du so etwas überhaupt niemandem zeigst.«

»Sei doch nicht gleich so empört, ich mache ja nur Spaß.«

»Die Königin wäre bestimmt anderer Ansicht.«

»Sie würde sicherlich darüber lachen; sie ist sehr frivol.«

Ich weigerte mich, mit Lisette weiter über die Klatschgeschichten um die Königin zu sprechen, und sie verlor wirklich kein Wort mehr darüber. Statt dessen sprach sie über Léon Blanchard und wunderte sich, weil er sich mit Sophie so gut verstand.

»Glaubst du, daß er Sophie heiraten würde?« fragte sie mich eines Tages.

»Sophie heiraten? Sie würde niemals heiraten.«

»Warum nicht? Sie gestattet ihm, sie zu besuchen, und hat sich in letzter Zeit deutlich verändert. Ich weiß, er ist nur Erzieher und verfügt daher nicht über die gesellschaftliche Stellung, die ihm erlauben würde, die Tochter eines Grafen zu heiraten, aber sie ist verunstaltet – sozusagen beschädigte Ware.«

»Sprich nicht so über Sophie«, wies ich sie scharf zurecht.

»Du bist zu sentimental, Lottie. In den Adelsfamilien betrachtet man die Töchter als Ware, als Handelsgut. Man arrangiert ihre Ehen – passende Ehen. Die arme Sophie steht nicht mehr so hoch im Kurs wie vor dem Unfall. Es tut mir leid, wenn ich dich durch meinen Vergleich mit beschädigter Ware beleidigt habe, aber das trifft genau auf sie zu.«

»Es wäre wunderbar, wenn sie heiraten und Kinder bekommen könnte. Mit der Kapuze sieht sie wirklich hübsch aus.«

»Für ihren Mann müßte sie die Kapuze allerdings abnehmen.«

»Ich halte Léon Blanchard für einen sehr einfühlsamen Menschen.«

Lisette schwieg.

»Ich wäre glücklich, wenn sie ihn heiratet«, fuhr ich fort. »Dann würde ich –«

»Dich nicht mehr schuldig fühlen, weil du den Mann geheiratet hast, der für sie bestimmt war?«

»Sie hat ihn zurückgewiesen.«

»Aus gutem Grund. Du solltest nie schuldbewußt sein, Lottie. Was geschieht, geschieht, und wenn das Unglück des einen Menschen das Glück des anderen ist, muß man sich damit abfinden.«

Trotz Lisettes Bemerkung fühlte ich mich weiterhin schuldig. Nur wenn Sophie heiratete und ihre Ehe glücklich wurde, konnte ich dieses Gefühl loswerden.

Lisette lächelte mich verständnisinnig an.

»Beten wir um deinet- und um ihretwillen darum, daß diese Ehe zustandekommt.«

Allmählich sah es so aus, als könnte mein Wunsch in Erfüllung gehen. Sophie hatte sich verändert, nahm sogar gelegentlich das Abendessen mit uns ein. Sie saß jedesmal neben Léon, in dessen Nähe sie sich offensichtlich wohlfühlte, und wirkte gelöst und zufrieden.

Welche Veränderungen hatte Léon Blanchard doch in unserem Haus bewirkt!

Wenn wir bei Tisch saßen und die Diener den letzten Gang aufgetragen hatten, erzählte Armand von seinen Freunden, und wir kamen uns wie richtige Verschwörer vor.

»Die Agitatoren treten immer zahlreicher auf«, berichtete er. »Vergangene Woche war sogar einer in Aurillac am Werk. Der Hergang ist immer der gleiche. Ein Mann springt auf dem Marktplatz plötzlich auf eine Kiste oder etwas Ähnliches, hetzt die Menge auf, behauptet, daß die Leute schlecht behandelt werden, stachelt sie bis zur Weißglut auf, und dann kommt es zu Ausschreitungen.«

»Sie sollten versuchen herauszufinden, wo sie ihre Aktion das nächste Mal ansetzen«, meinte Blanchard. »Dann könnten Sie den Agitator mit Ihrer Gruppe erwarten...«

»Wir wollen uns ohnehin mehr umhören, durch die Städte schlendern und auf Hinweise achten. Vielleicht glückt es uns einmal, einen zu überraschen. Sie sollten sich uns anschließen, Blanchard.«

»Das täte ich gern, aber es mangelt mir an Zeit.«

»Das ließe sich bestimmt einrichten.«

»Leider muß ich die Lektionen für meine Schüler vorbereiten. Manchmal bedauere ich beinahe, daß ich zwei Verpflichtungen eingegangen bin.«

»Selbstverständlich hat Monsieur Blanchard keine Zeit, sich euch anzuschließen, Armand«, mischte sich mein Vater ein. »Du hättest dir die Frage schenken können.«

Mein Vater geriet sofort in Panikstimmung, wenn Blanchard andeutete, daß er seinen Posten als Erzieher aufgeben könnte. Er war davon überzeugt, daß Léon der beste verfügbare Pädagoge war, da ihn der Herzog von Soissonson sonst nicht empfohlen hätte. Durch ihn hatte sich bei uns sehr viel verändert. Die Jungen freuten sich auf den Unterricht, waren gefügiger, ernsthafter; der Graf unterhielt sich oft mit ihm und hätte ungern auf seine Gesellschaft verzichtet; am wichtigsten war aber das Wunder, das er an Sophie vollbracht hatte. Seit er im Haus war, benahm sie sich viel natürlicher und nahm auch an unseren Mahlzeiten teil.

»Ich werde sehen, was sich tun läßt«, versprach Léon. »Mir ist natürlich klar, wie wichtig Ihre Aufgabe ist. Vielleicht kann ich doch ein wenig Zeit dafür erübrigen.«

Armand strahlte vor Begeisterung und sprach des langen und breiten von den Vorhaben und den Aktionen seiner Gruppe.

Ich fragte mich oft, was Léon Blanchard eigentlich für seine Mitmenschen so anziehend machte. Auch mein Interesse für ihn wuchs, vor allem deshalb, weil ich ihn als möglichen Ehemann für Sophie in Betracht zog.

Als ich einmal von einem Ausritt heimkehrte, ging er gerade über den Hof in den Stall, und ich hatte plötzlich das Gefühl, daß ich diese Szene schon einmal erlebt hatte.

Es war ein geradezu unheimliches Gefühl, eine Art *déja vu*.

Léon drehte sich um, erblickte mich, und die seltsame Stimmung verflog. Er verbeugte sich höflich und bemerkte, daß der Tag für einen Ausritt wie geschaffen war.

In diesem Sommer besuchte uns Dickon wieder einmal. Er traf vollkommen unerwartet ein und war erstaunt, weil ich ihn nicht begeistert begrüßte. Ich erklärte ihm, daß es sich gehört hätte, uns vorher zu benachrichtigen, und daß er das Château meines Vaters nicht einfach als sein Zuhause betrachten könne.

»Wo du bist, ist auch mein Zuhause«, behauptete er.

Ich fand das lächerlich und meinte, daß er sich bei meinem Vater entschuldigen müsse.

Mein Vater hatte ihn jedoch ins Herz geschlossen, was im Grunde nicht überraschend war. Mein Vater mußte als junger Mann Dickon sehr ähnlich gewesen sein. Beide wirkten ausgesprochen männlich und übten deshalb auf Frauen eine unwiderstehliche Anziehungskraft aus; außerdem kamen sie gar nicht auf die Idee, daß sie irgendwo nicht gern gesehen waren.

Dickon erzählte mir, daß er aus zwei Gründen nach Frankreich gekommen war. Der erste war naheliegend: ich. Der andere war, daß Frankreich allmählich zum interessantesten Land Europas wurde und daß die Augen der Welt auf uns gerichtet waren. Wilde, widersprüchliche Gerüchte gingen über das Halsband der Königin um, und in ganz Europa konnte man nicht genug darüber erfahren. Es hieß zwar, daß es sich um eine ungeheure Intrige handelte, mit der man an der Königin Rufmord begehen wollte, aber ihre Feinde waren davon überzeugt, daß sie in die Affäre verwickelt war. Die französische Staatskasse war nahezu leer, und überall warf man der Königin ihre Extravaganzen vor. Das Halsband war einfach ein weiterer Beweis für ihre unglaubliche Verschwendungssucht. Man nannte sie nur noch Madame Defizit, und in Paris fanden Demonstrationen gegen sie statt.

Natürlich machten wir Léon Blanchard und Dickon miteinander bekannt, und letzterer meinte: »Jeder Angehörige dieses Hauses lobt Sie über den grünen Klee, Monsieur, weil Sie ein so großartiger Erzieher sind. Ich habe selbst zwei Söhne und beneide Charlot und Louis-

Charles ein wenig. Die Erzieher meiner Söhne halten sich kaum länger als einige Monate bei uns. Verraten Sie mir doch Ihr besonderes Geheimnis.«

»Ich versuche, den Unterricht interessant zu gestalten, auf die jungen Leute einzugehen und sie wie Erwachsene zu behandeln.«

»Monsieur Blanchard verfügt zweifellos über besondere Talente«, fügte mein Vater hinzu.

Während der Mahlzeit fragte uns Dickon nach unserer Meinung über die Halsbandaffäre.

»Die Königin hat bestimmt keine Ahnung, wie es um die Staatsfinanzen bestellt ist, und wie das Volk ihre Verschwendungssucht aufnimmt«, verteidigte sie Léon.

»Das Volk wird nie zufrieden sein«, widersprach Armand. »Es ist klar, daß die Königin in dieser Angelegenheit zu Unrecht beschuldigt wird, weil Intriganten ihren Namen mißbraucht haben, um ein Vermögen zu machen.«

»Das Gericht hat sich jedenfalls dieser Ansicht angeschlossen«, bestätigte mein Vater.

»Das Volk schiebt ihr die Schuld für alle Mißstände in die Schuhe«, fügte Léon hinzu.

»Das Volk braucht immer einen Sündenbock«, bestätigte Armand. »Man müßte die Aufrührer strenger bestrafen.«

»Haben Sie bei Ihren Nachforschungen nach den Agitatoren Glück gehabt?« erkundigte sich Dickon.

»Wir haben herausgefunden, daß die Unruhen genau geplant sind. Wir wollen aber nicht gegen den Pöbel vorgehen, sondern die Anstifter ergreifen.«

»Und was unternehmen Sie im einzelnen?« Dickon ließ nicht locker.

»Sie dürfen nicht annehmen, daß wir tatenlos zusehen, wie dieses Land vor die Hunde geht«, rief Armand. »Wir werden diese Leute schon noch zu fassen kriegen, das können Sie mir glauben.«

»Der Vicomte ist durch die Ereignisse zutiefst beunruhigt und hat Männer um sich geschart, die seine Ansichten teilen«, erklärte Léon. »Ich habe die Ehre, ihnen anzugehören. Leider kann ich mich aus Zeitmangel nicht so nützlich machen, wie ich gern möchte.«

»Sie sind ein ausgezeichneter Mitarbeiter«, beruhigte ihn Armand.

Ich hatte Sophie beobachtet, während Léon sprach, denn ich war überrascht, daß sie an der Tafel erschienen war, obwohl wir Besuch hatten. Dickon hatte mit keiner Wimper gezuckt, als sie eintrat, und unterhielt sich vollkommen unbefangen mit ihr. Sie trug ein blaßviolettes Kleid und sah sehr hübsch aus. Sie schaute Léon immer wieder an, und obwohl ich froh darüber war, daß sie gelöster und glücklicher wirkte, fragte ich mich besorgt, was die Zukunft ihr bringen würde. Würde er sie wirklich zur Frau nehmen?

Armand sprach begeistert von den Einsätzen seiner Gruppe, der sich auch Adelige aus weiter entfernten Gebieten angeschlossen hatten. »Wir werden die Agitatoren schon noch entlarven, und damit haben wir das Übel an der Wurzel gepackt.«

Als die Tafel aufgehoben wurde, schlug mir Dickon vor, mit ihm einen Spaziergang über die Mauern des Schlosses zu unternehmen.

Ich legte mir einen Schal um die Schultern, wir stiegen gemeinsam auf den Turm hinauf und gingen dann die Mauer entlang. Gelegentlich blieben wir stehen und blickten über die Zinnen auf das Land hinaus.

»Es sieht trügerisch friedlich aus, nicht wahr?« meinte Dickon.

Ich stimmte zu.

Er legte mir den Arm um die Schultern. »Du solltest nicht hierbleiben, das Pulverfaß kann jeden Augenblick in die Luft fliegen.«

»Das behauptest du schon seit langer Zeit.«

»Es gärt auch schon seit langer Zeit.«

»Dann wird es vielleicht noch eine Weile weitergären.«

»Aber nicht mehr lange, und was dann kommt, wird fürchterlich sein. Du solltest mich möglichst rasch heiraten, Lottie.«

»Und nach England übersiedeln?«

»Natürlich. Eversleigh erwartet dich und die Kinder. Meine Mutter hofft jedesmal, wenn ich nach Frankreich reise, daß ich mit euch zurückkehren werde. Natürlich kann ich dir keinen solchen Übermenschen wie diesen Monsieur Blanchard versprechen. Wer ist er überhaupt? Er ist eine beeindruckende Persönlichkeit.«

»Findest du wirklich? Du hast dich ja nur beim Abendessen mit ihm unterhalten.«

»Man kann ihn nicht übersehen. Außerdem finde ich, daß sich unter seinem Einfluß der gesamte Haushalt verändert hat. Hoffentlich bist nicht auch du ihm verfallen.«

Das gefiel mir an Dickon – daß er selbst das ernsteste Thema mit Humor behandelte.

»Gerade du solltest wissen, daß ich nicht so leicht jemandem verfalle, Dickon.«

»Leider habe ich das am eigenen Leib erfahren. Aber warum willst du nicht nach England zurückkehren? Diesem Hexenkessel entrinnen?«

»Der deiner Ansicht nach jeden Augenblick überkochen kann.«

»Wenn es soweit ist, wird niemand mehr darüber lachen. Etliche werden sich schwer verbrühen. Aber nicht meine Lottie, das werde ich zu verhindern wissen. Dennoch wäre es für dich am besten, wenn du das Land so bald wie möglich verläßt.«

»Das kann ich nicht, Dickon, ich kann meinen Vater nicht im Stich lassen.«

»Eversleigh ist ein sehr großes Haus. Du darfst es nicht unterschätzen, weil du dein Leben in einem Château verbracht hast. Wir haben genügend Platz für ihn.«

»Er würde Frankreich niemals verlassen, er ist hier zu Hause.«

»Bald werden Männer seines Schlages verzweifelt versuchen, aus diesem Land zu entkommen.«

»Er wird nie fliehen, und ich kann ohne ihn nicht abreisen.«

»Er liegt dir also mehr am Herzen als ich.«

»Natürlich. Er liebt mich, er hat mich zu sich genommen und mich als sein Kind anerkannt. Du hast Eversleigh gewählt.«

»Wirst du das niemals vergessen?«

»Das kann ich nicht, wenn ich dir gegenüberstehe. Du bist der Besitzer von Eversleigh und hast meine Hand um dieses Besitzes willen ausgeschlagen.« Ich legte ihm die Hand auf den Arm. »Ich habe es dir längst verziehen, Dickon, du hast dich einfach so verhalten, wie es deinem Wesen entsprach. Es ist nicht mehr von Bedeutung. Aber ich kann nicht nach England übersiedeln, solange mein Vater am Leben ist. Du siehst doch, wie er an mir und den Kindern hängt.«

»Seine Gefühle für dich sind augenscheinlich. Die arme Sophie bedeutet ihm wenig, und seinen Sohn mag er auch nicht sehr. Das überrascht mich nicht, denn Armand ist ein Narr. Was soll die Geschichte mit der Gruppe?«

»Es ist eine Art Selbstschutzvereinigung, die versucht, die Agitatoren zu entdecken.«

»Und haben sie Erfolg?«

»Ich glaube nicht.«

»Was unternehmen sie eigentlich konkret?«

»Sie kommen zusammen und sprechen...«

»Und sprechen und sprechen...«, unterbrach mich Dickon spöttisch. »So etwas muß im geheimen geschehen und nicht am Eßtisch besprochen werden.«

»Es bleibt ja in der Familie.«

»Nicht ganz. Der Erzieher ist zum Beispiel auch anwesend.«

»Der gehört ebenfalls zur Gruppe. Armand hat ihn zum Beitritt überredet, und Monsieur Blanchard ist ein sehr entgegenkommender Mensch. Er hat zwar zuerst behauptet, daß er mit Arbeit überlastet ist, hat aber dann doch nachgegeben.«

»Ein wirklich entgegenkommender Mann. Wie seid ihr auf ihn verfallen?«

»Durch Empfehlung. Der Herzog von Soissonson hat uns einmal zufällig besucht, und wir erwähnten, daß wir uns auf der Suche nach einem Erzieher befänden. Monsieur Blanchard unterrichtet die Kinder des Cousins des Herzogs oder so ähnlich. Er steht ihnen immer noch an drei Tagen der Woche zur Verfügung, deshalb müssen wir ihn mit diesem Cousin teilen.«

»Man reißt sich ja förmlich um den Herrn. Der Herzog von Soissonson, hast du gesagt?«

»Ja. Kennst du ihn?«

»Ich habe von ihm gehört. Man spricht in Paris viel über ihn.«

»Ich habe mich oft gefragt, wieso du immer so gut unterrichtet bist, Dickon.«

»Ich freue mich, daß es dir aufgefallen ist.«

»Warum kommst du so oft hierher?«

»Die Antwort darauf kennst du bereits.«

»Da bin ich nicht sicher. Ich glaube, daß ich vieles nicht weiß, was dich betrifft.«

»Der Hauch eines Geheimnisses erhöht vielleicht meine Anziehungskraft.«

»Das stimmt nicht, ich möchte mehr über dich wissen. Manchmal habe ich das Gefühl, daß du dich über die Unruhen hier freust – nein, das ist nicht das richtige Wort, daß sie dir gelegen kommen.«

»Was kannst du von einem Engländer erwarten, dessen Land immer Schwierigkeiten mit den Franzosen gehabt hat?«

»Arbeitest du womöglich für die englische Regierung?«

Er faßte mich an den Schultern und blickte mir lachend

ins Gesicht. »Bin ich vielleicht ein Spion?« flüsterte er. »Bin ich in geheimer Mission hier? Warum glaubst du mir nicht, daß mein einziger Lebenszweck darin besteht, dein Herz zu erobern?«

Ich zögerte. »Ich weiß, daß du mich heiraten willst, aber ich würde in deinem Leben nie die erste Stelle einnehmen, nicht wahr? Es gäbe für dich immer noch etwas anderes... Eversleigh zum Beispiel. Eigentum, Besitz, der Macht bringt.«

»Wenn ich dich davon überzeugen könnte, daß es für mich nichts Wichtigeres gibt als dich, würdest du dann deine Einstellung zu mir ändern?«

»Das wird dir nie gelingen.«

»Eines Tages werde ich es schaffen.«

Er riß mich an sich und küßte mich leidenschaftlich. Am liebsten hätte ich mich an ihn geklammert, ihm gesagt, daß ich mich mit dem begnügen würde, was er mir geben konnte. Ich redete mir ein, daß jede Witwe, die schon lang allein lebte, so reagieren würde, weil sie die Liebe eines Mannes brauchte. Ich hatte Charles geliebt und er fehlte mir sehr, aber mein Gefühl für Dickon ging tiefer. Die Wurzeln dieses Gefühls reichten in die Vergangenheit, in die Zeit, als ich ein junges, romantisches Mädchen gewesen war. Ich löste mich aus seinen Armen.

»Auf diese Weise kannst du mich nicht überzeugen.«

»Wenn ich dich in den Armen halte, wenn ich dich küsse, weiß ich, daß du mich liebst. Du kannst es nicht verbergen.«

»Ich kann nicht leugnen, daß ich etwas für dich empfinde. Aber ich will alles oder nichts, Dickon. Außerdem habe ich dir schon erklärt, daß ich meinen Vater niemals verlassen werde.«

Er lehnte sich seufzend über die Brüstung.

»Wie schön euer Besitz ist. Im Mondlicht schimmert der Fluß wie Silber. Ein reiches Land, das Holz der Wälder und die fruchtbaren Felder. Der Graf muß stolz darauf sein.«

»Das ist er auch. Das Gut befindet sich seit Generationen im Besitz seiner Familie.«

»Und dieser Narr Armand wird es einmal erben. Er hat doch nicht die geringste Ahnung, wie man diesen Besitz verwaltet.«

»Es gibt Leute, die ihm diese Arbeit abnehmen können. Du mußt ja auch in Eversleigh jemanden haben, der das Gut verwaltet, solange du dich in Frankreich herumtreibst.«

»Trotzdem ist es ein Jammer. Wenn Armand nicht wäre, würdest du alles erben.«

»Wie meinst du das?«

»Du bist seine Tochter, und er ist sehr stolz auf dich.«

»Armand ist sehr lebendig. Außerdem würde Sophie auf jeden Fall vor mir reihen.«

»Damit würde ich nicht rechnen. Du bist der Augapfel deines Vaters, und er würde bestimmt gut für dich sorgen.«

»Dickon!«

»Ja?«

»Rechnest du vielleicht schon wieder?«

»Ich rechne immer.«

»Und du mimmst an, daß mein Vater einen Teil seines Reichtums auf mich übertragen wird. Jetzt begreife ich, warum du mich so leidenschaftlich umwirbst.«

»Meine Werbung wäre genauso leidenschaftlich, wenn du arm wärst.«

»Aber vielleicht wärst du nicht auf eine Heirat aus.«

»Wenn du ein Bauernmädchen wärst, würde ich dich immer noch begehren.«

»Ich weiß, daß du viele Frauen begehrt hast, von denen etliche nicht hochgeboren waren. Es wird kalt, ich will ins Haus zurückgehen.«

»Erst mußt du mich anhören. Warum bist du plötzlich so ärgerlich?«

»Weil ich einen Augenblick lang vergessen habe, wie du bist. Du willst mich heiraten, weil du erkannt hast, daß ich etwas erben werde, und obwohl du Eversleigh und Clavering bekommen hast – und deine Frau ein Vermögen in die Ehe gebracht hat –, hast du noch immer nicht genug.«

»Du hast wirklich Temperament, Lottie.«

»Gute Nacht, Dickon, ich gehe jetzt zurück.«

Er ergriff meine Hände und zog mich an sich. »Wir sollten nicht im Zorn auseinandergehen.«

Ich wiederholte müde: »Gute Nacht.«

Er riß mich wieder an sich, und ich reagierte wider Willen auf die Umarmung. Er war gefährlich, denn ich konnte ihm nicht widerstehen.

Ich machte mich von ihm los.

»Du hast mich mißverstanden«, beteuerte er.

»Nein, ich verstehe dich nur allzu gut. Du bleibst deiner Gewohnheit treu, immer nur um reiche Frauen zu werben. Mein Vater ist noch am Leben, und ich hoffe, daß er mir noch sehr lange erhalten bleibt, aber du kannst sicher sein, daß ich das, was ich von ihm erben werde, nicht dem Vermögen hinzufügen werde, das du bereits dank deiner Verführungskünste erworben hast.«

»Lottie, ich habe dir schon gesagt, selbst wenn du ein Bauernmädchen wärst, das auf dem Feld Garben bindet...«

»Würdest du mich in dein Bett holen, ich weiß. Ich weiß genau, was du denkst, Dickon. Weil ich kein Bauernmädchen, sondern eine reiche Erbin bin, möchtest du mich heiraten. Noch einmal: Gute Nacht.«

Ich lief davon und stellte erstaunt und ein wenig enttäuscht fest, daß er mir nicht folgte.

Nachdem ich zu Bett gegangen war, lag ich noch lange wach und starrte zur Decke.

»Reise ab, Dickon«, murmelte ich, »laß mich endlich in Frieden.«

Obwohl ich ihm mißtraute, sehnte ich mich nach ihm. Wenn ich nicht achtgab, war es um meinen Seelenfrieden geschehen.

In dieser Nacht fand ich nur wenig Schlaf, denn meine Gedanken kreisten ununterbrochen um Dickon. Ich sagte mir immer wieder vor, daß Dickon ein berechnender Mensch war und daß ich endlich vernünftig werden mußte.

Am nächsten Morgen erfuhr ich, daß Dickon das Château in aller Frühe zu Pferd verlassen hatte, und nahm an, daß er sich wieder einmal auf eine seiner geheimnisvollen Missionen begeben hatte.

Am Vormittag ging ich mit meinem Vater im Garten spazieren, und er erzählte mir, daß Léon Blanchard mit den Jungen einen Ausflug unternahm, um ihre Kenntnisse in Forstwirtschaft und Botanik zu vertiefen.

»Sie werden auch Pflanzen sammeln«, erwähnte mein Vater. »Blanchard sorgt tatsächlich dafür, daß sie auf allen Gebieten bewandert sind.«

»Dickon macht sich große Sorgen wegen der innenpolitischen Lage in Frankreich«, bemerkte ich.

»Wie wir alle.«

»Er findet, daß sie von Tag zu Tag bedrohlicher wird.«

Mein Vater lächelte. »Er möchte natürlich, daß du mit ihm nach England zurückkehrst.«

Ich antwortete nicht.

»Das will er doch, nicht wahr?« wiederholte mein Vater.

»Ja, er hat es mir vorgeschlagen.«

»Und was hast du ihm darauf geantwortet?«

»Daß ich natürlich hierbleibe.«

»Möchtest du das wirklich?«

»Ja.« Mein Ton war entschlossen.

»Er ist ein interessanter Mann, und ich bin ihm zu Dank verpflichtet, denn durch ihn habe ich dich und damit deine Mutter wiedergefunden. Wenn deine Mutter Dickons wegen nicht besorgt um dich gewesen wäre, hätte sie mir nie geschrieben, und ich hätte nie von deiner Existenz erfahren. Dickon gegenüber hege ich etwas gemischte Gefühle. Deine Mutter hat ihn nicht gemocht und sogar ein wenig Angst vor ihm gehabt. Ich muß jedoch zugeben, daß ich ihn bewundere. Er könnte trotz allem der richtige Mann für dich sein.«

»Das müßte ich mir sehr genau überlegen.«

»Ich habe es mir schon überlegt. Du bist zu jung, um dein Leben allein zu verbringen. Du solltest wieder heiraten und noch ein paar Kinder bekommen.«

»Willst du mich denn loswerden?«

»Um Himmels willen, nein! Ich möchte nur, daß du glücklich wirst, und wenn das bedeutet, daß du mich verläßt, dann muß ich mich eben damit abfinden.«

»Wenn ich dich verlasse, könnte ich nie wieder im Leben glücklich sein.«

»Gott segne dich, Lottie, für die Liebe und das Glück, die du mir gebracht hast. Du mußt mir aber versprechen, daß du dich weder durch Rücksicht auf mich noch durch Pflichtgefühl zurückhalten lassen wirst, wenn du Dickon oder einem anderen Mann folgen möchtest. Ich bin alt, du bist jung; mein Leben ist zu Ende, deines liegt noch vor dir. Denk daran, daß dein Glück für mich das Wichtigste auf der Welt ist.«

»Und mir das deine.«

Er schwieg einen Augenblick in Gedanken versunken, ehe er weitersprach. »Es wird sich alles zum Guten wenden. Dieses Königreich hat alle Krisen überwunden, mit denen es im Lauf der Jahrhunderte zu kämpfen hatte. Frankreich bleibt Frankreich, und es wird unseren Kindern eine sichere Zukunft bieten. Mir wäre es am liebsten, wenn Charlot Aubigné erbt. Natürlich kämen Armands Kinder in der Erbfolge vor den deinen – falls ihm jemals welche geschenkt werden, was kaum anzunehmen ist. Nach Armand würde also Charlot das Schloß erben. Ich habe durch meine Anwälte alles festlegen lassen.«

»Ich hasse es, über Testamente zu sprechen. Du wirst Aubigné noch viele Jahre lang leiten.«

»Warten wir ab.«

Zu Mittag kamen Léon Blanchard und die Jungen mit den Musterexemplaren zurück, die sie in Wald und Feld gesammelt hatten. Das Gespräch bei Tisch drehte sich nur um die erstaunlichen Pflanzen und Tiere, die sie entdeckt hatten, und mein Vater lächelte belustigt über den Eifer seiner Enkel. Am Nachmittag sollten sie ihre Funde ordnen. An den Tagen, an denen Léon im Château weilte, arbeiteten sie vormittags und nachmittags, um die Schultage wettzumachen, die er bei seinen anderen Schülern verbrachte, obwohl sie auch während seiner Abwesenheit mit Aufgaben beschäftigt waren.

Dickon kehrte am späten Nachmittag zurück, und während ich mich für das Abendessen umkleidete, mußte ich ununterbrochen an ihn denken.

Als ich das Zimmer betrat, waren Léon und Sophie bereits anwesend und unterhielten sich miteinander, sie lächelte strahlend und sprühte vor guter Laune wie immer, wenn sie sich in seiner Gesellschaft befand. Ich beschloß meinen Vater zu fragen, ob er einer Heirat zwischen ihnen zustimmen würde. Eigentlich war ich davon überzeugt, daß er nichts dagegen haben würde, denn er hatte eine gute Meinung von Blanchard und würde sicherlich froh sein, einen Mann für Sophie gefunden zu haben.

Armand war noch nicht erschienen, und mein Vater fragte Marie Louise, ob er zum Abendessen herunterkommen würde. Sie war sehr erstaunt darüber, daß man von ihr wissen wollte, wo sich ihr Mann befand, und erklärte, daß sie keine Ahnung habe. Also schickte mein Vater einen Diener zu ihm hinauf.

Der Diener kam zurück und meldete, daß sich der Vicomte nicht in seinen Räumen befand. Der Kammerdiener hatte Kleidung zurechtgelegt, weil er ihn zum Essen zurückerwartete, aber Armand war nicht gekommen.

Niemand war überrascht, denn Armand war nie sehr pünktlich. Es war schon vorgekommen, daß er am Nachmittag auf die Jagd ging, und erst am nächsten Morgen zurückkehrte. Jetzt war er so mit seiner Gruppe beschäftigt, daß er oft bei einem ihrer Mitglieder übernachtete, wenn sie am nächsten Tag eine Aktion gegen die Agitatoren planten.

Die Mahlzeit verlief wie gewöhnlich. Léon erzählte von den Botanikstunden der Jungen und berichtete, daß sie gute Fortschritte machten. Sophie hörte aufmerksam zu – wie immer. Sie veränderte sich von Tag zu Tag mehr zu ihrem Vorteil, und ich nahm mir vor, bei der ersten sich bietenden Gelegenheit wegen ihr mit meinem Vater zu sprechen.

Dickon verhielt sich ungewöhnlich ruhig und forderte mich nach dem Essen nicht wie üblich zu einem Spaziergang im Park oder auf den Mauern des Schlosses auf.

In dieser Nacht holte ich versäumten Schlaf nach, und als ich am nächsten Tag mit meinem Vater allein war, kam ich auf Sophie und Léon zu sprechen. Wir saßen auf dem Rasen neben dem Burggraben, und ich erwähnte beiläufig: »Sophie hat sich sehr verändert.«

»Das stimmt.«

»Du weißt auch warum – sie ist verliebt.«

»Ja, in Léon Blanchard.«

»Wie würdest du reagieren, wenn er um ihre Hand anhielte?«

Mein Vater schwieg.

»Du hast doch eine sehr gute Meinung von ihm.«

»Ich würde nie auf die Idee kommen, daß ein Erzieher der richtige Mann für meine Tochter ist.«

»Unter den gegebenen Umständen...«

»Das stimmt, unter diesen Umständen ist es allerdings etwas anderes.«

»Er ist ein überaus kultivierter Mann und, soviel ich weiß, mit dem Herzog von Soissonson verwandt.«

»Sehr entfernt verwandt.«

In diesem Augenblick drehte ich mich zufällig um und erblickte Sophie, die dicht hinter uns stand. Mir schoß das Blut in die Wangen.

»Sophie«, rief ich und stand auf.

»Ich habe einen Spaziergang unternommen«, erklärte sie.

»Guten Morgen, Sophie«, begrüßte sie unser Vater.

Sie erwiderte den Gruß, drehte sich um und ging weiter.

»Möchtest du nicht...«, begann ich, aber sie blieb nicht stehen.

Ich setzte mich wieder. »Wie merkwürdig, daß sie sich so leise angeschlichen hat.«

»Der dichte Rasen dämpft das Geräusch der Schritte.«

»Hoffentlich hat sie unser Gespräch nicht mit angehört.«

»Wir hatten gerade festgestellt, daß sie sich verändert hat, aber sie hat ihre Scheu noch nicht ganz überwunden.«

»Nur in Blanchards Gegenwart gibt sie sich freier. Falls er wirklich um ihre Hand anhält, würdest du doch deine Zustimmung erteilen, nicht wahr?«

»Ich wäre genauso glücklich wie du, wenn Sophie einen eigenen Hausstand gründete.«

Damit wandte sich das Gespräch anderen Themen zu.

Als Armand auch an diesem Abend nicht zum Essen erschien, waren wir beunruhigt. Mein Vater beschloß, einen Diener reihum zu Armands Freunden zu schicken, falls er am nächsten Morgen auch noch nicht auftauchte.

Während der Mahlzeit herrschte beklommenes Schweigen, weil wir alle an Armand dachten. Léon wollte uns beruhigen und behauptete, daß Armand sich sicherlich bei einem seiner Freunde befände, weil für den Tag, an dem er aus dem Château verschwunden war, eine Zusammenkunft vorgesehen gewesen war. Léon hatte sich um seine Schüler zu kümmern und keine Zeit gehabt, Armand zu begleiten.

Am nächsten Tag erfuhren wir zu unserer Besorgnis, daß Armand nicht an der von Léon erwähnten Versammlung teilgenommen hatte. Seine Freunde hatten vergeblich auf ihn gewartet.

Jetzt machten wir uns ernstliche Sorgen.

»Er muß einen Unfall erlitten haben«, meinte der Graf und befragte die Dienerschaft genauer. Der Reitknecht berichtete, daß Armand am frühen Nachmittag weggeritten war; er war guter Laune gewesen und hatte jede Begleitung abgelehnt.

Wir fanden an diesem Tag keine Spur von ihm, obwohl Dickon mit den Dienern die Umgebung absuchte. Erst am nächsten Tag entdeckte er Armands Pferd, das an einen Busch in der Nähe des Flusses festgebunden war. Am Flußufer lag ein federgeschmückter Hut, der Armand gehörte.

An dieser Stelle war der Fluß sehr tief und breit, aber Armand war ein guter Schwimmer. Dennoch wollten wir nichts unversucht lassen, und der Graf ließ den Fluß mit Schleppnetzen absuchen. Ohne Erfolg.

Der Graf stellte die Theorie auf, daß Armand am Ufer ausgeglitten war, beim Aufprall das Bewußtsein verloren hatte und ins Wasser gerollt war. Dann hatte ihn die Strömung mitgerissen.

»Mir gefällt das Ganze nicht«, meinte Dickon. »Armand war zu seiner Gruppe unterwegs. Wußte jemand davon? Vermutlich haben alle davon gewußt, denn die Gruppe redete immer von ihren Vorhaben; es gibt viele Menschen die gegen diese Organisation sind.«

»Dann hätten sie jedoch vermutlich die ganze Bande angegriffen«, widersprach mein Vater. »Wir dürfen die Suche nicht aufgeben.«

Nach einer Woche gab es noch immer keine neuen Spuren: Armand war wie vom Erdboden verschwunden. Dickon äußerte die Vermutung, daß jemand Armand getötet und die Leiche vergraben habe. Gemeinsam mit Léon grub er am Flußufer nach dem Leichnam. Doch auch das war vergeblich.

Alle, auch die Jungen, beteiligten sich an der Suche. Léon gab ihnen zu diesem Zweck sogar frei.

Schließlich mußten wir uns mit der Tatsache abfinden,

daß Armand tot war. Es gab keine andere Erklärung, denn er hätte nie sein Pferd angebunden zurückgelassen.

»Wir leben wirklich in gefährlichen Zeiten«, stellte der Graf fest. »Armand hätte sich nicht mit dieser Gruppe einlassen dürfen. Der Arme hat nie im Leben Erfolg gehabt.«

»Vielleicht ist er gar nicht tot«, wandte ich ein.

»Ich bin davon überzeugt, daß ich ihn nie wiedersehen werde.«

Etwa drei Wochen nach Armands Verschwinden traf ein Bote im Schloß ein.

Es war Nachmittag; Dickon war ausgeritten, weil er immer noch hoffte, einen Hinweis auf die Lösung des Rätsels um Armand zu finden. Die Jungen arbeiteten im Schulzimmer mit Léon, und Lisette und ich befanden uns in meinem Zimmer. Sie nähte Louis-Charles ein Hemd, und ich saß am Fenster und blickte hinaus. Dabei bemerkte ich einen Reiter, der sich dem Schloß näherte.

»Da kommt jemand«, rief ich.

Lisette legte ihre Näharbeit weg und kam zu mir herüber.

»Wer mag das sein?« fragte ich.

»Geh doch hinunter, dann erfährst du es sofort.«

»Das tue ich auch, vielleicht bringt er Neuigkeiten von Armand.«

Ich stand in der Halle, als einer der Stallknechte mit dem Fremden hereinkam.

»Er bittet, Monsieur Blanchard sprechen zu dürfen, Madame«, meldete der Reitknecht.

»Er befindet sich im Schulzimmer.« Dann wandte ich mich an ein Dienstmädchen: »Holen Sie Monsieur Blanchard.« Ich drehte mich wieder zu dem Fremden um. »Hoffentlich bringen Sie keine schlechten Neuigkeiten.«

»Ich fürchte doch, Madame.«

Ich seufzte. Der Mann sprach nicht weiter, und ich

hatte keine Lust, mich in Léons Privatangelegenheiten einzumischen.

Léon erschien auf der Treppe, und als er den Mann sah, wurde er nervös.

»Jules...«, begann er.

»Guten Tag, Monsieur Léon«, begrüßte ihn der Fremde. »Madame Blanchard geht es sehr schlecht, und sie bittet Sie, sofort zu ihr zu kommen. Ich habe zwei Tage für die Strecke gebraucht. Ihr Bruder ersucht Sie, sofort mit mir zurückzureiten.«

»Mon Dieu.« Léon wandte sich an mich. »Sie haben es gehört, Madame, meine Mutter ist schwer erkrankt.«

»Dann müssen Sie sofort zu ihr eilen.«

»Ich fürchte, mir bleibt nichts anderes übrig. Die Jungen...«

»Die Jungen können warten, bis Sie wiederkommen.«

Lisette stand neben mir. »Die beiden sollten noch etwas essen, bevor sie aufbrechen.«

»Danke«, antwortete Léon, »aber ich ziehe vor, mich sofort auf den Weg zu machen. Wir könnten bis zum Einbruch der Nacht eine ordentliche Strecke zurücklegen und vielleicht schon morgen abend zu Hause sein.«

»Ich halte das auch für das Vernünftigste«, stimmte der Bote zu.

Die Jungen stürmten in die Halle.

»Was ist los?« rief Charlot.

»Monsieur Blanchards Mutter ist erkrankt, und er muß zu ihr«, erklärte ich.

»Was ist mit den Giftpilzen, die uns Monsieur Blanchard zeigen wollte?«

»Die könnt ihr besichtigen, sobald er wieder zurückgekehrt ist.«

»Wann wird das sein?« wollte Charlot wissen.

»Hoffentlich bald. Ich hoffe von Herzen, daß es Ihrer Mutter schon besser geht, wenn Sie zu Hause ankommen, Monsieur Blanchard.«

»Sie ist sehr alt«, erwiderte er traurig. »Aber Sie müssen verzeihen... ich möchte schon so bald wie möglich aufbrechen. Wenn ich mich beeile, können wir in einer Stunde unterwegs sein.«

Ich suchte meinen Vater auf und erzählte ihm, was geschehen war.

Als wir uns einige Zeit später in der Halle versammelten und uns von Léon verabschiedeten, tauchte Sophie auf der Treppe auf und ging auf ihn zu.

»Was ist geschehen?« fragte sie.

»Mein Bruder hat mir durch einen Boten mitteilen lassen, daß meine Mutter schwerkrank ist. Ich muß sofort zu ihr.«

»Sie werden doch zurückkommen...«

Er nickte und küßte ihr die Hand.

Sie begleitete ihn gemeinsam mit uns in den Hof, und als er fortgeritten war, drehte sie sich wortlos um und verschwand in ihrem Turm.

Als Dickon zurückkehrte, erzählten wir ihm natürlich, daß Léon Blanchard nicht mehr bei uns war. Er bemerkte daraufhin, daß auch er bald abreisen müsse, denn er war schon viel länger geblieben, als er vorgehabt hatte.

Zwei Tage später verließ er ebenfalls das Château.

Beim Abschied zog er mich an sich und küßte mich leidenschaftlich.

»Ich bin bald wieder da und werde so oft wiederkommen, bis ich dich endlich für immer mit mir nehmen kann.«

Nach seiner Abreise herrschte im Schloß gedrückte Stimmung, denn wir hatten noch immer keine Ahnung, was Armand zugestoßen war. Marie Louise trug es mit Fassung und erklärte, daß alles, was ihrem Mann widerfahren war, Gottes Wille sei. Sophie nahm ihre alten Gewohnheiten wieder auf und schloß sich mit Jeanne in ihrem Turm ein. Ich verbrachte meine Zeit mit Lisette und meinem Vater und vergaß bei den Gesprächen mit ihnen den Druck, der auf uns allen lastete.

Sophie stand oft am Fenster ihres Turmes und blickte

die Straße entlang. Sie wartete darauf, daß Léon Blanchard zurückkehrte.

Die Monate vergingen, und wir nahmen nun stillschweigend an, daß Armand nicht mehr am Leben war.

Mein Vater hatte ein neues Testament verfaßt. Ich sollte den Besitz erben und ihn für Charlot verwalten. Er hatte großzügig für Sophie gesorgt und war bereit, ihr eine ansehnliche Mitgift zu geben, falls Léon Blanchard zurückkam und um ihre Hand anhielt.

Dickon tauchte sehr bald wieder auf, worüber ich sehr erstaunt war. Er sah selbstzufriedener aus denn je.

»Ich war sehr fleißig«, erklärte er, »und bringe euch interessante Neuigkeiten.«

»Ich bin ganz Ohr.«

»Ich möchte lieber in Anwesenheit deines Vaters berichten.«

Während Dickon den Staub der Reise abwusch, suchte ich meinen Vater auf und erzählte ihm, daß Dickon Neuigkeiten für uns hatte.

Mein Vater lächelte. »Ich habe erraten, wer angekommen ist – ich konnte es dir an der Nasenspitze ablesen.«

Ich war darüber entsetzt, daß ich mich so schlecht beherrschen konnte.

»Ja«, fuhr mein Vater fort, »deine Augen leuchten und dein Gesicht bekommt einen weichen Ausdruck. Deshalb glaube ich ja auch, daß du und er...«

»Bitte, Vater, ich habe nicht die Absicht zu heiraten... jedenfalls vorläufig nicht.«

Er seufzte. »Du weißt, daß ich dir nicht im Weg stehen würde.«

»Hören wir erst einmal an, was Dickon zu berichten hat.«

Mein Vater ließ Wein bringen, und wir ließen uns in seinem Salon nieder.

»Ihr werdet wirklich erstaunt sein«, begann Dickon, »obwohl ich von Anfang an mißtrauisch war. Für mich war alles viel zu glatt gegangen.«

»Dickon«, rief ich, »du spannst uns absichtlich auf die Folter. Bitte rücke endlich mit deiner Geschichte heraus.«

»Gehen wir der Reihe nach vor. Erstens hat der Herzog von Soissonson keinen Cousin, dessen Söhne einen Erzieher benötigten.«

»Das ist doch unmöglich«, widersprach ihm mein Vater. »Er hat es uns doch selbst gesagt.«

Dickon lächelte. »Ich wiederhole, daß er keinen Verwandten hat, dessen Söhne einen Erzieher brauchen.«

»Willst du vielleicht behaupten, daß der Mann gar nicht der Herzog von Soissonson war?« fragte ich.

»Unsinn«, unterbrach mich mein Vater. »Ich kenne ihn gut.«

»Nicht gut genug«, wandte Dickon ein. »Der Herzog hat euch wirklich hier aufgesucht, aber ihr seid offensichtlich nicht genau über ihn informiert. Er ist ein Busenfreund des Herzogs von Orléans.«

»Und?«

»Mein lieber Graf, wissen Sie denn nicht, was sich im Palais Royal abspielt? Orléans ist der geschworene Feind der Königin. Wer kennt schon seine Motive? Will er die Monarchie stürzen und selbst die Herrschaft übernehmen? Dann wäre er der Liebling des Volkes – Lord Gleichheit. Er und seine Freunde verraten ihre eigene Klasse und sind genauso gefährlich oder noch gefährlicher als der Pöbel.«

»Erklären Sie uns deutlicher, was Sie damit meinen«, verlangte mein Vater. »Der Herzog hat uns Blanchard empfohlen, weil...«

»Weil er einen seiner Gefolgsleute in Ihr Schloß einschleusen wollte.«

»Ein Spion!« rief ich. »Léon Blanchard ist ein Spion!«

»Ja, auch wenn es euch schwerfällt, so etwas von diesem Ausbund an guten Eigenschaften zu glauben.«

»Was sollte das für einen Sinn haben? Wir leben in einer ausgesprochen friedlichen Gegend.«

»Vergeßt nicht Armand und seine kleine Gruppe. Ich glaube zwar nicht, daß Orléans oder Soissonson deshalb sehr beunruhigt waren, aber sie mußten auf jeden Fall vorsichtig sein und Gegenmaßnahmen ergreifen.«

»Das ist eine ungeheure Beschuldigung«, sagte mein Vater. »Besitzen Sie Beweise für Ihre Behauptungen?«

»Ich ziehe aus der Tatsache, daß Blanchards Geschichte erlogen war, meine Schlüsse. In der Zeit, in der er nicht im Château beschäftigt war, ist er als Agitator aufgetreten.«

»Aber er war ein ausgezeichneter Erzieher.«

»Natürlich, er ist ein kluger Mann... vielleicht sogar klüger als Orléans und Soissonson. Aber er ist kein Herzog, und deshalb nimmt er Befehle entgegen, bis er einmal so weit sein wird, daß er selbst Befehle erteilen kann.«

»Er hat versprochen wiederzukommen.«

»Das wird sich ja zeigen. Ich bin davon überzeugt, daß wir ihn nie wiedersehen werden.«

»Und mein Sohn Armand...«, warf der Graf ein.

»Ist vermutlich ermordet worden.«

»Nein!«

»Wir leben in gefährlichen Zeiten, Herr Graf. Blanchard wußte, daß Armand zu einer Zusammenkunft seiner Gruppe reiten würde.«

»Blanchard war den ganzen Tag über im Château. Er kann nicht an dem Mord beteiligt gewesen sein.«

»Nicht direkt, aber er kann seine Komplicen über Armands Pläne informiert haben. Ich nehme an, daß Blanchards Leute Armand aufgelauert, ihn getötet und dann versucht haben, den Mord bedauerlicherweise als Unfall hinzustellen.«

»Sie erzählen da eine sehr fantastische Geschichte.«

»In diesem Land gehen zur Zeit fantastische Dinge vor sich.«

»Sobald Blanchard wieder hier ist, wird er Ihre Theorie widerlegen können.«

»Bis jetzt ist er jedenfalls nicht zurückgekommen.«

»Wahrscheinlich ist seine Mutter noch immer krank, so daß er sie nicht verlassen kann.«

»Wo befindet sich diese Mutter überhaupt?«

»In einem Ort, von dem ich noch nie gehört habe. Wie hieß er noch, Lottie? Ach ja, Paraville. Es liegt ziemlich weit von uns im Süden. Hoffentlich kehrt er bald zurück und klärt alle Mißverständnisse auf, denn um etwas anderes kann es sich nicht handeln.«

»Wie erklären Sie dann, daß Soissonson keine Verwandten mit kleinen Kindern hat?«

»Soissonson hat sich nicht klar ausgedrückt. Vielleicht hat er auch nur von Bekannten gesprochen.«

»Ich kann mir nicht vorstellen, wen er damit gemeint haben könnte. Dafür steckt er mit Orléans unter einer Decke, und der unternimmt, was in seinen Kräften steht, um eine Revolution in Frankreich herbeizuführen.«

»Mein lieber junger Mann, Sie haben sich wirklich bemüht und meinen es bestimmt gut mit uns. Sie müssen entschuldigen, wenn ich nicht glauben kann, daß Soissonson den Sohn eines alten Freundes kaltblütig ermorden läßt.«

»Wenn es um eine Revolution geht, gilt keine Freundschaft mehr.«

»Ich danke Ihnen jedenfalls für alles, was Sie für uns unternommen haben; Sie werden doch noch eine Weile bei uns bleiben?«

»Das wird leider nicht möglich sein, weil ich in wenigen Tagen nach England zurückreisen muß.«

Er war offensichtlich über meinen Vater verärgert, denn er hatte natürlich erwartet, daß wir auf seine Eröffnungen ganz anders reagieren würden. Unsere Reaktion mußte auf ihn wie eine kalte Dusche gewirkt haben.

Beim Abendessen war er ziemlich wortkarg. Als er mir nachher vorschlug, mit ihm auf der Mauer spazierenzugehen, sagte ich bereitwillig zu, weil er mir leid tat.

»Je früher du dieses Château verläßt, desto besser«, erklärte er mir sofort. »Ihr seid alle blind, seht nicht, was um euch vorgeht, und wenn man euch die Wahrheit vor Augen hält, wendet ihr den Kopf ab. Eines steht fest: Die Leute hier verdienen das Schicksal, das ihnen bevorsteht. Sei nicht so unvernünftig wie sie, kehre jetzt mit mir nach England zurück. Glaube mir, wenn du hierbleibst, begibst du dich in Gefahr.«

»Wie kannst du deiner Sache so sicher sein, Dickon?«

»Du solltest nach Paris fahren und die Menschenmengen sehen, die sich jeden Abend vor dem Palais Royal versammeln. Die Agitatoren halten Reden – und wer steckt hinter all dem? Männer wie Orléans und Soissonson, die ihren eigenen Stand vergessen. Es ist doch glasklar. Kam es dir nicht komisch vor, daß Soissonson genau in dem Augenblick hier erschien, als ihr einen Erzieher brauchtet, und daß er sogleich einen für euch zur Hand hatte?«

»Blanchard war ein ausgezeichneter Erzieher.«

»Natürlich, denn diese Leute wissen genau, was sie tun. Sie sind hellwach. Orléans hat erfahren, daß sich überall im Land solche Gruppen bilden, und mußte etwas dagegen unternehmen. Diese kleine Gruppe haben sie jedenfalls zerschlagen. Du wirst natürlich einwenden, daß Armands Gruppe keine Gefahr für Orléans darstellte, und da bin ich ganz deiner Meinung. Aber Orléans und seine Gefährten dürfen kein Risiko eingehen und müssen jeden Widerstand im Keim ersticken. Deshalb ist Blanchard auch der Gruppe beigetreten.«

»Er wollte zunächst gar nicht, Armand mußte ihn dazu überreden.«

»Natürlich ließ er sich überreden, ihr solltet ja nicht den Eindruck bekommen, daß er darauf Wert legte.«

»Das klingt zu fantastisch.«

»Und was ist mit Armand?«

Darauf wußte ich keine Antwort, und er fuhr fort. »Ja, der arme, einfältige Armand wird nie den Besitz deines Vaters erben. Ich könnte wetten, daß dir alles zufällt.«

Ich warf ihm einen raschen Blick zu, und er fuhrt fort: »Oder eigentlich deinem Sohn. Jetzt sind nur noch du und die beklagenswerte Sophie übrig. Sie hat er bestimmt keinen Augenblick als Erbin in Betracht gezogen.«

Ich sah ihn kalt an. »Und trotz der bedrohlichen Lage befaßt du dich mit diesen Problemen.«

»Weil wir ihnen gegenüberstehen, Lottie. Du kannst sie nicht einfach wegwischen.«

Ich hörte ihm nicht mehr zu, sondern dachte an Armand, stellte mir vor, wie er beim Fluß von einer Gruppe von Männern überfallen wurde.

Ich hatte Angst. »Ich möchte auf mein Zimmer gehen.«

»Denk über alles nach, was ich gesagt habe, Lottie. Heirate mich. Ich werde dich in meine Obhut nehmen.«

»Und den Besitz, und Charlots Erbe...«

»Ja, alles. Du brauchst mich genauso sehr wie ich dich, Lottie.«

»Der Meinung bin ich nicht. Gute Nacht.«

Am nächsten Tag reiste er ab.

Lisette wollte wissen, was geschehen war, und ich berichtete ihr genau über alles.

»Blanchard!« wiederholte sie. »Wenn man es sich richtig überlegt, stimmt es, er war einfach zu vollkommen. Er sah gut aus und hatte merkwürdigerweise nur Augen für Sophie. Er hat doch nie versucht mit dir zu flirten, Lottie, nicht wahr?«

»Natürlich nicht.«

»Also verehrte er nur Sophie, und zwar auf sehr ritterliche Art. Es könnte natürlich auch Mitleid gewesen sein, aber das glaube ich nicht. Was hat Dickon behauptet?«

Ich erzählte ihr vom Herzog von Orléans, vom Palais Royal und von Soissonsons Intrige.

»Dickons Geschichte klingt glaubwürdig. Aber man könnte den Spieß auch umdrehen.«

»Wie meinst du das?«

»Lassen wir unserer Fantasie einmal freien Lauf. Dikkon möchte dich besitzen, er liebt dich, aber er würde dich noch mehr lieben, wenn du über ein beachtliches Vermögen verfügst. Dem Grafen gehört ein ungeheurer Besitz, und Armand würde natürlich den Großteil davon erben. Aber wenn Armand ausgeschaltet wird und Sophie ohnehin nicht in Frage kommt, würde das gesamte Vermögen dir zufallen.«

»Hör auf, das ist ja abscheulich.«

Vor meinem geistigen Auge tauchten schreckliche Bilder auf. Armand erreichte den Fluß, jemand lauerte ihm auf, tötete ihn, band das Pferd fest, legte den Hut an das Ufer und vergrub den Leichnam. Dickon war den ganzen Tag über fort gewesen und erst spät am Abend nach Hause gekommen, während Blanchard ununterbrochen mit den Jungen beisammen gewesen war.

»Das ist doch blanker Wahnsinn«, erklärte ich.

»Du hast natürlich recht. Léon Blanchard wird bald zurückkommen und alle Verdachtsmomente entkräftigen.«

»Nur etwas gibt zu mir denken: Armand ist wirklich verschwunden.«

»Ja. Vielleicht trifft doch eine von unseren Theorien zu.«

Kurz nach Dickons Abreise traf der Bote, der Blanchard seinerzeit abgeholt hatte, im Schloß ein. Da mein Vater gerade nicht anwesend war, hinterließ er einen Brief für ihn und ritt wieder zurück.

Sobald mein Vater zurückgekehrt war, ließ er mich in sein Zimmer kommen und gab mir den Brief zu lesen.

In ihm erklärte Léon Blanchard, warum er seinen Posten bei uns nicht wieder antreten konnte. Als er nach Hause gekommen war, hatte er seine Mutter tatsächlich schwer krank vorgefunden, und obwohl sich ihr Zustand inzwischen gebessert hatte, war sie noch immer sehr geschwächt. Er wollte sie nicht mehr verlassen, mußte deshalb zu seinem Bedauern die Stelle bei uns aufgeben und einen Posten in der Nähe suchen. Er dankte uns für die glückliche Zeit, die er im Schloß verbracht hatte.

Er hatte kurze Briefe an die Jungen beigelegt, in denen er ihnen ans Herz legte, fleißig zu lernen. Louis-Charles mußte vor allem die Grammatik üben, Charlot die Mathematik. Er würde immer an sie und an die schöne Zeit denken, die er mit ihnen unter dem Dach des Herrn Grafen verbracht hatte.

Die Briefe wirkten zutiefst überzeugend.

»Und Dickon will uns einreden, daß dieser Mann ein Spion war, den uns Soissonson unterschoben hat«, meinte mein Vater.

»Wenn man diese Briefe liest, kann man es wirklich nicht glauben«, stimmte ich zu.

»Wir müssen uns jedenfalls um einen neuen Erzieher umsehen. Diesmal werde ich mich allerdings nicht an Soissonson wenden«, lachte mein Vater.

Ich war davon überzeugt, daß Dickon in diesen Briefen nur einen weiteren Beweis für seine Theorie sehen würde.

Léon Blanchards Kündigung war das Tagesgespräch im Schloß. Die Jungen waren unglücklich, und Charlot erklärte, daß er den neuen Erzieher hassen würde. »Das darfst du nicht«, wies ich ihn zurecht, »das wäre ihm gegenüber unfair.«

Auch die Bediensteten bedauerten, daß Léon für immer fort war, denn ihrer Meinung nach hatte er sich wie ein richtiger Edelmann benommen.

Am schwersten traf es natürlich Sophie, wie Jeanne Lisette erzählte.

»Ich finde, daß dies die tragischste Auswirkung der ganzen Angelegenheit ist«, erwähnte ich Lisette gegenüber. »Ob es wohl wirklich zu einer Verlobung gekommen wäre, wenn er geblieben wäre?«

»Wenn er ernste Absichten gehabt hätte, hätte er es bestimmt in seinem Brief erwähnt.«

»Da bin ich nicht so sicher. Gerade einem Léon Blanchard muß der Standesunterschied deutlich bewußt sein. Vielleicht benahm er sich Sophie gegenüber einfach ritterlich, und sie machte sich unberechtigte Hoffnungen.«

»Die arme Sophie«, seufzte Lisette.

In dieser Nacht schreckte ich plötzlich aus dem Schlaf auf, und als sich meine Augen an die Dunkelheit gewöhnt hatten, sah ich, daß am Fußende meines Bettes eine Gestalt stand.

»Wer sind Sie?« rief ich.

Sophie trat aus dem Dunkel an mein Bett. Sie hatte die Kapuze zurückgestreift, und ihr Gesicht sah im Mondlicht schrecklich entstellt aus.

»Sophie!« flüsterte ich.

»Warum haßt du mich?«

»Ich hasse dich doch nicht, Sophie...«

»Warum verletzt du mich dann? Genügen dir die Verletzungen noch nicht, die ich davongetragen habe?«

»Was willst du damit sagen, Sophie? Ich würde alles tun, was in meiner Macht steht, um sie ungeschehen zu machen.«

Sie lachte. »Wer bist du überhaupt? Der Bastard, der uns allen unseren Vater gestohlen hat.«

Am liebsten hätte ich sie angeschrien: Er hat dir nie gehört, also konnte ich ihn dir gar nicht wegnehmen, aber ich schwieg.

»Du hast mir Charles gestohlen«, fuhr sie fort.

»Nein, du hast auf ihn verzichtet. Du wolltest ihn nicht heiraten.«

Sie berührte ihr Gesicht. »Du warst dabei, als das geschah, bist aber mit Charles fortgegangen und hast mich meinem Schicksal überlassen.«

»Das stimmt nicht, Sophie, es verhält sich ganz anders.«

»Außerdem liegt es schon lange zurück. Aber dann hast du meinem Vater erzählt, daß Léon mich heiraten will, und ihm eingeredet, daß er nicht damit einverstanden sein darf, weil Léon nur ein Erzieher ist und ich die Tochter eines Grafen bin. Ich habe gehört, was ihr damals gesprochen habt.«

»Da hast du dich verhört. Ich habe im Gegenteil behauptet, daß es das Beste für euch beide wäre.«

»Aber ihr habt ihn weggeschickt. Ihr habt zwar die Geschichte mit seiner Mutter erfunden, aber jetzt kommt er nicht mehr zurück. Daran bist auch du schuld.«

»Du irrst dich, Sophie.«

»Glaubst du, daß ich blind bin? Du hast behauptet, daß Léon ein Spion ist... du und dein Freund, dieser Dickon. Du wirst ihn doch heiraten, wenn mein Vater erst einmal unter der Erde ist und du alles geerbt hast? Und was war mit Armand? Wie habt ihr ihn aus dem Weg geräumt?«

»Du bist verrückt, Sophie.«

»Ach, jetzt bin ich also verrückt. Ich hasse dich, ich werde das, was du mir angetan hast, niemals vergessen und niemals verzeihen.«

Ich stieg aus dem Bett und wollte auf sie zugehen, aber sie streckte die Hand aus und wehrte mich ab. Dann ging sie wie eine Schlafwandlerin mit ausgestreckten Armen rückwärts zur Tür.

»Hör mir zu, Sophie«, rief ich. »Das Ganze ist ein fürchterlicher Irrtum. Laß dir doch erklären...«

Aber sie schüttelte den Kopf. Ich sah zu, wie sich die Tür hinter ihr schloß, dann schlüpfte ich wieder ins Bett und verkroch mich fröstelnd unter der Decke.

VIII

Ein Besuch in Eversleigh

Die Stimmung im Schloß war bedrückend. Ich mußte immerzu an Sophies nächtlichen Besuch denken und überlegte, wie ich sie dazu bringen konnte, die Wahrheit zu akzeptieren. Mir war nie klar gewesen, wie sehr sie mich haßte – natürlich erst, seit sie Charles verloren hatte.

Vielleicht war ich zu sehr mit meinen eigenen Problemen beschäftigt gewesen, so daß ich mich den ihren nicht genügend gewidmet hatte. Sie hatte viel durchgemacht: die Brandwunden, die abgesagte Heirat mit Charles, und jetzt verlor sie wieder einen Menschen, an den sie ihr Herz gehängt hatte. Ich mußte mehr Verständnis für sie aufbringen.

Marie Louise teilte uns mit, daß sie ins Kloster gehen wolle. Sie hatte diesen Wunsch schon lange gehegt, und weil es jetzt beinahe feststand, daß ihr Mann tot war, hielt sie nichts mehr im Château zurück. Mein Vater war entzückt, weil er sie loswurde, und behauptete, daß sich die Stimmung im Schloß dadurch sofort bessern würde.

Aber er machte sich meinetwegen Sorgen.

»Du sehnst dich nach Dickon«, bohrte er.

»Aber nein, keineswegs. Wenn er hier ist, bringt er nur Unruhe ins Haus.«

»Unruhe ist die Würze des Lebens, sonst ist es etwas langweilig.«

»Ich habe die Kinder und dich.«

»Die Kinder wachsen heran. Claudine ist beinahe dreizehn.«

»Das stimmt.« Als ich so alt gewesen war wie sie jetzt, hatte ich mich in Dickon verliebt und mir vorgenommen, ihn zu heiraten. Charlot war beinahe sechzehn, und Louis Charles war etwas älter als er. Es stimmte, sie entwuchsen alle dem Kindesalter.

»Auch du wirst älter, meine Liebe«, fuhr mein Vater fort.

»Wie wir alle.«

»Vor vierunddreißig Jahren habe ich deine Mutter kennengelernt. Es war so romantisch... Der Abend dämmerte, und sie stand wie ein Wesen aus einer anderen Welt vor mir. Sie hielt mich übrigens ebenfalls für ein Gespenst. Ich suchte eine Krawattennadel, die ich verloren hatte, richtete mich plötzlich auf und erschreckte sie wirklich.«

»Ich weiß, du hast es mir schon erzählt.«

»Wie gern würde ich vor meinem Tod das alles noch einmal wiedersehen. Du solltest nach Eversleigh zurückkehren, Lottie, und dir endlich darüber klar werden, wie du zu Dickon stehst. Du liebst ihn, nicht wahr?«

Ich zögerte. »Was ist Liebe? Wenn einen die Nähe eines Menschen erregt, wenn man sich darüber freut, daß dieser Mensch einem Gesellschaft leistet, wenn man sich in seiner Gegenwart lebendig fühlt und doch gleichzeitig zuviel über ihn weiß... daß er nach Macht und Reichtum strebt und bereit ist, dafür beinahe alles zu tun, daß man ihm nicht ganz vertrauen kann? Wie du siehst, weiß ich über seine Fehler Bescheid. Ist das Liebe?«

»Vielleicht suchst du ein Idealbild?«

»Das hast du doch auch getan, und es gefunden.«

»Ich habe nie gesucht, weil ich nicht geglaubt habe, daß absolute Vollkommenheit möglich ist. Ich bin zufällig über sie gestolpert.«

»Deine Liebe war so tief, daß du die Geliebte als vollkommenes Wesen gesehen hast. Meine Mutter war vielleicht gar nicht vollkommen.«

»O doch.«

»In deinen Augen, so wie du in den ihren vollkommen warst. Hältst du dich für vollkommen, Vater?«

»Keineswegs.«

»Doch sie war dieser Ansicht. Vielleicht ist das Liebe. Eine Illusion. Etwas sehen, was es gar nicht gibt; vielleicht täuscht man sich selbst um so mehr, je inniger man liebt.«

»Bevor ich sterbe, möchte ich die Gewißheit haben, daß du dein Glück gefunden hast, mein geliebtes Kind, auch wenn das bedeuten würde, daß ich dich von mir fortlassen muß. Du und deine Mutter, ihr habt mir das größte Glück geschenkt, das ich je erlebt habe. Wer hätte geglaubt, daß eine Zufallsbegegnung solche Folgen haben kann?«

Ich beugte mich zu ihm und küßte ihn. »Ich freue mich, daß du mit meiner Mutter und mir glücklich warst. Wir waren es jedenfalls mit dir. Ich liebte den Mann, den ich für meinen Vater hielt. Er war sanft und freundlich ... aber du bist ganz anders. Du standest in deinem Schloß so romantisch und mutig vor mir. Ich war selig, als ich erfuhr, daß du mein Vater bist.«

Er wandte sich ab, um seine Rührung zu verbergen, und sagte dann beinahe brüsk: »Ich möchte nicht, daß du dein Leben hier verbringst, alt wirst, deine Jugend vergeudest. Du bist anders als deine Mutter, du bist besser imstande, dein Schicksal selbst in die Hand zu nehmen. Deine Mutter war unschuldig und unerfahren und sah das Böse nicht. Du bist aus einem anderen Holz als sie, Lottie.«

»Ich bin erdennäher.«

»Ich würde sagen, lebenserfahrener. Du kennst die Männer besser, als es deiner Mutter möglich war. Außerdem verstehst du, daß sie nicht vollkommen sind, und nimmst es als gegeben hin, liebst sie vielleicht gerade deshalb noch mehr. Ich denke oft an Dickon. Er ist kein

Heiliger. Aber willst du überhaupt einen Heiligen zum Mann haben? Es ist bestimmt nicht leicht, mit einem unfehlbaren Menschen zusammenzuleben. Meiner Meinung nach magst du Dickon auf eine ganz bestimmte Art, und er dich auch. Er hat wirklich viele Fehler, ist aber tapfer und willensstark. Du solltest ein Kind von ihm bekommen, bevor es zu spät ist.«

»Ich werde das Château nicht verlassen. Mir gefällt es hier.«

»Dieses düstere Schloß, das Sophie aus ihrem Turm heraus mit einem Zauberbann belegt?«

»Die Kinder sind hier glücklich.«

»Sie wachsen heran und werden bald ihr eigenes Leben führen. Ich möchte, daß du nach England reist.«

»Meinst du damit, daß ich nach Eversleigh fahren soll?«

»Ja. Nimm die Kinder mit, beobachte Dickon in seiner Umgebung und entscheide dann, wie du deine Zukunft gestalten willst.«

»Ich werde dich nie verlassen.«

»Ich habe gewußt, daß du mir damit kommen wirst. Deshalb habe ich beschlossen, mit dir zu reisen.«

Ich starrte ihn erstaunt an.

»Ja«, fuhr er fort, »Ich habe es mir fest vorgenommen. Ich habe ebenfalls genug vom Château, ich möchte mich von ihm erholen. Ich möchte vergessen, was Armand zugestoßen ist, daß Sophie in ihrem Turm vor sich hinbrütet. Ich möchte etwas Aufregendes erleben. Was hältst du davon, wenn ich mit dir und den Kindern nach England reise?«

Ich war zu verblüfft, um zu antworten.

»Ich sehe die Freude in deinem Gesicht, das genügt mir«, stellte mein Vater fest. »Ich werde es gleich den Kindern erzählen, denn es gibt keinen Grund, warum wir die Reise aufschieben sollten.«

Charlot war sofort Feuer und Flamme, weil er nach England reisen sollte, genau wie Claudine. Louis-Charles war so unglücklich, weil er allein zurückbleiben sollte, daß ich beschloß, ihn ebenfalls mitzunehmen, womit Lisette sofort einverstanden war.

Mein Vater erzählte den Kindern von Eversleigh, soweit er sich noch daran erinnern konnte. Claudine saß auf einem Schemel zu seinen Füßen und starrte verträumt vor sich hin. Charlot wurde nicht müde, Fragen zu stellen, und Louis-Charles hörte mit ehrfürchtigem Schweigen zu, wie immer, wenn der Herr Graf abwesend war.

Vier Tage vor unserer Abreise bat mich mein Vater, ihn auf einen kurzen Spaziergang zu begleiten. Er hängte sich bei mir ein und sagte leise: »Lottie, ich kann diese Reise doch nicht unternehmen.«

Ich blieb stehen und starrte ihn entsetzt an.

»Ich habe mir eingeredet, daß es geht, und habe die Wirklichkeit nicht sehen wollen. Bemerkst du, wie atemlos ich auf dieser geringfügigen Steigung geworden bin? Ich bin nicht mehr jung. Und wenn ich auf der Reise oder in England erkranken sollte...«

»Ich würde mich um dich kümmern.«

Er schüttelte den Kopf. »Nein, Lottie. Ich habe hier Schmerzen, genau in der Herzgegend. Auch deshalb möchte ich, daß du wieder eine Ehe eingehst.«

Nach kurzer Pause fragte ich: »Hast du einen Arzt kommen lassen?«

Er nickte. »Ja. Er hat mir erklärt, daß ich eben nicht mehr der Jüngste bin. Damit muß ich mich abfinden.«

»Ich werde sofort einen Boten nach Eversleigh schikken, denn sie werden schon Vorbereitungen für uns treffen. Und ich muß auch den Kindern beibringen, daß wir die Reise nicht unternehmen.«

»O nein. Ich habe gesagt, daß ich nicht mit euch reisen kann. Du und die Kinder, ihr müßt hinüber.«

»Ohne dich?«

Er nickte.

»Und ich soll dich krank und allein zurücklassen?«

»Hör zu, Lottie, ich bin nicht krank, sondern nur alt und nicht mehr in der Lage, eine lange, anstrengende Reise zu unternehmen. Ich brauche keine Pflege. Auch wenn du hierbleibst, kannst du nichts für mich tun, du enttäuschst nur die Kinder. Ich möchte, daß du mit den Kindern nach Eversleigh fährst. Ich bleibe hier, und meine Dienerschaft wird mich gut betreuen. Außerdem kommst du ja bald zurück.«

»Das kommt wie ein Blitz aus heiterem Himmel«, bemerkte ich.

Er starrte in das Wasser des Burggrabens, und ich fragte mich, ob er jemals die Absicht gehabt hatte, uns zu begleiten.

Natürlich steckte mich das Reisefieber der jungen Leute an. Wir machten uns zu Pferd auf den Weg, weil uns die Kutsche zu schwerfällig und langsam war. Claudine ritt zwischen den beiden Jungen; sie wurde immer hübscher und sah meiner Mutter ähnlich. Vermutlich war sie auch deshalb der Liebling des Grafen. Sie war kräftig, eigensinnig und schätzte es gar nicht, wenn die beiden Jungen ihr gegenüber die Beschützer spielten; außerdem behandelten sie sie wie ein kleines Mädchen. Charlot sah gut aus, hatte dunkle Augen, dunkles Haar und einen wachsamen Gesichtsausdruck. Louis-Charles hätte sein Bruder sein können; sie waren eng befreundet und vertrugen sich sehr gut miteinander, bis auf die wenigen Gelegenheiten, bei denen sie stritten und der Streit zu einer heftigen Rauferei ausartete, weil sie beide gleich jähzornig waren.

Wir übernachteten in einem Gasthaus, über das sie begeistert waren. Die beiden Jungen hatten ein Zimmer für sich, und Claudine schlief bei mir. Sie war bereits bei Morgengrauen wach, konnte es nicht erwarten, die Reise fortzusetzen, und zwang mich, zugleich mit ihr aufzustehen.

»Es gibt eine einzige Kleinigkeit, die mich auf dieser Reise stört. Großvater ist nicht mitgekommen«, bedauerte sie.

»Bezeichne ihn nicht als Kleinigkeit, das würde er gar nicht schätzen«, bemerkte ich, und wir lachten, aber nicht aus vollem Herzen.

Sie genossen auch die Überfahrt, und als wir in England an Land gingen, sprachen sie nur noch von Eversleigh. Dickon erwartete uns in Dover, und Claudine warf sich ihm an den Hals und drückte ihn an sich, während die Jungen grinsend zusahen. Dickon lächelte mir über Claudines Kopf hinweg herzlich zu, doch in seinem Gesichtsausdruck lag heimlicher Triumph, und ich dachte: Sogar jetzt denkt er daran, daß er gewinnen wird.

Dieser Besuch bedeutete jedoch noch lange nicht, daß ich mich entschieden hatte. Vielleicht war es nicht sehr vernünftig von mir gewesen, hierher zu reisen. Ich befürchtete, daß er mich überrumpeln würde, daß ich nicht imstande sein würde, einen klaren Gedanken zu fassen; ich wußte, daß ich Dickon mißtrauen mußte. Aber er wirkte auf mich wie starker Wein.

Die Erinnerungen überfielen mich. In Eversleigh hatte ich unweigerlich das Gefühl, zu Hause zu sein, ohne den Grund angeben zu können, denn ich hatte in England hauptsächlich in Clavering gelebt. Doch Eversleigh war das Heim meiner Vorfahren, und daher auch meines, es sagte mir: Du bist heimgekehrt, bleib hier, hier gehörst du hin.

Sabrina begrüßte uns voll Freude.

»Was für ein schönes Haus«, rief Charlot.

»Aber es ist kein Schloß«, fügte Louis-Charles etwas abwertend hinzu.

»Man sollte eigentlich immer in einem Haus leben«, meinte Claudine. »Schlösser sind dazu da, um feindlichen Belagerungen standzuhalten.«

»Diesen Zweck mußten während des Bürgerkriegs einige unserer Häuser tatsächlich erfüllen«, belehrte sie Sabrina. »Aber jetzt zeige ich euch eure Zimmer; ihr könnt das Haus später erforschen. Es wird euch bestimmt gefallen, es steckt voller heimlicher Winkel und Ecken.«

Dickon versprach ihnen, daß er sie am nächsten Morgen, wenn es hell war, im Haus herumführen würde.

Während ich die Treppe zu meinem alten Zimmer hinaufstieg, dachte ich traurig daran, daß meine Großmutter und meine Mutter noch am Leben gewesen waren, als ich zum letztenmal unter diesem Dach geschlafen hatte.

Sabrina erriet meine Gedanken und wollte mich trösten. »Deine Großmutter ist friedlich entschlummert. Sie hat Zipporas Tod nie verwunden.«

»Meinem Vater geht es genauso.«

»Ich weiß.« Sie drückte mir die Hand. »Aber sie möchte bestimmt nicht, daß du in ihrem Haus traurig bist.«

Mein altes Zimmer. Ich hatte es über zehn Jahre nicht mehr gesehen, aber jeder einzelne Gegenstand war mir immer noch vertraut.

»Komm herunter, wenn du dich gewaschen und umgekleidet hast«, schlug Sabrina vor. »Wir werden bald essen, denn nach der Reise werdet ihr Hunger haben.«

Ich wusch mich, zog ein anderes Kleid an, ging hinunter und hörte schon von der Treppe aus angeregte Stimmen und Gelächter. Die anderen hatten sich bereits alle im Raum neben dem Eßzimmer versammelt.

Als ich eintrat, verstummten die Gespräche, und Dikkon sagte: »Du erinnerst dich doch noch an die Zwillinge, Lottie.«

Dickons Söhne! Sie mußten beinahe zwanzig sein! War das wirklich möglich? Dickon war inzwischen auch dreiundvierzig geworden; ich hatte das Gefühl, daß die Zeit dahinraste. Mein Vater hatte recht. Wenn wir jemals beschließen sollten, unser künftiges Leben gemeinsam zu verbringen, mußten wir uns beeilen.

Ich erinnerte mich gut an David und Jonathan. Sie sahen Dickon ähnlich, und es war nicht zu übersehen, daß sie Zwillinge waren. Jonathan küßte mir als erster die Hand, dann David.

»Du warst schon einmal hier«, bemerkte Jonathan.

»Sie hat hier gelebt, mein Junge«, stellte Dickon richtig. »Es war ihr Zuhause.«

»Es muß interessant sein, wenn man sein Zuhause nach so langer Zeit wiedersieht«, sagte David.

»Das stimmt«, bestätigte ich, »aber noch interessanter ist es, dich und deine Familie wiederzusehen.«

»Sprich nicht von meiner Familie, Lottie«, protestierte Dickon. »Sie ist genauso die deine.«

»Womit er recht hat«, mischte sich Sabrina ein. »Wollen wir jetzt zu Tisch gehen? Unsere Köchin ist sehr autoritär und bekommt in der Küche einen Wutanfall, wenn wir das Essen kalt werden lassen.«

Wir begaben uns also in das Eßzimmer, an dessen Wänden Gobelins hingen, auf dessen Eichentisch zwei Kandelaber standen, und das sehr schön aussah. Sabrina saß an einem Tischende, Dickon am anderen; rechts von Dickon saß ich. Claudine fand zwischen David und Jonathan Platz, die sich über ihre Zweisprachigkeit königlich amüsierten. Sie beherrschte Englisch sehr gut, denn ich hatte es sie gelehrt, aber sie vergaß immerzu, daß sie sich in England befand und verfiel ins Französische, was den beiden Brüdern ungeheuren Spaß bereitete. Louis-Charles unterhielt sich mit Sabrina; ihr Französisch war unter aller Kritik, und sein Englisch entsetzlich, und das Ergebnis war äußerst komisch. Dickon widmete sich ausschließlich mir und ließ mich nicht aus den Augen. Endlich hatte ich seiner Aufforderung, ihn in England zu besuchen, Folge geleistet.

Der Abend verlief unter fröhlichem Geplauder, und als wir uns auf unsere Zimmer zurückzogen, drückte Claudine unser aller Gefühl aus. »Hier ist es wunderbar. Aber ich werde heute nacht bestimmt nicht schlafen, dazu bin ich viel zu aufgeregt.«

Sabrina begleitete mich in mein Zimmer, schloß die Tür hinter sich und setzte sich in einen der Lehnstühle.

»Ich kann dir gar nicht sagen, wie froh ich bin, daß du hier bist, Lottie. Dickon hat jedesmal, wenn er nach Frankreich reiste, behauptet, daß er dich mitbringen wird. Bei euch geht es ja wirklich drunter und drüber.«

»Ich glaube, die Gerüchte sind übertrieben.«

»Dickon sieht schwarz. Er ist seit längerer Zeit der Ansicht, daß du Frankreich verlassen solltest.«

»Das hat er mir gegenüber auch erwähnt.«

»Du bist ja hier zu Hause.«

»Es tut mir leid, daß dein Vater nicht mitkommen konnte; Dickon hat eine sehr hohe Meinung von ihm. Aber er wird natürlich auch älter. Dennoch bist du eigentlich Engländerin, Lottie.«

»Mein Vater ist Franzose.«

»Und deine Mutter war Engländerin. Den Ausschlag gibt, daß du hier aufgewachsen bist.«

Ich lächelte. »Ich bin eine Mischung aus beiden. Ich liebe Eversleigh, mir gefällt es hier... aber mein Mann war Franzose, und meine Kinder sind ebenfalls Franzosen. Dort drüben bin ich zu Hause.«

Sie seufzte. »Manchmal bin ich sehr traurig. Deine Großmutter und ich haben einander sehr nahegestanden.«

»Das weiß ich.«

»Sie fehlt mir schrecklich.«

»Du hast doch Dickon.«

Ihr Gesicht leuchtete auf. »Ach ja, Dickon. Ich möchte ihn so gern vollkommen glücklich sehen. Es war der ausdrückliche Wunsch deiner Großmutter...«

Ich unterbrach sie. »Ja, ich weiß, sie hat ihn angebetet.«

»Er ist ein wunderbarer Mensch. Es ist schon so lange

her, daß die arme Isabel gestorben ist, und die Leute wundern sich darüber, daß er nicht wieder geheiratet hat.«

Ich wurde plötzlich zornig. »Vielleicht hat er nicht die passende Partie gefunden. Er besaß Eversleigh, Clavering und außerdem Isabels ansehnliches Erbe...«

Sabrina hatte sich nicht verändert. Für sie war Dickon über jegliche Kritik erhaben, und sie erkannte Ironie nie als solche.

»Ich weiß, warum er nicht wieder geheiratet hat«, erklärte sie soeben.

»Er hat zwei Söhne, mehr braucht er nicht.«

»Zu der Zeit, als du noch ein Kind warst und bei uns in Clavering lebtest, stecktest du immer mit Dickon zusammen.«

»Ich erinnere mich. Das war, nachdem meine Mutter Eversleigh geerbt hatte.«

»Er hatte dich gern, so wie wir alle. Er sprach immer nur von seiner Lottie, seiner kleinen Lottie. Und für dich war er einfach alles.«

»Kinder sind oft recht fantasievoll.«

»Es ist schön, wenn sie sich diese Fantasie bewahren.«

»Dickon weiß, daß mein Halbbruder vor einiger Zeit verschwunden ist. Seine Leiche wurde nie gefunden, aber angesichts der Lage in Frankreich nehmen wir an, daß er ermordet wurde. Mein Vater ist sehr reich, angeblich einer der reichsten Männer Frankreichs. Charlot wird den Besitz einmal erben, beim Tod meines Vaters wird er jedoch zuerst einmal mir zufallen.«

Sie sah mich verständnislos an.

»Dickon interessierte sich sehr für den Besitz. Ich muß immer daran denken, wie er auf den Anblick von Eversleigh reagiert hat. Er war überwältigt, weil es um soviel größer ist als Clavering. Aubigné ist natürlich noch wertvoller als Eversleigh, deshalb hat er seine große Leidenschaft für mich entdeckt.«

»Er hat Eversleigh natürlich bewundert, wer hätte das nicht getan? Aber er hat dich ehrlich geliebt, Lottie, und er liebt dich immer noch. Er ist manchmal so unglücklich, und ich möchte um jeden Preis, daß er glücklich wird.«

»Du bist wirklich die liebevollste Mutter der Welt, Sabrina.«

Sie lächelte. »Ich hindere dich daran, zu Bett zu gehen, und du mußt doch sehr müde sein.« Sie erhob sich. »Gute Nacht, mein Liebes. Es ist schön, dich bei uns zu haben. Wir werden versuchen, dich für immer hier festzuhalten.«

An der Tür blieb sie stehen. »Erinnerst du dich übrigens noch an die arme Griselda?«

»O ja, sie sorgte dafür, daß Isabels Zimmer nach ihrem Tod nicht verändert wurde. Sie wirkte ein bißchen unheimlich auf mich.«

»Sie mochte Dickon nicht und verbreitete alle möglichen Gerüchte über ihn und Isabel. Sie war auf alle eifersüchtig, die sich zwischen sie und Isabel stellten. Es war für alle eine Erlösung, als sie endlich von uns ging.«

»Sie weilt nicht mehr unter den Lebenden?«

»Sie ist vor über fünf Jahren gestorben. Ihre Zimmer sind gründlich entrümpelt worden und wirken jetzt normal.«

»Du hast recht, es war eine Erlösung.«

Sie legte die Finger auf die Lippen und blies mir einen Kuß zu. »Gute Nacht, Lottie, träume süß.«

Doch Claudine hatte recht gehabt: Wir waren alle viel zu aufgeregt, um schlafen zu können.

In Eversleigh war ich glücklich, und es würde mir bestimmt fehlen, wenn ich es wieder verlassen sollte. Die grünen Felder und der Maisonnenschein waren so typisch englisch und man findet in der ganzen Welt nichts Gleichartiges. Ich liebte es, wenn die Sonne plötzlich hinter Regenwolken verschwand und wir uns vor einem Schauer in Sicherheit bringen mußten.

Es war Ende Mai, und die Aprilregen hatten noch nicht aufgehört. Überall wuchsen wilde Blumen, und ich erinnerte mich, daß meine Mutter mich als Kind gelehrt hatte, Kränze aus Gänseblümchen zu flechten. Ich kannte auch die Namen von anderen Pflanzen – Hirtentäschchen, Frauenhaar, Klee. Ich ritt viel mit Dickon und den Jungen aus, und wir bildeten eine fröhliche Gesellschaft.

Sabrina benützte die Kutsche, und wir verabredeten uns mit ihr an besonders schönen Plätzen, an denen wir ein Picknick abhielten. Wir ritten auch an den Meeresstrand, doch mir gefiel das Landesinnere besser, denn das Meer erinnerte mich an das kaum zwanzig Meilen entfernte Land, in dem mein Vater die Tage bis zu meiner Rückkehr zählte.

Ich war bereit zu vergessen, daß Dickon Macht und Geld über alles liebte, daß er Isabel wegen ihrer Mitgift geheiratet und daß ihre Nurse ihn des Mordes beschuldigt hatte; Eversleigh war nicht eitel Glück und Sonnenschein, es wies auch einige dunkle Schatten auf. Ich dachte oft an Isabel und an die Monate, in denen sie guter Hoffnung gewesen war und dann ihre Kinder doch verloren hatte. Die arme Isabel mußte fürchterliche Angst gehabt haben. Manchmal hatte ich den Eindruck, daß ihr Geist noch immer in Eversleigh weilte und mich in den glücklichsten Augenblicken an ihr trauriges Schicksal erinnerte.

Dickon war immer in meiner Nähe. Charlot bewunderte ihn sehr, genau wie Louis-Charles, der sich in Eversleigh sehr wohl fühlte. Lisette hatte ihm nie die Mutterliebe gegeben, die Kinder brauchen; sie hatte dieses Kind nicht gewollt und solche Abneigung gegen ihren Mann empfunden, daß sie Louis-Charles mit diesem Lebensabschnitt identifizierte. Er genoß das Leben in Eversleigh in vollen Zügen, ritt oft mit Charlot allein über Land, und dann erzählten sie bei der Heimkehr, in welchen Gasthäusern sie eingekehrt und durch welche Orte sie bei ihren Ausflügen gekommen waren.

Auch Claudine liebte Eversleigh. Gelegentlich ritt sie mit den Jungen aus und freute sich, wenn Jonathan sie springen lehrte. Ich machte mir Sorgen um sie, aber Dikkon fand, daß sie diesen Unterricht brauchte und daß Jonathan ein guter Lehrmeister war. Sie genoß es, daß beide Zwillinge sich um sie bemühten, und verteilte ihre Gunst gleichmäßig. Erst in Eversleigh wurde mir klar, wie bald meine Tochter erwachsen sein würde.

Die Zeit verging im Flug.

»Pflücke die Rose, solange sie blüht,
Die Zeit treibt dahin wie ein Boot,
Und die Blume, die heute noch feurig glüht,
Ist morgen schon welk und tot«,
sang Sabrina, während sie am Spinett saß, und ich wußte, daß dieses Lied mir galt.

Dickon wich nicht von meiner Seite, verhielt sich jedoch taktisch sehr geschickt. Er redete mir nicht zu zu bleiben, sondern verließ sich darauf, daß Eversleighs Zauber mich nicht mehr loslassen würde.

Natürlich war mir auch der Friede in dem Land bewußt. Sogar die Luft war friedlich, und der Unterschied zu dem Land, von dem uns ein Streifen Wasser trennte, war groß. Die Wellen, die manchmal grau und gewalttätig, manchmal blau und spielerisch an den Strand schlugen, stellten die Scheidelinie zwischen einem friedlichen, glücklichen Leben und einem Leben in Aufruhr und steter Sorge dar.

Wenn ich abends allein im Bett lag, war mir klar, daß ich bleiben wollte. Hier war ich zu Hause, es war mein Heimatland, und hier lebte Dickon. Wenn ich mir gegenüber ehrlich war, gestand ich mir ein, daß ich mich nach Dickon sehnte.

Für Sabrina war Dickon ihr Lebenszweck. Seinen Fehlern gegenüber war sie blind; sie wollte sie nicht sehen. Für alles, was er tat, hatte sie eine Erklärung, die in das Bild paßte, das sie sich von ihm gemacht hatte. Ihr Gesicht veränderte sich, sobald sie ihn sah. Ihre Augen folgten ihm, ein Lächeln spielte um ihre Lippen.

»Es ist ungehörig, daß eine Mutter ihren Sohn so anhimmelt wie Sabrina dich«, erklärte ich Dickon einmal. »Es ist beinahe eine Gotteslästerung, denn sie hält dich bestimmt für größer als Gott.«

»Damit ich in ihren Augen vollkommen bin, fehlt nur noch das Tüpfelchen auf dem i.«

»Unsinn, für sie bist du schon jetzt vollkommen.«

»O nein, sie möchte, daß ich glücklich verheiratet bin, und ihrer Meinung nach bist du die einzig Richtige für mich.«

»Du bist für Sabrina allmächtig und allwissend, und es ist ganz gleich, wen du heiratest: Wenn du eine Frau wählst, wird sie sie für die richtige halten.«

»Das stimmt nicht: Sie will dich zur Schwiegertochter haben, weil sie weiß, daß du die einzige Frau für mich bist. Erfüll ihr doch ihren Herzenswunsch. Sie ist ein Mensch, der will, daß alles seine Ordnung hat. Sie hat den Mann geheiratet, den deine Großmutter Clarissa eigentlich zum Gatten haben wollte, und obwohl sie eine vorbildliche Ehe geführt hat, bereitete es ihr immer Kummer, daß sie ihn Clarissa abspenstig gemacht hatte. Wenn jetzt Clarissas Enkelin den Sohn jenes Dickon heiratet, den sowohl Clarissa als auch Sabrina geliebt haben, hätte alles wieder seine Ordnung, findest du nicht?«

Ich lachte. »Außer für die beiden Hauptbeteiligten an dieser ordentlichen Lösung.«

»Die beiden wären die Allerglücklichsten. Du wirst es ja noch sehen, Lottie.«

»Leider muß ich demnächst zu meinem Vater nach Frankreich zurückkehren.«

»Wir holen ihn hierher. Glaube mir, sehr bald werden Männer in seiner Stellung ihren ganzen Besitz dafür geben, daß sie dem Sturm entgehen.«

Es war das einzige Mal, daß er von unserer Heirat sprach. Er überließ es dem Zauber von Eversleigh, mich umzustimmen, und mein Widerstand schmolz immer mehr dahin.

Ich war eines Abends schon zu Bett gegangen, als jemand an meine Tür klopfte, und Sabrina eintrat.

»Hoffentlich habe ich dich nicht geweckt. Ich möchte dir etwas zeigen.«

»Was ist es denn?«

»Ein Tagebuch.«

»Ach, so eine alte Familienchronik?«

»Kein so schwerer Foliant, nur ein dünnes Heftchen. Wir haben es nach Griseldas Tod in Isabels Zimmer gefunden. Es hatte sich hinter einer Schublade verklemmt, und ich bin davon überzeugt, daß Griselda nie gewollt hätte, daß es in unsere Hände gerät.«

»Ein Tagebuch! Es gehört sich nicht, fremde Tagebücher zu lesen.«

»Das stimmt, aber in diesem Fall ist es etwas anderes. Es ist wichtig, daß du es liest.«

»Warum ausgerechnet ich?«

Sie legte das Buch auf mein Nachtkästchen.

»Weil ich glaube, daß du manches nicht richtig siehst. Hier drin steht die Wahrheit. Isabel hat es selbst geschrieben.«

»Hat Dickon es gesehen?«

»Nein, das ist nicht notwendig. Ich habe es aber den Zwillingen zu lesen gegeben. Griselda hing sehr an Jonathan und ließ ihn oft in ihr Zimmer kommen.«

»Daran erinnere ich mich.«

»Irgendwie war sie auf die absurde Idee verfallen, daß David Isabel getötet hat. Vermutlich gab die zweite Geburt wirklich den Ausschlag, aber die verrückte alte Griselda machte David dafür verantwortlich. Sie war nicht mehr ganz bei Trost.«

»Ich verstehe, was du meinst.«

»Lies das Tagebuch, du kannst viel daraus lernen.«

Sie küßte mich und ging.

Es widerstrebte mir immer noch, das Buch aufzuschlagen. Tagebücher enthalten persönliche Gedanken. Vielleicht schilderte sie, wie sie Dickon kennengelernt hatte, wie die erste Zeit ihrer Ehe verlaufen war. Angesichts meiner heftigen Gefühle für Dickon war mir die Vorstellung, in Isabels Tagebuch herumzuschnüffeln, zuwider.

Dennoch zündete ich eine zweite Kerze an, schlug das Buch auf und begann zu lesen.

Es nahm mich beinahe sofort gefangen. Ich sah Isabel vor mir, die stille, schüchterne Tochter eines mächtigen Mannes, der sie liebte und nur ihr Bestes wollte, aber keine Ahnung hatte, was das Beste für sie war.

Der Name Griselda kam auf jeder Seite vor. Oft erwähnte Isabel auch intime Einzelheiten: »Gestern abend hat Griselda mein Haar auf Lappen gewickelt. Es fiel mir schwer, mit ihnen zu schlafen, aber Griselda bestand darauf, daß ich sie über Nacht trug, damit ich am nächsten Tag Locken hatte.« »Griselda hat ein blaues Jabot auf mein weißes Kleid genäht. Es macht sich sehr hübsch.« Sie berichtete über Gesellschaften, die sie besucht hatte, und die für sie wegen ihrer krankhaften Schüchternheit eine Qual waren. Dann kam die erste Eintragung, die sich auf Dickon bezog.

»Heute habe ich den bestaussehenden Mann kennengelernt, der mir je vorgestellt wurde. Er ist von seinem großen Besitz auf dem Land nach London gekommen. Er forderte mich zum Tanz auf, und ich stellte mich reichlich ungeschickt an. Er behauptete gleich, daß er nicht viel für das Tanzen übrig hätte, und meine Fehler störten ihn überhaupt nicht. Er unterhielt sich fröhlich und geistreich mit mir. Mein Vater war darüber sehr erfreut.

Gestern rief mein Vater mich zu sich, und ich wußte, daß es sich um etwas Ernstes handelte, denn er sprach mich mit ›Tochter‹ an. ›Tochter‹, sagte er, ›man hat um deine Hand angehalten.‹ Dann erzählte er mir, daß es sich bei dem Bewerber um Richard Frenshaw handelte – der wunderbare Mann, der mit mir getanzt hatte. Ich bin vollkommen verwirrt, habe Angst vor ihm und bin gleichzeitig froh, daß es nicht der entsetzliche alte Lord Standing ist, sondern dieses Bild von einem Mann. ›Lord Standing hätte es allerdings nichts ausgemacht‹, erklärte ich Griselda, ›daß ich nicht klug bin, daß ich mein Haar die ganze Nacht auf Lappen wickeln muß, wenn ich Lokken haben will, daß ich beim Tanzen über meine eigenen Füße stolpere und daß ich so schrecklich schüchtern bin.‹ Griselda widersprach mir heftig. Er konnte von Glück reden, wenn er mich zur Frau bekam. Ich war die Erbin eines großen Vermögens, und so etwas zieht die Männer an. Außerdem würde sie immer bei mir bleiben. Das war mir ein großer Trost.«

Es folgten dann Beschreibungen der Kleider, die für sie angefertigt wurden, sie erwähnte auch, daß ihr Vater die Verlobung auf einem Ball bekanntgegeben hatte. Sie traf mit Dickon zusammen – nur für kurze Zeit und nie allein. Und dann der Satz: »Morgen werde ich Richard Frenshaw heiraten.«

Danach hatte sie sich offenbar sehr lange nicht mehr ihrem Tagebuch anvertraut. Dann folgten ein paar kurze Notizen.

»Heute nachmittag hat es geregnet und auch ein wenig gedonnert.« »Wir haben den Ball der Charletons besucht.« »Heute habe ich eine Dinnerparty für zwanzig Gäste gegeben.« Bloße Feststellungen und keinerlei Andeutung ihrer Gefühle. Das änderte sich aber schlagartig.

»Wieder eine Enttäuschung. Wird mein Herzenswunsch denn niemals in Erfüllung gehen? Wenn ich ein Kind bekommen könnte, würde es mich für alles entschädigen. Dickon möchte einen Sohn haben, wie alle Männer. Mir wäre es gleich, ob es ein Junge oder ein Mädchen ist... ich möchte ein Kind, weiter nichts.

Heute habe ich Dr. Barnaby aufgesucht. Er hat darauf bestanden, daß ich nicht mehr schwanger werden darf und wollte diesbezüglich mit meinem Mann sprechen. Ich habe ihn gebeten, es nicht zu tun, und ihm erklärt, was es für mich bedeuten würde, ein Kind zur Welt zu bringen. Er schüttelte den Kopf und wiederholte immerfort, ›Nein, nein.‹ Dann meinte er: ›Sie haben es ja versucht und es nicht geschafft. Sie haben getan, was in Ihrer Macht stand, und jetzt muß damit Schluß sein.‹ Niemand versteht, warum ich ein Kind haben muß. Wenn ich keines bekomme, entgleitet mir Dickon gänzlich. Es ist meine einzige Chance.

Es ist wieder soweit. Griselda wird böse sein. Sie haßt Dickon wegen meiner Fehlgeburten. Das ist natürlich dumm von ihr, aber sie ist in manchen Dingen unvernünftig. Ich weiß, was ich ihr bedeute, aber sie ist manchmal so schwierig, sie wird ärgerlich und aufgebracht, und ich bekomme Angst. Ich habe es ihr noch nicht verraten, ich habe es überhaupt keiner Menschenseele verraten, ich will zuerst sicher sein. Diesmal wird es mir gelingen, mein Kind wird zur Welt kommen.

Sie wissen es jetzt. Dickon ist selig, und das macht mich glücklich. Er kümmert sich liebevoll um mich und achtet darauf, daß ich mich schone. Wenn nur... Aber diesmal geht es gut, es muß gutgehen.

Dr. Barnaby war heute bei uns, und ich habe ein langes Gespräch mit ihm geführt. Mein Zustand bereitet ihm Sorgen, und er bedauert, daß er sich von mir dazu überreden ließ, von einem Gespräch mit meinem Mann Abstand zu nehmen. ›Jetzt ist es jedenfalls passiert‹, meinte er, ›und Sie müssen sehr vorsichtig sein. Sie brauchen vor allem sehr viel Ruhe. Wenn Sie die ersten drei Monate überstehen, dürfen Sie hoffen.‹

Drei Monate ... und alles ist in Ordnung. Wie langsam die Zeit vergeht. Jeden Morgen, wenn ich aufwache, sage ich, als wäre ich eine Gestalt aus der Bibel: ›Ich bin schwanger. Gott sei gelobt.‹

Es ist bald soweit. Ich träume viel, manchmal sind es Alpträume. Das kommt von den zahlreichen Enttäuschungen. Heute habe ich Dr. Barnaby aufgesucht und mich lang mit ihm unterhalten. ›Ich muß dieses Kind bekommen‹, erklärte ich ihm, ›es gibt nichts, wonach ich mich mehr sehne.‹ ›Das weiß ich‹, antwortete er. ›Regen Sie sich bitte nicht auf, es ist schlecht für das werdende Leben.‹ ›Ich bin so oft enttäuscht worden‹, fuhr ich fort, ›ich könnte es nicht noch einmal ertragen.‹ ›Wenn Sie meine Anweisungen befolgen, wird es aller Voraussicht nach in Ordnung gehen‹, beruhigte er mich. ›Manchmal muß der Arzt entscheiden, ob er das Leben der Mutter oder das des Kindes retten soll‹, sagte ich. ›Wenn dieser Fall bei mir eintritt, möchte ich, daß das Kind gerettet wird.‹ ›Das ist doch blanker Unsinn‹, widersprach er, obwohl er genau wußte, daß mir damit ernst war. ›Sie müssen es mir versprechen‹, verlangte ich. Er sah mich erzürnt an, und ich erinnerte mich, was für eine Angst ich als Kind vor ihm gehabt hatte, wenn ich meine Medizin nicht genommen hatte. ›Es ist Unsinn‹, wiederholte er. ›Sie zerbrechen sich den Kopf über Dinge, die noch gar nicht geschehen sind.‹ Ich ließ mir diesmal keine Angst einjagen, sondern gab nicht nach. ›Es könnte aber so kommen. Bis jetzt haben alle meine Schwangerschaften mit einer Katastrophe geendet. Ich weiß, daß es meine letzte Chance ist. Sie müssen mir versprechen, daß Sie das Kind retten und mich aufgeben, falls diese Entscheidung an Sie herantritt.‹ ›Es ist Sache des Arztes, diese Entscheidung zu treffen.‹ ›Ich weiß‹, rief ich, ›ich sagte ja, falls ...‹ ›Sie regen sich schon wieder auf, und das schadet dem Kind.‹ ›Ich werde mich noch mehr aufregen, wenn Sie es mir nicht versprechen.‹ ›Das ist Erpressung.‹

Ich ließ ihn nicht fort, bevor er geschworen hatte. Ich holte meine Bibel, weil er ein sehr religiöser Mann ist, und er legte den Schwur ab, als er sich ernsthaft Sorgen um mich machte. Seine Worte waren: ›Wenn dieser Fall eintreten sollte – es besteht allerdings kein Grund dafür –, und ich zwischen dem Leben der Mutter und dem des Kindes wählen muß, dann schwöre ich, daß ich das Kind retten werde.‹ Er blieb danach noch so lange bei mir, bis ich mich beruhigt hatte. Das ging schnell, denn ich war nun davon überzeugt, daß mein Kind leben würde.«

Danach gab es nur noch eine Eintragung.

»Es kann jeden Augenblick soweit sein. Heute habe ich einen Blick in das Kinderzimmer geworfen – die Wiege wartet auf mein Kleines. Dabei hatte ich eine seltsame Vision. Die Wiege schien in helles Licht getaucht zu sein, und ich wußte, daß ein gesundes Kind in ihr lag. Mich selbst sah ich nicht, und das war auch unwichtig. Das Kind war am Leben.«

Ich legte erschüttert das Tagebuch weg.

Als ich es Sabrina am nächsten Tag zurückgab, sah sie mich erwartungsvoll an.

Ich erzählte ihr, wie tief es mich bewegt hatte.

»Sie war ein so liebes, gutes Mädchen. Die Wehen dauerten viel zu lange. Jonathans Geburt verlief relativ einfach, aber bei David gab es Komplikationen. Der Arzt mußte ihn herausholen, und das überlebte sie nicht. Dr. Barnaby war sehr unglücklich, was ich erst richtig verstand, als mir das Tagebuch in die Hände fiel. Ich habe mich oft gefragt, ob er Isabel um den Preis von Davids Leben hätte retten können. Auf diese Idee bin ich allerdings erst gekommen, als ich das Tagebuch gelesen hatte. Ich habe es dir wegen Griselda gezeigt. Als Isabel starb, verlor ihr Dasein jeden Sinn. Es gab nichts mehr, wofür sie leben konnte, deshalb flüchtete sie sich in die Vergangenheit. Sie war verbittert und zornig und schob Dickon die ganze

Schuld zu. Sie hatte sich in den Kopf gesetzt, daß Dickon vor der Wahl gestanden hatte, ob er die Mutter oder das Kind retten lassen wollte, und daß er sich für David entschieden habe. Deshalb bezeichnete sie ihn als Mörder. Vermutlich hat Isabel nie mit Griselda über ihre Gefühle gesprochen, auch wenn sie sich ständig mit dieser Frage beschäftigte. Am liebsten hätte ich Griselda aus dem Haus geschickt, aber deine Großmutter war dagegen, und Griselda hätte wahrscheinlich nicht weiterleben können, wenn sie nicht in der vertrauten Umgebung geblieben wäre, in der sie alles an Isabel erinnerte. Ich war sehr erleichtert, als sie schließlich starb.«

»Das verstehe ich.«

»Eine Zeitlang befürchtete ich, daß sie David etwas antun würde. Und sie machte auch zuviel Aufhebens um Jonathan. Es sah beinahe so aus, als wolle sie die Jungen gegeneinander aufhetzen – und beide gegen ihren Vater.«

Sie sah mich flehend an.

»Wenn du in Eversleigh bleibst, Lottie, wäre es für uns alle wie ein neuer Anfang. Deine Großmutter und ich wollten es immer schon, nur deine Mutter war dagegen. Du hast auch an Dickons Schuld geglaubt, nicht wahr? Griselda muß dir bei deinem letzten Besuch hier etwas erzählt haben. Aber jetzt glaubst du ihr nicht mehr, oder?«

»Aus Isabels Tagebuch geht eindeutig hervor, was sich abgespielt hat.«

»Auch, daß Dickon sich ihr gegenüber nie unfreundlich verhalten hat. Er hat sie im Gegenteil immer sehr zuvorkommend behandelt. Es war nicht seine Schuld, daß er sie nicht liebte.«

»Das weiß ich.«

Sie beugte sich zu mir und küßte mich.

»Ich bin froh, daß du jetzt Bescheid weißt.«

Mir war vollkommen klar, daß ich Dickon unrecht getan hatte.

Sie kriegten mich anscheinend schön langsam herum.

Einige Tage später mußte Dickon nach London reisen. »Ich bleibe höchstens eine Woche fort«, versprach er. Ich fragte Sabrina, was er in London zu erledigen habe. Sie antwortete unbestimmt: »Ach, er hat durch Isabel viel geerbt.«

»Ich weiß, daß sie sehr reich war und daß er sie deshalb geheiratet hat.«

Sie sah mich scharf an. »Isabels Vater war für diese Heirat, genau wie Isabel selbst. Deshalb bekam sie eine große Mitgift, und als ihr Vater starb, erbte sie ein Vermögen.«

»Und jetzt gehört alles Dickon. Hängt es mit Bankgeschäften zusammen?«

»So ungefähr. Er muß oft nach London fahren. In letzter Zeit hält er sich allerdings mehr in Eversleigh auf – vermutlich deinetwegen. Aber normalerweise reist er viel. Er hat den Krieg in Amerika sehr genau verfolgt.«

»Ja, das ist mir aufgefallen. Er ist nach Frankreich gekommen, weil die Franzosen die Kolonisten unterstützten.«

»Er ist nach Frankreich gereist, um dich zu besuchen.«

Zwei Tage nach Dickons Abreise traf ein Bote mit einem Brief von Lisette ein, und ich wußte sofort, daß er schlechte Nachrichten enthielt.

»Du mußt sofort nach Hause kommen«, schrieb sie. »Dein Vater ist schwer krank. In seinem Fieberwahn ruft er nach dir. Er hat zwar verboten, daß ich dir schreibe, aber ich finde, daß du es erfahren mußt. Wenn du ihn vor seinem Tod noch einmal sehen willst, müßtest du sofort abreisen.«

Sabrina hatte den Boten bemerkt und kam herunter. »Was ist geschehen?«

»Mein Vater ist schwer krank.«

»Meine arme Lottie.«

»Ich muß sofort zu ihm.«

»Ja, natürlich. Dickon muß jeden Tag zurückkehren. Warte doch ab, was er dazu sagt.«

»Ich muß sofort abreisen«, wiederholte ich.

Der Bote stand noch neben uns. Sabrina bemerkte, daß er erschöpft war, und ließ ihn von einem Diener in die Küche führen, damit er etwas zu essen bekam. Sie nahm an, daß er sich auch ausruhen mußte.

Als er fort war, wandte sie sich an mich.

»Dickon wäre bestimmt dagegen, daß du zurückfährst. Er hat mit mir oft über die Lage in Frankreich gesprochen und war froh, weil du dich endlich entschlossen hattest, dieses Land zu verlassen.«

»Dickon hat nichts damit zu tun. Ich fahre morgen zurück.«

»Das kannst du nicht, Lottie.«

»O doch, ich muß. Es tut mir leid, Sabrina, aber du mußt mich verstehen. Mein Vater braucht mich. Ich hätte ihn nie verlassen dürfen.«

»Er wollte doch selbst, daß du uns besuchst.«

»Ja, aber nur, weil...«

»Er nahm an, daß du dich hier in Sicherheit befindest. Er ist genauso gut informiert wie Dickon.«

Wenn sie doch aufhörte, Dickon ununterbrochen zu erwähnen. Ich fuhr heim, das stand fest. Ich konnte unmöglich bleiben, wenn ich wußte, daß mein Vater krank war, vielleicht im Sterben lag und nach mir verlangte.

»Ich gehe hinauf und packe«, erklärte ich.

Sie faßte mich am Arm. »Warte, Lottie, übereile nichts. Ich schicke einen Boten nach London, der Dickon benachrichtigt.«

»Das würde zu lange dauern, außerdem berührt es Dickon nicht.«

»Er wird verstimmt sein, wenn er dich nicht vorfindet.«

»Da kann ich ihm auch nicht helfen.«

»Und die Kinder...«

Ich zögerte, dann faßte ich einen Entschluß. »Wenn du einverstanden bist, können sie hierbleiben und später nachkommen. Ich möchte allein reisen, damit ich möglichst rasch vorankomme.«

»Das gefällt mir überhaupt nicht, Lottie. Dickon...«

»Ich werde jetzt mit dem Boten sprechen. Er kann sich heute nacht ausruhen, und morgen im Morgengrauen breche ich mit ihm auf.«

»Wenn Dickon nur hier wäre!«

»Mich kann nichts aufhalten, Sabrina. Die Kinder werden sich bei dir bestimmt wohlfühlen. Sie dürfen doch bleiben?«

»Natürlich.«

»Du und Dickon, ihr könntet sie ja nach Frankreich begleiten und eine Weile im Château bleiben.«

Sie sah mich besorgt an. »Du mußt unbedingt zwei Reitknechte mitnehmen, um deiner Sicherheit willen. Darauf bestehe ich.«

»Danke, Sabrina.« Ich ging in die Küche, um mit dem Boten zu sprechen.

IX

Lebewohl, Frankreich

Ich hoffte, daß Dickon in dieser Nacht aus London zurückkommen würde. Er würde bestimmt versuchen, mich zum Hierbleiben zu bewegen, aber wenn er merkte, daß ich fest entschlossen war, würde er mich vielleicht begleiten.

Alles wäre für mich leichter, wenn er mitkam. Ich hatte Angst vor den Dingen, die mich in Frankreich erwarteten, und machte mir immer wieder Vorwürfe, weil ich meinen Vater verlassen hatte, auch wenn er selbst zu dieser Reise gedrängt hatte. Aber Dickon kam nicht.

Von Eversleigh war es nicht weit nach Dover, und wir trafen bald im Hafen ein. Die Überfahrt verlief glatt, weil das Wetter gut war. Erst auf der anderen Seite des Kanals änderte sich alles mit einem Schlag.

Die Julisonne brannte auf uns herab; die Luft war still, als hielte das Land den Atem an und warte auf ein schreckliches Ereignis. Die Atmosphäre der Städte, durch die wir kamen, war anders geworden. Manchmal standen kleine Menschentrauben auf der Straße und beobachteten uns verstohlen, wenn wir vorbeiritten. Einige Städte wirkten verlassen, und ich nahm an, daß die Menschen hinter den Gardinen hervorlugten.

»Alles ist so merkwürdig«, bemerkte ich zu einem Stallknecht.

Ihm war nichts aufgefallen.

Wir erreichten Evreux, und ich erinnerte mich, daß ich mit meinem Vater hier übernachtet hatte, als ich zum erstenmal nach Frankreich gekommen war. Jetzt war die Stimmung in der Stadt feindselig und bedrohlich, wie in allen Orten, die wir bis jetzt durchquert hatten.

Als das Château in Sicht kam, war ich sehr erleichtert. Ich gab meinem Pferd die Sporen und ritt in den Hof ein. Einer der Stallknechte übernahm das Tier, und ich lief ins Gebäude hinein. Lisette, die mich offenbar von einem Fenster aus gesehen hatte, kam mir entgegen.

»Lisette!« rief ich.

»Da bist du endlich, Lottie.«

»Ich möchte sofort zu meinem Vater.«

Sie schüttelte den Kopf.

»Was willst du damit sagen?« fragte ich.

»Wir haben ihn vor einer Woche begraben. Er starb einen Tag, nachdem ich die Botschaft an dich abgeschickt hatte.«

»Mein Vater ist tot! Das ist nicht möglich.«

»Doch, er war sehr krank. Die Ärzte hatten es ihm gesagt.«

»Wann haben sie das getan?«

»Vor Wochen. Vor deiner Abreise.«

»Warum hat er dann ...«

»Er wollte wahrscheinlich, daß du das Land verläßt.«

Ich setzte mich an den großen Eichentisch und starrte die hohen, schmalen Fenster an, ohne sie zu sehen. Erst jetzt begriff ich. Er hatte gewußt, wie krank er war, und mich deshalb nach England geschickt. Er hatte nie die Absicht gehabt, mich zu begleiten, sondern wollte mir nur die Entscheidung erleichtern.

»Ich hätte nie fortgehen dürfen«, sagte ich.

Lisette zuckte die Schultern, lehnte sich an den Tisch und sah mich an. Wenn ich nicht so unglücklich gewesen wäre, wäre mir vielleicht ihre veränderte Haltung aufgefallen. Aber ich war zu erschüttert, zu schmerzerfüllt.

Ich ging in sein Schlafzimmer, und sie folgte mir. Die Vorhänge waren zurückgezogen, und man sah das leere

Bett. Ich kniete neben ihm nieder und vergrub das Gesicht in meinen Händen.

»Du mußt dich damit abfinden, daß er von uns gegangen ist.« Lisette stand immer noch hinter mir.

Ich ging durch seine Zimmer und von dort in die Kapelle und das Mausoleum, zu seinem Grab.

»Gerard, Comte d'Aubigné, 1727-1789.«

»Es ist so schnell gegangen«, murmelte sie. Lisette stand schon wieder hinter mir.

»Du bist sehr lange fortgeblieben«, bemerkte sie.

»Man hätte mich verständigen müssen.«

»Er hat es nicht erlaubt. Erst als er nicht mehr fähig war, Befehle zu erteilen, habe ich so gehandelt, wie ich es für richtig hielt und dir geschrieben.«

Ich ging in mein Zimmer, und sie begleitete mich auch dorthin. Erst jetzt fiel mir auf, daß sie anders war als sonst. Ich verstand nicht, was mit ihr los war. Sie war nicht unglücklich, sondern irgendwie merkwürdig. Ich wußte nicht, wie ich es beschreiben sollte; sie sah aus, als amüsiere sie sich heimlich über etwas.

Das alles rede ich mir nur ein, sagte ich mir. Ich stehe unter einem schweren Schock.

»Ich möchte eine Weile alleinbleiben. Lisette«, ersuchte ich sie.

Sie zögerte, und ich glaubte einen Augenblick lang, daß sie sich weigern würde, das Zimmer zu verlassen.

Dann drehte sie sich um und verschwand.

Ich lag im Bett und konnte nicht einschlafen. Die Nacht war stickig heiß, und ich dachte natürlich an meinen Vater.

Warum war ich nur abgereist, warum hatte ich die Wahrheit nicht erkannt? Er war plötzlich gealtert, und ich hatte geglaubt, daß der Tod meiner Mutter daran schuld war. Ich hatte den Eindruck gehabt, daß er nicht mehr weiterleben wollte, nachdem er sie verloren hatte.

Und die ganze Zeit über hatte er gewußt, wie schlecht es um ihn stand, und mich dazu überreden wollen, nach England zu reisen und Dickons Frau zu werden. Die Entwicklung in Frankreich hatte ihm Sorgen bereitet, und er hatte mich in Sicherheit bringen wollen.

Wie glücklich war ich doch in Eversleigh gewesen – die Ausritte, die Spaziergänge, die Diskussionen mit Dickon – ich hatte alles genossen. Und er hatte die ganze Zeit über im Château in seinem Bett gelegen und war einsam gestorben.

Die Tür ging plötzlich auf, ich fuhr in die Höhe und sah Lisette, die hereinglitt. An ihrem Gesichtsausdruck erkannte ich, daß sie aufgeregt war.

»Ich habe dein Klopfen nicht gehört«, erklärte ich.

»Ich habe nicht geklopft. Es ist soweit. Endlich ist es eingetreten.«

»Wovon sprichst du?«

»Ich habe es soeben erfahren. Hast du den Lärm im Hof gehört?«

»Nein. Was...?«

»Neueste Nachrichten aus Paris. Der Pöbel streift durch die Straßen, und die Geschäftsleute verbarrikadieren ihre Läden.«

»Weitere Unruhen!«

Ihre Augen leuchteten. »Im Garten des Palais Royal halten große Männer Reden. Desmoulins, Danton und ihre Genossen.«

»Wer sind diese Männer?«

Sie antwortete nicht, sondern fuhr fort: »Sie tragen die Farben des Herzogs von Orléans, Rot, Weiß und Blau – die Trikolore. Und das Wichtigste, Lottie: Das Volk hat die Bastille erstürmt. Sie haben Gouverneur de Launay getötet, seinen Kopf auf eine Pike gesteckt und sind so in das Gefängnis einmarschiert. Sie haben alle Gefangenen befreit.«

»Was hat das alles zu bedeuten?«

Wieder das seltsame Lächeln. »Es bedeutet, daß die Revolution begonnen hat.«

Es dauerte ewig, bis es hell wurde. Ich saß am Fenster und wartete, ich wußte nicht, worauf. Die Gegend sah genauso ruhig und friedlich aus wie immer. Bei Tagesanbruch wurde es im Haus lebendig, die Dienerschaft unterhielt sich aufgeregt. Sie schrien und lachten – sie sprachen offensichtlich über die Ereignisse in Paris.

Den ganzen Tag über warteten wir auf weitere Nachrichten. Die Menschen hatten sich verändert, sie beobachteten mich verstohlen und schienen sich über irgend etwas zu amüsieren.

Für mich hatten Tumulte, bei denen die Menschen vor Wut den Verstand verloren und es Tote gab, nichts Amüsantes an sich. Dickon hatte mir prophezeit, daß es so kommen würde. War die Katastrophe womöglich schon eingetreten?

Dem unruhigen Tag folgte eine unruhige Nacht. Die Kinder fehlten mir zwar, aber es war andererseits auch eine Erleichterung, daß ich sie in Sicherheit wußte.

Ich überlegte, was ich tun sollte. Sollte ich nach England zurückkehren? Nach dem Tod meines Vaters hielt mich nichts mehr in Frankreich. Die Unruhen werden aufhören, redete ich mir ein. Das Militär wird die Ruhe wieder herstellen. Aber die Bastille … ein Gefängnis war gestürmt worden. Das war etwas anderes als das Plündern von Geschäften, denn dazu war es im Lauf der letzten Jahre immer wieder bei den Unruhen in den Kleinstädten gekommen.

Ich versuchte, mich normal zu benehmen, aber die Stimmung im Château war nicht mehr normal. Es konnte auch gar nicht anders sein, wenn mein Vater tot war.

Als ich am nächsten Morgen aufwachte, klingelte ich wie üblich um heißes Wasser, aber niemand erschien. Ich wartete eine Weile, dann klingelte ich wieder – mit dem gleichen Erfolg.

Ich schlüpfte in meinen Morgenrock und ging in die Küche hinunter. Sie war leer.

»Ist niemand da?« rief ich.

Endlich tauchte Tante Berthe auf und erklärte: »Die meisten Diener haben das Château verlassen, und die wenigen, die noch hier sind, packen auch schon ihre Sachen.«

»Warum verlassen sie uns? Wohin wollen sie gehen?«

Sie zuckte die Schultern. »Einige haben mir erklärt, daß sie nie wieder jemanden dienen werden. Etliche befürchten, daß man ihnen die Tatsache übelnehmen wird, daß sie bei Aristokraten im Dienst gestanden haben, und man ihnen das gleiche Schicksal bereiten wird wie ihrer Herrschaft.«

»Was ist denn überhaupt los?«

»Wenn ich das nur wüßte, Madame. Überall herrscht vollkommene Verwirrung. Angeblich wollen die Aufrührer alle Schlösser besetzen und ihre Bewohner töten.«

»Das ist doch Unsinn.«

»Sie wissen ja, wie das Dienstpersonal ist... keine Bildung... jederzeit bereit, jedes Märchen zu glauben.«

»Sie werden mich doch nicht verlassen, Tante Berthe, nicht wahr?«

»Das Château ist seit vielen Jahren mein Zuhause. Der Herr Graf ist zu mir und den Meinen immer gut gewesen. Er hat es nicht um mich verdient, daß ich davonlaufe. Ich bleibe und werde allem, was kommt, die Stirn bieten.«

»Wo ist Lisette?«

Sie zuckte wieder die Schultern.

»Ich habe sie seit meiner Rückkehr kaum gesehen.«

»Ich bin davon überzeugt, daß sie genau weiß, was sie tut«, bemerkte Tante Berthe bitter. »Warum sind Sie heruntergekommen?«

»Ich brauche heißes Wasser.«

»Ich werde es Ihnen hinaufbringen.«

»Wer befindet sich außer uns noch im Château?«

»Die beiden Frauen im Turm.«

»Jeanne ist also auch noch da?«

»Sie glauben doch nicht, daß sie Mademoiselle Sophie jemals verlassen würde?«

»Nein, das tut sie bestimmt nicht. Jeanne ist loyal, und Sophie ist für sie das Wichtigste auf der Welt. Wer sonst...«

»Falls sich noch Diener im Château aufhalten, dann, wie gesagt, nicht mehr lange. Einige haben vor, nach Paris zu gehen, damit sie dort am ›Spaß‹ teilnehmen können. Das könnten sie einfacher haben, denn der Spaß wird nur zu bald auch hierher kommen.«

»Ist es wirklich so arg?«

»Das Unwetter hat sich seit langer Zeit über uns zusammengezogen. Ich danke Gott, daß er den Herrn Grafen zu sich genommen hat, bevor es ausgebrochen ist.«

»Und was wird mit uns geschehen, Tante Berthe?«

»Wir können nur abwarten«, antwortete sie ruhig.

Dann verließ sie mich, um mir heißes Wasser zu bringen. Ich wartete, bis sich die Stille des Châteaus um mich schloß.

Es war am Abend des nächsten Tages. Tante Berthe hatte recht gehabt: Außer ihr und Jeanne waren alle Diener fort. Wir fühlten uns in dem großen Schloß verloren und waren von bösen Ahnungen erfüllt.

Im Lauf des Tages ging ich auf den Turm und blickte über das Land. Weit und breit sah ich nur friedliche Felder. Es fiel mir schwer zu glauben, daß sich unfern von uns schreckliche Ereignisse abspielten. Ich mußte nach England, zu den Kindern, zu Dickon zurück. Ich würde Lisette mitnehmen... und Tante Berthe; wenn Sophie und Jeanne mitkommen wollten, war es mir recht. Ich durfte nicht mehr warten, ich mußte mich mit Lisette beraten, Pläne schmieden.

Geräusche aus dem Hof unterbrachen die Stille. Wir bekamen Besuch. Erleichtert lief ich hinunter, obwohl ich nicht wußte, was mich erwartete. Es konnte sich auch um unsere Feinde handeln, aber wenigstens ereignete sich etwas.

Lisette hielt sich dicht hinter mir.

Zwei schmutzstarrende, verwahrloste Männer standen im Hof. Einer von ihnen stützte den zweiten, dem es sichtlich schwerfiel, auf den Beinen zu bleiben. Beide sahen erbärmlich aus.

»Wer...?« begann ich.

Einer von ihnen sagte »Lottie.«

Ich trat zu ihm und starrte ihn an.

»Lottie«, wiederholte er, »ich bin nach Hause gekommen.«

Ich erkannte die Stimme, aber nicht die Person.

»Armand?« rief ich. Aber nein, dieses schmutzige Geschöpf konnte doch nicht Armand sein.

»Es war ein weiter Weg«, murmelte er.

»Er braucht Ruhe und Pflege«, mischte sich sein Gefährte ein. »Wir brauchen es beide.«

»Sind Sie aus einem Gefängnis ausgebrochen?« fragte Lisette.

»Das Volk hat uns befreit. Es hat das Gefängnis gestürmt.«

»Die Bastille«, rief ich. »Dort warst du also!«

Wir hatten jedoch keine Zeit für lange Erklärungen. Armand und sein Gefährte mußten sofort versorgt werden. Armands Füße bluteten, und er litt arge Schmerzen, wenn er stand; außerdem war er so schwach, daß er sich ohnehin kaum aufrecht halten konnte.

Lisette und ich nahmen uns ihrer an, und Tante Berthe half uns dabei. Wir schälten die beiden aus ihrer Kleidung, wuschen sie und brachten sie zu Bett.

»Wir werden diese Lumpen sofort verbrennen«, ordnete Tante Berthe an, die sogar jetzt darauf achtete, daß das Château nicht durch solche Kleidungsstücke beschmutzt wurde.

Wir gaben den Männern zu essen, verabreichten ihnen jedoch immer nur kleine Mengen, denn sie waren beinahe verhungert. Obwohl Armand so geschwächt war, bestand er darauf, zu erzählen, was ihm widerfahren war.

»An dem bewußten Tag bin ich zu einem Treffen geritten«, begann er. »Am Fluß kam mir ein Trupp der königlichen Garde entgegen, und ihr Hauptmann übergab mir einen *lettre de cachet*. Vermutlich verdankte ich ihn der Partei des Herzogs von Orléans. Ich hatte meine Gruppe gegründet, weil mir das Wohl des Vaterlandes am Herzen lag, ich war kein Verräter, aber sie brachten mich dennoch in die Bastille. Die Bastille!« Er zitterte bei der Erinnerung am ganzen Körper.

Ich bestand darauf, daß er nicht weitersprach. Sie konnten uns ja später alles berichten, wenn es ihnen besser ging. Wir brauchten dringend Hilfe. Zwei Kranke mußten versorgt werden, und wir waren nur zu dritt. Im Haus befanden sich außer uns noch zwei Personen, und meiner Meinung nach war es an der Zeit, daß sie endlich ihren Turm verließen. Deshalb stieg ich die Treppe zu Sophies Apartment hinauf. Ich klopfte und trat ein. Sophie und Jeanne saßen am Tisch und spielten Karten.

»Wir brauchen eure Hilfe«, sagte ich.

Sophie sah mich kalt an. »Verlasse sofort diesen Raum.«

»Armand ist heimgekehrt«, rief ich. »Er ist aus der Bastille entkommen.«

»Armand ist tot«, widersprach Sophie. »Er ist ermordet worden.«

»Komm doch und sieh selbst. Armand liegt drüben im Bett. Verräter haben dafür gesorgt, daß ein *lettre de cachet* gegen ihn erlassen wurde, und man hat ihn in die Bastille gesperrt.«

Sophie war blaß geworden und hatte die Spielkarten auf den Tisch fallen lassen.

»Das ist nicht wahr. Das kann nicht wahr sein«, murmelte sie.

»Komm mit und sieh doch selbst«, wiederholte ich. »Du mußt uns helfen, du kannst nicht in deinem Zimmer sitzen und Karten spielen. Weißt du denn nicht, was draußen vorgeht? Die Dienerschaft hat uns im Stich gelassen. Drüben liegen zwei Männer, die sterben werden, wenn sie nicht die richtige Pflege bekommen. Sie haben die Strecke von Paris bis hierher zu Fuß zurückgelegt.«

»Komm, Jeanne«, forderte Sophie ihre Gefährtin auf.

Dann stand sie am Bett ihres Bruders und blickte auf ihn hinunter. »Bist du es wirklich, Armand?« flüsterte sie.

»Ja, Sophie, ich bin es. Du siehst, was die Bastille aus einem Menschen machen kann.«

Sie sank neben dem Bett auf die Knie.

»Aber warum? Wessen hat man dich beschuldigt?«

»Für einen *lettre de cachet* braucht es keine Anklage. Jemand hat mich aus dem Weg schaffen wollen.«

Ich unterbrach ihn. »Wir haben keine Zeit, uns zu unterhalten. Sophie und Jeanne, ich brauche eure Hilfe bei der Pflege der Männer. Wir haben keine Diener mehr, sie sind alle davongelaufen.«

»Warum denn?«

»Vermutlich weil sie annehmen, daß die Revolution ausgebrochen ist.«

Sophie machte sich sofort an die Arbeit; sie und Jeanne waren beinahe unermüdlich. Mit Hilfe der beiden gelang es uns, die Leiden der Männer halbwegs zu lindern. Armand war der Schwächere von beiden. Seine Haut hatte die Farbe von schmutzigem Papier, seine Augen waren glanzlos, er hatte beinahe alle Haare verloren, und seine Wangen waren eingefallen. Die Jahre im Gefängnis hatten den alten Armand getötet und einen schwachen, alten Mann an seiner Stelle zurückgelassen.

Sein Gefährte, ohne den er den weiten Weg von Paris nie geschafft hätte, sprach auf unsere Pflege gut an, und obwohl er sehr erschöpft war, begann er, sich zu erholen, was wir von Armand nicht behaupten konnten.

Er erzählte uns, daß er vor dem Gefängnis auf Armand gestoßen sei und daß dieser gesagt hatte, er müsse nach Aubigné zurückkehren. Da er selbst kein Ziel hatte, hatte er Armand geholfen, und sie hatten gemeinsam Paris durchquert. Er beschrieb die Szenen, die sie dort erlebt hatten. Überall herrschte Aufruhr, Versammlungen fanden statt, die Menge plünderte die Geschäfte, überfiel jeden, der aussah, als trüge er etwas Wertvolles bei sich und brüllte dabei *Á bas les aristocrats*.

Ich erlaubte ihm nicht, zuviel zu sprechen, und verbot Armand das Reden ganz. Sie regten sich nämlich dabei auf und waren doch beide bedauernswert schwach.

Ohne Jeanne und Sophie hätten wir es nicht geschafft. Tante Berthe organisierte alles und kochte auch für uns. Lisette beteiligte sich nicht so aktiv wie die übrigen, heiterte uns jedoch auf, weil sie nicht deprimiert war und immer wieder behauptete, daß mit der Zeit alles wieder in Ordnung kommen würde.

Nachdem Armand und sein Gefährte eingetroffen waren, hatte ich meine Absicht, Frankreich zu verlassen, vollkommen aufgegeben. Ich wurde hier gebraucht und bezweifelte außerdem, daß es mir angesichts der Lage im Land gelingen würde, sehr weit zu kommen.

Einige Tage lang ereignete sich nichts, und ich hoffte schon, daß man uns in Frieden lassen würde. In Paris tobte die Revolution, aber bei uns war alles ruhig, auch wenn wir keine Dienerschaft mehr besaßen.

»Reiten wir in die Stadt«, schlug mir Lisette vor. »Wir können feststellen, was sich dort ereignet und vielleicht ein paar Lebensmittel kaufen.«

Ich war sofort damit einverstanden.

»Wir sollten aber besser wie Dienstmädchen aussehen«, meinte sie. »Einige von ihnen hatten es so eilig, das Schloß zu verlassen, daß sie ihre Kleider zurückgelassen haben. Wir werden bestimmt etwas finden, was uns paßt.«

»Hältst du das für notwendig?«

»Eine Vorsichtsmaßnahme.«

Als sie mich in dem einfachen Kleid sah, lachte sie.

»Das erinnert mich daran, wie wir Madame Rougemont aufgesucht haben. Du bist mit diesem Gewand nicht mehr die große Dame, nicht mehr die Tochter des Grafen, sondern ein nur einfaches Dienstmädchen.«

»Du siehst genauso aus.«

»Ich bin schließlich nur die Nichte der Haushälterin. Komm schon.«

Wir holten zwei Ponys aus dem Stall und sattelten sie. Alle anderen Pferde hatten die Stallknechte mitgenommen. Am Rand der Stadt banden wir die Tiere an und gingen zu Fuß weiter.

Die Menschen strömten zum Hauptplatz.

»Es sieht aus, als wäre heute ein besonderer Tag«, meinte Lisette lächelnd.

Wir drängten uns durch die Menge, und dank unserer einfachen Kleider fielen wir niemandem auf. Nur gelegentlich trafen uns anerkennende Blicke der Männer.

»Die Menschen scheinen auf ein besonderes Ereignis zu warten«, bemerkte ich.

»Wahrscheinlich kommt jemand aus Paris und hält eine Rede. Schau, auf dem Hauptplatz ist eine Plattform errichtet worden.«

»Sollten wir nicht doch versuchen, Lebensmittel einzukaufen?« fragte ich.

»Hast du nicht bemerkt, daß die meisten Geschäfte mit Brettern vernagelt sind?«

»Hier müssen sie doch keinen Aufruhr befürchten!«

»Aubigné ist nicht mehr eine Insel der Seligen, Lottie.«

Sie lachte bei diesen Worten, und ich sah sie an. Ihre Augen leuchteten vor Aufregung.

Ein Mann stieg auf das Podium, die Menge verstummte und ich starrte ihn entsetzt an. Es war Léon Blanchard.

»Aber...«, begann ich.

»Sei still«, flüsterte Lisette. »Er hält eine Rede.«

Die Menge jubelte ihm zu, er hob die Hand, und es trat Stille ein. Dann begann er zu sprechen.

»Bürger, der Tag ist gekommen. Was uns rechtmäßig zusteht, liegt beinahe in Reichweite unserer Arme. Die Aristokraten, die uns so lange beherrscht haben, die in Saus und Braus gelebt haben, während wir Hunger litten, die uns seit Generationen wie Sklaven behandelt haben, werden jetzt auf die Knie gezwungen. Von nun an sind wir die Herren.«

Ohrenbetäubendes Gebrüll folgte. Er hob wieder die Hand.

»Wir sind aber noch nicht ganz am Ziel, Genossen. Wir haben noch viel Arbeit vor uns. Wir müssen sie aus ihren Lasterhöhlen vertreiben und ihre Häuser ausräumen. Gott hat Frankreich dem Volk geschenkt. Was die Aristokraten jahrhundertelang für ihren Besitz gehalten haben, gehört jetzt uns... wenn wir es uns nehmen. Ihr habt euer Leben im Schatten des großen Château verbracht, habt für eure Herren Frondienst geleistet und in Angst und Armut gelebt. Bürger, ich sage euch, diese Zeiten sind ein für allemal vorbei. Jetzt seid ihr an der Reihe. Die Revolution ist da. Wir werden uns ihre Schlösser, ihr Gold, ihr Silber, ihre Lebensmittel, ihren Wein nehmen. Wir werden uns nicht mehr von verschimmeltem Brot ernähren, das wir mit unseren schwerverdienten Sous bezahlen müssen und das wir uns oft nicht einmal leisten können. Wir werden dem Beispiel der tapferen Bürger von Paris folgen. Überall im Land erhebt sich das Volk. Wir werden zum Château d'Aubigné marschieren und uns holen, was uns gehört.«

Während er sprach, begriff ich plötzlich. Er war der Mann, den der Graf und ich vor vielen Jahren gesehen hatten. Kein Wunder, daß ich das Gefühl von ›déja vu‹ gehabt hatte. Ich hatte ihn nicht erkannt, denn seinerzeit war er wie ein Bauer gekleidet gewesen, genau wie heute. Außerdem trug er eine dunkle Perücke, die sein Aussehen ein wenig veränderte. Er sah nicht ganz so aus wie der Gentleman, der unsere Jungen unterrichtet hatte. Doch er war es. Dickon hatte recht gehabt. Léon war ein Agitator im Dienst des Herzogs von Orléans, der die Revolution herbeiführen wollte, damit er an die Stelle des Königs treten konnte. Auch der Herzog von Soissonson gehörte zu den Orléanisten und war nach Aubigné gekommen, um sich über Armands Gruppe zu informieren. Das hatte auch dazu geführt, daß Armand den *lettre de cachet* erhielt... der von einer hochstehenden Persönlichkeit ausgestellt war.

»Es ist ungeheuerlich«, rief ich.

»Sei still«, warnte mich Lisette.

Ich wandte mich zu ihr um. Sie starrte Léon Blanchard wie verzaubert an.

»Wir müssen sofort zurückreiten«, flüsterte ich. »Wir müssen sie warnen.«

»Seid ihr bereit, Bürger?« fragte Léon, und die Menge brüllte Zustimmung.

»Dann wollen wir in der Abenddämmerung hier zusammenkommen. Solche Pflichten erledigt man am besten bei Nacht.«

Mir stockte der Atem. Am liebsten hätte ich geschrien: Dieser Mann ist ein Verleumder. Mein Vater war zu seinen Leuten immer gut. Unsere Diener hatten ein gutes Leben. Wie können Sie behaupten, daß wir sie hungern ließen! Mein Vater hat immer dafür gesorgt, daß es ihnen gutging, sie bekamen nie verschimmeltes Brot. Und Léon Blanchard, dieser Verräter, hat bei uns gelebt, ist wie ein Mitglied der Familie behandelt worden.

Wie schwer waren wir enttäuscht worden! Dickon hatte recht gehabt. Hätten wir nur auf ihn gehört!

Lisette ergriff mich am Arm. »Sei vorsichtig«, zischte sie. »Mach den Mund nicht auf. Komm, wir wollen hier raus.« Sie zog mich beinahe durch die Menge. Wir fanden die Ponys wieder und ritten zum Château zurück.

»Léon war also ein Verräter«, stellte ich fest.

»Es hängt davon ab, was du unter einem Verräter verstehst«, widersprach Lisette. »Er war seiner Sache treu.«

»Der Sache der Revolution! Was sollen wir nun tun? Sollen wir das Château verlassen?«

»Und wohin willst du gehen?«

»Sollen wir also dasitzen und warten, bis sie kommen?«

»Die Menge hat dir nichts getan, nicht wahr? Du siehst aus wie ein Dienstmädchen, wie eine Frau aus der richtigen Klasse.«

»Wenn sie das Château besetzen...«, begann ich.

Sie zuckte die Schultern.

»Was ist eigentlich mit dir los, Lisette?« fuhr ich fort. »Dir ist offenbar alles gleichgültig.«

Wir hatten das Château erreicht, in dem tiefe Stille herrschte. Ich dachte an den Pöbel, der dem Verräter Blanchard lauschte und fragte mich, ob ich das Schloß jemals wieder so sehen würde.

»Was sollen wir tun?« fragte ich noch einmal. »Wir müssen Sophie und Jeanne warnen.«

»Wozu?«

»Und Tante Berthe?«

»Ihr wird nichts geschehen. Sie ist ja auch nur eine Dienerin.«

Lisette war mir in mein Zimmer gefolgt.

»Hast du gewußt, Lisette, daß Léon Blanchard heute in der Stadt sein wird?« fragte ich.

Sie lächelte geheimnisvoll. »Es war immer so leicht, dich zu täuschen, Lottie.«

»Was meinst du damit?«

»Léon hat mich verständigt. Er und ich waren gute Freunde... intime Freunde. Wir hatten soviel gemeinsam.«

»Du und Léon Blanchard!«

Sie nickte lächelnd. »Ich habe ihn kennengelernt, als ich auf den Bauernhof lebte. Er hat mich nach Aubigné gebracht.«

Ich schloß die Augen, weil mir jetzt vieles klar wurde. Mir fiel der Stallknecht ein, der sie begleitet und der mich an jemanden erinnert hatte.

»Was soll das heißen, Lisette?« fragte ich. »Was ist mit dir geschehen? Du hast dich plötzlich verändert.«

»Das stimmt nicht, ich war immer so, wie ich heute bin.«

»Du siehst mich an, als würdest du mich hassen.«

»Einerseits hasse ich dich wirklich. Und dennoch mag ich dich. Ich verstehe meine Gefühle für dich nicht ganz. Ich war immer gern mit dir zusammen, wir hatten soviel Spaß miteinander.« Sie begann zu lachen. »Die Wahrsagerin... mit ihr hat alles angefangen.«

»Ist dir klar, Lisette, daß dieser Mann am Abend mit dem Pöbel in das Schloß eindringen wird?«

»Was soll ich dagegen unternehmen, Lottie?«

»Vielleicht sollten wir flüchten, uns verstecken.«

»Du und Sophie, ihr könntet euch verstecken. Die kranken Männer wird die Menge kaum beachten, sie sehen ohnehin wie Vogelscheuchen aus. Jeanne und Tante Berthe haben nichts zu befürchten, weil sie Dienstboten sind.«

»Wir können die Männer doch nicht im Stich lassen.«

»Dann bleiben wir.«

»Du siehst so zufrieden aus, Lisette.«

»Ich werde dir die Wahrheit gestehen, Lottie, das wollte ich immer schon. Wir sind Schwestern... du, Sophie und ich. Der einzige Unterschied besteht darin, daß ich nie anerkannt wurde.«

»Schwestern! Das stimmt nicht, Lisette.«

»Wirklich nicht? Ich habe es immer gewußt. Ich erinnere mich seit meiner frühesten Jugend an unseren Vater. Warum hätte er mich hierhergebracht, wenn dem nicht so wäre?«

»Er hat mir erzählt, wer du bist, Lisette.«

»Ausgerechnet dir!«

»Ja. Du bist nicht seine Tochter. Er hat dich erst kennengelernt, als du vier Jahre alt warst.«

»Das ist eine Lüge.«

»Warum sollte er mich belügen? Wenn du seine Tochter wärst, hätte er sich bestimmt zu dir bekannt.«

»Er hat es nicht getan, weil meine Mutter arm war. Deine war reich, hat in einem großen Haus gelebt, war genauso adelig wie er... deshalb hat er sie geheiratet.«

»Ich weiß genau, wie sich die Dinge wirklich abgespielt haben, Lisette, weil er es mir erzählt hat. Deine Mutter wurde seine Geliebte, aber erst nachdem du bereits auf der Welt warst. Er hat dich entdeckt, als er sie einmal besuchte. Als deine Mutter im Sterben lag, ließ sie ihre Schwester Berthe kommen und bat sie, sich deiner anzunehmen. Dann hat er Tante Berthe hier als Haushälterin untergebracht und hat dich zusammen mit uns erziehen lassen, weil er deine Mutter gern gehabt hatte.«

»Das sind Lügen!« rief sie. »Er wollte mich nicht anerkennen, weil meine Mutter nur eine Näherin war.«

Ich schüttelte den Kopf.

»Doch«, fuhr sie fort, »er hat dich belogen, weil er sich rechtfertigen wollte. Ihr habt mich nie als euresgleichen behandelt, ich war immer die Nichte der Haushälterin. Und dann... kam Charles.«

»Du meinst meinen Mann Charles?«

»Allerdings. Er war ein guter Liebhaber, nicht wahr? Aber es war schrecklich dumm von ihm, nach Amerika in den Krieg zu ziehen. Er hätte Sophie heiraten sollen, aber nach dem Unglück auf der Place Louis XV. nahm ich an, daß unser Vater einer Heirat zwischen mir und Charles zustimmen würde, wenn er erfuhr, daß ich ein Kind erwartete.«

»Das Kind...«

»Sei doch nicht so naiv, Lottie. Charles hat uns beide bei der Wahrsagerin gesehen und immer behauptet, daß wir ihm beide gefallen haben, und daß er nicht gewußt hat, wen von uns er vorziehen soll. Wir benützten für unsere Zusammenkünfte die Räume, die Madame Rougemont an vornehme Herren und deren Freundinnen vermietet. Als ich entdeckte, daß ich schwanger war, freute ich mich. Ich nahm dummerweise an, daß sich dadurch alles ändern, daß mein Vater mich anerkennen und Charles mich heiraten würde. Und was haben die beiden Männer getan? Sie haben einen groben Bauern gefunden, der bereit war, mich zu heiraten. Das werde ich nie vergessen oder verzeihen. Seither habe ich den Grafen und die Gesellschaft, die er symbolisierte, gehaßt.«

Ich war so entsetzt, daß ich nur murmeln konnte: »Dennoch wolltest du um jeden Preis dieser Gesellschaft angehören.«

»Ich habe sie gehaßt, glaub mir. Ich habe Léon kennengelernt, als er in der Stadt eine Rede hielt. Wir wurden Freunde. Mein Mann starb, als der Pöbel unter Léons Führung seine Scheunen in Brand steckte.«

»Also Léon war dafür verantwortlich!«

Sie zuckte die Schultern und lächelte – das Lächeln, das ich inzwischen fürchten gelernt hatte.

»Du bist wirklich naiv, Lottie. Es wäre viel klüger gewesen, wenn du deinen Dickon geheiratet hättest, solange du noch die Möglichkeit dazu hattest. Er hat uns wirklich Schwierigkeiten bereitet, denn er ist sehr klug. Aber jetzt ist er zum Glück weit vom Schuß.«

»Blanchard war also der Stallknecht, den dir deine Nachbarn angeblich geliehen hatten«, sagte ich langsam.

Ich hatte mich inzwischen an den Zwischenfall im Stall erinnert, bei dem ich das Gefühl des *déjà vu* gehabt hatte.

»Natürlich. Léon war der Meinung, daß ich ihm Château für ihn wirken könne. Außerdem bot es mir und dem Sohn deines Mannes ein Zuhause. Ich habe mich gewundert, daß dir die Ähnlichkeit nie aufgefallen ist. Louis-Charles hat mich täglich an Charles erinnert. Aber du hast nichts gemerkt, meine liebe, ahnungslose Schwester.«

»Du bist nicht meine Schwester. Wie konntest du uns all die Jahre belügen, Theater spielen?«

Sie runzelte die Brauen, als überlegte sie. »Ich weiß es nicht. Manchmal hatte ich dich wirklich gern. Dann dachte ich aber wieder daran, was du alles besitzt, daß wir Schwestern sind, wie unfair man mich im Vergleich zu dir behandelt hatte, und daher haßte ich dich. Wenn der Haß sich verflüchtigte, mochte ich dich wieder. Aber das alles ist ohne Bedeutung.«

»Und du hast gewußt, daß Armand in die Bastille gebracht wurde?«

»Léon hat mir nicht alles erzählt, nur so viel, wie ich für meine Aufgabe wissen mußte. Ich habe es aber erraten, und er hat mir keinen Augenblick leid getan. Armand hat diese Strafe verdient. Er hat immer auf mich herabgesehen, war immer der großmächtige Vicomte. Es war für mich reizvoll, mir vorzustellen, wie es ihm im Gefängnis geht.«

»Wie kannst du nur so reden!«

»Wenn jemand so gedemütigt wurde wie ich, fällt es einem nicht schwer.«

»Und Léon hat dir verraten, daß er heute in der Stadt sprechen wird?«

Sie nickte. »Ich wollte, daß du ihn siehst und hörst, daß du weißt, wie die Dinge stehen. Ich wollte es dir schon die ganze Zeit über beibringen. Vor allem solltest du erfahren, daß ich deine Schwester bin.«

Tante Berthe trat ins Zimmer. »In der Küche sind kaum noch Nahrungsmittel. Ich habe ein bißchen Suppe gekocht. Was ist denn hier los?«

»Wir waren in der Stadt«, antwortete ich, »wo Léon Blanchard die Einwohner zum Aufstand aufgerufen hat. Sie werden hierher kommen.«

Tante Berthe wurde blaß. »*Mon Dieu*«, murmelte sie.

»Lottie hat mir eine Geschichte erzählt«, bemerkte Lisette. »Sie behauptet, daß ich nicht die Tochter des Grafen bin. Dabei weiß ich genau, daß das nicht richtig ist. Sie behauptet auch, daß der Graf mich erst kennengelernt hat, als ich drei oder vier Jahre alt war. Das stimmt doch nicht, nicht wahr?«

Tante Berthe sah Lisette unverwandt an. »Der Graf hat dich in seinem Haus aufgenommen, weil er freundlich und gütig war. Du und ich verdanken ihm viel. Aber er war nicht dein Vater. Dein Vater war der Sohn eines Geschäftsmannes und hat im Unternehmen seines Vaters gearbeitet. Als ich nach Paris kam, um deine Mutter zur Heimkehr zu überreden, war sie mit dir schwanger und erzählte mir auch, wer dein Vater war. Sie konnte natürlich deinetwegen nicht nach Hause zurück. Ich leistete bei der Geburt Hebammendienste, und sie bestand darauf, dich bei sich zu behalten. Weil sie mit ihrer Näharbeit nicht genug für euch beide verdiente, legte sie sich vornehme Herren als Freunde zu, die ihr Geld gaben.«

»Willst du damit sagen, daß sie eine Prostituierte war?«

»Nein, nein. Sie nahm nur Männer zu Liebhabern, die ihr gefielen, und diese Männer halfen ihr, weil sie sie mochten. Der Graf war einer von ihnen. Als sie begriff, daß sie an der Auszehrung sterben würde, bat sie mich, zu ihr zu kommen und mich deiner anzunehmen. Während ich bei ihr war, besuchte sie der Graf. Er machte sich Sorgen um dich und deine Mutter und erzählte mir, daß er dich bei einem seiner Besuche entdeckt hätte. Er war gerührt, weil deine Mutter so tapfer versuchte, euch beide durchzubringen. Als sie starb, bot er mir eine Stelle als Haushälterin im Château an und erlaubte mir, dich mitzunehmen.«

»Lügen, nichts als Lügen!« rief Lisette.

»Es ist die Wahrheit«, sagte Tante Berthe. »Ich schwöre es bei der heiligen Jungfrau.«

Lisette sah aus, als würde sie jeden Augenblick in Tränen ausbrechen. Ihr Lebenstraum war in Stücke zersprungen.

Sie schrie noch immer: »Lügen, lauter Lügen!«

Die Tür ging auf, und Sophie trat ein.

»Was ist geschehen?« fragte sie. »Ich konnte euer Geschrei bis in Armands Zimmer hören.«

»Wir befinden uns in akuter Gefahr, Sophie«, erklärte ich.

»Wenn es dunkel wird, will der Pöbel das Schloß überfallen. Léon Blanchard führt sie an.«

»Léon...«

Ich sagte es so sanft wie möglich: »Dickons Verdacht hat gestimmt. Léon Blanchard war in Wirklichkeit kein Erzieher, sondern sollte hier für die Orléanisten spionieren. Der Herzog von Soissonson gehörte auch zu ihnen. Lisette und ich haben vor einer Stunde gehört, wie Léon den Pöbel aufgefordert hat, das Schloß zu besetzen. Binnen kurzem wirst du es selbst erleben.«

»Léon?« wiederholte sie wie betäubt.

»Wir sind alle schrecklich getäuscht worden, Sophie, und überall in Frankreich geschehen entsetzliche Greuel. Wie können wir wissen, wer für und wer gegen uns ist?«

»Ich glaube nicht, daß Léon...«, begann sie, und Lisette fing an, hysterisch zu lachen.

»Dann will ich euch etwas erzählen«, unterbrach sie Sophie. »Léon hat mich zu Lottie gebracht. Er war schon vorher mein Geliebter, blieb es, während er hier als Erzieher beschäftigt war, und ist es heute noch. Siehst du, obwohl du die eheliche Tochter deines Vaters bist, hast du nicht alles bekommen, was du wolltest. Léon, den du wolltest, war mein Geliebter. Charles, Lotties Mann, war mein Geliebter. Wenn wir im Bett lagen, war es ihm ziemlich gleichgültig, ob mein Vater mich als seine Tochter anerkannte oder nicht. Aber ich bin die Tochter des Grafen, auch wenn ihr alle versucht, mir zu beweisen, daß es nicht stimmt. Ich bin adeliger Abstammung... genau wie ihr. Wir haben alle drei den gleichen Vater, ganz gleich, was ihr mir einreden wollt.«

Sophie blickte mich hilflos an. Ich trat zu ihr und legte ihr den Arm um die Schultern.

»Léon hat mich trotz allem gern gehabt, nicht wahr?« fragte sie hilflos. »Wenigstens ein bißchen.«

»Er führte hier einen Auftrag aus«, erklärte ich.

»Er war die ganze Zeit Lisettes Geliebter, er hat mich getäuscht...«

»Wir sind alle getäuscht worden, Sophie.«

»Und ich habe dich beschuldigt, weil ich geglaubt habe, daß du ihn verleumdet hast. Ich habe dir vorgeworfen, daß dein Geliebter Armand ermordet hat, damit du das Vermögen meines Vaters erben kannst. Alle diese Dinge habe ich behauptet, Lottie, und ich habe auch versucht, sie zu glauben, aber etwas in mir hat sich dagegen gewehrt. Vielleicht habe ich in meinem Inneren immer gewußt, daß Léon in Wirklichkeit nichts für mich übrig hatte. Genau wie Charles. Als ich diese Blume in seiner Wohnung fand, begann ich, ihn zu hassen.«

»Ich habe die Wohnung niemals betreten, Sophie. Die Blume, die er mir gekauft hat, habe ich verloren, du mußt eine andere gefunden haben.«

»Was erzählt ihr da von einer Blume?« wollte Lisette wissen.

Ich wandte mich ihr zu. »Es spielt keine Rolle mehr, es

liegt schon so lange zurück. Charles hat mir einmal auf der Straße eine Blume gekauft, und Sophie hat in seinem Schlafzimmer eine gefunden, die genauso aussah.«

»Eine rote Päonie!« Lisette begann zu lachen. In ihrem Gelächter klang ein hysterischer Unterton mit. »Ich habe die Blume verloren, Sophie, und zwar in Charles' Wohnung. Ich habe sie mir aus Lotties Zimmer geholt, weil sie zu meinem Kleid gepaßt hat. Damit hast du den Beweis dafür, daß er mein Geliebter war. Louis-Charles ist sein Sohn.«

»Hör auf, Lisette«, rief ich.

»Warum? Das ist der Augenblick der Wahrheit. Hören wir auf, einander zu täuschen, zeigen wir uns so, wie wir wirklich sind.«

Über Sophies Wangen liefen Tränen und benetzten ihre Kapuze. Ich schloß sie in die Arme, und sie klammerte sich an mich.

»Verzeih mir, Lottie«, bat sie.

»Ich habe dir nichts zu verzeihen, Sophie.« Damit küßte ich sie auf die narbenbedeckte Wange. »Ich bin froh, daß wir wieder Schwestern sind.«

Lisette und Tante Berthe beobachteten uns. Tante Berthe suchte nach einem Ausweg aus unserer beinahe aussichtslosen Lage, während Lisette noch immer benommen wirkte.

»Sie sollten das Schloß verlassen«, meinte Tante Berthe schließlich. »Vielleicht sollten wir alle von hier fort.«

»Und was wird aus den beiden Männern?« fragte ich.

»Wir können sie nicht mitnehmen.«

»Dann bleibe ich hier.«

Tante Berthe schüttelte den Kopf, und Lisette mischte sich ein. »Du und ich, wir haben nichts zu befürchten, Tante Berthe. Du bist eine Bedienstete, und obwohl ich eine Aristokratin bin, ist Léon Blanchard mein Freund. Er wird dafür sorgen, daß mir nichts geschieht.«

»Sei still«, rief Tante Berthe. »Was können wir nur tun?«

»Nichts, nur warten«, antwortete ich.

Wir warteten den ganzen langen Nachmittag. Die Hitze war drückend. Ich erfaßte alles besonders deutlich; vielleicht geht es jedem Menschen so, wenn er dem Tod gegenübersteht. Ich hatte den Mob während Blanchards Ansprache beobachtet und konnte mir vorstellen, wie er blutdürstig zum Château marschierte. Ich sah meine Mutter vor mir, die aus dem Laden trat und mitten in einer solchen Menge stand. Ich sah die scheuenden Pferde und die umgestürzte Kutsche. Was hatte sie in diesen entsetzlichen Augenblicken empfunden? Bei den Tumulten in den Städten hatte der Pöbel hemmungslos getobt und ein Menschenleben bedeutete ihm nichts. Als Tochter des Grafen von Aubigné gehörte ich zu den Feinden des Mobs. Die Leute hatten einen Bäcker an einen Laternenpfahl gehängt, weil er angeblich einen überhöhten Preis für sein Brot verlangt hatte.

Ich hatte mich noch nie in Lebensgefahr befunden, ich war jetzt ein wenig wirr, geistesabwesend. Angst mischte sich auch in meine Gefühle, aber nicht die Angst vor dem Tod selbst, sondern vor dem Schrecken vorher. Jetzt wußte ich, was ein zum Tod Verurteilter in seiner Zelle empfindet. Ich musterte die übrigen. Ging es ihnen genauso wie mir? Armand war zu krank, um darüber nachzudenken, er hatte schon soviel durchgemacht, und das galt auch für seinen Gefährten. Sophie? Ihr war es wohl ziemlich gleichgültig, denn sie hing nicht an ihrem Leben.

Lisette? Ich konnte sie nicht verstehen. In all den Jahren, in denen ich sie für meine Freundin gehalten hatte, hatte sie mich gehaßt. Ich würde nie den triumphierenden Blick in ihren Augen vergessen, als sie daran dachte, was man mir antun würde. Haßte sie mich wirklich nur deshalb, weil der Graf mich als seine Tochter anerkannt hatte und sie nicht?

Was wußte ich schon von Lisette? Was wußte ich von allen anderen Menschen in meiner Umgebung, ja sogar von mir selbst? Die Menschen bestehen oft aus Widersprüchen, und daraus ergeben sich ihre oft unerklärlichen Reaktionen. Am wenigsten verstand ich Lisette. Sie stand auf der Seite der Revolutionäre, haßte die Aristokraten und wollte doch um jeden Preis zu ihnen gehören.

Eine Fliege, die am Fenster summte, erregte meine Aufmerksamkeit. Wie wunderbar war es, lebende Geschöpfe, den blauen Himmel zu sehen, sanftes Wellengeplätscher zu hören. All das hatte ich als selbstverständlich hingenommen, bis mir plötzlich bewußt wurde, daß ich es vielleicht bald nicht mehr erleben würde.

Tante Berthe schlug vor, daß wir uns alle in einem Raum versammeln sollten. Sie wollte die Männer mit unserer Hilfe in mein Schlafzimmer bringen und in mein Bett legen.

Ich war damit einverstanden, und Tante Berthe, Sophie, Jeanne und ich transportierten die Männer in mein Zimmer; sie sahen elend aus.

Ich erzählte Armand, was sich ereignet hatte. Er nickte.

»Bleibt nicht hier, sondern flieht.«

»Wohin sollten wir fliehen, Armand?« fragte ich. »Außerdem verlassen wir euch auf keinen Fall.«

Sophie bestätigte: »Wir bleiben bei euch.«

Armand richtete sich auf. »Ihr müßt fort, ich habe in Paris den Pöbel erlebt. Ihr habt keine Ahnung, was sich dort abgespielt hat. Das sind keine Menschen mehr, sondern wilde Bestien.«

»Dennoch bleiben wir hier, Armand«, wiederholte ich.

»Gerade du solltest fort«, beharrte er. »Den Dienern wird nichts geschehen.«

»Leg dich wieder hin, Armand«, befahl ich. »Die Diener sind bereits davongelaufen, und wir bleiben.«

Der Nachmittag wollte kein Ende nehmen.

Sophie saß auf einem Schemel zu meinen Füßen, und Jeanne hielt sich in ihrer Nähe. Jeanne würde Sophie bestimmt nie verlassen.

»Du hast eine wunderbare Freundin in Jeanne gefunden, Sophie«, stellte ich fest. »Hast du dir jemals überlegt, was für ein Glück es für dich ist, daß du sie hast?«

Sie nickte.

»Sie liebt dich«, fuhr ich fort.

»Ja, sie liebt mich, aber die anderen...«

»Das ist vorbei. Charles war mir nie treu, und Léon kann nur der Idee treu sein, für die er kämpft.«

»Sie werden dich, Armand und mich mitnehmen, weil wir Adelige sind.«

»Sie werden auch mich mitnehmen«, warf Lisette ein, »aber mir wird nichts geschehen, weil Léon mich beschützen wird.«

Sophie zuckte zusammen, und Jeanne flüsterte: »Ich werde niemals zulassen, daß man Ihnen etwas antut, Mademoiselle Sophie.«

Langes Schweigen folgte. Wir lauschten alle aufmerksam, als befürchteten wir, daß die Aufrührer nicht bis zum Abend warten würden.

»Wenn ich mein Leben noch einmal von vorn beginnen könnte«, meinte Sophie, »ich würde mich anders verhalten. Ich würde zwar immer noch darüber traurig sein, daß ich verunstaltet bin, aber ich würde glücklich sein, weil ich Jeanne gefunden habe.«

»Bitte, regen Sie sich nicht auf«, flehte Jeanne. »Es ist schlecht für Ihr Gesicht, wenn Sie weinen.«

Wir schwiegen wieder, und auch ich dachte: Wenn ich all das gewußt hätte, wäre alles anders gekommen. Ich sah Sabrinas Gesicht vor mir, als sie mich bat, auf Dikkons Rückkehr zu warten. Ich hätte auf sie hören sollen.

Aber es hatte keinen Sinn, jetzt an Dickon zu denken, denn es führte nur dazu, daß ich mir bittere Vorwürfe wegen meiner Unvernunft machte.

Ich hätte ihn heiraten sollen, denn ich hatte mich nach ihm gesehnt. Ich hätte meine Zweifel über Bord werfen und nehmen sollen, was sich mir bot. Warum war ich so unvernünftig gewesen und hatte mich darauf versteift, daß ich nur einen vollkommenen Mann heiraten wollte?

Wenn er jetzt an meiner Seite wäre, wenn ich Lisettes Niedertracht, Charles' Untreue, die Todesgefahr, all die vergeudeten Jahre vergessen könnte... aber es war zu spät.

»Zu spät«, flüsterte Sophie. Ich legte ihr die Hand auf die Schulter, und sie lehnte sich an mein Knie.

»Ich bin froh, daß wir wenigstens noch die Mißverständnisse zwischen uns beseitigen konnten«, tröstete ich sie. Bald würde es dunkel werden.

Lisette verließ das Zimmer und kam erst nach geraumer Zeit wieder. Ich starrte sie verblüfft an. Sie trug eines meiner Kleider, ein Ballkleid, das erst vor kurzem für mich angefertigt worden war. Es war eines der kostbarsten Kleider, die ich je besessen hatte. Der Rock war aus pflaumenblauem Samt und etwas hellerem Chiffon; das enganliegende Oberteil war mit Perlen besetzt. Um ihren Hals lag ein Diamantenhalsband, das der Graf meiner Mutter an ihrem Hochzeitstag geschenkt hatte und das jetzt mir gehörte.

»Lisette!« rief ich.

»Bist du verrückt?« fuhr Tante Berthe sie an.

Lisette lachte. »Diese Dinge hätten mir gehören sollen. Ich habe genausoviel Recht auf sie wie Lottie, sogar mehr, weil ich die Ältere bin. Mein Vater hat mich schlecht behandelt, aber jetzt ist er tot.«

»Lisette«, warnte ich, »wenn der Pöbel dich so sieht...«

»Ich werde ihnen erklären, daß ich zwar eine Aristokratin bin, aber immer an Léon Blanchards Seite für das Volk gekämpft habe. Er wird ihnen bestätigen, daß ich die Wahrheit spreche, und mir wird nichts geschehen.«

»Wie kann man nur so dumm sein«, stöhnte Tante Berthe. Lisette schüttelte lachend den Kopf, pflanzte sich herausfordernd vor mir auf und stemmte die Hände in die Hüften. Ich war davon überzeugt, daß sie vollends den Verstand verloren hatte.

»Ich habe dieses Kleid immer schon haben wollen«, erklärte sie, »und das Halsband paßt so gut dazu. Jetzt gehören sie mir. Das ganze Schloß gehört mir. Léon wird dafür sorgen, daß ich es bekomme.«

Ich wandte mich von ihr ab, denn ich konnte ihren irren Blick nicht mehr ertragen.

Sie kamen. In der Ferne ertönte Geschrei. Ich trat ans Fenster: Die Fackeln, die sie in den Händen hielten, verbreiteten schwache Helligkeit.

Sie skandierten im Chor: »*Au château! A bas les aristocrats! A la lanterne!*«

Mir fiel der leblose Körper des Bäckers ein, der an einem Laternenpfahl baumelte, und mir wurde vor Angst übel. Sie kamen immer näher.

»Die Zugbrücke wird sie aufhalten«, meinte Tante Berthe.

»Nicht für lange«, erwiderte ich.

Lisette verließ das Zimmer.

»Wo geht sie hin?« fragte Sophie.

»Wenn sie vernünftig ist, zieht sie sich um«, brummte Tante Berthe.

»Ich werde sie suchen und mit ihr sprechen.« Damit folgte ich ihr.

Sie stieg die Wendeltreppe zum Turm hinauf und blieb auf dem Mauerkranz stehen. Das Licht der Fackeln fiel auf sie, denn der Pöbel stand genau vor dem Schloß. Mit den funkelnden Diamanten am Hals sah sie großartig aus.

Der Mob brüllte auf, als er sie sah.

»Komm herunter, Lisette«, rief ich.

Sie hob die Hand, und es trat Stille ein. »Ich bin die Tochter des Grafen von Aubigné«, rief sie.

Die Menge begann zu schreien: »*A bas les aristocrats! A la lanterne!*«

Sie hob die Hand wieder, und das Geschrei verstummte langsam.

»Aber ich habe für eure Sache gekämpft. Léon Blanchard ist mein Freund und wird meine Worte bestätigen. Ich habe mich für euch eingesetzt, meine Freunde, gegen die Adeligen, gegen die Preistreiber, gegen die Verschwender, die Frankreich an den Rand des Ruins gebracht haben. Ich werde euch beweisen, daß ich auf eurer Seite stehe. Ich werde die Zugbrücke hinunterlassen, damit ihr ins Schloß gelangen könnt.«

Unten erhob sich begeisterter Jubel.

Sie lief an mir vorbei, und ich hielt sie nicht auf. Es spielte keine Rolle mehr, wenn sie den Pöbel hereinließ. Die Zugbrücke stellte kein unüberwindliches Hindernis dar.

Sie würde um den Preis von Sophies und meinem Leben das ihre retten. Damit war ihr Haß dann hoffentlich befriedigt.

Ich kehrte ins Zimmer zurück, wo die anderen mich erwartungsvoll anstarrten. Jetzt würde es nicht mehr lange dauern.

Jeanne knüpfte die Bänder auf, die Sophies Kapuze festhielten, und schob sie zurück, so daß ihre Narben sichtbar wurden. Sophie zuckte entsetzt zusammen, aber Jeanne flüsterte: »Vertrauen Sie mir, ich kenne diese Leute.«

Draußen ertönte trunkenes Lachen, Möbel wurden zerschlagen. Der Mob befand sich im Schloß.

Lisette kam herein. Ihre Augen leuchteten triumphierend. »Sie sind da!«

Die Tür flog auf. Der schreckliche Augenblick, auf den wir alle gewartet hatten, war gekommen.

Zu meiner Überraschung erblickte ich unter den Menschen, die in das Zimmer drangen, drei Ladenbesitzer, die ich gut kannte, ehrenwerte Männer, von denen ich nie geglaubt hätte, daß sie sich zu solchen Schandtaten hinreißen lassen würden. Der Massenwahnsinn war wohl stärker als jede Vernunft.

Lisette trat vor. »Ich bin die Tochter des Grafen«, wiederholte sie. »Ich bin eine Aristokratin, aber ich habe immer für euch und die Revolution gearbeitet.«

Ein Mann ließ die Diamanten an ihrem Hals nicht aus den Augen, und ich wartete darauf, daß er sie ihr herunterriß. Dann schob ihn einer der Ladenbesitzer grob zur Seite.

»Finger weg«, knurrte er. Er schien eine gewisse Autorität zu besitzen, und ich empfand eine Spur von Erleichterung. Vielleicht konnte dieser Mann die Plünderer im Zaum halten.

Seine Worte bewirkten zumindest, daß die Aufmerksamkeit der Eindringlinge von uns ab und auf die Einrichtung gelenkt wurde. Sie entdeckten die im Bett liegenden Männer, die die forschenden Blicke gleichgültig erwiderten.

»Wer sind sie?« fragte einer der Plünderer.

»Sie sind ja halb tot«, stellte ein anderer fest.

Jeanne und Tante Berthe zeigten keine Furcht. »Wir sind Bedienstete und keine Aristokraten«, sagte Tante Berthe. »Mit uns habt ihr nichts zu schaffen.«

Jeanne hatte Sophie den Arm um die Schultern gelegt. Die Männer starrten ihr verunstaltetes Gesicht an und wandten sich ab. Einer von ihnen packte Lisette an den Schultern.

»Rühr mich nicht an«, befahl Lisette hochmütig.

»Behandle Madame la Comtesse respektvoll«, bemerkte ein anderer ironisch.

»Ich bin die Tochter des Grafen«, rief Lisette wieder, »aber ich stehe auf eurer Seite. Léon Blanchard kann es bestätigen.«

»Jetzt stehen sie auf einmal alle auf unserer Seite«, höhnte jemand. »Vorher hörte es sich anders an.«

Sie wollten Lisette aus dem Zimmer stoßen, als sie sich umdrehte und auf mich zeigte: »Das ist die legitime Tochter des Grafen.«

»Das stimmt«, bestätigte einer der Männer. »Ich kenne sie. Laßt euch durch ihr Kleid nicht täuschen, damit wollte sie sich nur retten.«

Erst jetzt fiel mir ein, daß ich noch immer das Kleid des Dienstmädchens trug, das ich am Morgen angezogen hatte. Der Gegensatz zwischen Lisette und mir war frappant.

Die Männer musterten noch einmal die übrigen Anwesenden, zuckten die Schultern, verließen das Zimmer und nahmen Lisette und mich mit.

Wir wurden durch die Menge gestoßen, die uns beschimpfte, obwohl die meisten Schmähungen Lisette galten. Es war Wahnsinn von ihr gewesen, dieses Kleid anzuziehen.

Die rauchenden Fackeln, die drohenden Blicke, die schmutzigen Fäuste, die sich mir entgegenstreckten, der schmerzhafte Griff um meine Arme, der Augenblick, als mir jemand ins Gesicht spuckte... diese Bilder aus einem Alptraum haben mich seither verfolgt, sie tauchten immer wieder unvermittelt auf und rufen mir die fürchterlichste Nacht meines Lebens in Erinnerung.

Wir wurden in einen Karren gestoßen, vor den ein alter Klepper gespannt war.

Und dann fuhren wir durch den rasenden Mob in die Stadt.

Man brachte uns zur *mairie*, zog uns aus dem Karren und führte uns in ein Zimmer im ersten Stock, dessen Fenster auf die Straße gingen.

Wir hatten insofern Glück, als die Menge zu dieser Zeit noch nicht begriffen hatte, daß die Macht in ihren Händen lag. Die Revolution war erst vor kurzem ausgebrochen und unter den Aufständischen befanden sich auch ehrenwerte Bürger – Gewerbetreibende und dergleichen, die Repressalien befürchteten. Sie wußten zwar, daß es in Paris zu schweren Unruhen gekommen war, aber sie dachten auch an die Möglichkeit, daß die Aufstände unterdrückt wurden und die Aristokraten wieder an die Macht gelangten.

Der Mob hätte uns am liebsten am nächsten Laternenpfahl aufgehängt, aber die Rädelsführer waren für Mäßigung. Auch der Bürgermeister fühlte sich in seiner Haut nicht ganz wohl. Die Familie Aubigné hatte seit Jahrhunderten über die Gegend geherrscht. Es waren die ersten Tage der Revolution, und die Menschen hatten sich noch nicht an die neue Ordnung gewöhnt. Außerdem fürchteten sie die Rache der Aristokraten.

Der Pöbel stand um die *mairie* herum und verlangte unsere Auslieferung. Sie wollten uns an den Laternen baumeln sehen.

Ich hätte nur zu gern gewußt, was sich im Château abspielte.

Befanden sich seine Bewohner in Sicherheit? Armand und sein Freund waren in ihrem jetzigen Zustand kaum zu erkennen; Sophies narbenbedecktes Gesicht hatte ihr vermutlich das Leben gerettet. Niemand beneidete die beiden entkräfteten Männer oder die arme, verunstaltete Sophie. Lisette und ich befanden uns in einer unangenehmen Lage. Die Aufrührer glaubten Lisette nicht. Lisette hatte sich schwer verrechnet, und wenn nicht ihr ganzes Sinnen darauf gerichtet gewesen wäre, daß man sie als Aristokratin anerkannte, hätte sie begriffen, daß sie sich selbst in Gefahr gebracht hatte.

Im Raum befanden sich keine Möbel mehr, deshalb legten wir uns auf den Fußboden.

»Wird dieser Abschaum der Menschheit denn nie aufhören zu toben?« fragte Lisette.

»Du warst fürchterlich dumm«, schalt ich sie. »Wenn du vernünftig gewesen wärst, würdest du jetzt im Château sitzen und dich in Sicherheit befinden.«

»Ich bin, was ich bin, und deshalb bin ich auch bereit, die Folgen zu tragen.«

»Warum legst du nur so großen Wert darauf, Lisette?«

»Weil ich eine von euch bin, daran ändert auch die Tatsache nichts, daß mein Vater mich nicht anerkannt hat. Léon wird mich retten, und dann werde ich alle zur Rechenschaft ziehen, die mich nicht so behandelt haben, wie es mir zusteht.«

Ich antwortete ihr nicht mehr. Lisette war ihre adelige Abstammung wichtiger als ihr Leben, denn sie setzte letzteres durch ihr Verhalten bedenkenlos aufs Spiel.

Sie war von diesem Gedanken immer schon besessen gewesen, sie hatte all die Jahre daran geglaubt. Ihr Haß auf alle, die sie nicht anerkannt hatten, hatte von Jahr zu Jahr zugenommen, bis er sie ganz erfüllt hatte. Sie konnte jetzt nicht akzeptieren, daß sie sich getäuscht hatte, sie mußte weiter daran glauben, auch wenn es sie das Leben kostete.

Der Lärm draußen hatte etwas nachgelassen. Ich stand auf, blickte hinaus, trat aber schnell wieder vom Fenster zurück. Sie warteten immer noch auf uns.

»Sag ihnen die Wahrheit, Lisette«, forderte ich sie auf. »Vielleicht glauben sie dir. Es ist Wahnsinn, wenn du dich als Aristokratin ausgibst und noch dazu stolz darauf bist. Sie hassen uns, begreifst du das denn nicht? Sie hassen uns, weil wir alles besitzen, was sie nie haben konnten.«

»Das verstehe ich, aber es ändert nichts an den Tatsachen.«

»Ich werde nie vergessen, wie sie Sophie und Armand gemustert haben. Die beiden sind echte Aristokraten, keine Bastarde. Aber sie haben nicht sie, sondern uns mitgenommen. Warum? Weil wir jung und gesund sind, weil sie uns beneiden. Die Wurzel dieser Revolution ist der Neid. Glaubst du vielleicht, daß sie das Regime deshalb stürzen wollen, weil sie ein besseres, glücklicheres Frankreich anstreben? O nein. Menschen, die nichts besitzen, nehmen einfach jenen, die im Überfluß leben, alles weg, weil sie sie darum beneiden. Sobald die Armen die Besitztümer der Reichen an sich gerissen haben, werde sie genauso selbstsüchtig und hartherzig sein wie die Adeligen vor ihnen. Diese Menschen zerstören nicht die alte Ordnung, um ein besseres Frankreich zu schaffen, sondern um die Reichen arm und die Armen reich zu machen.«

Lisette schwieg, und ich fuhr fort. »Das gilt doch auch für dich, Lisette, nicht wahr? Du bist eine Tochter der Revolution. Du warst neidisch, gib es zu. Du hast dir etwas eingeredet, was von Anfang an falsch war. Dann wurdest du Charles' Mätresse, und das hat dir eine gewisse Befriedigung verschafft, weil er mit Sophie verlobt war. Doch als das Kind unterwegs war...«

Lisette fiel mir ins Wort. »Er hätte mich heiraten müssen, ich war davon überzeugt, daß er es tun würde. Er hätte den Grafen zwingen müssen zuzugeben, daß ich seine Tochter war. Warum hat er es nicht getan? Warum hat er dich geheiratet?«

»Weil ich wirklich die Tochter des Grafen bin, Lisette.«

»Ich bin es genauso. Auch ich...«

Ich seufzte. Es hatte keinen Sinn. Sie hielt an ihrer fixen Idee fest, obwohl sie im tiefsten Herzen erkannt haben mußte, daß Tante Berthe und ich die Wahrheit gesprochen hatten. Sie klammerte sich an ihre Überzeugung, sie konnte nicht anders. Selbst angesichts des blutdürstigen Pöbels erklärte sie: »Ich bin eine Aristokratin.«

Ach, wie unvernünftig sie war.

Und doch – war ich klüger? Ich hatte der Wahrheit

nicht ins Auge sehen wollen, ich hatte Angst gehabt. Ich hatte mich nach Dickon gesehnt – wie weit entfernt Eversleigh jetzt war –, und mich geweigert, es zuzugeben. Meine Furcht und mein Mißtrauen waren immer größer geworden. Ich hatte immer gewußt, daß Dickon kein Heiliger war. Dennoch hätte ich ihn zum Mann genommen, wenn mich nicht ein abwegiger Trieb in mir daran gehindert hätte, ihn so zu akzeptieren, wie er war. Man kann seine Mitmenschen nicht verändern, man muß sie so lieben, wie sie sind, mit all ihren Fehlern und Schwächen.

Ich versuchte, an ihn zu denken. War er inzwischen nach Eversleigh zurückgekehrt? Wie hatte er reagiert, als er erfahren hatte, daß ich abgereist war?

Ich dankte Gott dafür, daß mein Vater das nicht mehr erleben mußte. Ich dankte Gott auch dafür, daß sich die Kinder in England und somit in Sicherheit befanden.

Der Lärm hatte aufgehört, und ich trat wieder an das Fenster. Léon Blanchard ritt durch die Menge. Vielleicht wollte er zur *mairie*, wollte hier Anweisungen erteilen und Befehl geben, Lisette freizulassen.

»Lisette!« rief ich. »Schau doch, dort unten ist Léon Blanchard.«

Sie lief ebenfalls ans Fenster.

»Er holt mich!« schrie sie. »Léon, Léon!« Er konnte sie nicht hören, und er blickte auch nicht zu den Fenstern der *mairie* hinauf.

»Ich muß zu ihm hinunter«, schluchzte sie.

Sie rannte zur Tür, doch diese war versperrt. Daraufhin kehrte sie zum Fenster zurück und schlug mit den Fäusten dagegen. Das Glas zersplitterte, und auf den Ärmeln ihres Kleides tauchten Blutflecken auf. Im nächsten Augenblick stand sie auf dem kleinen Balkon und schrie: »Léon, Léon! Ich bin hier! Rette mich vor diesem Gesindel!«

Ich konnte Léon nicht mehr ausmachen. Die Menge

starrte zum Balkon hinauf. Lisette sprang hinunter und verschwand in der Menschenmenge.

Zuerst herrschte verblüffte Stille. Dann drängte der Mob kreischend und tobend vorwärts, und die Fackeln beleuchteten die grausige Szene. Eine blutige Hand, die ein Diamantenhalsband hielt, tauchte für einen Augenblick auf.

Ich blieb am Fenster stehen, bis Lisettes schlaffer Körper weggetragen wurde.

Danach wurde es auf der Straße ruhiger. Ich legte mich auf den harten Fußboden und versuchte, nicht zu denken, das Entsetzen aus meinem Geist zu verdrängen. Wenn ich diesem Alptraum jemals entgehen sollte, würde mich die Erinnerung an Lisettes letzte Augenblicke mein Leben lang verfolgen. Doch wahrscheinlich war auch mein Ende schon nahe.

Alle meine Knochen schmerzten, ich war vollkommen verkrampft und fühlte mich fürchterlich allein. Beinahe hätte ich um Lisette geweint... all die Jahre, in denen sie mich gehaßt hatte. Sie war Charles' Mätresse gewesen – hatten sie ihr Verhältnis fortgesetzt, als ich mich in England aufhielt und sie hier allein waren? Doch das spielte keine Rolle mehr; denn sicher würde man mich bald holen.

Ich stand auf, trat ans Fenster und blickte hinaus. Im Licht der Laterne sah ich eine dunkle Flüssigkeit, die über das Kopfsteinpflaster floß. Sie kam aus dem Weinkeller, den die Menge aufgebrochen hatte. Ein paar Männer hockten auf dem Platz, und schöpften den Wein mit den Händen auf und tranken ihn. Eine Frau begann mit hoher Stimme zu singen, und ein Mann befahl ihr wütend, das Maul zu halten.

Viele von ihnen waren betrunken und lehnten benommen an den Mauern. Aber sie hielten weiterhin vor der *mairie* Wache. Sie hatten das erste Schauspiel genossen und warteten jetzt auf das zweite. Jemand würde das Zeichen geben, und sie würden die *mairie* stürmen.

Ich ertrug den Anblick dieser Menschen nicht mehr, setzte mich hin und lehnte mich mit geschlossenen Augen an die Wand. Wenn ich nur schlafen könnte, bis sie mich holten. Wie lang es wohl dauerte, bis der Tod eintrat?

»Bitte, laß es schnell gehen, lieber Gott«, betete ich.

Die Tür wurde leise geöffnet, und ein Mann trat ein. Ich sprang, von Übelkeit erfaßt, auf. Es war soweit.

Vor mir stand der Bürgermeister und flüsterte: »Sie müssen hier fort.«

»Fort...?«

Er legte den Finger auf die Lippen. »Sprechen Sie nicht, befolgen Sie nur meine Anweisungen. Die Menge hat sich jetzt etwas beruhigt, aber sie will immer noch Blut sehen. Wenn ich den Wartenden sage, daß man Sie in ein anderes Gefängnis überführt, werden sie es nicht zulassen. Sie sind fest entschlossen, Sie aufzuknüpfen. Folgen Sie mir.«

»Wohin bringen Sie mich?«

»Ich habe Ihnen doch gesagt, daß Sie schweigen sollen. Wenn der Pöbel bemerkt, daß Sie fliehen wollen, reißt er Sie in Stücke. Die Leute sind wildentschlossen, das Ende der Familie Aubigné zu erleben.«

Ich folgte ihm die Treppe hinunter in den Hof hinter der *mairie,* in dem eine schäbige, geschlossene Kutsche wartete. Ein bärtiger Kutscher, der trotz der Hitze einen bis zum Hals zugeknöpften Mantel trug, saß auf dem Kutschbock. Er drehte sich nicht nach mir um.

»Steigen Sie ein«, befahl der Bürgermeister.

»Ich will wissen, wohin Sie mich bringen.«

Er stieß mich grob vorwärts. »Halten Sie den Mund, oder wollen Sie den Mob auf sich aufmerksam machen?«

Er schob mich in die Kutsche und schloß die Tür hinter

mir. Dann hob er die Hand, und die Kutsche setzte sich in Bewegung.

Wir mußten um die *mairie* herumfahren, und als die Kutsche auf den Platz rasselte, erhob sich Geschrei.

»Wer versteckt sich in diesem Wagen?«

Der Kutscher trieb die Pferde an. Wütende Rufe ertönten, und ich erriet, daß die Menge versuchte, den Pferden in die Zügel zu fallen.

Ich wurde von einer Seite zur anderen geschleudert, denn der Kutscher fuhr wie ein Wahnsinniger.

Einige entsetzliche Augenblicke lang glaubte ich, daß man uns anhalten würde. Ich konnte mir die Wut der Menge vorstellen, wenn sie erkannte, daß man sie um ihr Opfer prellen wollte.

Der Kutscher reagierte nur, indem er die Pferde noch mehr antrieb. Dann hatten wir den Platz hinter uns gelassen, und die Kutsche fuhr schneller. Ein paar Männer liefen hinter uns her, und ich sah durch das Fenster ihre zornigen Gesichter.

Die Kutsche rollte schwankend weiter, und das Geschrei hinter uns wurde schwächer. Wir hatten die Stadt verlassen, doch der Kutscher verlangsamte das Tempo nicht. Dann hielten wir plötzlich an. Wir hatten ein Wäldchen erreicht, aus dem ein Mann auftauchte, der zwei Pferde am Zügel führte.

Der Kutscher sprang vom Kutschbock, öffnete den Wagenschlag und bedeutete mir auszusteigen. Ich gehorchte. Ich konnte sein Gesicht kaum erkennen, denn es war von einem dichten Bart bedeckt, und er hatte einen Schal um seinen Hals gewickelt.

Er blickte zurück. Die Landstraße lag verlassen da, und am Himmel zeigte sich der erste Streifen der Morgenröte.

Er nahm den Schal ab, riß sich den Bart herunter – und Dickons Gesicht grinste mich an.

»Ich habe angenommen, daß dir meine Gesellschaft lieber sein wird als die Menschenmenge dort hinten. Sitz auf, wir dürfen keine Zeit verlieren.« Mit einem kurzen »Danke« an den Mann trieb er sein Pferd an.

Hektische Heiterkeit hatte mich ergriffen. Der Übergang von tiefster Verzweiflung zu unendlicher Erleichterung war zu abrupt gewesen; mir schwindelte. Ich befand mich in Sicherheit, und Dickon hatte mich gerettet.

Wir ritten den ganzen Vormittag hindurch. Dickon sprach kaum und bemerkte nur einmal: »Ich will dieses verdammte Land morgen hinter mir haben. Mit ein bißchen Glück können wir das Schiff erreichen. Wir müssen zwar die ganze Nacht durch reiten, aber wir könnten es schaffen.«

Ich war körperlich erschöpft, jedoch wir hielten erst an, als die Pferde eine Rast brauchten. Dickon hatte etwas Essen bei sich, deshalb konnten wir den Ortschaften ausweichen. Am Nachmittag erreichten wir eine einsame Stelle an einem Fluß, an dessen Ufer ein Wäldchen stand. Dickon tränkte zuerst die Pferde, dann band er sie im Wald an einen Baum. Wir legten uns ins Gras, und er nahm mich in die Arme.

Bevor wir einschliefen, erzählte er mir noch rasch, was geschehen war. Als er aus London heimgekehrt war und erfahren hatte, daß ich nach Frankreich abgereist war, war er mir sofort gefolgt.

»Ich bin zuerst zum Château geritten. Der Pöbel hatte darin gewütet, doch Armand und die übrigen befanden sich noch dort. Sophie und die beiden Dienerinnen betreuten die Kranken. Sie erzählten mir, daß die Menge dich und Lisette mitgenommen hatte. Ich mußte also schnell handeln. Jetzt siehst du, Lottie, was es bedeutet, wenn man überall Freunde und Bekannte hat und über genügend Geld verfügt. Du hast mich verachtet, weil ich mein Herz immer an weltlichen Besitz gehängt habe, aber man kann Geld sehr nutzbringend verwenden. Ich hatte während meiner Aufenthalte in Frankreich Franzosen kennengelernt, die mit der Entwicklung keineswegs einverstanden waren. Zum Glück gehörte der Bürgermeister zu ihnen; außerdem trug ich eine große Geldsumme bei mir. Ich steckte in der Menge, als Lisette vom Balkon sprang; ich wartete darauf, daß der Bürgermeister die Kutsche holte. Es hat ein paar kritische Augenblicke gegeben, aber jetzt haben wir das Ärgste hinter uns; der Rest ist ein Kinderspiel. Doch du mußt jetzt schlafen, obwohl es mir nicht leichtfällt, dich so unbeteiligt in den Armen zu halten.«

»Ich danke dir, Dickon. Ich werde nie vergessen, was du für mich getan hast.«

»Ich bin fest entschlossen, es dir immer wieder ins Gedächtnis zu rufen.«

Ich lächelte, denn er würde sich nie mehr ändern.

Wir waren so müde, daß wir bis zum Abend schliefen. Dann ritten wir mit kurzen Pausen die ganze Nacht hindurch.

Am Nachmittag des nächsten Tages erreichten wir Calais und ließen die Pferde in einem Gasthaus zurück. Ein einziges Mal behauptete jemand, daß wir Aristokraten auf der Flucht seien.

Dickon antwortete, daß er Engländer wäre, der mit seiner Frau Frankreich besucht hatte und an französischer Politik und französischen Streitereien nicht interessiert sei.

Sein hochmütiges, aggressives Auftreten schüchterte den Beschuldiger ein, außerdem war nicht zu übersehen, daß Dickon Engländer war. Man ließ uns also in Frieden.

Dann gingen wir an Bord des Schiffes, blieben aber auf dem Deck stehen, weil wir es nicht erwarten konnten, England wiederzusehen.

»Endlich wirst du für immer zu Hause bleiben«, meinte Dickon. »Dir ist doch klar, daß du uns eine Menge Mühe und Aufregung erspart hättest, wenn du nicht nach Frankreich zurückgekehrt wärst.«

»Ich habe nicht gewußt, daß mein Vater inzwischen gestorben war.«

»Jetzt mußt du mich so nehmen, wie ich bin. Ehrgeizig, skrupellos, geldgierig... auch machtgierig, nicht wahr?«

»Du hast eines vergessen: Wenn du mich heiratest, bekommst du eine Frau, die nur das besitzt, was sie auf dem Leib trägt. Ich bin arm wie eine Kirchenmaus. Das große Vermögen, das mir mein Vater hinterlassen hat, ist verloren, denn die Revolutionäre werden es beschlagnahmen. Hast du dir das schon überlegt?«

»Glaubst du wirklich, daß ich einen so wichtigen Umstand vergessen könnte?«

»Und wie denkst du darüber?«

»Wir werden beide versuchen, die verlorenen Jahre nachzuholen. Ist dir übrigens klar, daß ich bereit bin, eine mittellose Frau zu heiraten und daß ich dafür sogar alles aufs Spiel gesetzt habe, was ich dank meines skrupellosen Vorgehens im Lauf meines Lebens zusammengerafft habe?«

»Wie meinst du das?«

»Als wir über den Platz fuhren, waren wir nahe daran, aufgehalten, aus der Kutsche gezerrt und an dem nächsten Laternenpfahl aufgehängt zu werden... wir beide. Wenn es dazu gekommen wäre, hätte ich meinen gesamten Besitz verloren, denn man kann ihn bekanntlich nicht mitnehmen, wenn man stirbt.«

»Ich weiß, was du für mich getan hast, Dickon, und ich werde es nie vergessen.«

»Und du nimmst mich trotz meiner schlechten Eigenschaften?«

»Wegen ihnen.«

Er küßte mich zärtlich auf die Wange.

»Schau«, sagte er dann, »Land. Der Anblick dieser weißen Kreidefelsen hebt meine Stimmung immer, weil sie für mich die Heimat symbolisieren. Ich habe aber in meinem ganzen Leben noch nie solche Freude empfunden wie in diesem Augenblick.«

Ich ergriff seine Hand, führte sie an meine Lippen und sah zu, wie die weißen Klippen immer näher kamen.